KB000558

어느 사형에 관한
기록

어느 사형에 관한 기록

Danya Kukafka

단야 쿠카프카

장편소설

최지운 옮김

황금가지

차례

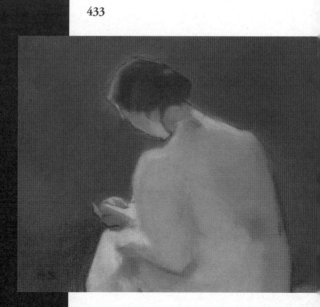

단야 머피를 위하여

I AM AWAKE IN THE PLACE

WHERE WOMEN DIES.

— Jenny Holzer(1993)

12시간

당신은 지문이다.

당신은 인생의 마지막 날 눈을 떠서 엄지손가락을 본다. 황달에 걸린 듯한 감옥의 조명 아래에서, 엄지손가락의 지문은 말라 버린 강바닥처럼, 소용돌이를 그리며 물에 씻겨 내려가는 모래처럼 보인다. 한때는 그곳에 있었지만 이제는 사라져 버리고 없다.

손톱이 너무 길다. 어린 시절 들었던 오래된 미신 하나가 떠오른다. 죽은 후에도 손톱은 뼈를 휘감으며 계속 자라난다는 이야기.

수감자, 이름과 번호를 말하시오.

당신은 외친다. 안셀 패커, 999631.

당신은 침대 위에서 몸을 돌린다. 늘 그렇듯 물이 새서 천장에 얼룩이 생긴다. 고개를 오른쪽으로 기울이면 한쪽 구석의 벽에 있는 습기가 코끼리처럼 보인다. 오늘이 바로 그날이지. 당신은 생각한다. 페인트가 덩어리져 생긴 얼룩에 코끼리의 코가 닿는 날. 바로 오늘이 그날이다. 코끼리는 절망적인 비밀을 알고 있다는 듯 웃고 있다. 당신은 천장의 웃는 코끼리를 정확하게 따라 그려 보기 위해 꽤 많은 시간을 할애했다. 그리고 오늘 그것에 성공했다. 당신과 코끼리는 오늘 아침에 있었던 이 일이 진실로 신나게 느껴질 때까지, 그리고 당신과 코끼리가 둘 다 미치광이처럼 보일 때까지 서로를 바라보며 웃는다.

당신은 침대 가장자리 위로 다리를 흔들며 매트리스에서 몸을 일으킨다. 그러고는 한 사이즈나 커서 발이 미끄러지곤 하는 검은색 교도소 슬리퍼를 신는다. 금속 수도꼭지를 틀어 칫솔을 적시고 모래알 같은 치약 가루를 짜낸 후, 유리처럼 보이지만 유리가 아니라 깨져도 가루가 흩어지지 않도록 알루미늄으로 만든, 한쪽이 움푹 팬 거울 앞에서 머리카락을 적신다. 그 거울에 비친 당신의 모습은 흐릿하고 뒤틀려 있다. 당신은 세면대에서 손톱을 하나씩 깨물며 흰 부분을 조심스럽게 떼어낸다. 최대한 균일하게 맞추려고 하지만 손톱은 울퉁불퉁해진다.

어젯밤 목사가 찾아와 마지막을 헤아릴 때가 종종 가장 어렵다고 했다. 당신은 무엇인가를 부끄러워하는 듯한 모습의, 등이 구부정하고 머리가 벗어진 그 목사를 좋아한다. 그는 폴룬스키 감옥에 새로 부임했다. 표정은 부드럽고도 유순했으며 손을 그 안에 넣을 수 있을 만큼 입을 크게 벌리고 말을 했다.

목사는 용서와 죄 사함에 대하여 설교하며 바꿀 수 없는 것들을 받아들여야 한다고 했다. 그 뒤 질문이 이어졌다.

증인이 온다던가요? 목사는 면회 창 너머로 물었다.

당신은 비좁은 작은 감방의 선반에 놓인 편지를 떠올렸다. 이리 오라고 손짓을 하는 듯한 크림색 봉투. 목사는 당신을 동정심 어린 눈으로 바라보았다. 그리고 당신은 항상 동정심이야말로 가장 불쾌한 감정이라고 믿어 왔다. 동정심은 연민이라는 가면을 쓴 파멸이다. 동정심은 당신을 벌거벗긴다. 동정심은 당신을 위축시킨다.

올 겁니다. 당신은 이어서 말한다. 그런데, 이에 뭐가 끼었네요. 당신은 남자의 손이 급하게 입으로 향하는 것을 보았다.

사실, 당신은 오늘 밤에 대해 많이 생각하지 않았다. 그것은 너무 추상적이었으며 쉽게 왜곡되었다. 12호 건물에 대한 소문들은 신경 쓸 가치조차 없었다. 누군가 돌아온다. 주사를 맞기 고작 10분 전에 사면을 받은 탓에 이미 들것에 묶인 채다. 녀석은 몇 시간 동안이나 고문을 당했다고 떠든다. 액션 영화의 영웅이라도 된 것처럼 손톱 밑으로 대나무를 찔렀다고 한다. 다른 수감자는 도넛을 받았다고도 했다. 당신은 궁금해하지 않는 편이 낫다고 생각했다. 목사는 무서워해도 괜찮다고 했다. 하지만 당신은 무섭지 않다. 오히려 메스꺼울 정도의 경이감을 느낀다. 얼마 전엔 넓게 퍼진 크롭 서클(곡물 밭에 나타나는 원인 불명의 원형 무늬—옮긴이) 위로 솟아올라 맑고 푸른 하늘을 날아다니는 꿈도 꾸었다. 귀가 먹먹해질 정도로 높이.

당신은 C구역에 있을 때 물려받은 손목시계를 5분 빠르게 맞춰 두었다. 당신은 미리 준비하는 걸 좋아한다. 시계는 11시간 23분이 남았다고 알려 준다.

그들은 아프지 않을 것이라고 약속했다. 아무것도 느끼지 못할 것이라고 했다. 언젠가 면회실에서 정신과 의사를 만난 적이 있다. 깔끔한 양복 차림에 값비싼 안경을 쓴 그녀는 건너편에 앉아 있었다. 정신과 의사는 당신이 항상 의심해 왔으며 결코 잊을 수 없는 것들, 누군가 크게 소리 내어 말하는 것을 결코 듣고 싶지 않다고 생각했던 것들에 대해 이야기했다. 평소와 같았다면 당신은 그녀의 표정에서 더 많은 것들을 읽어 내야 했다. 보통 당신은 그런 식으로 슬픔이나 미안함의 정도를 측정했다. 하지만 정신과 의사는 의도적으로 표정을 숨겼고, 당신은 그런 그녀가 싫었다. 어떤 느낌이 들죠? 그녀가 물었다. 무의미한 질문이었다. 느낌이라는 단어는 당신에게 아무런 가치도 없었다. 당신은 어깨를 으쓱하고 사실대로 말한다. 모르겠어요. 아무것도요.

오전 6시 7분, 당신의 물건들이 준비된다.

당신은 지난밤 물감을 섞었다. C구역에서 '개구리'라 불리던 녀석이 가르쳐 준 방법이었다. 무거운 책의 책등으로 색연필 세트를 부수고, 물품 보관소에서 가져온 냄비에 그 가루를 바셀린과 섞었다. 그러고는 라면 맛 과자 봉지 수십 개랑 바꾼 아이스크림에서 나온 막대기 세 개를 물에 담근 뒤, 그것들이 붓털처럼 풀어질 때까지 나무를 계속 흔들었다.

당신은 감방 문 옆에 자리를 잡고 앉았다. 복도에서 들어오는 빛줄기 바로 안쪽에 가장자리가 위치하도록 신경 써서 골판지로 만든 캔버스를 놓았다. 새벽 3시에 들어온, 바닥에 놓인 아침 식사 쟁반은 거들떠보지도 않았다. 그레이비소스는 너무 멀겠고 통조림 과일에는 왕개미들이 득시글거렸다. 4월인데도 7월 같았다. 여기서는 종종 여름까지도 히터를 틀어 두기도 한다. 버터 조각이 녹아 작은 웅덩이가 되어 있었다.

전자 기계는 하나만 허용된다. 당신은 라디오를 선택했다. 라디오 손잡이에 손을 뻗자 잠음이 끽끽거렸다. 옆 감방의 수감자들은 종종 아르 앤드 비나 클래식 록을 틀어 달라고 부탁하기도 했다. 하지만 그들은 오늘이 어떤 날인지 알고 있다. 당신이 좋아하는 방송국을 찾느라 채널을 돌려도 그들은 항의하지 않았다. 클래식이다. 콘크리트로 된 공간의 구석구석을 가득 채우는 교향곡은 갑작스럽고 충격적이다. 당신은 그 소리에 몸을 맡긴다.

뭘 그리는 거야? 언젠가 샤나가 점심 쟁반을 문틈으로 밀어넣으며 물은 적이 있다. 그녀는 당신의 캔버스를 살피려고 고개를 기울였다.

호수요, 한때 사랑했던 곳이죠.

그때 그녀는 아직 샤나가 아니었다. 그녀는 빌링스 교도관이었다. 머리를 아래로 바짝 잡아당겨 둥글게 묶고 축 처진 엉덩이 아래로 제복 바지가 말려 있는. 6주 뒤, 납작한 손바닥을 창문에 갖다 댈 때까지도 그녀는 샤나가 아니었다. 당신은 샤나의 눈에서 전혀 다른 삶을 살았던 소녀들을 발견했다. 놀라운 일이다. 그녀를 보면 제니가 떠올랐다. 결핍된 무언가가, 연약하고도 제멋대로인 것이. 이름이 뭔가요, 교도관님. 당신이 묻자 그녀는 얼굴을 붉혔다. 샤나. 당신은 마치 기도하듯 경건하게 따라 말했다. 가느다랗고 하얀 목에서 신경질적으로 펄떡거리는 푸른 정맥을 상상하자, 당신은 더 커다래지고 새로워지는 듯한 느낌이 들었다. 샤나는 치아 사이의 빈틈을 드러내며 미소를 지어 보였다. 무안해하는 듯한, 크게 벌어지는 미소.

샤나가 떠나자 옆방에서 잭슨이 야유를 보내며 놀려 댔다. 당신은 침대 시트에서 닳아 빠진 끈 조각을 풀어 미니어처 스니커즈 바의 한쪽 끝에 묶고는 잭슨의 감방 문 아래로 던져 넣어 그의 입을 다물게 했다.

당신은 좀 다른 것을 그려 보려고 노력했다. 샤나를 위해서. 도서관에 요청한 철학 교과서에 수록된 장미 그림을 찾아냈다. 색은 완벽하게 만들었지만 꽃잎은 제대로 그리지 못했다. 타는 듯한 붉은빛의 장미는 흐릿해 보였고 각도도 맞지 않았다. 당신은 샤나가 보기 전에 전부 찢어 버렸다. 그다음 번에는 당신이 긴 회색 복도를 걸어 나가 샤워를 할 수 있도록 샤나가 감방 문을 열어 주었다. 샤나는 알고 있었다는 듯이, 수갑의 금속 부분에 손을 뻗어 엄지손가락을 당신의 손목 안쪽에 댔다. 시험이었다. 당신이 몸을 떨자 반대편에 있던 교도관이 무심결에 깊은 숨을 내쉬었다. 철창 안으로 밀어 넣는 거친 손길, 플라스틱 포크의 매끄러운 굴곡, 어둠 속에서 스스로의 손으로 주는 지루한 쾌감 외에 다른 것을 느껴 본 것은 참으로 오랜만이었다. 샤나의 손길은 전기처럼 찌릿했다.

그 이후로 당신은 완벽한 교감을 이뤄 냈다.

점심 쟁반 아래 끼워 둔 메모. 감방과 오락실을 오가는 순간의 만남들. 바로 지난주, 샤나는 감방 문의 구멍으로 보물 하나를 슬쩍 밀어 넣었다. 매끄럽게 묶은 그녀의 머리에 꽂혀 있던 작고 검은 머리핀이었다.

그녀의 발소리를 기다리면서 당신은 아이스크림 막대기를 파란색 물감에 담근다. 캔버스는 문 가장자리에 가지런하게 놓여 있다. 오늘 아침, 샤나는 대답을 줄 것이다. '예' 또는 '아니오'로. 어제 대화를 나눈 후 어느 쪽이든 선택했을 테니. 당신은 곧잘 의심을 무시하고 대신 기대에 집중한다. 그런 기대는 자신의 무릎 위에서 쉬고 있는 생명체처럼 느껴지곤 했다. 새로운 교향곡은 처음엔 조용히 시작되지만 점점 팽팽해지며 깊어진다. 당신은 빠르게 이어지는 첼로의 소리를 들으며 어떻게 이 세상의 일들이 점점 빨라지고, 쌓이며, 기어이 장엄한 크레센도가 되는지를 생각했다.

당신은 그림을 그리면서 생각한다. 범죄자 소지품 목록. 샤나가 어떻게 대답하든 짐을 싸야 한다. 빨간색 망사 가방 세 개가 침대 발치에 나란히 놓여 있다. 당신의 생필품은 윌스 교도소로 옮겨질 것이다. 그리고 당신이 모든 것을 빼앗기기 전의 몇 시간 동안 세속의 물건들과 그곳에서 머무르게 될 것이다. 당신은 폴룬스키 교도소에서 지난 7년간 하나하나 모았던 물건들을 챙겼다. 퍼니언스 양파 과자, 핫소스, 여분의 치약과 같은 것들을. 이제는 모두 무의미하다. 당신은 체스 게임에서 유일하게 당신을 이긴 C구역의 '개구리'에게 이 모든 것들을 남겨 줄 것이다.

당신의 '이론'은 모두 여기 남게 될 것이다. 전부 다섯 권의 공책이다. 그것들이 어떻게 처리될지는 샤나의 대답에 달려 있다.

그리고 아직 편지 문제가 남아 있다. 사진 문제도 있다.

다시는 그것들을 읽지 않겠다고 맹세했다. 어차피 거의 외우고 있다. 하지만 샤나가 늦는다. 손이 젖어 있지 않고 깨끗하다는 생각이 들어, 당신은 비틀거리며 일어나 맨 위의 선반에 손을 뻗어 봉투를 꺼낸다.

블루 해리슨의 편지는 짧고 간결하다. 노트 한 장. 그녀는 당신의 주소를 비스듬한 글씨체로 썼다. 데스 로우(사형수 수감 건물—옮긴이), A구역, 12건물, 폴룬스키 교도소, 안셀 패커 앞. 당신은 긴 한숨을 내쉬고 베개 위에 봉투를 부드럽게 올려놓는다. 그러고는 선반과 벽 사이에 테이프로 붙여 숨겨 둔 사진을 찾기 위해 책 더미를 옆으로 치운다.

당신이 이 감방에서 가장 좋아하는 공간이다. 절대 남들에게 보이지 않을 곳이어서이기도 하지만, 벽에 새겨진 낙서 때문이기도 하다. 공식적으로 날짜를 받은 이후 당신은 A구역의 이 감방에 머무르게 되었는데, 언젠가 여기 머물렀던 누군가가 콘크리트 벽에 공들여 문구를 새겨 놓았다. 우리는 다 미친 개다. 그 글을 볼 때마다 당신은 미소를 짓는다. 성경이나 성기를 이야기하는 대부분의 감옥 낙서들과는 달리 너무 괴상하고 터무니없다. 앞뒤 맥락을 고려해 보면 그 말에 우스꽝스러운 진실이 조용히 숨어 있는 걸 알 수 있다.

당신은 찢어지지 않도록 조심하면서 사진 모서리에서 테이프를 떼어 낸다. 사진과 편지를 무릎에 두고 침대에 앉는다. 당신은 생각한다. 정말 그래, 우리는 다 미친 개야.

몇 주 전 블루 해리슨의 편지가 도착하기 전까지 당신이 간직하고 있는 것은 오로지 사진 한 장뿐이었다. 사형을 선고받기 전까지 당신의 변호사는 자백이 강압에 의한 것이라고 굳게 믿고 호의를 베풀었다. 전화 몇 통을 건 끝에 변호사는 터퍼 레이크 보안관 사무실을 통해 사진을 우편으로 보냈다.

사진 속에서 블루하우스는 작아 보인다. 초라해 보이기도 한다. 앵글 때문에 사진 속에서는 왼쪽 덧문이 잘렸지만, 당신은 그곳에 수국이 어떻게 피어 있었는지 기억한다. 언뜻 보면 페인트가 벗겨진 밝은 파란색 집뿐이다. 식당 간판은 흐릿하다. 현관에는 '오픈'이라고 쓰인 깃발이 펄럭이고 있다. 자갈이 깔린 진입로는 임시 주차장을 만들려고 땅을 고르는 중이었다. 밖에서 보면 커튼은 그저 평범한 흰색이지만, 안에서 보면 작은 빨간색 사각형으로 이루어진 체크무늬라는 사실을 당신은 알고 있다. 당신은 냄새도 기억한다. 감자튀김, 소독약, 애플파이의 냄새. 부엌문이 어떻게 쨍그랑 소리를 내는지도. 뜨거운 김, 깨진 유리까지. 이 사진을 찍던 날, 하늘은 비가 올 것만 같았다. 사진을 들여다보는 동안 코를 찌르는 듯한 유황의 냄새까지 맡을 수 있을 듯하다.

가장 좋아하는 부분은 위층 창문이다. 자세히 보면 살짝 벌어진 커튼 사이로, 어깨부터 팔꿈치까지 드러난 팔 하나가 보인다. 10대 소녀의 맨살이다. 당신은 사진이 찍힌 순간에 그녀가 무엇을 하고 있었는지 상상하기를 좋아한다. 침실 문 근처에 서서 누군가와 이야기를 나누거나 거울을 보고 있었을 것이다.

그녀는 편지에 '블루'라고 서명했다. 진짜 이름은 비어트리스지만, 당신에게도, 당시에 그녀를 알던 어느 누구에게도 그녀는 비어트리스가 아니었다. 그녀는 항상 블루였다. 머리를 땋아 한쪽 어깨에 늘어뜨렸던 블루. 손목 위로 소매가 헐렁하게 늘어진 터퍼레이크 육상 경기장 운동복 티셔츠를 입은 블루. 블루 해리슨을 알았던 때, 그리고 블루하우스에서 지내던 때를 떠올리면, 유리창에 비친 자신의 모습을 항상 긴장된 눈빛으로 흘끗 보고서야 지나가곤 했던 그녀가 보인다.

당신은 그게 어떤 느낌인지 모른다. 그 사진을 볼 때 드는 느낌 말이다. 사랑은 아닐 것이다. 테스트를 받았다. 당신은 적절한 순간에 웃거나 잘못된 순간에 움찔하지 않는다. 통계가 있다. 감정의 인식, 동정, 고통에 관한. 당신은 책에서 읽은 사랑을 이해하지 못한다. 당신은 영화를 좋아한다. 달라지는 표정들을 연구하며 익히는 게 익숙하다. 당신이 뭘 할 수 있고 없는지에 대해서 누가 뭐라고 하든 말든 사진은 당신을 블루하우스에 데려간다. (사랑일 수는 없다. 신경학적으로 불가능할 테니.) 비명 소리가 멈추는 바로 그곳으로. 고요함은 맛있다. 숨이 막히는 듯한 안도감.

마침내 긴 복도에서 메아리가 들린다. 익숙한 샤나의 발자국 소리.

당신은 바닥으로 내려와 다시 붓을 부자연스럽게 움직인다. 붉게 핀 작은 꽃들과 잔디를 여기저기 그려 넣는다. 뾰족한 붓 끝과 으깬 색연필에서 나는 밀랍 냄새에 집중하려고 노력한다.

수감자, 이름과 번호를 말하시오.

샤나의 목소리는 항상 쓰러지기 직전처럼 들린다. 오늘은 교도관이 15분마다 방문해서 당신이 아직 숨을 쉬고 있는지 확인할 것이다. 당신은 그림에서 고개를 들 엄두를 내지 못하지만, 샤나 역시 벌거벗겨진 듯한 얼굴이리라는 것을 알고 있다. 욕망을 숨기지 못하고 명백하게 드러낸, 흥분과 대답의 내용에 따라서는 어쩌면 슬픔으로 뒤섞일 얼굴.

샤나가 당신에 대해 좋게 생각하는 것들이 있기는 하지만, 그 무엇도 당신과는 관련이 없다. 그녀를 사로잡은 것은 당신의 위치다. 문자 그대로 열쇠를 가지고 있는 동안은 당신의 힘을 가둬 놓을 수 있다는 점. 샤나는 규칙을 어기지 않는 여성이다. 그녀는 남자 교도관들이 매일 샤워 시간과 오락 시간 전에 죄수들의 알몸을 검열하는 동안 충실하게 자리를 피한다. 하루 22시간을 이 가로 180cm, 세로 275cm의 감방에서 보내는 당신이 물리적으로 다른 사람을 만나는 것은 불가능하다. 그리고 샤나는 이 점을 알고 있다. 그녀는 근육질의 남자가 표지를 장식한 로맨스 소설을 읽는다. 당신은 그녀에게서 세탁 세제 냄새, 집에서 점심으로 가져온 달걀 샌드위치 냄새를 맡을 수 있다. 당신과 그녀 사이에 열정도 안전도 보장하는 강철 문이 있다는 사실 때문에, 당신이 그녀에게 더 가까이 갈 수 없다는 사실 때문에 샤나는 당신을 사랑한다. 이런 점에서는 항상 안을 들여다보려던 제니와 전혀 다르다. 기분이 어떤지 말해 봐. 제니는 그렇게 말할 것이다. 나한테 다 말해. 하지만 샤나는 두 사람 사이에 항상 자리 잡고 있는 거리감을 오히려 즐긴다. 중독적인 미지를. 그리고 지금, 그녀는 저 끝에 걸터앉아 있다. 알고 있는 사실을 고개를 들어 확인하지 않으려면 엄청난 자제력이 필요하다. 샤나는 당신의 것이다.

당신은 침착하게 반복한다. 안셀 패커, 999631.

샤나가 신발 끈을 묶기 위해 몸을 숙이자 제복이 바스락거린다. 감방 구석에 있는 카메라는 복도까지는 비추지 않으며 당신의 그림은 완벽한 자리에 놓여 있다. 거의 존재감이 느껴지지 않는 흰색의 얇디얇은 섬광처럼 종이가 언뜻 보인다. 문틈으로 미끄러져 들어온 샤나의 쪽지가 매끄럽게 캔버스 모서리 밑으로 숨는다.

샤나는 당신의 결백을 믿는다.

당신은 절대 그런 일을 할 수 없어. 저녁이 길었던 어느 날, 근무 당번인 그녀가 감방 앞에 서서 속삭였다. 그녀의 뺨 위로 날카로운 그림자가 스쳤다. 당신은 절대 못 해.

물론 그녀는 12건물에서 당신을 뭐라고 부르는지 알고 있다. 소녀 살인마.

신문 기사는 모든 세부 사항을 아낌없이 보도했다. 첫 번째 항소 이후에 실린 기사는 12건물 전체에 당신의 별명을 들불처럼 퍼뜨렸다. 기자는 모든 것들에 의도가 있었고 사건들이 서로 연관된 것처럼 한데 묶어 놓았다. 소녀들. 기사는 그 단어를 사용했다. 당신은 그 단어를 싫어한다. '연쇄'는 뭔가 다르다. 그건 당신과 다른 남자에게 붙는 라벨이다.

당신은 절대 못 해. 샤나는 확신하지만 당신이 직접 그렇게 말한 적은 한 번도 없다. 당신은 그녀가 계속 그렇게 말하며 분노하는 것을 좋아했다. 이런 질문에 대답하는 것보다는 훨

썬 쉬웠다. 불편한가요? 미안한가요? 당신은 그게 무엇을 의미하는지는 결코 알 수 없었다. 물론 당신은 불편하다. 더 정확히 말하자면, 이곳에 있고 싶지 않다. 죄책감이 누구에게 도움이 되는지 모르겠지만 수년간 재판과 결실 없는 항소를 수없이 진행해 오는 동안 죄책감에 대한 질문은 계속되었다. 당신은 할 수 있나요? 물리적으로 공감을 느낄 수 있나요?

샤나의 쪽지를 허리춤에 집어넣고 천장에 있는 코끼리를 바라본다. 코끼리는 사이코패스 같은 미소를 짓는다. 한순간 살아 있다가 다음 순간에는 아무것도 아닌 것으로 보인다. 모든 질문은 터무니없다. 미친 거나 다름 없다. 넘어야 할 선도, 맞춰 둔 알람도, 무게를 젤 저울도 없다. 당신이 마침내 생각해 낸 질문은 공감에 관한 것이 아니다. 당신이 어떻게 인간이 될 수 있겠느냐는 질문이다.

아직은 아니다. 엄지손가락을 불빛에 대고 자세히 살펴본다. 당신의 지문에는 분명하고도 끈질긴, 마치 생쥐처럼 희미하게 움직이는 당신의 맥박이 있다.

당신이 스스로에 대해 알고 있는 이야기가 있다. 모두가 아는 이야기이기도 하다. 샤나의 쪽지를 허리띠에서 꺼내면서 당신은 그 이야기가 어떻게 그렇게 왜곡되었는지 궁금해진다. 어떻게 당신의 가장 나약한 순간들이 이토록 부각되었는지, 어떻게 그것들이 커져서 다른 것들을 전부 집어삼켰는지.

당신은 몸을 숙여 감방 구석에 있는 카메라로부터 쪽지를 가린다. 거기엔, 샤나의 떨리는 손글씨로 세 단어가 쓰여 있다.

내가 그걸 해냈어.

희망이 눈이 부시도록 하얗게 밀려 들어온다. 세상이 쩍 갈라지며 피를 흘리듯, 그것이 당신의 몸 구석구석을 통과한다. 11시간 16분이 남았다. 혹은 아마도, 샤나의 약속대로, 평생이 남아 있을지도 모른다.

언젠가 한 기자가 당신에게 말했다. 그런 시간이 분명히 있었겠죠. 당신이 이렇게 되기 전에요.

그런 시간이 있었다면, 당신은 그것을 기억하고 싶다.

라벤더
1973

예전이라는 게 있다면, 라벤더에서 시작할 것이다.

그녀는 열일곱 살이었다. 그녀는 세상에 생명을 불어넣는 것이 무엇을 뜻하는지 알고 있었다. 그것은 중력과 같다. 그녀는 사랑이 누군가를 감싸 안을 수도 있고 멍들게 할 수도 있다는 것을 알았다. 그러나 그 시간이 올 때까지, 라벤더는 자신의 안에서 자라난 것으로부터 떠난다는 것이 무엇을 의미하는지 이해하지 못했다.

"얘기해 줘."

라벤더는 진통이 멈출 때마다 숨을 헐떡였다.

그녀는 건초 더미를 받친 헛간의 담요 위에 누워 있었다. 랜턴을 든 조니가 구부정하게 몸을 숙인 채로 그녀를 바라보고 있었다. 차가운 늦겨울 공기 속에서 그의 숨결이 하얗게 휘었다.

"아기 말이야. 아기 이야기 좀 해 줘."

아기가 그녀를 죽일지도 모른다는 사실이 분명해지고 있었다. 진통이 올 때마다 그들이 준비라고 한 게 얼마나 끔찍했는지 알 수 있었다. 조니가 허세를 부리며 할아버지가 남긴 의학 교과서에서 몇 구절 인용하기는 했지만, 두 사람은 누구도 출산에 대해 아는 바가 없었다. 책에도 이런 것들은 없었다. 피, 종말이 닥쳐오는 기분, 하얗고도 뜨거우며 땀에 흠뻑 젖는 고통.

"남자애야. 나중에 대통령이 될 거야. 왕이 되든지."

라벤더가 신음했다. 아기의 머리가 살갗을 찢는 것을 느낄 수 있었다. 자몽처럼 생긴 것이 반쯤 나왔다.

그녀가 숨을 헐떡였다.

"아직 성별이 뭔지도 모르면서. 게다가 이 세상에 왕 같은 건 더 이상 없어."

그녀는 헛간 벽이 진홍색으로 보일 때까지 힘을 줬다. 온 몸이 유리 파편으로 가득 차 뒤틀리며 갈가리 찢어지는 것 같았다. 다음 진통이 오자 라벤더는 목구멍이 찢어질 듯 비명을 질렀다.

"좋은 사람이 될 거야. 용감하고, 똑똑하고, 힘센 사람이 될 거야. 아기 머리가 보여, 라벤더. 계속 밀어."

잠시 정신을 잃었다. 모든 자아가 하나의 커다란 상처로 수렴되었다. 그때 울부짖는 소리가 들렸다. 라벤더는 팔꿈치까지 피로 뒤덮인 조니가 알코올로 소독한 정원용 가위로 탯줄을 자르는 것을 지켜보았다. 잠시 후 라벤더는 아이를 안고 있었다. 그녀의 아이. 갓 태어나 미끌거리고 머리 주변에는 거품이 묻은 채로 아기는 성이 난 듯 팔다리를 휘젓고 있었다. 랜턴 불빛 속에서 눈동자가 무척 까매 보였다. 라벤더는 생각했다. 아기 같지가 않아. 작은 보라색 외계인처럼 생겼어.

조니는 그녀 옆 건초더미에 쓰러져서는 숨을 헐떡였다.

"봐, 우리가 이뤄 낸 걸 보라고, 내 사랑."

바로 그때 어떤 느낌이 라벤더를 강타했다. 너무나 강렬한 사랑이었다. 심지어는 공황처럼 느껴지기도 했다. 곧바로 메스꺼움이 느껴지며 죄책감이 밀려 들어왔다. 이 아기를 본 그 순간부터 라벤더는 자신이 이런 사랑을 원하지 않았다는 것을 알았다. 너무 과했다. 너무 굶주렸다. 하지만 그것은 지난 몇 달간 그녀의 몸속에서 자라났고 이제는 손가락과 발가락을 가지고 있었다. 아기는 산소를 꿀꺽꿀꺽 들이마시고 있었다.

조니는 수건으로 아기를 닦아서 라벤더의 젖꼭지에 바싹 갖다 대었다. 구깃구깃하고 너덜거리는 천 조각을 내려다보며, 라벤더는 헛간의 어둠 때문에 땀에 축축히 젖은 얼굴이 보이지 않는다는 사실에 감사했다. 조니는 그녀가 우는 것을 싫어했다. 라벤더는 아기의 머리에 손바닥을 올려놓았다. 처음에 했던 죄스러운 생각들은 이미 후회로 바뀌어 있었다. 아기의 부드러운 피부를 만지며 라벤더는 확신에 빠져들었다. *바다가 모래를 사랑하는 것처럼 너를 사랑할 거야.*

그들은 조니의 할아버지 이름을 따서 아기의 이름을 안셀이라고 지었다.

조니는 이런 것들을 약속했다.

조용한 곳. 하늘이 잘 보이는 곳. 마음대로 살 수 있는 집. 라벤더만의 정원. 학교도, 그들에게 실망하는 선생도 없는 곳. 어떤 규칙도 없는 곳. 아무도 지켜보지 않는 삶. 농가에는 그들뿐이었고 완벽하게 혼자였다. 가장 가까운 이웃도 10킬로미터는 떨어져 있었다. 때때로 조니가 사냥을 나가면, 라벤더는 집 뒤의 베란다에서 목소리가 쉴 때까지 최대한 크게 소리를 질렀다. 무슨 일이 난 줄 알고 누군가가 달려올지 알고 싶었다. 하지만 아무도 온 적이 없었다.

불과 1년 전만 해도 라벤더는 평범한 열여섯 살이었다. 1972년이었다. 수학, 역사, 영어 시간 내내 잠만 잤고, 줄리와 체육관 문 옆에서 훔친 담배를 피우며 킬킬거리곤 했다. 그녀는 어느 금요일에 몰래 선술집에 들어갔다가 조니 패커를 만났다. 그녀보다 나이가 많았고 잘생겼다. 어린 존 웨인 같아. 학교가 끝난 후 그가 픽업트럭을 타고 나타나자 줄리는 키득거렸다. 라벤더는 조니의 헝클어진 머리, 번갈아 입는 플란넬 셔츠, 묵직한 작업화를 좋아했다. 농장에서 일하는 조니의 손은 항상 무척 더러웠지만 라벤더는 그에게서 나는 냄새를 좋아했다. 기름과 햇빛의 냄새.

라벤더가 어머니를 마지막으로 본 것이 그즈음이다. 그녀는 담배를 입에 물고 접이식 카드 테이블에 풀썩 앉아 있었다. 주부들이 자주 하는 식으로 머리를 올려 묶으려고 했지만, 머리는 바람 빠진 풍선처럼 납작했고 한쪽으로 기울어져 있었다.

어서 가. 학교 그만두고 그 거지 같은 농장으로 가.

어머니는 아파하면서도 만족해하는 미소를 지었다.

그냥 기다리면 돼, 아가. 남자들은 늑대지만, 어떤 늑대는 참 을성이 있긴 하거든.

라벤더는 나가는 길에 옷장에서 엄마의 앤티크 목걸이를 훔 쳤다. 녹슨 금속으로 만든 동그란 목걸이로 빈 명판이 달려 있 었다. 기억하는 한 엄마의 깨진 보석함 중앙에 내내 자리 잡고 있던 것이었다. 엄마가 무언가를 소중히 여길 수도 있다는 걸 보여 주는 유일한 증거였다.

농장에서의 삶이 라벤더의 상상과는 전혀 달랐던 건 사실이 었다. 그녀는 조니를 만난 지 6개월 만에 그곳으로 갔는데, 그 전까지 조니는 할아버지 안셀과 단둘이 살았다. 조니의 어머 니는 사망했고 아버지는 떠났는데, 그는 부모님에 대해 결코 이야기하는 법이 없었다. 늙은 안셀은 목소리가 거친 참전 용 사였고, 어린 시절부터 조니에게 매끼 식사를 준비하도록 시 켰다. 그는 죽기 직전까지 계속 기침을 하다가 라벤더가 오고 몇 주 후 세상을 떠났다. 둘은 마당의 가문비나무 아래에 그를 묻었다. 라벤더는 아직도 흙으로 뒤덮인 그 자리 위를 걷는 것 을 좋아하지 않았다. 그녀는 염소젖을 짜는 법과 닭의 목을 비 튼 뒤 털을 뽑고 내장을 꺼내는 법을 배웠다. 라벤더는 엄마가 살던 트레일러 뒤에 있는 작은 밭보다 열 배는 큰, 감당하기 버 겁다 못해 위협적일 정도의 정원을 돌보았다. 야외에 있는 수 도꼭지로는 규칙적으로 샤워하기 힘들어 그건 포기할 수밖에 없었고, 그녀의 머리카락은 돌이킬 수 없을 지경으로 헝클어졌다.

조니는 사냥을 했다. 마실 물은 정수했다. 집도 고쳤다. 어떤 날 밤에는 마당에서 긴 하루를 보낸 후 라벤더를 불렀다. 라벤더는 그가 부푼 바지의 지퍼를 내린 채 비웃는 얼굴로 문 옆에 서서 기다리고 있는 것을 발견했다. 그런 날 밤이면, 그는 그녀를 벽으로 던지며 몰아세웠다. 금이 간 참나무에 뺨이 세게 부딪힌 채 그녀는 목 근처에서 으르렁거리는 조니의 굶주림을 느끼며 그 본능의 정수를 한껏 만끽해야 했다. 그 강렬한 욕망. 그녀를 숭배하는 듯한 굳은살이 박힌 그의 손. *내 사랑, 내 사랑.* 라벤더는 그녀가 조니의 강인함에 흥분했는지 그녀가 그를 부드럽게 만들 수 있다는 사실에 흥분했는지 알 수 없었다.

기저귀가 없어서 라벤더는 깨끗한 헝겊을 안셀의 허리에 감고 다리에 매듭을 묶어 주었다. 그녀는 헛간에 있던 담요 중 하나로 아기를 단단히 싸매고 조니를 따라 기운 없이 일어섰다.

집까지는 맨발로 걸어 돌아갔다. 어지러웠다. 너무나 고통스러웠고 조니가 그녀를 그곳으로 데려갔다는 사실 외에는 헛간에서의 일이 기억나지 않았다. 살을 에는 듯한 늦겨울 추위에도 그녀는 신발조차 신지 않았다. 안셀이 칭얼거리자 라벤더는 아이를 가슴까지 꼭 끌어안았다. 자정쯤 되지 않았을까.

농장은 언덕 꼭대기에 자리 잡고 있었다. 어둠 속에서도 위태로이 왼쪽으로 비스듬하게 기울어진 모습이 보였다. 집은 끊임없이 공사해야 했다. 조니의 할아버지는 터진 파이프, 비가 새는 지붕, 유리가 없는 창을 물려주었다. 평상시라면 라벤더는 그런 것들에 개의치 않았다. 뒷베란다에 홀로 서서 드넓은 벌판을 내다보는 그 순간만큼은 그만한 가치가 있었다. 물결치는 잔디는 아침에는 은빛으로 저녁에는 오렌지빛으로 빛났으며 목초지 너머로는 애디론댁산맥의 날카로운 봉우리들이 보였다. 농가는 캐나다에서 차로 1시간 거리에 있는 뉴욕주 에식스 카운티의 외곽에 자리 잡고 있었다. 맑은 날이면 그녀는 밝은 곳을 응시하며, 완전히 다른 나라로 바뀌는 곳에 있을 보이지 않는 선을 상상했다. 그 생각은 이색적이면서 매혹적이었다. 라벤더는 뉴욕주를 한 번도 떠난 적이 없었다.

"불 좀 피워 줄래?"

안으로 들어간 뒤 그녀가 부탁했다. 집은 얼음장 같았고 전날 밤 식은 재가 장작 난로에서 먼지를 일으켰다.

"늦었어. 피곤하지 않아?"

논쟁할 가치가 없었다. 라벤더는 힘겹게 계단을 올라가 수건으로 다리의 피를 닦고 옷을 갈아입었다. 낡은 옷들은 더 이상 맞지 않았다. 깃이 달린 블라우스와 함께 상자 안에 놓아두었던, 줄리와 같이 중고로 산 코듀로이 나팔바지는 그녀가 가진 옷 중 가장 좋은 것이었지만 불룩 나온 배에는 너무 꽉 끼었다. 조니의 낡은 티셔츠를 입고 침대에 올라가자, 조니는 이미 잠들어 있었고 싸개 안에서 버둥거리는 안셀이 그녀의 베개 위에 놓여 있었다. 마른 땀 때문에 라벤더의 목은 뻣뻣했다. 그녀는 아기를 품에 안고 반쯤은 꿈을 꾸며 서서 졸았다.

아침이 되었을 때, 안셀의 누더기 같은 속싸개는 흠뻑 젖어 있었고, 라벤더는 바람 빠진 풍선 같은 자신의 배를 타고 설사가 흘러내리는 듯한 느낌을 받았다. 조니가 냄새를 맡고 잠에서 깨며 깜짝 놀랐다. 그 소리에 안셀은 악을 쓰며 울기 시작했다.

일어난 조니는 더듬거리며 낡은 티셔츠 하나를 찾아 침대에 던졌지만 라벤더는 손이 닿지 않았다.

"아기 잠시만 안고 있어 주면……."

그때 조니가 지은 표정이란. 그 실망은 조니에게 속한 것이 아니었다. 그 추악함은 라벤더 자신에게서 비롯된 것이 분명했다. 미안. 라벤더는 그렇게 말하고 싶었지만 무엇에 대해 미안한 건지는 알 수 없었다. 조니가 계단을 내려가면서 내는 삐걱거리는 소리를 들으며 라벤더는 우는 아기의 입에 입술을 갖다 댔다. 다들 이렇게 살았겠지? 동굴이나 천막, 역마차에서 살던 옛날 여자들은 모두 이랬겠지. 그렇게 오랜 시간이 흘러도 변하지 않는 사실에 대해서 단 한 번도 깊이 생각해 본 적이 없었다는 것이 놀라웠다. 엄마가 된다는 것은 본디 혼자서 해야 하는 것이다.

한때 조니는 이런 것들을 사랑했다. 잠들기 전 키스하곤 했던 라벤더 목 뒤의 점. 너무 작아서 하나하나 느껴진다고 말했던 라벤더의 손가락뼈. 겹쳐진 앞니. 조니는 그녀를 덧니라고 놀리곤 했다.

이제 조니는 그녀의 앞니를 보지 않는다. 대신 안셀의 작은 손톱에 긁힌 얼굴의 상처만 보였다.

"빌어먹을, 멈추게 좀 해 봐."

안셀이 시끄럽게 울자 그가 말했다.

조니는 구멍이 숭숭 난 테이블에 앉아 안셀의 통통한 손가락을 잡고 저녁 식사 접시에 남은 기름기로 동물 그림을 따라 그리고 있었다. *이건 개야, 이건 닭이고.* 조니가 거칠지만 부드러운 목소리로 말했다. 안셀은 무슨 말인지 이해할 수 없다는 표정이었다. 결국 아기가 징징거리자 조니는 아기를 라벤더에게 넘겨주고 저녁 담배를 피우기 위해 자리를 떴다. 다시 혼자가 된 라벤더는 안셀이 기름 묻은 손가락으로 그녀의 셔츠에 줄무늬를 그리는 동안, 그 장면을 의식적으로 앞에 두려고 했다. 그 짧지만 완벽했던 순간 동안 조니가 아들을 어떤 시선으로 바라보았던가. 아이에게 자신을 투영하려고 하는 것 같았다. DNA로는 충분하지 않기라도 한 것처럼. 무릎에 아기를 앉히고 다정하게 어르는 조니의 모습은 오래전 선술집에서 라벤더가 만났던 그 사람 같았다. 맥주에 취한 줄리가 희미하게 속삭이던 목소리가 들리는 듯했다.

속은 부드러운 사람일 거야. 장담하는데 너한테 바로 넘어올걸.

안셀이 스스로 앉을 수 있을 즈음이 되자 라벤더는 줄리의 얼굴 윤곽을 떠올릴 수 없어졌다. 기다란 속눈썹과 모든 것을 다 알고 있다는 듯한 엉큼한 미소, 해어진 청바지와 초커 목걸이, 니코틴과 직접 만든 립밤이 섞인 냄새, 수프림스의 노래를 흥얼거리던 목소리만이 떠오를 뿐이었다. *캘리포니아로는 안 가는 거야?* 농장으로 가겠다는 라벤다의 선언에 배신감을 느낀 줄리가 물었다. *시위는 어쩌고? 네가 없으면 모든 게 달라질 거야.* 라벤더는 떠나는 버스의 창문 너머로 보였던, 직접 만든 시위 피켓을 발치에 내린 줄리의 모습을 기억했다. *베트남 전쟁을 끝내라!* 줄리는 그레이하운드 개가 낑낑거리는 듯한 모습으로 손을 흔들어 주었다. 라벤더는 자신의 선택이 삶을 유린할 수도 있다는 사실에 대해 생각해 본 적이 없었다. 심지어 그에 대해 궁금해한 적도 없었다.

줄리에게.

라벤더의 집에는 주소도 없을뿐더러 우체국에 갈 방법도 없었기 때문에 그녀는 머릿속에서만 편지를 쓰곤 했다. 그녀는 운전할 줄도 몰랐는데, 조니는 한 달에 한 번 가게에 나갈 때만 혼자 트럭을 썼다. *농장에 할 일이 이렇게 많은데 꼭 시내에 나가야 해?* 그는 그렇게 말하곤 했다. 조니는 트럭에서 통조림을 내리면서 자기 할아버지 같은 목소리로 투덜거렸다. *돈이 너무 많이 들어, 두 사람을 부양하려니.*

줄리에게.

캘리포니아는 어떠니.

종종 네 생각을 해. 어느 해변에서 태양을 쬐며 태닝을 하는 모습을 상상했어. 여긴 지낼 만해. 안셀은 이제 5개월이야. 눈빛이 정말 낯설 때가 있어. 꿰뚫어 보는 것 같달까. 어쨌든, 거기 날씨가 좋았으면 좋겠다. 안셀이 좀 더 크면 보러 갈게. 애가 정말 착해서 너도 좋아할 거야. 같이 모래 해변에 앉자.

줄리에게. 안셀이 8개월이 되었어. 통통해서 다리가 빵 반죽 같아. 이도 두 개나 났는데 작은 뼈가 간격을 두고 튀어나와 있는 거 같지 뭐야.

계속 여름을 생각해. 우리 땅 변두리에 야생 라즈베리가 자라는데, 거길 함께 걸었어. 조니가 산딸기를 따서 안셀의 입에 넣어 주었고 안셀의 손은 과즙 때문에 빨간 물이 들었지. 엽서에 나올 것만 같은 행복한 가족의 모습이었어. 그걸 보는데 내 몸이 내 몸이 아닌 것 같더라. 멀리 떨어진 나뭇가지에 앉은 새나, 아니면 다리가 덫에 걸린 토끼 한 마리가 된 느낌이었어.

줄리에게. 나도 알아. 오랜만이지. 어느새 다시 봄이야. 안셀은 이제 걸어 다니는데 세상 모든 것에 관심이 있는 것 같아. 마당에 있는 공사 장비에 팔이 베였는데 아니나 다를까 감염이 되었어. 열이 났는데 조니는 병원은 안 된대. 너도 알다시피 난 하느님 같은 건 믿지 않지만 기도 말고는 할 수 있는 일이 없었어. 곧 여름이 오겠지. 그럼 어떻게 될지 너도 알잖니. 지난 몇 주가 기억도 안 나. 줄곧 잠만 잔 것 같은 느낌이야.

줄리에게. 넌 운전할 줄 알아? 너랑 같이 배우겠다고 했었는데. 기회가 있을 때 배워 뒀어야 했어. 안셀이 태어나고 난 후로는 여기를 떠난 적이 없어. 애가 어느새 두 살이야. 믿어지니?
어제 조니가 숲에 사냥을 하러 가면서 안셀을 데려갔어. 난 안셀이 너무 어리다고 말했어. 둘이 돌아왔는데 보니 애 팔에 보라색 멍이 여럿 들어 있더라.
그 멍이 어떻게 생겼는지를 봤어야 해, 줄리. 손가락 모양 같았어.

시작은 그렇게 미미했다. 무시해도 될 만큼 사소했다. 조니의 목에서 나오는 불만스러운 신음, 화가 나서 문을 닫는 쾅 소리. 손목을 꽉 붙잡거나 귀를 찰싹 때리는 것. 손바닥으로 그녀의 뺨을 놀리듯이 치는 정도의 것들.

라벤더가 조금 정신을 차렸을 무렵, 안셀은 세 살이었다. 그들은 길고 반복적인 일상 속에서 매일의 낮과 밤을 보냈고 농가의 외로운 진공은 시간을 먹어치웠다.
어느 한여름의 찌는 듯한 오후, 안셀은 숲으로 걸어갔다. 라벤더는 정원에서 무릎을 꿇고 일하고 있었다. 죽어 가던 달리아에서 몸을 일으킨 그녀가 빈 마당을 보았을 때는 태양이 높이 떠 있었다. 안셀이 사라진 지 얼마나 됐는지 전혀 알 수 없었다.

안셀은 예쁘지도, 귀엽지도 않은 아이였다. 앞이마는 매우 넓었고 너무 큰 눈은 툭 불거져 있었다. 최근 들어 아이는 라벤더에게 자꾸 장난을 치곤 했다. 요리하는 동안 주걱을 숨기거나 물잔에 변기 물을 채워 놓는 식이었다. 하지만 이건 달랐다. 아이는 절대 마당 밖으로 혼자 나간 적이 없었다.

당황스러움이 홍수처럼 몰려왔다. 라벤더는 숲 입구에 서서 목이 쉴 때까지 안셀의 이름을 불렀다.

조니는 위층에서 낮잠을 자고 있었다. 라벤더가 깨우자 그는 투덜거렸다.

"뭐야?"

"안셀이 숲으로 갔어. 애 좀 찾아봐."

그녀가 다급하게 말했다.

"진정해."

조니의 숨결은 시큼했다.

"고작 세 살이야. 근데 숲에 혼자 들어갔다고."

라벤더는 자기 목소리에서 느껴지는 불안함이 싫었다. 신경이 날카로워졌다.

"네가 직접 가지 그래?"

그의 사각팬티 사이로 발기된 그것이 보였다. 조심해야 했다.

"당신이 숲을 잘 알잖아. 나보다 빠르고."

"그럼 뭘 해 줄 건데?"

농담을 하는 건가. 라벤더는 생각했다. 조니는 웃으며 손을 팬티의 고무밴드 속으로 집어 넣고 있었다.

"지금 장난칠 때가 아니야, 조니. 농담이 아니라고."

"내가 장난치는 것 같아?"

그는 미소를 띠며 리듬에 맞춰 자신을 만졌다. 라벤더는 아무것도 할 수 없었다. 목구멍에 굵고 고통스러운 눈물이 차올랐다. 그녀가 울기 시작하자 조니의 손이 멈췄다. 그의 미소는 찡그린 표정 속으로 녹아 들어갔다.

"좋아, 근데 약속해. 끝내고 나서 찾으러 가겠다고."

라벤더가 위로 올라갔다. 리넨 바지를 벗자 찝찔한 눈물이 목으로 넘어가는 것이 느껴졌다. 조니가 몸속으로 밀고 들어올 때, 라벤더는 겁에 질린 아이가 시냇물에 빠지는 모습을 상상했다. 아이의 작은 폐 속으로 차오르는 물을 상상했다. 공중을 맴도는 독수리. 가파른 계곡. 라벤더는 나뭇조각처럼 위아래로 몸을 움직였다. 그녀의 몸속에서 시들해진 뒤, 조니는 비웃음을 띠며 완전히 다른 사람이 되었다.

다른 사람의 모든 것을 알 수 있다고 생각하진 않아, 줄리는 말하곤 했다. 화가 난 조니가 흐느적거리며 자신을 밀어내자 라벤더는 모멸감을 느꼈다. 달과 같은 그의 얼굴이 아래쪽에 숨어 있던 분화구를 드러내고 있었다.

라벤더가 초조하게 마당을 서성거리는 동안 밤이 되었다. 조니는 뛰쳐나갔다. 아이를 찾기 위해서겠지. 그랬길 바랐다. 라벤더는 현관 맨 아래 계단에 무릎을 끌어안고 앉아서 불안하게 몸을 흔들었다. 숲에서 바스락거리는 소리를 들었을 때는 이미 깊은 밤이었고 그녀의 걱정은 깊어져 심장이 떨 정도로 심각한 두려움으로 바뀌는 중이었다.

"엄마?"

안셀이었다. 희미한 달빛 아래 숲 가장자리에 웅크리고 있었다. 발은 흙투성이에 입 주위에도 흙덩이가 붙어 있었다. 라벤더는 아이에게 달려갔다. 아이는 진홍색으로 뒤덮여 있었으며 쇠 냄새가 났다. 피. 라벤더는 부러진 곳이 있나 보려고 아이의 뼈 하나하나를 미친 듯이 더듬거렸다.

피는 손에서 나오는 것 같았다. 안셀은 머리가 없는 다람쥐를 주먹으로 움켜쥐고 있었다. 어둠 속에서 그것은 훼손된 박제나 목이 잘린 인형처럼 보였다. 아이는 그것을 개의치 않는 것 같았다. 그냥 잊고 있었던 장난감이라도 된다는 듯했다.

목에서 비명이 흘러 나왔지만 너무 지친 라벤더는 그것을 내뱉을 힘조차 없었다. 그녀는 안셀의 엉덩이를 받쳐 안고 집으로 돌아와 마당에 있는 수도꼭지로 데려갔다. 그녀가 스펀지로 안셀의 발을 닦는 동안 알전구 주위에 모여든 벌레들이 뿌연 공기 속을 날아다녔다. 라벤더는 얼음장처럼 차가운 물을 부으며 미안한 마음에 안셀의 발가락 하나하나에 입을 맞추었다.

"어서 가자. 뭘 좀 먹어야지."

수건으로 아이를 닦아 주며 그녀가 말했다.

부엌의 불을 켜자 안도감이 깔때기 같은 몸을 서서히 스치며 빠져나갔다.

집 안은 고요했다. 조니는 없었다. 라벤더가 집 주변을 서성이는 동안 그는 식품 저장고에 갔던 모양이었다. 그의 할아버지가 쓰던 먼지투성이 낡은 자물쇠가 창고에서 나와 저장고 문에 끼워져 있었다. 조니는 모든 통조림 캔을 숨기고 냉장고를 잠갔다. 싱크대 위 찬장에는 구멍을 뚫어 파스타와 땅콩버터를 감출 자물쇠를 채워 두었다.

라벤더의 귓가에 그의 말이 메아리처럼 계속 맴돌았다. *너와 저 아이는 스스로 살아가는 법을 배워야 해.* 그녀가 정원에서 토마토를 키우느라 애쓴 숱한 오후는 아무것도 아니었다. 가죽으로 묶은 사전으로 안셀에게 단어를 가르치기 위해 보낸 숱한 아침은 아무것도 아니었다. 조니의 낡은 사냥 부츠에 묻은 때를 긁어내느라 보낸 숱한 밤은 아무것도 아니었다. 조니는 분명히 했다, 그는 무엇인가를 제공하는 사람이라는 것을. 자신의 임무가 무엇인지 라벤더는 정확히 알 수 없었지만, 그녀가 그 일을 제대로 하지 못하고 있다는 것만은 분명했다.

괜찮아. 라벤더는 자물쇠 너머의 음식들을 찾으며 생각했다. 머릿속이 복잡했다. *괜찮아. 아침에는 먹을 수 있겠지.*

그날 밤에는 침실로 갈 엄두가 나지 않았다. 무엇을 보게 될까 두려워 도저히 조니를 마주할 수 없었다. 대신 헛간에서 가져온 낡은 담요를 다른 침실의 딱딱한 바닥에 깔고 안셀과 웅크리고 누웠다. *배고파*. 안셀이 밤중에 칭얼거리는데 계단을 오르는 조니의 둔탁한 발걸음 소리가 들렸다. 안셀이 배고파하며 몸을 떨자 라벤더는 샤워 후 계속 입고 있던 목욕 가운을 벗어 아이를 감쌌다. 벌거벗은 채 바닥에 누워, 창문을 향해 젖가슴을 드러내고 있던 그녀는 어머니의 목걸이가 반사되어 반짝이는 것을 보았다. 그녀의 물건이라고 할 수 있는 유일한 것이었다. 라벤더는 부드럽게 그것을 풀어서 안셀의 목에 걸어주었다.

"이제 네 거야. 언제나 널 안전하게 지켜 줄 거야."

라벤더의 목소리는 떨리고 있었지만, 그 말 자체는 아이를 달래며 재우는 것 같았다.

라벤더는 집이 완전히 조용해질 때까지 기다렸다가 아래층으로 살금살금 내려가 옷장에서 조니의 재킷 하나를 꺼냈다. 그때까지만 해도 걱정은 무시할 수 있는 수준이었다. 그동안 조니가 이렇게까지 한 적은 없었다. 손목을 너무 세게 잡거나 계단을 올라가면서 그녀를 옆으로 밀치는 정도였다. 자물쇠로 채워진 음식은 약속이자 위협이었다. 또한 가장 기본적인 것도 하지 못하는 라벤더의 무능이 불러일으킨 것이었다. 엄마가 되는 것 말이다.

마당 끄트머리에 픽업트럭이 어렴풋이 보였다. 라벤더는 높이 자란 축축한 풀숲을 맨발로 헤치고 지나갔다. 밤은 너무 어두웠다. 달도 없었다. 어지럽고 기력이 없었다. 아침 식사 이후로 아무것도 먹지 못했다. 열쇠는 차 문에 쉽게 꽂혔다. 문이 삐걱거리며 열렸다.

라벤더는 운전석에 앉았다.

유혹에 저항할 수 없었다, 거의. 그녀는 시동을 걸 뻔했다. 그녀는 바다가 보일 때까지 밤새 운전을 할 뻔했다. 하지만 수동기어 때문에 라벤더는 현실을 깨달았다. 여기까지 왔기 때문에 훨씬 더 충격적이었다. 그녀는 운전하는 법을 몰랐다. 차에 기름이 있는지 없는지도 몰랐고 기름을 넣는 방법도 몰랐다. 심지어 옷도 입고 있지 않았고 조니가 자는 방에 들어가지 않고서는 옷을 입을 방법도 없었다. 너무 절망적이었다, 너무나도. 그녀는 결코 해낼 수 없었다.

라벤더는 운전대 위에 엎드려 목놓아 흐느꼈다. 안셀을 위해, 다람쥐를 위해, 자신의 주린 배를 위해 울었다. 더는 상상도 할 수 없는, 자신이 한때 원했던 것들을 위해 울었다. 너무 오랫동안 손에 꼭 쥐고만 있던 바람에 꿈은 이제 의미도 없고 쓸모도 없고 공간만 차지하는 물건에 불과해진 것 같았다.

다음 날 아침 그녀는 베이컨을 지글지글 굽는 냄새에 잠을 깼다.

라벤더는 안셀의 침실 바닥에 혼자 누워 있었다. 담요가 발끝에 감겨 있었다. 가늘고 창백한 태양 빛이 창문으로 들이쳤다. 그녀는 뭉쳐져 있던 목욕 가운을 입고 아래층으로 조용히 내려갔다.

언제나처럼 조니는 스토브 앞에 서 있었다. 익숙한 거대한 몸. 그의 몸을 너무 잘 알고 있어 마치 그 일부가 된 듯했다. 고속도로를 달리려 했던 생각을 떠올리자 바보 같은 기분이 들었다. 조니는 접시를 내밀었다. 김이 나는 달걀 한 더미와 특별한 일이 있을 때를 위해 얼려 두었던, 바삭하게 구운 베이컨 두 줄. 보는 순간 알 수 있었다. 조니가 찬장을 다시 잠갔고 남은 음식들은 치우고 숨겼다는 것을.

안셀이 식탁에 앉아 행복하게 우유 한 잔을 꿀꺽꿀꺽 마셨다.

"제발, 조용히 먹자, 애야."

조니의 목소리는 이제 부드러웠다.

조니가 어떤 약속을 했었는지 더는 기억나지 않았지만 적어도 그 목소리는 알 수 있었다. 그녀는 조니가 자신의 머리카락을 꼬게 두었다. 엉덩이에 키스하도록 두었다. 계속 속삭이게 두었다. *미안해, 미안해.* 그 말들이 전혀 다른 언어처럼 들릴 때까지.

조니가 낮잠을 자는 동안 라벤더는 안셀과 함께 흔들의자에 앉아 있었다. 목걸이 줄이 안셀의 목에 희미한 녹색 자국을 남겼는데 그것이 멍처럼 보여서 그녀는 순간 깜짝 놀랐다. 그들은 책장에서 모든 책을 꺼냈다. 기술 설명서와 필리핀, 일본, 베트남의 지도들. 그리고 마침내 한 지도 제작자가 만든 애디론댁산맥 지도를 찾아냈다. 라벤더는 안셀을 무릎에 앉히고 다리 위에 지도를 펼쳤다.

"우리는 여기에 살아."

라벤더가 속삭였다. 그녀는 안셀의 손으로 고속도로를 따라 내려갔다. 농가에서 지도의 끝에 있는 마을까지.

일종의 폭력이었다, 속옷이 하얗다는 사실은. 4주 후, 그리고 6주 후. 라벤더는 핏자국을 간절히 바랐다. 매일 아침 그녀의 몸은 그녀를 배신했고 허락도 없이 서서히 변해 갔다. 그녀는 화장실 변기에 토했고 속에서는 공포가 치밀어 올랐다. 그 공포는 거대하게 밀려들며 부풀었다.

줄리에게.

우리가 「맨슨 걸스」(미국의 살인마 찰스 맨슨과 그를 추종했던 여성들을 그린 미국 영화―옮긴이)를 얼마나 좋아했는지 기억해? TV에서처럼 재판 같은 것도 따라했잖아. 난 요즘 그 소녀들이 나오는 꿈을 꿔. 그들이 어떻게 그 피비린내 나는 결말을 맞이했는지 말이야. 나는 수전 앳킨스가 이런 기분을 느낀 적이 있을지 궁금해. 그녀의 머릿속 어둠에서 속삭이는 소리가 있다면 이렇게 말했겠지. 꺼져.

점점 커지고 있어, 줄리. 멈출 수가 없어.

라벤더는 헛간에서 포대 자루를 발견했다. 그녀는 그 안에 아주 작은 옥수수 캔 하나를 넣어 두었다. 조니가 잠시 등을 돌리고 있을 때 셔츠 아래에 숨겨서 훔친 것이었다. 무모한 짓을 했다는 생각에 심장이 세게 방망이질을 했다. 안셀에게는 너무 작았지만 필요한 경우에는 체온을 유지시켜 줄 수 있을 것 같아서 오래된 겨울 코트도 자루에 넣었다. 마지막으로 싱크대 밑에 떨어져 있던 녹슨 식칼도 넣었다. 그녀는 안셀의 방 벽장 뒤에 자루를 밀어 넣었다. 조니가 절대 들여다보지 않는 곳.

그날 밤, 조니는 여느 때처럼 코를 골며 자고 있었고 라벤더는 부풀어 올라 이상하게 느껴지는 자신의 배에 손을 얹었다. 그녀는 장롱 속 가방을 생각했다. 그것은 뭔가를 약속하는 듯했다. 조니에게 아기에 대해 이야기하자 그는 단지 미소만 지었다. *우리의 작은 가족이 완성되네.* 목구멍에서 쓰디쓴 분노가 올라왔다.

몸이 점점 커졌다. 몸이 부풀수록 뒷문 옆 흔들의자에 앉아 있는 시간이 늘었다. 아침에 일어나면 가장 먼저 거기에 앉았고 종종 화장실에 갈 때만 움직였다. 그녀의 뇌는 더 이상 그녀의 것이 아니었다. 새로운 아기는 그녀가 뭔가를 떠올리는 즉시 그 생각을 먹어 치웠다. 라벤더는 그저 껍데기, 좀비 같았다.

안셀은 라벤더의 발치에서 계속 웅크리고 있었다. 그는 손가락으로 벌레를 쥐어짜서 선물이라도 되는 듯이 그녀에게 건넸다. 또 유치로 도토리를 쪼개어 쪼개진 반쪽을 주었다. 조니가 며칠씩 집을 비우면 안셀은 조니가 싱크대에 남겨 둔 수프 캔을 가져다주었다. 그들의 몫이었다. 그들은 번갈아 가며 차가운 숟가락을 핥곤 했다. 돌아오면 조니는 기분이 좋지 않기 일쑤였다. 라벤더는 옷장 안에 있는 가방, 코트, 칼을 생각했다. 계단을 올라가기엔 몸이 너무 커졌다.

줄리에게.

나는 선택이라는 게 궁금해. 선택을 할 때마다 우리가 얼마나 분노하는지, 그리고 그것에 대해 얼마나 후회하는지 말이야. 심지어 선택들이 자라는 걸 지켜보고 있는데도.

진통은 이른 시간에 시작되었다. 새벽녘의 찬 공기 속에서 찌르는 듯한 고통이 찾아왔다. 라벤더는 애원했다. *헛간은 싫어. 그냥 여기서 낳게 해 줘.*

조니는 흔들의자 옆에 담요를 깔았다. 라벤더가 비명을 지르고 피를 흘리며 진통하는 동안 그와 안셀은 옆에 있었다. 이번에는 달랐다. 마치 자신의 몸 안에 있지 않은 것 같았고, 고통이 그녀를 집어 삼킨 이후에 그저 그걸 지켜보고 있는 듯한 느낌이 들었다. 도중에 라벤더 위에 올라온 안셀이 걱정되는 표정으로 끈적한 손바닥을 그녀의 이마에 갖다 대었다. 라벤더는 잠시 태초의 폭발이 자신을 되돌려 놓는 것을 느꼈다. 너무나 강력하고도 운명적인 사랑의 소용돌이. 그녀는 자신이 그 안에서 살아나갈 수 있을지 확신할 수 없었다.

잠시 후 고요가 찾아왔다.

라벤더는 누워 있는 바닥이 열려서 다른 삶으로 자신을 데려가 주길 빌어 보았다. 영혼이 아기의 머리, 손가락, 발톱과 함께 몸을 빠져나갔다고 확신했다. 조니가 아기를 싸맨 속싸개를 안셀에게 건네주고 그녀를 일으키려고 다가온 순간, 라벤더는 다시 태어나는 것이야말로 최후의 수단일 것이라는 생각이 들었다. 이 세상에도 다른 삶이 있었다. 캘리포니아. 그녀는 혀에서 녹는 달콤한 사탕인 양 그 단어를 되새겼다.

라벤더는 아파하며 코를 훌쩍이는 아이들 둘 모두를 볼 수가 없었다. 괴물 같이 이상한 안셀의 얼굴. 무슨 병에라도 걸릴 것 같은 생각에 만질 수도 없어 꽁꽁 싸매 둔 아기. 라벤더는 그게 무슨 병일지는 알지 못했다. 하지만 그 병이 자신을 여기에 영영 가두어 버릴 것 같았다.

라벤더는 단단한 나무로 스며들었다. 천장에 있는 한 점 티끌이 되고 싶었다.

몇 주가 흘렀지만 태어난 아기에게는 이름도 없었다. 한 달이 흐르고 두 달이 흘렀다. *아기 패커.* 안셀은 벽난로 옆 바닥에서 아기와 함께 놀며 그렇게 중얼거렸다. 음조는 없지만 경쾌한 노래를 만들어 불렀다. *아기 패커는 먹는다, 아기 패커는 잔다. 형아는 널 사랑해, 아기 패커야. 형아는 널 사랑해.*

조니는 때때로 다정하게 굴었다. 예전의 라벤더를 되돌리려는 어설픈 시도였다. 침대 끝에 웅크리고 라벤더의 발을 문지르기도 했다. 스펀지로 상처를 닦아 주기도 하고, 엉킨 머리카락을 빗어 주기도 했다. 조니가 분유를 먹이려고 아기를 데려가는 동안 그녀는 침대에 누워 있었다. 그 외의 시간에 아기 패커는 네 살짜리 안셀의 눈이 지켜보는 가운데 꼼지락거렸다.

아기를 안는 하루의 몇 분 동안, 라벤더는 어떻게 이 아기가 여기까지 오게 되었는지, 이 달콤한 젖먹이가 그녀에게 속한 적이 있기는 한 건지 궁금했다. 안셀을 볼 때도 같은 마음이 들긴 했지만 이 사랑은 너무나 새롭고도 강렬했다. 지금 그녀는 자신이 그 사랑을 다 써 버리는 건지 두려웠다.

아기가 젖을 다 먹으면 그녀는 단조로운 목소리로 말했다.

"데려가. 여기 같이 있고 싶지 않아."

조니의 절망감은 점점 단단해지고 있었다. 라벤더는 녹아내린 용암처럼 그의 가슴에 점점 쌓여 가는 그것을 느낄 수 있었다. 그 공포는 그녀를 더 병약하게 할 뿐이었다. 또한 무감각해져 갔다. 하루 내내 먹는 것이라곤 옥수수나 콩 통조림 한 캔 정도였고, 배고픔의 고통이 늘 함께했다. *다시 일을 시작하면 더 줄게.* 조니는 무심하게 약속했다. 같은 말을 되풀이하는 그의 목소리에는 비난과 좌절이 담겨 있었다. *너도 생활비를 버는 법을 배워야 해.*

조니가 분노에 가득 차 침대 옆에 서 있어도 라벤더는 너무나 나약해지고 판단이 흐려져 신경을 쓸 수 없었다. 라벤더는 그저 분노로 펄펄 끓는 하나의 덩어리로 보이는 조니를 보며 라즈베리가 열린 들판에 있던 그를 떠올리려고 애썼다. 조니는 이 희뜩하게 보이는 낯선 사람으로 바뀐 게 아니었다. 진화했다는 말이 좀 더 사실에 가까웠다. 그 자신의 그림자가 된 것이다.

"일어나."

"못 하겠어."

"제길, 일어나라고. 당장 일어나."

조니의 목소리는 날카롭고 차가웠다.

"못 하겠어."

라벤더는 앞으로 무슨 일이 일어날지 너무나도 잘 알았다. 이미 각본이 모두 짜여 있었고, 그녀는 그 각본대로 살기만 하면 되는 것 같았다. 그녀는 자신이 이 순간을 몇 달이나 기다려왔다는 것을 깨달았다. 자물쇠로 채워진 음식, 작은 멍 자국들. 알고도 주의 깊게 살피지 못했던 경고들.

조니가 달려들기 전에, 그녀는 그가 악몽 같아 보일 거라고 생각했다. 한 번도 본 적이 없는 사람이 될 거라고. 그가 손찌검을 하기 전 1초도 안 되는 그 짧은 시간 동안, 라벤더는 늘 알고 있던 거친 남자 한 명을 보았다. 그녀는 연민에 기반한 명료함으로 생각했다. 당신은 뭐든지 될 수 있었어, 조니. 하지만 이건 아니지.

머리카락 한 줌이 뽑혀 나갔다. 쑤셔 오던 뼈가 바닥에 부딪히자 애원하는 듯한 비명이 터져 나왔다. 다리 사이의 상처가 벌어지면서 타오르는 듯했다. 조니는 다리를 말처럼 뒤로 젖혀, 앞쪽을 강철로 마무리한 부츠로 배를 제대로 걸어찼다. 그 충격에 눈앞이 번쩍였다.

문쪽에서 소리가 났고, 라벤더의 시야에 무언가 두 개로 겹쳐 보였다. 안셀의 희미한 실루엣이었다. 아기를 안고 있었는데 라벤더가 가르쳐 준 대로 머리를 한 팔로 받치고 있었다. 흐릿하게 보이는 아이는 바지도 입지 않고 있었고 다리는 너무도 가늘었다. 아기를 안고 있기에는 너무나도 어려 보였다. 아이와 안셀은 충격에 빠진 채 울고 있었다. 라벤더가 아이들에게 손을 뻗자, 순간 어디를 다쳤는지도 알 수 없을 정도로 온몸에 고통이 찾아왔다. 입 안이 피와 모래로 가득 찬 것 같았다.

나오지도 않는 목소리로 라벤더가 겨우 내뱉었다.

"어서 가렴, 안셀."

시간이 느려진 듯했다.

"안 돼, 조니, 제발……."

그녀는 소리를 지르려고 했다.

너무나도 빨랐다. 너무나도 무심했다. 조니는 거대한 손으로 안셀의 머리를 뒤로 잡아당기더니 나무 문틀에 금이 갈 정도의 힘으로 내리쳤다.

그 후의 침묵.

조니의 묵직하고 거친 숨소리만이 간간이 귀에 울렸다. 아기도 놀라서 울음을 그쳤다.

방 안은 믿을 수 없을 만큼 고요했다. 바닥에 쓰러져 있던 라벤더는 어떤 깨달음이 조니를 덮치는 것 같다고 생각했다. 그의 거대한 몸이 당혹스러워하며 떨리는 듯했다. 조니는 침실을 나섰다. 그가 계단을 쿵쿵거리며 내려가 뒷문을 세게 닫는 소리가 들렸다. 안셀은 멍한 눈을 천천히 끔뻑거렸다.

라벤더는 나무 바닥에 몸을 붙인 채 기어갔다. 삐걱거리는 소리가 났다. 그녀는 아이들에게 다가가 꼭 끌어안고 눈물을 흘렸다.

그날 밤 조니는 돌아오지 않았다. 라벤더는 바짝 긴장한 채 아이들과 침대에 웅크렸다. 그녀는 잠들 때까지 아기를 열심히 돌보았다. 안셀이 배고파했지만 라벤더는 미안한 마음으로 고개만 저었다. 우유가 부족했다. 안셀은 가느다랗고 젖은 속눈썹으로 그녀를 올려다보았다. 아이의 움푹 들어간 두 눈은 겁에 질린 작은 유령처럼 보였다.

동이 트자 라벤더는 침대에서 미끄러져 나왔다. 다리와 배에 생긴 멍들은 이미 자줏빛으로 변했다. 두 아이는 낡은 매트리스 위에서 규칙적으로 숨을 내쉬며 잠들어 있었다. 안셀의 이마에 난 상처는 골프공만 하게 부풀어 있었다.

삐걱거리는 창문을 열고 아침을 향해 얼굴을 내밀었다. 뺨을 스치는 미풍과 이슬 맺힌 공기는 새롭게 무언가를 약속해 주는 것 같았다. 저 너머 들판의 아침은 노란빛이었다. 저 너머,

저 너머. 라벤더는 저 너머의 어떤 곳도 기억해 낼 수가 없었다. 이 방을 나서면, 이 집을 나서면, 아이들을 위해 냄비에 고기를 요리하는 어머니들이 있다. 토요일 아침이면 두려울 것이 없는 순수한 어린 소년들이 만화를 보고 있다. 버터 냄새를 풍기는 영화관의 팝콘, 상자에 담긴 시리얼, 진짜 치약이 있다. 텔레비전과 신문과 라디오가 있고, 학교와 술집과 커피숍이 있다. 이 농가로 오기 전에 한 남자가 달에 착륙했다. 지금쯤이면 저 달 위에 도시가 들어서 있을 것 같았다.

조니는 정오가 되어서야 돌아왔다. 머리에 나뭇가지들이 붙어 있는 걸로 봐서 숲에서 잠을 잔 듯했다. 풀이 죽어 부끄러워하는 듯한 표정 때문에 완전히 다른 사람처럼 보였고 한층 작아 보이기까지 했다. 그는 간절히 용서를 빌기라도 하는 양 몸 전체를 웅크리고 있었다.

하지만 라벤더는 용서를 알지 못했다. 그녀는 한 가지만을 생각했다. 저 너머의 황홀하고 푸르른 아침노을. 저 바깥세상을 아이들이 결코 볼 수 없을지도 모른다는 생각에 두려워지기 시작했다.

"제발, 나 좀 데리고 나가 줘."

조니가 송곳니가 빠진 자국을 볼 수 있도록 그녀는 이를 드러내며 말했다.

몇 달 만에 처음으로 옷다운 옷을 입었다. 머리도 빗고 부어

오른 뺨에 세수도 했다. 겨울 내내 만든 부드러운 털스웨터를 허리께에 묶었다.

"헛간 가는 거야?"

학교에 다닐 때 이후로 신지 않았던, 가장 아끼는 로퍼를 꺼내자 안셀이 물었다. 조니는 벌써 차에서 기다리고 있었다. 놀랍게도 그를 설득하는 건 어렵지 않았다. 허벅지에 난 자국들을 보게 했다. 한두 시간 정도는 아이들이 괜찮을 거라는 확신도 주었다. 어떤 계획이 있었던 건 아니었다. 밖으로 나가지 않고서는 앞으로 어떤 일이 펼쳐질지 알 수 없었다.

"아빠랑 여행 다녀올 거야. 금방 돌아올 거야."

라벤더는 팔을 뻗어 올린 안셀을 안아 주었다. 업어 주기에 아이는 이제 너무 컸지만 늘 그래 주었던 때와 비슷한 무게인 것처럼 느껴졌다. 이마의 혹은 주먹만큼이나 부풀어 올랐고 라벤더는 그것을 만지고 싶은 충동을 참아내야 했다. 아이의 머리카락에 입을 맞춘 라벤더는 쪼그리고 앉았다. 조니의 재킷으로 싸서 벽난로 옆에 놓아 둔 아기 패커는 꿈틀거리면서 칭얼댔다. 아이들은 낡은 스푼 세트를 가지고 놀곤 했는데 아기의 뻣뻣한 손바닥은 광택제에 검게 물들어 있었다. 라벤더는 아기의 두피에 코를 갖다 대고는 달콤하고 톡 쏘는 듯한 사향 냄새를 들이마셨다.

라벤더가 두 손으로 아이의 뺨을 누르며 말했다.

"안셀. 동생을 잘 돌봐 줄 거라 믿어도 될까?"

안셀은 고개를 끄덕였다.

"아기가 울면 어디로 데려갈 거야?"

"흔들의자로."

"좋아, 훌륭해. 똑똑하네."

때가 되었다. 라벤더의 결심은 결심이라기보다는 어깨에 떨어진 잿더미 같았다. 그녀가 판단할 수 있는 순간이 아니었다. 마당 구석에서 트럭의 엔진 소리가 들렸다. 조니의 섬뜩한 존재감이 계속해서 위협적으로 느껴졌다.

라벤더는 더 이상 아이를 쳐다볼 수 없었다. 저 깊은 어딘가에 거부감이 가득 찼다. 라벤더는 아이들과의 마지막 순간이 이미 지나갔음을 알았다. 의문을 품은 아이들의 눈동자, 장미꽃 봉오리 같은 입, 작은 손톱들을 견딜 수 없었다. 그래서 보지 않았다. 라벤더는 등을 돌리고 햇살 쪽으로 걸어갔다.

"착하게 있어."

그렇게 말한 뒤 그녀는 문을 닫았다.

라벤더는 5년 넘게 농가를 떠난 적이 없었다. 처음엔 그 고립은 선물이었다. 황무지는 어머니의 트레일러에서 겪은 정신적 고통에 대한 해독제와도 같았다. 라벤더는 그 농가가 자신을 억류하기 시작한 시점을 정확히 알 수 없었다.

이제 차창 너머로 우주가 펼쳐지고 있었다. 익숙하기도 하고 낯설기도 했다. 활기차게 북적이는 주유소, 고소한 소고기 냄새를 풍기는 패스트푸드 음식점. 창밖으로 한 손을 내밀고 귓가에 부는 바람을 느끼고 있자니 그동안의 고통이 거의 잊히는 듯했다. 라벤더는 자신이 스물한 살이라는 사실을 기억해 내려고 손가락을 세어야 했다. 학교 친구들은 지금쯤 직업을 가졌을 것이고 남편과 아이들도 있을 것이다. 라벤더는 지금 대통령이 누구인지도 모르고 있었다는 사실을 깨달았다. 76년에 있었던 선거를 완전히 놓쳤다. 제한 속도보다 빠르게 달려오고 나니 배가 고파졌다. 하지만 또한 자유로웠다. 아이들로부터 떨어졌다는 사실 때문에 흥분됐다. 약간 어지럽기도 했다.

"남쪽."

어디로 가고 싶냐고 묻는 조니에게 라벤더는 그렇게 대답했다. 조니는 실망하는 빛을 내비쳤지만 아무 말 없이 계속 운전했다. 조니의 손에 잡힌 운전대는 너무나도 작아 보였다. 그들은 최소 시속 130킬로미터로 달리고 있었다. 그녀는 할 수 있었다. 반대편에서 다가오는 차를 향해 방향을 틀거나 고속도로 옆 도랑에 빠르게 처박히게 할 수도 있었다. 막연하게 그런 생각을 했다. 하지만 공기는 너무나도 상쾌했고 라디오에서는 음악이 흘러나왔다. 자신이 죽고 싶지 않아 한다는 것을 깨닫고 라벤더는 놀랐다.

그들은 집에서 2시간쯤 달려 뉴욕주 중간쯤에 위치한 올버니 외곽의 주유소에 들렀다. 라벤더는 조니가 트럭을 주차하는 동안 아이들과 수백 킬로미터나 떨어져 있다는 생각에 미소를 지었다.

"뭐가 그렇게 재밌어?"

조니가 여전히 멋쩍어하는 태도로 말했다.

"아무것도 아니야. 화장실 좀 다녀올게."

그녀는 차 문을 여는 조니의 목 뒤로 늘어진 머리카락을 유심히 보았다. 이어지는 척추뼈, 어깨의 폭, 귀와 머리뼈 사이의 폭 들어간 부드러운 부분. 지금의 조니와 그때의 조니가 다른 부분이라곤 저만큼이나 작을 것이다. 연약한 저 피부의 한 조각 정도. 라벤더는 그 한 조각 정도가 조니의 전부이길 바랐다. 조니가 조금만 더 착하게 굴었더라면 모든 것이 훨씬 편안했을 것이다.

조니가 기름을 넣는 동안 차에 있던 동전들을 쓸어모았다. 상점을 향해 걸어가는 내내 심장이 엄청나게 뛰었다. 편의점의 도어 벨이 울리자 라벤더는 지금이 열여섯 살 이후 가장 외로운 순간이라는 것을 깨달았다.

나이 든 여자 점원이 의심스럽게 쳐다보았다. 밝게 칠해진 벽을 따라 과자 코너가 늘어서 있었다. 상점 맨 안쪽 음료와 아이스크림 코너 사이에 공중전화가 있었다.

저거야. 관자놀이에서 맥박이 뛰는 게 느껴졌다.

기회다.

라벤더는 시간이 있기를 바랐다. 그녀가 무엇을 포기해야 하는 건지 앉아서 곰곰이 생각하고 싶었다. 하지만 뿌연 창문 밖으로 기름 호스를 흔드는 조니가 보였다. 손바닥 밑에 유령이 있기라도 한 것처럼 거위알만큼이나 부풀어 오른 안셀 머리의 혹이 지금도 느껴졌다. 시간은 그녀의 편이 아니었다. 그 어떤 것도 그녀의 편이 아니었다.

"911입니다. 무슨 일이시죠?"

농가의 위치를 알려 주면서 라벤더는 감자칩 봉지에 있는 상표를 읽는 척하려고 애썼다.

"부인, 좀 더 정확하게 말씀해 주셔야 합니다."

"네 살짜리 아이와 갓난아기가 있어요. 조니가 돌아가기 전에 도착하셔야 해요. 보시면 아시겠지만 그이가 아이들을 다치게 했어요. 조니와 전 집에서 2시간 거리에 나와 있어요. 제발요, 그이가 도착하기 전에요."

라벤더는 울고 있었다. 눈물이 전화기 위로 떨어졌다. 확실하게 하기 위해 그녀는 위치를 두 번 반복해서 말했다.

"지금 바로 가겠습니다. 전화를 끊지 마세요. 부인이 어머니신가요? 우리가 알아야……."

창밖으로 조니가 목을 빼고 두리번거리는 것이 보였다. 당황한 라벤더는 전화를 끊었다.

계산대 뒤의 점원이 주의 깊게 지켜보는 것이 느껴졌다. 예순 살쯤 되어 보이는 그녀의 회색 머리카락은 곱슬거렸다. 점원은 얼룩진 폴로 셔츠를 입고 손톱을 물어뜯고 있었다. 그녀는 조니에서 라벤더로, 그리고 전화기로 시선을 옮겼다. 그러고는 손가락을 들어 화장실 너머로 빼꼼히 문이 열려 있는 비품실을 가리켰다.

라벤더는 감사의 뜻으로 고개를 까딱하고는 재빨리 안으로 들어갔다.

비품실에는 빛이 없었다. 선반에 청소용품들이 가득 쌓여 있었고 문 아래쪽 몇 센티미터 정도로 노란빛이 새어 들어왔다. 라벤더는 자신이 한 일에 대한 충격으로 숨조차 쉴 수 없어 금속 선반에 몸을 기댔다. 문 너머로 여자가 나타나더니 이내 그녀가 있는 곳을 자물쇠로 딸깍 잠그는 소리가 들렸다. 두려움이 엄습했다. 오래전부터 안에 있었던 두려움이 전혀 새로운 힘이 되어 배어 나오는 듯했다. 그것은 자극적이었고, 신선했고, 전율을 주었다.

라벤더는 머리를 문에 기대고 귀를 기울였다. 문이 너무 두꺼워서 아무 소리도 들리지 않았다. 떨리는 손을 부여잡고 전화기 너머의 목소리를 떠올리려고 애썼다. 구급대원의 목소리는 꽤 침착했고 믿을 만했다. 라벤더는 제복을 입은 사람들이 전문적이고 어른스러운 목소리로 말하며 농가로 우르르 들어가는 모습을 상상했다. 안셀과 아기를 발견하면 그들이 크고 따뜻한 담요로 감싸 줄 것이다. 아이들에게 통조림 콩이 아닌 다른 것을 먹일 것이다. 머리를 단단히 틀어 올리고 경찰 제복을 입은 한 여자가 아기를 안고 있는 모습을 상상했다. 그녀는 라벤더보다 훨씬 더 강하고 유능할 것이다.

심장이 콩닥대는 기다림밖엔 없는 어둠 속에서, 라벤더는 표백제와 먼지와 식초의 냄새를 느꼈다. 그녀는 낮은 선반에 있는 상자 안에서 어린 시절 이후로 한 번도 본 적이 없는, 깔끔하게 낱개로 포장된 사각형 모양의 초콜릿 케이크를 발견했다. 그 모든 일을 겪고도 배에서 소리가 났다. 작은 케이크 하나의 포장을 뜯고 또 하나를 뜯고 그것들을 통째로 입에 밀어넣으면서 그녀는 흐느끼기 시작했다. 조금씩 삼키자 케이크가 덩어리째 목구멍으로 넘어갔다. 구겨진 비닐 포장지들에 둘러싸인 손가락이 끈적거렸다. 인생 최대의 실수를 저지른 것은 아닌가 하는 생각이 들었다. 그럴지도 모른다. 하지만 그런 의심 속에서도 라벤더에게는 매달릴 수 있었던 다른 무언가, 한 가닥의 확신이 있었다. 그녀는 항상 어머니의 사랑보다 더 강력한 것은 없다는 말을 들었다. 엄마가 된 이후 처음으로 라벤더는 그 말을 믿게 되었다.

가게에 있던 여자가 라벤더가 있는 비품실을 열었다. 안으로 빛이 쏟아져 들어왔다. 그녀는 바닥에 엎어져 있는 라벤더를 일으키며 자신의 이름이 미니라고 했다. 라벤더는 사탕, 껌, 담배들이 진열된 선반이 너무 밝아 눈을 찡그렸다.

"그 남자에게 당신이 경찰에 전화했다고 말했어요."

커피 한 잔을 건네며 미니가 말했다. 그녀는 라벤더의 뺨에 묻어 있는 초콜릿 케이크 포장지들에 대해서는 아무 말도 하지 않았다. 어느새 밤이 되어 있었고 나방들이 빈 주유구 주변의 불빛을 맴돌고 있었다.

"절대 안으로 들어오지 못하게 했어요. 주유기 주변에서 고함을 지르고 쿵쾅대면서 한참을 있었어요. 자기 차도 발로 차면서요. 그러더니 결국 떠났어요."

"어느 쪽으로 가던가요?"

머리가 아팠지만 혀에 닿은 씁쓸한 커피 한 모금에 정신이 들었다.

미니는 남쪽을 가리켰다. 남쪽이라니, 집과 반대 방향이었다.

나중에 라벤더는 사회 보장 서비스의 전화번호를 찾았다. 정보를 알아낼 때까지 몇 번이고 전화를 걸고, 걸고, 또 걸었다. 결국 그녀를 불쌍히 여긴 안내원이 아이들은 보호소에 맡겨졌다고 확인해 주었다. 아이들의 아빠는 찾으러 오지 않았다고도.

그날 밤, 라벤더는 철로 만든 휴지걸이를 총처럼 손에 꼭 쥐고 창고에 앉은 채 잠이 들었다. 자신의 스웨터를 만지던 그녀는 가슴의 주머니에서 차가운 무언가를 발견했다. 안쓰럽게 웅크리고 있던 안셀에게 주었던 목걸이였다. 마지막으로 목욕시킬 때 아이의 목에서 풀고 무심코 주머니에 넣었던 것이다. *언제나 널 안전하게 지켜 줄 거야.* 아이에게 그렇게 말했었다. 그런 약속을 해 놓고도 실수로 그걸 다시 가져오다니 너무나도 끔찍했다. 옷장의 어둠 속에서 진실이 부풀어 오르는 느낌이었다. 그 어떤 작은 장신구도, 아무리 커다란 사랑도, 누군가를 안전하게 지켜 줄 수는 없다는 진실 말이다.

아침이 되자 미니는 라벤더에게 김이 모락모락 나는 달걀 샌드위치와 20달러 지폐를 주며 버스 정류장까지 데려다주었다.

차에서 내리는 라벤더에게 미니가 말했다.

"어서 떠나요. 가능한 멀리 가요."

라벤더는 벤치에 웅크린 채 안셀은 지금 어디 있을지 생각했다. 누군가 아이에게 제대로 된 옷을 주기를 바랐다. 아이는 줄곧 성인 남자의 속옷을 입고 엉덩이에 핀을 꽂은 채로 뒤뚱거리며 걸어다녔다. 깨끗한 잠옷을 입고 육즙이 가득한 고기 더미가 담긴 접시 앞에 앉아 있는 아이를 상상했다. 라벤더는 옥수수와 칼과 겨울 코트가 들어 있는 작은 가방에 대해 경찰에게 말한다는 것을 깜박했다. 하지만 오히려 기뻤다. 얼마나 한심한가. 그 의미 없는 물건들에 그리도 큰 희망을 걸었다니.

줄리에게. 라벤더는 줄지어 오는 버스 중 첫 번째 버스에 올라타면서 생각했다. 가슴속 공포는 이제 다른 무언가로 번져 갔다. 이가 덜덜 떨렸다. 자유는 아니었다. 그러기엔 너무 만신창이였다. 하지만 자유에 가까워지고 있는 것 같았다.

줄리에게.
기다려. 너에게 갈게.

드디어 바다에 도착한 라벤더는 그토록 바라던 냄새를 맡아보았다.

샌디에이고에 도착하는 데 몇 주가 걸렸다. 히치하이킹을 하고 차비를 벌기 위해 지갑을 훔치거나 구걸을 하기도 했다. 미니애폴리스 외곽의 하수구에서 누군가 잃어버린 사냥용 칼을 발견했을 때 라벤더는 조니가 사슴의 항문에서부터 횡격막까지 내장을 처리하던 모습을 떠올렸다. 맥주 배달 트럭의 조수석에서 나흘을 보내는 동안 그녀의 손은 청바지 허리띠에 꽂아 둔 칼자루에서 절대 떨어지지 않았다.

라벤더는 신발을 벗었다. 산책로를 걷는 동안 물집이 생긴 발이 따뜻해졌다. 핫도그, 해초, 자동차 배기가스의 냄새가 났다. 해변은 휴식과 서핑을 즐기는 가족들로 붐볐다. 라벤더는 그간 구해 둔 물건들(칫솔, 빗, 담배)이 담긴 비닐봉지를 내려놓고 뜨거운 모래 위를 비틀거리며 걸어 다녔다.

바닷물은 차가웠지만 맛있었다. 라벤더는 바닷물을 얼굴에 뿌리며 그 짜릿한 짠맛이 입 안으로 흘러 들어가게 두었다. 북적이는 해변에 서서 옷을 벗고는 속옷 차림으로 발목을 물에 담갔다.

죄책감은 언제나 그녀와 함께했다. 때로는 한밤중에 베개에 얼굴이 눌리기라도 한 듯 숨을 쉬기가 힘들었고, 때로는 찌르는 듯한 통증을 느꼈다. 몇 주나 같은 악몽을 꾸기도 했다. 조니의 할아버지를 묻었던 가문비나무 아래를 팠는데, 거기엔 막상 조니의 할아버지가 없는 꿈이었다. 그 자리에는 대신 라벤더 자신이 있었다. *봐요, 엄마.* 아이가 땅속에서 라벤더의 뻣뻣한 회색 손을 잡아 올리며 말했다. *제가 뭘 찾아냈는지 봐요.*

잠에서 깨어나면 낮은 온도로 부글부글 끓는 죄책감 때문에 온종일 불편했다. 젖이 차올라 무거운 가슴 때문에 항상 예전이 떠올랐다. 하지만 부인할 수 없는 것이 있었다. 온전한 안도감이었다. 진정한 고독의 즐거움. 이렇게 오랜 시간 동안 혼자라는 것에 대한 기쁨. 핏속에 흐르던 두려움은 어느새 점점 사라졌다.

라벤더는 이제 어디로 가야 할지도 몰랐다. 하지만 중요하지 않았다. 바닷물이 무릎을, 허벅지를, 엉덩이를, 갈비뼈를 적시는 동안 그녀는 태양을 바라보며 눈을 감았다. 가슴 깊숙이 공기를 들이마셨다. 그러고는 몸이 얼어붙기 직전이 되어서야 아이들을 떠올렸다.

라벤더는 두 명의 생명을 창조했다. 결국 그들은 성인이 될 것이다. 라벤더는 아이들의 알 수 없는 미래가 이와 같기를 바랬다. 거친 모래, 소름이 돋은 팔뚝, 주근깨가 있는 어깨 위로 부서지는 파도. 그녀는 산들바람이 불어오는 농가의 침실 창문을 기억했다. 아이들은 지금 그곳에 있다. 최소한 라벤더는 아이들에게 가능성이라는 선물을 주었다. 아이들은 이 넓은 세상을 손으로 직접 만져 볼 수 있을 것이다.

언젠가 아이들이 이 바다로 뛰어들 수 있길 바랐다. 그러면 엄마를 느낄 수 있을 것이다.

입 안 가득 담긴 소금물은 라벤더의 사랑일 것이다.

10시간

당신은 강을 본 적이 있다. 호수를 본 적도 있다. 그러나 바다를 본 적은 단 한 번뿐이었다.

매사추세츠 해안. 몇 년 전의 일이었다. 당신은 제니의 조부모를 만나기 위해 운전을 하던 중이었다. 제니는 멀리 여행을 떠나야 한다고 우겼다. 스물다섯 살밖에 되지 않았고, 결혼도 안 하지 않았느냐면서.

바다를 본 적이 없다니 믿을 수가 없네. 제니는 조수석에서 몸을 벌떡 일으키며 말했다. 당신이 처음으로 바다가 보인 작은 만에 차를 세우자 그녀는 무릎까지 닿는 파도로 당신을 이끌었다. 제니의 머리칼이 바람에 흩날렸다. 제니는 외설적으로 느껴질 정도로 붉은 목젖이 드러날 정도로 크게 입을 벌리고 웃었다. 어금니에 씌운 크라운까지 보였다.

잘 집중하기만 한다면, 감옥의 콘크리트 벽을 그날 포효하는 듯했던 거대한 파도로 바꿀 수 있다. 끼룩거리던 갈매기 소리,

으르렁대는 듯하던 자동차 엔진 소리, 맨발 밑에서 쓸려 내려가던 모래까지도. 그 모든 일을 겪고 나서도 당신은 멀리서 일렁이는 바다를 보았던 그 기억이 고맙게 느껴진다.

바다를 바라보면 그것이 무한함을 믿을 수 있게 된다.

샤나가 보낸 메모를 신발 속, 엄지발가락 앞에 뭉쳐 넣어 두었다. 걸을 때마다 절뚝이며 그 존재감을 느끼게 된다. 폭탄이다. 이 세상의 모든 것을 장엄하게 열어 줄 폭탄.

싱크대에서 붓을 씻고 있는데 교도관 두 명이 나타난다. 그들은 당신에게 문 쪽으로 손을 뻗으라고 손짓한다. 수갑을 채우기 위해서다. 당신은 입구를 등지고 몸을 숙인 채 팔을 뒤로 돌리고 무릎을 꿇어야 한다. 매번 알몸 수색을 당한다.

면회다. 그들의 말이다.

면회실은 흰색 콘크리트 부스들이 길게 늘어선 형태다. 자리에 앉으며 당신은 손목을 문지른다. 유리창 건너편에는 평소와 다를 바 없는 모습의 변호사가 있다.

티나 나카무라는 서류철에 깍지 낀 손을 얹은 채 앉아 있다. 보통 수감자들은 오늘 같은 날 변호사를 만날 수 없지만 교도소장은 당신을 항상 좋아했다. 특별 허가다. 자주색 립스틱이 가느다란 입술 라인을 따라 완벽하게 칠해져 있었으며, 속눈썹은 세련되게 길었다. 남자들은 그녀가 화장을 전혀 하지 않았다고 착각하겠지만 당신은 속지 않는다. 티나는 당신 또래일 것이다. 아마 40대 중반. 그녀는 머리를 평소처럼 깔끔하게 하나로 묶었다. 정수리 한가운데에서 머리카락이 부드럽게 떨어지도록. 티나는 오늘 빳빳한 감청색 바지 정장을 입고 있다. 그녀가 떠날 즈음이 되어서야 신발이 보인다. 옷차림과는 항상 반대다. 무릎에 문제가 있거나 무지외반증이 있을지도 모른다는 생각도 든다. 당신이 예상했던 화려한 구두가 아니기 때문이다. 그녀는 식당에서 일하는 노인들이나 신을, 밑창이 달리고 푹신하며 납작한 인체 공학적 신발을 신는다.

오늘 아침 다시 항소를 제기했어요. 지금 우리가 할 수 있는 일은 전화를 기다리는 것뿐이에요. 법원이 그걸 받아줄지 말지를 오늘 오후까지는 기다려 봐야 해요. 티나가 말한다.

티나는 당신의 눈을 똑바로 바라보는 일을 결코 두려워하지 않는다. 그녀의 시선은 변함이 없고 근엄하다. 그 순수한 시선의 힘 때문에 당신은 보통 이유 없이 화나곤 하지만, 오늘 티나는 작게 느껴진다. 그녀는 중요하지 않다. 당신은 구겨진 샤나의 쪽지를 발로 눌러 보며 엄청난 비밀을 생각한다.

당신이 증인을 불렀다고 교도소장이 그러던데요.

증인이요? 누구보다도 잘 알고 있지만 당신은 묻는다.

사형에요.

사형이라. 당신이 따라서 말한다.

그 머뭇거림이 좋다. 그 단어를 내뱉을 때면 티나의 콧구멍은 떨린다.

당신이 무슨 일을 했는지 티나가 알게 되었을 때 지었던 표정을 결코 잊지 못할 것이다. 그녀는 형이 선고되기 전, 휴스턴 감옥에서 당신을 만났다. 비서 중 하나가 그녀에게 건넨 서류철 안에 범죄 현장 사진들이 있었다. 그녀의 얼굴은 잿빛으로 변했고 눈동자에는 충격에 휩싸인 동정심이 서렸다. 그 이후 당신은 이런 표정에 익숙해졌다. 판사에게도, 배심원에게도 같은 것을 보았다. 검찰이 영사기로 사진을 10배 확대했을 때, 법정에 있던 참관객들의 얼굴에서도 보았다.

당신은 사진을 보는 걸 좋아하지 않는다. 사진은 기억과는 다르다.

거기 올 건가요, 티나? 당신이 묻는다.

가장 좋은 목소리를 낸다. 사람을 녹이는 목소리. 그러나 티나는 당신이 잘 아는 표정을 한 채로 당신을 바라볼 뿐이다. 당신은 때때로 어두운 흰색 감방의 금속 거울 앞에 서서 지금의 표정을 연습한다. 눈썹을 구겨서 미간을 좁히고, 슬프고 부드러운 눈빛을 짓고. 그 표정은 공포다. 혼란이다. 자기 자신을 경멸하는 부류의, 가장 최악의 동정심이다.

갈게요. 티나가 말하자 실룩거리는 웃음을 참을 수가 없다.

몇 시간 후면 당신은 달릴 것이다. 다리는 타는 듯이 뜨거워질 것이다. 폐는 신선한 산소를 마시려고 헐떡일 것이다. 당신은 마땅히 지어야 할 표정, 즉 사실을 엄숙히 받아들이는 듯한 표정을 지으려고 하지만 가슴속에서 비밀의 즐거움이 숨이 막힐 정도로 황홀하게 솟아오른다. 터져나오려는 웃음을 삼키려고 할 때면 연기를 너무 오래 머금은 것처럼 목구멍이 타들어간다.

정오, 이송용 밴에서 일이 시작된다.

그들이 나를 보면 어쩌지? 어느 늦은 밤, 샤나가 감방 밖에 멈춰 서서 물었다. 당신은 사흘간의 계획을 펼친 쪽지들을 점심 쟁반 아래에 밀어넣었다. 샤나는 그중 하나를 주먹에 꼭 쥔 채로 초조하게 중얼거리며 손톱을 물어 뜯었다.

당신은 최대한 상처받은 흉내를 내면서 그녀를 달랜다.

샤나, 내 사랑. 나를 못 믿어?

전에도 있었던 일이다. 70년대에 인질극이 하나 있었다. 수감자 두 명이 교도소 도서관의 사서 머리에 총을 겨누고 월스 교도소에서 탈옥했다. 불과 몇 년 전에는 죄수 세 명이 폴룬스키 교도소 운동장에서 탈옥하기도 했다. 그들은 총에 맞고 다시 끌려갔다. 녹색 형광펜으로 하얀 죄수복을 염색해서 의사 행세를 하며 탈옥했다는 남자가 있다는 소문도 있다. 당신은 테드 번디처럼 통풍구로 기어나가는 것도 생각했다. 그러나 통풍구가 없었다. 오직 샤나와 폴룬스키에서 월스 교도소로 이동할 때의 40분만이 있을 뿐이다.

감방으로 돌아와 당신은 공책 무더기와 침대에 아무렇게나 펼쳐져 있는 빨간색 망사 가방을 내려다보았다.

　7년의 감금 생활 동안의 생각을 글로 적어 둔 공책 다섯 권. 그것들이 침대에 쌓여 있는 것을 보니 그저 종이 더미 같을 뿐, 상상처럼 걸작으로 보이지는 않았다. 당신은 우편으로 사인을 보내고, 팬들은 편지를, 신문들은 서평을 쓸 것이라고 상상해 왔다. 책 표지에는 법정에 선, 너무나도 무표정한 당신의 모습을 찍은 흑백 사진이 사용될 것이다.

　당신은 이론서를 여기 남길 예정이다. 샤나가 침대 밑에서 그걸 찾기로 되어 있다. 사람들이 당신을 찾을 때, 주민들이 공황에 빠지고 수색대가 흩어져 당신을 찾고 헬리콥터의 빔 불빛이 평원 여기저기를 비출 때, 샤나가 그것에 대해 알릴 것이다.

　성명서 같은 거야? 당신이 기본적인 사항을 설명할 때 그녀가 물었다. 당신은 갑자기 짜증이 났다. 샤나는 자기가 멍청한 걸 말했다는 사실을 깨달았다. 부끄러움으로 그녀의 얼굴이 붉어졌다. 성명서는 미친 인간들이나 쓰는 거지. 의미도 없는 테러를 하기 전에 급하게 휘갈겨 쓰는 거야, 앞뒤도 맞지 않고. 당신은 설명한다. 당신의 이론서는 인간의 가장 본질적인 진실을 탐구하는 쪽에 가깝다. 나쁘기만 한 인간은 없다. 착하기만 한 인간도 없다. 우리는 그 사이의 회색 지대에서 모두 평등하게 산다.

어머니에 대한 기억은 이렇다.

키가 크고 머리숱이 풍성했다. 정원에서 몸을 웅크리고 있거나 흔들의자에 쉬고 있거나 녹슨 다리가 달린 욕조에 몸을 담그거나 했다. 때때로 물이 가득 찬 욕조에서 그녀의 긴 드레스가 젖은 채 해파리처럼 떠다녔다. 젖어 있지 않을 때는 빛나는 오렌지색 머리카락 한 가닥을 선물이라며 내밀기도 했다. 아버지에 대한 기억은 없다. 소리도, 냄새도 기억나지 않는다. 아버지는 멀리서 희미하게 보이는 막연한 존재다. 뒤통수에서 느껴지는 설명하기 힘든 통증과도 같다. 그들이 왜 떠났는지, 어디로 갔는지, 왜 기억 속에서 어머니만 홀로 존재하는 것인지 당신은 모른다. 쇄골에 걸쳐진 녹슨 쇠사슬의 느낌, 그리고 그것을 차고 있을 때는 아무도 당신을 건드릴 수 없다고 생각했던 것만 기억난다.

어머니는 당신이 아직 밝혀내지 못한 부분이다. 우리는 모두 악하다. 우리는 모두 선하다. 비난하거나 비난받아도 되는 사람은 없다. 하지만 선함이 그 뒤에 따라오는 악함으로 더럽혀진다면 당신은 어느 쪽에 설 것인가. 어떻게 판단할 것인가. 그것이 정말로 가치가 있나.

당신의 기억 대부분은 어머니가 떠나고 없을 때의 것이다. 그리고 그녀가 사라지기 전의 기억 속에서도, 그녀는 언제나 떠나려는 중이었다.

기억이 난다.

당신은 물리적인 것에 집중하려고 노력한다. 낯익음. 금속으로 된 문이 부딪히는 소리, 통조림에 담긴 고기 냄새. 먼지, 소변. 기름진 머리칼. 당신은 바닥으로 미끄러지고, 콘크리트 바닥에 척추가 부딪힌다.

어쨌든 그것은 온다.

잠재의식 깊은 곳에서 아기 패커가 울부짖기 시작한다. 당신이 인생의 사운드트랙을 재생할 수 있다면 아마도 이 소음이 가장 시끄럽게 이어질 것이다. 갓난아이가 비참하게 울부짖는 소리. 스스로의 무력함에서 오는 침묵. 그 울음소리가 점점 느려지며 애처롭게 훌쩍이는 소리로 잦아든다.

울음소리를 쫓아낼 수 있는 곳은 단 한 곳뿐이다. 7년 전 어느 토요일 아침, 당신은 그곳에 도착했다.

2012년. 밝은 여름날. 해가 뜨기도 전에 잠에서 깨어난 당신은 빈 침대에 누워 있는 것이 너무도 싫었다. 제니가 떠난 지 몇 달이나 되었지만 그녀가 없다는 사실은 여전히 쓰라렸다. 당신은 옛 기억을 떠올리며 천천히 운전을 했다. 6월 하순이었고 그날 아침은 푸른빛으로 물들어 있었으며, 지난밤 긴 비에 젖은 가문비나무의 향기로 가득했다. 뉴욕주의 터퍼레이크 호수에는 무너져 가는 교회 하나와 작은 상자 모양으로 지어진 도서관과 주유소가 있다. 안개가 자욱한 호수 주변에 흩어진 집들. 물이 끓어 수증기가 되어 올라가듯 구름은 하늘까지 부드럽게 말려 올라가 있었다. 당신의 기억은 그날 아침, 그날의 드라이빙, 그 짙은 습기에 운명이라는 필터를 덧씌운다. 터퍼레이크 호수에서 보낸 시간은 몇 주 밖에 안 되었지만 그곳에 가기까지는 평생이 걸렸다. 이곳으로 가기 위해서 계획을 짜고, 의도했던 세월들.

주유소에서는 여드름이 난 10대 소녀가 피자 진열대에서 녹은 치즈 조각을 긁어내고 있었다.

네? 그녀는 쳐다보지도 않고 말했다.

식당을 찾고 있는데.

하나 있긴 해요, 아이는 주걱에서 탄 치즈 조각을 떼어내 입에 넣으면서 말했다. 당신은 그녀가 그 이름을 말해 주길 바라고 있었다. 블루하우스.

아기 울음소리가 시작되자, 당신은 의미 없이 귀를 손으로 두드리며 약속한다.

여기서 끝나지 않을 거야.

누군가에게 처음으로 상처를 입혔을 때, 당신은 열한 살이었으며 고통과 결핍의 차이를 몰랐다. 당신은 다른 아이들 아홉 명과 함께 무너져 가는 주택에서 살고 있었다. 그것은 자신의 다정함을 시험해 보기 위한, 우연에 가까운 윙크 한 번으로 시작되었다. 식탁 건너편에 있던 소녀가 당신의 관심이 주는 열기에 볼을 붉히자, 당신은 힘을 느꼈다. 중독되는 듯한 느낌이 밀려들었다. 그 사소한 결정이 어떻게 이런 미래로, 바로 이 콘크리트 바닥으로 이끌었는지 이해할 수가 없었다. 어떻게 당신의 행동들이 의도를 가지고 지금으로 이끈 사슬이 되었는지를.

자유로워지면, 당신은 텍사스 사막만큼의 거리를 걸을 것이다. 고속 열차를 얻어탈 것이다. 얼음장 같은 호수에서 얼굴을 씻을 것이다. 그리고 마침내 블루하우스에 도달할 것이다.

다시는 그런 일을 하지 않을 것이다. 당신은 확신한다. 다시는 누구도 해치지 않을 것이다.

사프란 싱은 그녀가 얼마나 많은 것들을 사랑했는지 말할 수 있다. 여기 그중 네 개가 있다.

하나, 늦은 밤 미스 젬마의 집에서 나는 소리. 사피는 아이들과 같이 사용하는 3층 방에서 모든 것을 들을 수 있었다. 재채기, 신음, 속삭임. 밤이 되면 집 안의 모든 비밀이 드러났다. 사피는 따끔거리는 분홍색 이불 아래 웅크리고 앉아, 집이 움직이고 숨쉴 때 느껴지는 황홀한 고독감을 즐겼다.

둘, 사회복지사가 미스 젬마의 집으로 데려오기 전, 엄마의 옷장에서 가져온 액자. 사피의 엄마는 악필의 필기체로 급히 휘갈겨 쓴 종이 한 장을 유리로 된 액자에 넣어 두었다. 펠릭스 쿨파(Felix Culpa, 복된 죄—옮긴이). 사피는 그게 무슨 뜻인지는 몰랐지만, 엄마가 썼다는 이유로 그 말을 사랑했다. 그녀는 액자를 베개 밑에 두고 잤다.

셋, 티니 비키니 매니큐어. 파스텔 톤의 보라색은 부드럽고 편안했다. 사피는 한 번에 한 겹만 발라 가며 그것을 아껴 썼다. 사피가 매니큐어 자체를 사랑한 건 아니었다. 그것이 주었던 깨끗하고 반짝이는 손톱을 가진, 화려하고 어른스러운 소녀가 된 것 같은 기분을 사랑했다.

넷, 아래층의 소년. 그는 그녀의 방 바로 아래 방에서 잤다. 사피는 누운 채로, 자신의 폐에서 나온 산소가 코를 타고 나와 복도를 가로지르고 계단을 내려가 그의 벌어진 입에 들어가는 상상을 했다.

그리고 그날 밤은 달랐다. 특별했다. 그날 밤, 안셀 패커는 식탁 건너편에서 그녀에게 윙크를 했다.

"거짓말쟁이."

즐겁게 위층으로 올라오는 사피에게 크리스틴이 말했다. 크리스틴은 「제인 폰다와 운동해요」 비디오에서 외운 동작을 연습하면서 바닥에 누워 있었다.

"안셀은 이 집의 어떤 여자애랑도 사귈 수 있어. 베일리한테 윙크한 거 아냐?"

베일리는 그 집에서 가장 예뻤다. 아마 지금까지 사피가 본 여자아이 중에서 가장 예쁠 것이다. 안셀은 열한 살, 사피는 열두 살이었다. 베일리는 열네 살이었고, 머리카락이 흐르는 캐러멜 같았다. 크리스틴과 릴라는 종종 베일리처럼 엉덩이를 흔들고 베일리처럼 눈알을 굴리고 베일리처럼 손톱을 물어뜯는 것을 연습하곤 했다. 크리스틴이 베일리의 70C 사이즈 브래지어를 훔쳐 온 적도 있었다. 화장실에 모인 그들은 브래지어를 돌아가며 입은 뒤 셔츠를 내려 어떤 모습인지 확인해 본 적도 있었다. 하지만 저녁 식사 때 안셀은 베일리와 두 자리나 떨어져 앉았다. 그의 시선은 완전히 다른 방향을 향하고 있었다.

안셀이 일부러 사피에게 윙크했다는 선택지만 남는다.

그 생각이 뱃속에 번져 나가며 다리를 짓눌렀다. 뜨겁고도 짜릿한 액체 같았다. 사피는 안셀이 무엇을 입고 있고 어떻게 윙크를 했는지 더 기억이 나지 않을 때까지, 안셀의 얼굴을 떠올릴 수 없을 때까지 계속 그 순간들을 머릿속에서 재생해 보았다. 그 사실은 변함없었다. 안셀이 이런 느낌을 주었다는 것 말이다. 사피는 고정된 듯 매트리스에 누워 있었다. 전기가 흐르는 듯했고 아렸다. 녹아드는 듯한 이 느낌이 다른 것들처럼 그녀를 혼자 두고 떠날까 봐 감히 움직일 엄두가 나지 않았다.

미스 젬마의 뒤뜰에 있는 경사진 들판은 4000제곱미터 정도 되는 넓이로 굽이치듯 계곡으로 이어졌다. 아침 식사 후 사피는 이슬 맺힌 잔디 위에 따끔거리는 분홍색 담요를 펼쳤다. 한쪽 팔만 가지고 태어난 캐롤이라는, 지금은 어른이 된 소녀에게 물려받은 것이다. 여름이면 애디론댁산맥 근처에 있는 미스 젬마의 땅은 절정에 달했으며, 습하고 황홀한 초록빛으로 가득했다. 사피는 깡마른 다리를 쭉 뻗고 앉아 무릎에 공책을 펼쳤다. 자신이 가장 좋아하는 물방울무늬 레깅스에서 진딧물을 떼어 낸 그녀는 눈을 가늘게 뜨고 공책을 내려보았다.

사피는 사건을 파헤치고 있었다.

그것은 쥐에서 시작되었다. 머리가 없었다. 작은 분홍색 몸이 부엌 바닥에 늘어져 있었다. 그걸 발견한 릴라는 다들 달려올 때까지 비명을 질렀다. 사피와 크리스틴은 릴라를 도와 쥐를 마당에 묻어 주었다. 모두 검은 옷을 입었고, 릴라가 흐느끼는 동안 침울한 시를 암송했다.

그다음은 다람쥐였다. 진입로 근처의 덤불 아래에 숨겨져 있었다. 사피는 미스 젬마가 혐오감에 일그러진 표정으로 그것을 삽으로 쓰레기통에 버리던 것을 보았다. 코요테 짓일 거야. 미스 젬마가 뼈 무더기를 쓰레기통에 넣으면서 말했다. 같은 자리에서 두 번째 다람쥐가 발견되었다. 미스 젬마는 목욕 가운을 입고 잔디밭에 서서는 나이가 비교적 많은 남자아이 중한 명에게 그걸 치우라고 시켰다. 안에 있으라고 하지 않았니? 사피가 궁금증에 미닫이 뒷문 밖으로 머리를 내밀자 미스 젬마가 소리쳤다.

사피는 그것이 사건임을 알아차렸다. 그녀는 낸시 드류 시리즈 책을 한 권씩 읽는 중이었다. 사피는 단서를 찾기 위해 매일 건물 주변을 샅샅이 뒤졌다. 정확히 무엇을 찾아야 하는지는 몰랐지만 그 범죄를 너무나 해결하고 싶었다. 사피는 지금까지 살해가 일어난 날짜를 모두 적어 두었다. 사체의 모습도 묘사해 두었다. (끔찍했다!) 추리를 도와줄 조지나 베스 같은 사람이 있었으면 좋겠다고 생각했다. 크리스틴과 릴라는 2층 침대에 거꾸로 누워서 머리를 내밀고 수잔 데이의 머리 모양에 대해 험담이나 하고 있을 뿐이었다.

안셀이 도와주면 좋겠다.

안셀은 땅 가장자리에 있는 습지의 개울을 따라 이리저리 걸어 다니며 여름을 보냈다. 사피는 담요를 두르고 안셀이 겨드랑이에 끼고 다니는 커다란 노란색 노트에 무언갈 끼적이면서 들판 주변을 걸어 다니는 모습을 즐겁게 지켜보곤 했다. 안셀이 도서관의 성인 열람실에서 빌려온 백과사전이나 생물학 교과서를 읽는 것도 봤다. 안셀이 너무 똑똑해서 한 학년을 월반했다는 이야기도 들었다. 안셀을 지켜보면서 모든 움직임을 기억하고 싶었다. 부들 사이를 헤집고 다니는 안셀의 기울어진 어깨, 귀 뒤에 꽂힌 볼펜의 모습까지도. 사피는 안셀의 목에 흔적을 남긴 비극적 사건의 진실에 대해 알아낼 수 있을지 궁금했다.

이야기를 들은 적이 있다.

사실 모두가 들었다.

사피가 미스 젬마의 집에 도착하고 얼마 안 된 어느 날 밤, 그 놀라운 이야기에 푹 빠진 릴라가 신이 나 속삭여 주었다. 나이가 많은 남자아이 중 한 명이 미스 젬마의 서재에서 서류를 싹 훔친 적이 있는데 그 내용이 집 안에 퍼지면서 모든 것이 달라졌다. 릴라는 안셀이 네 살 때 부모에게 버림받았다고 했다. 가족과 농장인지 목장에서 살았다고 했다. 경찰이 안셀을 발견했을 때 그는 굶어죽기 직전이었다. 하지만 최악은 따로 있었다. 아기가 있었다는 것이다. 이 말을 할 때 릴라의 눈은 이 부분이 최악인 동시에 최고의 이야기인 것처럼 커졌다. 아기는 태어난 지 겨우 두 달밖에 되지 않았다. 경찰이 도착했을 때, 안셀은 하루 종일 아기에게 뭔가를 먹이려고 하던 중이었다. 하지만 너무 늦었다.

아기는 죽었다.

사피는 그때의 이미지를 결코 잊지 못할 것이다. 인형만 한 크기의 진짜 아기. 그녀는 수어 개 다른 버전의 이야기도 들었다. 아기가 다른 위탁 가정으로 보내졌다고 했다가, 안셀이 아기를 죽였다고도 했다가, 아기라는 게 애초에 존재하지 않았다고도 했다. 하지만 그 첫 번째 이미지가 그녀에겐 새겨져 마치 진실인 것처럼 자리 잡았다. 축 늘어진 작은 목. 사피는 죽은 사람을 본 적이 없었다. 심지어 엄마도, 그리고 물론 아기도.

그녀는 안셀이 신중하고 열정적으로 블랙베리 나무를 뒤지는 걸 바라보았다. 나쁜 일 하나가 누군가를 소문의 중심으로 끌고 갔다는 생각에 슬퍼졌다. 비극은 무분별하고 불공평할 뿐이었다. 사피는 확실히 그렇게 믿었다.

그날 저녁 식사 내내 사피는 그를 지켜보았다. 30초 간격을 두었기 때문에 아무도 그녀의 시선을 알아차리지 못했다. 그 사이 안셀이 다시 윙크를 했다면 놓쳤을 것이다. 사피의 시선은 29까지 세는 동안 으깬 감자에 고정되어 있었기 때문이다.

8시에 시작되는 「패밀리 타이즈」(1980년대에 방영된 미국 드라마—옮긴이)를 보려고 모두들 텔레비전 앞에 모이자 사피는 지하실로 살금살금 내려갔다. 그녀의 마음은 실망감으로 무거웠고, 거미가 기어다니며 카펫 조각들이 이리저리 흩어지고 사방이 콘크리트로 되어 있는 지하실이야말로 지금의 마음에 적절한 장소로 느껴졌다. 미스 젬마는 먼지 쌓인 레코드플레이어와 판지로 된 음악 앨범들을 거기에 두었다. 사피는 앨범들을 훑으며 표지에 있는 사진들을 자세히 들여다보는 것을 좋아했다. 조니 미첼의 눈빛은 매력적이었다. 사피는 거울을 보며 그 표정을 연습해 보았지만 결코 흉내 낼 수 없었다.

"저기."

안셀이었다.

계단 밑에 서 있어 몸이 반쯤 그림자로 가려져 있었다. 코듀로이 바지의 주머니에 손을 찔러 넣고 어깨는 다른 사람들의 시선을 의식하는지 구부정했다.

"나도 봐도 될까?"

안셀은 그녀 옆으로 다가와 앨범들을 손끝으로 건드렸다. 사피는 아바, 엘튼 존, 사이먼 앤드 가펑클을 스치는 그의 손가락을 관찰했다. 손이 몸에 비해 너무 컸다. 열한 살이 훨씬 넘은 소년의 손은 아직 다 자라지 않은 강아지의 발 같았다.

"이거 들어 봤어?"

안셀이 레코드판을 꺼내며 물었다. 니나 시몬. 사피는 자신이 바보 같고 부끄러워 작게 끽 하는 소리를 내며 고개를 저었다.

"앉아 봐."

안셀이 바닥에 깔린 카펫 뭉치를 가리키며 말했다. 그가 미소 짓자 몸이 떨렸다. 언젠가 안셀이 미스 젬마에게 바로 이렇게 웃은 적이 있었는데 미스 젬마는 볼이 발개지며 목욕 가운을 더 꽉 조였다. 그 일로 여자아이들은 한동안 미스 젬마를 놀려 댔다.

음악이 시작되자 더욱 묘한 기분이 들었다. 사피는 그녀가 어딘가 다른 삶 속에서 이 순간을 겪어 본 적이 있다는 확신이 들었다. 그 노래는 가슴을 넘어 그녀가 어째서인지 잊고 있던 그 장소에 닿았다. 안셀이 등을 대고 옆에 누웠다. 어깨가 가까웠다. 눈 앞에 별이 보이기 시작하는 바람에 사피는 자기가 숨을 쉬지 못하고 있었다는 사실을 깨달았다. 노래가 커지며 가수의 목소리가 거칠어졌다. *나는 너에게 주문을 걸어.* 사피는 바로 지금 시간을 멈추고 사진을 찍어 이 순간을 저장해서 다시 돌이켜볼 수 있기를 바랐다.

하지만 노래는 끝났다. 다음 곡이 시작되기 전까지 레코드는 침묵하며 타닥거리는 소리만 냈다. 안셀이 움직이지 않았기 때문에 사피도 움직이지 않았다. 그들은 레코드판이 멈출 때까지, 사피의 등이 딱딱하고 차가운 바닥에 배겨 아파 올 때까지, 취침시간 종이 울릴 때까지, 그래서 다른 아이들이 쿵쿵거리는 발소리를 내며 천장을 울릴 때까지 거기에 누워 있었다. 이 기억을 갖고 있었기 때문에 그녀는 다른 어느 것에도 흔들

리지 않았다. 마법이었다. 심지어 사랑일지도 모르겠다. 사랑
은 당신을 움직이게 하고 변하게 할 수 있다. 사피는 그걸 알았
다. 당신을 달라지게, 더 나아지고 더 따뜻하고 온전하게 만들
어 주는 신비한 힘에 대해서 알았다. 맛있는 냄새가 났다. 익숙
하지만 어디서 나는지 알 수 없었다. 그 때문에 배가 고파졌다.

　죽기 전 사피의 엄마는 사랑에 대해 이야기하는 것을 좋아
했다.

　사피는 옷장 안에 다리를 꼬고 앉아 엄마가 리노에 살 때 입
던 꽃무늬 히피 스커트를 구경하고 거기에 투박한 액세서리들
을 대 보며 보내는 밤을 좋아했다. *너도 알게 될 거야, 사피야,
내 딸. 진짜 사랑은 불과 같아.* 엄마는 그렇게 말하곤 했다.

　아빠랑도 그렇게 사랑했어? 불처럼? 사피가 머뭇거리며 물
었다.

　보여 줄 게 있어. 엄마는 옷장 꼭대기 선반에 있던 신발 상자
에 손을 뻗었다.

　사피는 종종 아빠가 궁금했다. 그는 사피가 태어나기도 전에
'싱'이라는 성만 남긴 채 떠났다. 아이들은 텔레비전에 나오는
택시 운전사들의 억양을 흉내 내며 그 성을 놀리곤 했다. 슈퍼
에 가면 사람들은 사피가 금발인 엄마의 딸이 아니라는 듯 그
녀를 쳐다보곤 했다. 아빠가 자이푸르라는 도시 출신이고 지
금은 그곳에 살고 있다며 사피는 자랑스럽게 말하고 다니곤

했다. 그 사실이 아빠가 자신과 함께 있을 만큼 자신을 사랑하지 않는다는 것을 뜻한다는 걸 깨달을 때까지.

먼지투성이인 신발 상자 안에는 사진 한 장이 있었다. 아빠가 실제로 존재한다는 사실을 보여주는 유일한 증거였다. 아빠는 도서관에 앉아 있었는데 앞에 있는 테이블에 책들이 펼쳐져 있었다. 웃고 있었고 머리에 감색 터번이 자랑스럽게 얹혀 있었다. 엄마는 그것이 아빠의 종교라고 설명해 주었다. 그의 시선에서 사피는 처음으로 자신을 보았다. 거울을 보고 놀란 것처럼 눈을 가늘게 뜨고 있는 모습이었다.

아빠는 왜 떠났어? 사피는 엄마가 나뭇가지에 앉아 있는 겁먹은 새라도 되는 양 조심스럽게 물었다.

가족들이 고향으로 돌아오길 원했거든.

하지만 우리는 어쩌고?

잘 들어. 엄마가 한숨을 쉬는 바람에 사피는 자신이 너무 밀어붙였다는 걸 깨달았다.

엄마가 왜 네 이름을 사프란이라고 지었는지 기억해?

사프란은 꽃이야.

가장 희귀하고 귀중한 꽃. 그것 때문에 전쟁을 하기도 하는 꽃. 엄마는 사진을 다시 상자에 넣었다. 그녀의 녹색 눈은 저 멀리 다른 곳을 응시하고 있었다. 사피도 필사적으로 그곳을 보고 싶었다. 직접 느껴 보고 싶었다. *그런 사랑을 느끼면 알게 될 거야. 올바른 사랑은 널 모두 집어 삼킬 거야.* 엄마는 말했다.

안셀은 지하실에서 나오는 사피를 돕기 위해 두 손을 내밀었다. 그의 손바닥은 축축했고 하루 종일 노란 공책에 글을 써서인지 엄지에 잉크 얼룩이 있었다. 안셀이 사피를 따라 계단을 올라오는 동안, 사피는 그가 뒤에서 어떻게 움직이는지 의식했다. 짜릿했다. 안셀과 이렇게 가깝다니 무서울 지경이었다. 불안에 떨면서도 공포 영화를 보고 싶어 하듯이 그녀는 이러한 가까움을 원했다. 그 자극과 떨림을 원했다. 예상하지 못한 짜릿함을.

릴라의 아래층 침대에 자리를 잡고 숨도 쉬지 않고 이야기를 쏟아내는 동안 그 기억은 더욱 짜릿하게 바뀌었다. 그들은 미스 젬마가 취침 시간이라며 소리치지 않도록 매트리스 위에 손전등을 달고 옹기종기 모여 크리스틴이 훔쳐 온 틴 잡지를 열심히 보았다. 기사를 거의 외우고 있긴 했지만, 그들은 낡은 페이지를 획획 넘겨 댔다. 그들이 가장 좋아하는 기사인 존 스타모스와의 인터뷰도 바로 뛰어넘었다. 잡지의 가장 중요한 부분이 마침내 나타났다. *완벽한 남자를 잡았을 때, 그 남자를 지키는 법.*

"세 번째 항목을 봐야 돼."

치아 교정기 때문에 릴라는 발음이 샜다. 미스 젬마에게 오기 전부터 교정 장치를 끼고 있었는데 그 후로 치아가 움직여서 플라스틱 장치 주변에 빈틈이 생겼다. 릴라의 손가락은 늘 입에 갖다 대서 항상 젖어 있었다. 릴라의 가운데 손가락에는 커다란 빈티지 반지가 끼워져 있었는데 릴라는 그게 빠지지 않도록 스카치 테이프를 여러 겹 말아 두었다. 사피는 그 반지에 대해 물어볼 용기가 나지 않았다. 놋쇠로 된 금색 띠가 두른 반지에는 거대한 보라색 보석이 박혀 있었다. 릴라가 그것을 보라색 사파이어라고 우기는 걸 들은 적이 있지만 사피는 그게 아마 자수정일 것이라 추측했다. 릴라가 강박적으로 반지를 핥는 바람에 보석은 항상 침으로 반짝거렸다. 지금도 반지는 릴라의 입 안에 들어가 있었다. 그녀의 손가락에서 침이 줄줄 흘러내렸다. 사피는 얼굴을 찌푸렸다.

"세 번째. 그에게 당신이 얼마나 관심이 있는지 보여 주세요."

크리스틴이 말했다.

바로 그거였다. 이렇게도 끔찍하게 잠이 오지 않은 적이 없었는데, 릴라는 잠이 쏟아지는지 베개에 고꾸라져 있었다.

다음 날 아침, 사피는 지하실의 미술 상자에서 도화지 더미를 꺼내 침실 바닥에 펼쳤다. 6학년 미술 선생님은 그녀에게 미적 감각이 있다고 말했다. 그 기억이 떠오르자 사피는 자부심으로 부풀어 올랐다.

몇 시간 후, 반은 시, 반은 만화로 구성된 작품이 탄생했다. 작은 막대기로 안셀과 그녀를 그렸고 그 사이에는 레코드플레이어를 사실적으로 표현했다. 제목은 「너에게 주문을 걸어」로 붙였다. 멀리서 환호하는 군중들이 박수를 치는 동안 한 손으로는 안셀과 강가에서 손을 잡고 다른 한 손에는 확대경이 든 사피가 다음 장면에 나왔다. 「사건 해결」. 그건 그렇게 이름 붙였다. 사피는 그녀의 작고 뾰족한 머리와 안셀의 머리 사이에 하트를 그려 넣었다가 생각을 바꿔 하트를 지우고 뚱뚱한 검은색 음표로 바꿨다.

그림을 다 그리고 사피는 종이를 조심스럽게 접었다. 그러고는 최대한 멋진 필기체로 앞면에 안셀의 이름을 적었다. 그녀는 안셀이 코듀로이 바지 주머니에 이 그림을 구겨 넣는 모습을 상상하며 얼굴을 붉혔다.

마당의 언덕을 내려가는 동안 늦은 오후 햇살 때문에 목덜미가 따가웠다. 사피는 가장 좋아하는 원피스로 옷을 갈아입었다. 베일리에게 물려받은 것으로, 퍼프 소매가 달린 노란 원피스였다. 아직도 베일리의 데오드란트 냄새가 순간순간 느껴졌다. 가장자리에 잡초가 무성하게 돋아난 개울에 도착한 사피는 땋은 머리의 헝클어진 끝을 부드럽게 정리했다. 안셀은 둔덕에 웅크려 앉아, 항상 가지고 다니던 노란 공책에 무언가를 적고 있었다. 곱슬머리가 젖어 있는 것으로 보아 아침에 머리를 손질한 모양이었다. 사피는 그의 뒤에 섰다. 손바닥이 땀으로 젖는 바람에 도화지가 축축했다.

순식간에 혼란과 공포가 찾아왔다.

사피는 안셀의 어깨를 두드렸다.

놀란 안셀이 돌아보았다. 그는 몸으로 그녀를 막으려 했지만 너무 늦었다. 사피가 가장 좋아하는 반짝이 샌들에서 바로 몇 발짝 떨어진 곳에 그것들이 있었다.

그것들은 풀밭에 길게 늘어져 있었다. 하나, 둘, 셋. 항복하는 듯 작은 팔을 위로 들어올리고 있었는데, 사고로 그렇게 되었다기에는 너무나도 체계적이었다. 다람쥐 두 마리가 눈을 뜨고 혀를 내밀고 있었다. 그 사이에 여우가 있었다. 여우는 더 컸고 죽은 지 훨씬 오래되어 보였다. 얼굴에는 무언가로 눈을 파낸 구멍이 있었고 내장은 풀밭에 아무렇게나 펼쳐져 있었다. 여우는 불에 탄 듯한 주황색 털 다발로 뒤덮인 뼈다귀 더미에 불과했다. 인간의 손에 의해 원래 모양으로 재배열된 듯 역겨운 모습이었다.

"하지……."

안셀이 으르렁거렸다.

이중 최악인 것은 동물들이 아니었다. 사피는 깨달았다. 잇몸이 다 드러난 이빨도 아니었고 젤리 같아진 눈알도 아니었으며 침대에 놓인 인형처럼 십몇 센티미터 간격으로 그것들이 놓여 있다는 사실도 아니었다.

최악은 안셀의 얼굴이었다. 놀라움과 분노가 뒤섞여, 전에는 본 적이 없는 무엇인가로 뒤틀려 있었다. 안셀은 공책을 보호하듯이 가슴께에 두고 가리면서 으르렁거리는 소리를 냈다. 사피가 알던 사람 같지가 않았다.

몸이 먼저 반응했다. 사피는 달렸다. 안셀이 무어라 말하기도 전에 겁에 질린 사피는 비틀거렸고, 뒤로 물러났고, 도화지를 풀밭 어딘가에 내팽개쳤다. 벌레 한 마리가 벌어진 입으로 날아들었다. 커다란 검은 파리였다. 사피는 울기 시작했고 벌레를 땅에 뱉으려고 애썼지만 밀랍 같은 날개가 혀에 딱 달라붙어 버렸다. 사피는 그때부터 삶의 진실 하나를 싫어하게 되었다. 삶에 나쁜 일들이 일어나면 그것은 마음에 달라붙는다. 당신이 사람이든 아니든, 당신이 무엇을 원했든 그것은 중요하지 않다. 악은 끈질기게 당신의 핏속에서 살아 왔으며, 항상 당신의 일부였고, 세상의 공포를 자석처럼 불러들이고 있었다.

사피 싱이 이런 끔찍한 일을 처음 겪는 것은 아니었다.

엄마가 죽고 몇 주 동안 사피는 계속 충격적인 죽음을 상상했다. 목이 잘린 채로 길가에 너부러진 엄마. 엄마의 다리는 화염에 휩싸인 볼보 차 아래로 튀어나와 있었고 가슴에는 정지 표지판이 꽂혀 있었다. 사고 당시 사피는 겨우 아홉 살이었지만 경찰이 자신을 보호하기 위해 거짓말을 할 것이라는 것을 잘 알고 있었다. 머리 부상이라고 했다. 고통 없이 즉사했다고. 사피가 묻자 피를 많이 흘리지 않았다고 했다. 사피는 버려진 휴지조각처럼 길 한복판에 구겨져 있는 엄마의 시신을 상상했다.

사피는 끼익거리는 미스 젬마의 집 뒷문을 쾅 닫았다. 다리가 걷잡을 수 없이 떨렸다.

크리스틴과 릴라는 티니 비키니 매니큐어를 들고 침실 바닥에서 뒹굴대고 있었다. 사피가 그걸 보면 보통 화를 냈기 때문에 그들은 사피가 들어오자 벌떡 일어났다. 하지만 그녀를 보고는 조용해졌다. 전기 충격이라도 받은 듯 사피의 머리가 헝클어져 있었기 때문이다. 그들은 사피의 침대 주변 바닥에 둘러앉았다. 무슨 일이야? 아이들이 모여서 종용했다. 매니큐어의 아세톤 냄새가 머리를 어지럽혔다. 무슨 안 좋은 일이라도 있었어? 안셀은 어디 있어? 사피는 아이들이 설레는 드라마라도 되는 양 자기 이야기를 즐기는 모습이 싫었다. 어떻게 말해야 할지도 몰랐다. 그녀는 결국 사건을 해결하긴 한 것이다.

문 두드리는 소리에 세 소녀가 모두 굳었다.

"안셀이야."

일어나서 용감하게 발끝으로 걸어간 크리스틴이 문틈 사이로 내다보고는 말했다. 사피가 겁에 질린 표정으로 머리를 격렬하게 흔드는 걸 본 크리스틴은 복도로 어깨만 반쯤 내밀었다. 사피와 릴라는 그들이 속삭이는 소리를 듣기 위해 조용히 기다렸다.

"무슨 일이야?"

크리스틴이 물었다. 나머지 소리는 그녀가 방 밖으로 나갔기 때문에 들리지 않았다.

돌아왔을 때 크리스틴은 멍한 표정을 짓고 있었다. 충격에 빠진 듯했다.

"뭔데? 뭐라고 했어?"

릴라가 속삭였다.

크리스틴이 손바닥을 내밀었다. 오래되고 부서진 오트밀 레이즌 쿠키 두 개가 놓여 있었다. 미스 젬마가 슈퍼에서 싸게 산 플라스틱 상자에 들어 있던 생일용 선물이었다. 오래되어 하얗게 변해 있었다. 안셀은 이런 순간에 쓰려고 이걸 보관해 두었던 것 같았다. 설탕 덩어리가 크리스틴의 손에 난 땀에 달라붙어 있었다. 이상하고도 적절치 않은 선물이었다.

불안한 침묵.

"음, 무슨 말인지는 모르겠지만 안셀은 말하지 말라고 했어."

마침내 크리스틴이 조용히 말했다.

사피는 한밤중에 버려진 휴지로 가득 차 있는 침대 옆 쓰레기통으로 가서 그 안에 구역질을 했다. 조심스럽게 릴라가 웃기 시작했다. 크리스틴도 그 불안한 웃음에 동참했다. 릴라의 우스꽝스러운 코웃음 소리에 사피도 안심이 되어 무릎에 쓰레기통을 끌어안고 웃기 시작했다. 그런 다 부서져 가는 오래된 쿠키는 소녀들이 지금까지 본 것 중 가장 이상한 것이었다.

그날 밤 사피는 저녁 당번이었다. 메뉴는 참치 캐서롤. 싱크대 쪽에서 풍기는 생선 통조림 냄새에 그녀는 코를 막았다.

"사피, 괜찮아?"

속눈썹을 마스카라로 올렸고 머리를 실크 천으로 묶은 베일리는 아름다워 보였다. 베일리가 사피의 이마에 차가운 손을 얹는 동안 크리스틴과 릴라는 난로 옆의 의자에 서서 냄비에 담긴 국수에 대해 언쟁을 벌이고 있었다.

"너 좀 창백해 보인다. 가서 누워야 할 것 같아. 캐서롤은 우리가 만들게."

그 친절함에 사피는 울음이 나올 것 같았다.

위층으로 돌아가 그녀는 침실에서 혼자만의 시간을 만끽했다. 기분이 좋았고, 흔치 않은 시간이었다. 사피는 푹 쉬며 모든 걸 잊으려는 마음으로 침대 위로 가는 사다리를 올랐다. 하지만 냄새 때문에 쉴 수 없었다. 정확히 알 수는 없었지만 처음에는 희미하게 썩어 가는 과자 냄새라고 생각했다. 사피는 사다리 중간쯤에서 멈췄다. 코가 찡그려졌다. 그녀는 침대 시트를 뒤로 당겨 보았다.

여우.

그것이 옮겨졌다. 모두 절단되어서, 그녀의 꽃무늬 시트 위로. 여우는 뼈 무더기와 부패한 조직들에 불과할 뿐 더 이상 동물의 형태로 보이지 않았다. 이가 다 드러난 턱뼈 주위에 파리들이 떼지어 날아다니고 있었다. 캐롤이 준 분홍색 담요 위에 덩어리 지고 엉긴 그것이 놓인 모습은 뭔가 잘못된 듯했다. 시야가 흐려졌다. 사피는 그편이 소리를 지르는 것보다는 낫다는 걸 알았다.

그녀는 대신 숨을 들이쉬었다. 자신이 받은 충격을 작은 공처럼 모았다. 그러고는 그 충격을 꽉 쥐고 솟아 나오는 눈물을 뭉쳐 자신이 마음대로 할 수 있도록 했다. 사피는 엄마의 제일 강한 목소리를 떠올렸다. 너는 이미 훨씬 더 나쁜 일도 겪었어. 사실이었다. 그래서 사피는 매트리스 위의 시트 끝을 잡아당겨 그 안으로 여우를 집어넣으면서 가장 느리고도 길게 한숨을 내쉬었다. 요리하는 동안 안셀이 이걸 여기 둔 것이 틀림없었다. 액체가 아직 매트리스까지 스며들지는 않았다.

뭉친 시트가 몸에 닿지 않도록 하며 사피는 몰래 계단을 내려가 쓰레기 수거함으로 갔다.

우리는 우리 스스로를 돌보는 거야. 사피는 엄마의 말을 되새겼다. 사피는 그때의 엄마 얼굴을 가장 좋아했다. 앙다문 입. 강철과도 같은 눈빛. 엄마라면 이렇게 말할 것이다. 나와 너는 말이야, 사피. 전사야.

저녁 식사 자리에서 사피는 여느 때와 다름없이 식전 기도를 올렸다. 미스 젬마가 환타를 달라고 해서 얼른 건네주었다.

넓은 마호가니 식탁 건너편에 있던 안셀은 침착하게 캐서롤을 접시에 담았다. 그가 조금이라도 움직일 때마다 사피는 그게 느껴졌다. 안셀이 접시를 치우려고 일어서자 사피는 너무 크게 움찔하는 바람에 릴라의 물잔을 넘어뜨리고 말았다. 그녀는 사랑이라는 것이 엄마가 말했던 것과는 전혀 다르다고 생각하며 식탁 건너편에 고인 액체를 바라보았다.

사피는 그날 저녁을 먹지 않았다. 다음 날 아침도, 점심도 먹지 않았다. 일주일이 지나자 40킬로그램이었던 몸무게가 거의 4.5킬로그램이나 빠졌다. 크리스틴과 릴라가 주스를 소파로 가져왔다. 사피는 침실로 돌아가지 않겠다고 했다. 무언가 이상한 냄새가 난다고 크리스틴이 말했지만 이유를 말할 수는 없었다.

미스 젬마가 걱정했다. 퀴퀴한 소파의 먼지와 옆에 앉은 미스 젬마의 향수에서 풍겨 나오는 독한 화학물질의 냄새가 섞여 사피의 얼굴에 날아왔다.

"사프란, 아가야, 무슨 일인지 얘기를 해 주렴."

눈에 파란색 아이섀도우를 바르고 슬리퍼를 신은 미스 젬마의 모습은 우스꽝스러웠다. 사피는 아무 말도 하지 않았다. 할 수가 없었다. 그 후 이틀 동안 수프 한 모금도 넘기지 못하고 소파에 앉아만 있는 사피를 미스 젬마가 계속 찾아왔다.

마지막으로 사회복지사 두 명이 방문했다. 그들은 미스 젬마와 부엌에서 조용히 이야기를 나눈 후 무릎에 손을 얹고 근엄한 얼굴을 한 채 사피의 맞은편에 앉아 있었다. 그들은 혼혈이 보통 더 힘들어한다고 진심을 담아 말했다. 사피도 여러 가지 측면에서 자신이 다르다는 것을 알았다. 그녀는 새로운 위탁 가정에 갈 것이다. 상황을 바꾸는 것이 종종 도움이 된다고 했다. 사피는 눈물이 났지만 그것이 슬픔에서 나오는 것인지 안도감에서 나오는 것인지는 알 수 없었다.

짐을 싸는 동안 크리스틴과 릴라가 주변에서 서성거렸다. 크리스틴은 작별 선물을 주었다. 메이블린 키싱 글로스. 베일리의 침실 탁자에서 슬쩍 훔친 튜브형 립글로스였는데 그들이 나누어 쓰는 것 중에서 가장 소중하게 여기는 것이었다.

"진짜야?"

사피가 울면서 물었다. 눈물이 멈추지 않았다. 튼 입술로 보라색 반지를 빼는 릴라가 연민과 호기심으로 가득 찬 눈길을 보내는 모습을 보자니 자신이 너무도 나약하고 바보 같았다. 사피는 엄마가 바랐던 것처럼 이 모든 것을 감당할 만큼 강하지 못했다.

"네가 가져야 해."

사피의 손에 끈적한 립글로스 튜브를 쥐여 주며 크리스틴이 말했다.

안셀이 작별 인사를 하러 왔을 때 사피는 마지막 옷을 챙기고 있었다. 크리스틴과 릴라는 사회복지사들이 가져온 도넛을 받으려고 아래층으로 내려갔기 때문에 사피 혼자였다. 그녀는 먼저 냄새로 그의 존재를 알아챘다. 세탁 세제와 여름날의 땀 냄새. 약간은 쌉쌀한. 그날 밤 지하실에서 그의 티셔츠에서 풍겼던 그 냄새. 한때는 그 냄새에 흥분했지만, 이제는 공포가 척추를 따라 흐르며 떨릴 뿐이었다. 그것은 어쩐지 끌리는 공포, 쫓아가고 싶은 공포였다.

"들어가도 될까?"

안셀은 놀라울 정도로 평범한 모습이었다. 사피는 지난 며칠 동안 그와 같은 공간에 있게 될 때마다 고개를 돌렸다. 안셀은 아무 일도 없었던 것처럼 행동했다. 그는 여전히 잘생겨 보였고, 사과하는 듯한 모습이었는데 그 사실에 사피는 짜증이 났다.

"왜 그러는데?"

"사프. 정말 미안해."

안셸이 그녀를 그렇게 부른 적은 없었다. 처음 보는 슬픈 눈동자였다.

"그 여우, 왜 그랬어?"

"미안하다고 했잖아."

"하지만 왜 그랬냐고."

"네가 날 비웃는 소리를 들었어. 너랑 여자아이들이랑. 난 사람들이 나를 비웃는 게 싫어."

"우리는 너를 비웃지 않았어."

가식적인 거짓말처럼 들렸다.

"그래서는 안 된다는 거 알아. 가끔 나는 설명할 수 없는 일을 하곤 해."

"설명을 할 수 없다고?"

그가 어깨를 으쓱했다.

"무슨 말인지 알잖아. 혼자 남겨진다는 게 어떤 건지 너도 알잖아. 그런 말을 들으면 무언가에게 상처를 주고 싶어져."

"난 혼자가 아니야."

사피가 일부러 힘주어 말했다.

그는 믿지 않는다는 듯 잠시 말을 멈추었다.

"미안해. 알겠지?"

안셸의 부드러운 그 목소리에는 처음부터 사피가 원했던 것이 모두 담겨 있었다.

"너무 늦었어. 난 이제 떠나."

사피는 약간 흔들리는 목소리로 말했다.

사피는 입술을 깨무는 안셀의 모습이 싫었다. 그녀를 사로잡았던 욕망이 다시 깨어나 기지개를 켜는 듯했다. 낯설지만 참을 수 없는 욕망이었다. 절대로 저항할 수 없는 힘이자, 어둠 속에서 소리 없이 찾아온 완전히 새로운 것이었다. 그녀는 그것을 감히 바로 바라볼 수 없었다.

"제발, 사프. 떠나기 전에 나를 용서해 줘."

안셀이 가까이 다가왔다.

불과 몇 센티미터 떨어져 있는 안셀의 얼굴은 밝았으며 솔직하고 비극적이고도 사랑스러웠다. 안셀은 손을 뻗어 사피의 쇄골을 눌렀다. 사피는 농가에서 죽었다는 아기의 작은 발가락과 입술, 눈과 손가락을 떠올렸다. 빼앗긴다는 건 무슨 뜻일까.

그녀는 마지못해 고개를 끄덕였다. 그래. 용서할게.

안셀이 다가서서 사피를 껴안았다. 따뜻한 몸이 그녀를 누르자 상상과는 다른 느낌이 들었다. 그의 손길이 닿자 무감각한 듯하면서도 멍해지며 현기증이 났다. 처음으로 사피는 자신이 미워졌다. 분노, 절망, 수치심이 들었다. 소녀라기보다는 여성으로서의 뭔가를 깊게 깨달으며 느껴진 미움이었다. 그것은 수면 아래 깔려 있던 자신의 가장 추악한 모습에 대한 증오였다. 그녀는 손을 뻗어 그를 안았고 그를 받아들였다.

8시간

비명은 물에 잠기는 것과 같다. 비명은 당신을 집어삼킨다. 비명은 홍수다. 일단 시작되면, 당신은 폐허에 갇혀 기다릴 뿐이다. 당신이 손써 줄 수 없는 어느 고통에 눈이 먼 아기가 비명을 지르고, 시간은 멈춘 채 공포가 당신의 두개골에 아로새겨진다. 이곳에서의 삶으로 알게 된 것이 있다. 아무도 그 비명을 들을 수가 없다는 것. 그리고 그건 당신이 혼자라는 뜻이다.

아기 패커는 당신에게 무언가를 말하려고 했지만, 그 말을 하기에는 너무나도 어렸다.

당신은 콘크리트 바닥에 태아처럼 몸을 말고 있다. 내장에서부터 솟아나오는, 비통에 찬 울부짖음.

폴룬스키에 처음 도착했을 때 그들은 의사를 불렀다. 의사는 맥박과 혈압을 측정한 다음 심장 소리를 들었다. 그러고는 당신더러 괜찮다고 말한 뒤 다시 오지 않았다. 당신이 생떼를 쓰는 어린아이처럼 귀에 손을 갖다 대고 바닥을 뒹굴어도 교도관들은 못 본 체 지나갔다. 교도관들은 15분마다 방문하며 사형수 감시 기록을 작성한다. 당신은 이제 교도관들이 두렵다. 그들은 당신의 비참함을 볼 것이다. 그리고 당신은 그게 어떻게 보일지 안다. 나약함은 분노를 버릴 뿐이다.

샤나와도 그렇게 가까워졌다. 딱 한 번. 비명이 들리자 그녀는 점심 쟁반을 든 채로 걱정스러운 표정을 하고 바로 문 앞에 나타났다. 아기가 울부짖는 동안에 어떤 말도 할 수 없었다. 그녀의 존재감이 서서히 드러났다.

다음 날 돌아온 샤나는 지금까지 본 적이 없을 정도로 부드러웠다. 그 역설이 당신을 미치도록 즐겁게 했다. 당신의 나약함이 그녀를 녹였다. 샤나는 당신의 나약함에 주는 전율에 꼼짝없이 사로잡혔다.

그것을 이용할 수 있다.

당신은 샤나를 어떻게 요리해야 할지 알았다. 그녀의 눈이 애디론댁산맥에서 자라는 가문비나무와 색이 같다고 말하자 샤나의 얼굴에 기쁨이 스쳤다. 당신이 콧등에 엄지를 가져다 댔을 때 제니도 그렇게 떨며 기쁜 얼굴을 했다. 샤나에게도 시험 삼아 그렇게 해 보자 그녀는 아이처럼 킥킥 웃었다. 높은 소리, 짜증스러운. 당신은 입가에 부드러운 미소를 머금어 보았다. 당신은 여자에 대해 잘 아는 편이었다. 여자들이 스스로를 이해하는 것보다 더 잘 알 때도 있었다.

하지만 가끔은, 당신은 아주, 아주 많이 틀리곤 한다.

형사는 여자였다. 많은 아이러니들이 당신의 운명을 좌우했지만, 이번 것은 특히나 난해했다.

등 아래로 구불거리며 내려오는 검은 머리였다. 홑꺼풀 눈에 부드러운 피부. 그녀는 지쳐 어깨가 처질 때까지 계속 당신을 쫓으며 침착하게 말을 이끌어 갔다. 당신은 고작 몇 시간 심문실에 있었지만 심문이 끝날 즈음에는 그녀가 뇌에 얼음 송곳 끝을 박아 넣은 듯한 느낌마저 들었다. 형사가 당신에게 그 이야기를 하라고 설득하기 전, 그녀가 자신의 비열함과 속임수를 드러내기 전까지만 해도 당신은 오랫동안 그 '소녀'들에 대해서 생각하지 않고 있었다. 그들은 다른 삶에 있던 사람들이었다. 다른 세상. 그들은 절대 떠오르지 않았다.

무슨 생각을 하고 있었지? 나중에 형사가 물었다. 너무 지친 당신은 눈물이 뺨을 타고 흐르는 걸 느낄 수 있었다. 약간 지연된, 생리학적인 반응이었다.

궁금하군, 안셀. 당신은 어렸어. 고작 열일곱 살이었고. 그 여자애들을 죽였을 때 머릿속에 무슨 생각이 스쳐 갔지?

그런 게 아니었다고 말하고 싶었다. 그건 생각의 과정이 아니었다. 추적할 수 있는 방식으로 이루어진 게 아니었다. 그녀에게 비명 소리에 대해 말해 주고 싶었다. 침묵이 너무나도 필요했다고. 어떤 도움도 받지 못하는 어린아이가 된 것 같았다.

당신은 말하고 싶었다. 가끔 난 내가 설명하지 못하는 일을 저질러. 욕구가 계속 마음을 파고들거든. 그 행동이 잘못되었다는 사실은 중요하지 않아. 옳고 그름은 가장 사소하고 아무런 상관도 없는 일처럼 보여.

형사가 물었다.

그 여름에 여자애 세 명을 죽인 이유가 뭐지. 그리고 왜 휴스턴 사건 전까지 멈춘 거지?

당신은 감방 구석에 놓인, 차갑게 식은 아침 식사 쟁반으로 기어가 개미가 득실거리는 달걀 아래의 포크를 집어 든다. 신발로 부순 포크 조각을 손바닥으로 모아 그중 가장 날카로운 것을 고른다. 손목의 부드러운 부분에 그것을 가져다 대어 눌러도 상처는 나지 않는다. 기억의 홍수도 멈추지 않는다.

머릿속에 무슨 생각이 스쳤냐고? 당신은 정말로 그 질문의 답을 모른다. 할 수만 있다면 설명했을 것이다. 당신도 너무 괴로웠던 적이 있나? 그렇게 물어볼 수 있으면 좋겠다. 자신이 누구인지 알려 주는 흔적들을 모두 낱낱이 잃어버릴 정도로 괴로웠던 적이 있나?

첫 번째 소녀는 낯선 이였다.

열일곱 살의 당신은 혼자 살고 있었다. 그전까지는 70대 여성과 플래츠버그 근처의 작은 집에 살고 있었는데, 당신이 그곳의 유일한 아이였고 그곳은 당신의 마지막 위탁 가정이 되었다. 고등학교를 졸업하자 그녀는 숲 가장자리에 위치한 트레일러에 당신을 보내고 한 달에 50달러씩 주었다. 당신은 고속도로 밑에 있는 데어리 퀸(미국의 패스트푸드 체인—옮긴이)에서 여름 동안 일을 한 뒤, 뭉쳐 둔 현금 다발로 차를 샀다. 갑자기 당신은 해방되었다. 그리고 찾아온 고독은 충격이었다. 별안간 쏟아진 얼음물처럼.

당신은 열일곱이었고, 세상은 이제 새로운 칼날을 보여 주었다. 그 끝은 너무나도 잔인했고 날카로웠다. 당신은 트레일러의 퀴퀴한 소파에서 자신만의 동굴로 하염없이 파고들며 시간을 보냈다. 여자아이들이 웃고 떠들고, 남자아이들이 서로에게 무안을 주며 자기가 잘났다고 떠드는 학교에 있는 것은 낯설게 느껴졌다. 하지만 더위 속에 혼자 있는 것은 더 낯설었다. 한참 생각에 잠겨 있다가 귀가 먹먹할 정도로 날카로운 비명이 들렸을 때면 창밖으로 숲 가장자리에 서 있는 어머니의 모습이 분명히 보였을 것이라고도 맹세할 수 있었다. 그녀는 언제나 나타나자마자 사라지곤 했다.

사건은 6월 중순에 일어났다. 당신은 데어리 퀸에서 같이 일하는 동료를 쫓아다녔다. 그녀는 고등학교를 자퇴했고 브리지를 넣어 염색을 했으며 어깨에 항상 비듬이 떨어져 있었다. 당신은 언제나 그녀를 칭찬했다. 학교에서 다른 남자애들이 하는 것처럼 그녀를 놀리기도 했다. 마침내 그녀는 당신의 트레일러로 왔고, 소파에 누워 브래지어를 풀었다. 절정을 느끼며 몸을 떠는 순간 그것이 몰래 다가왔다. 비명 소리. 아기가 끊임없이 울부짖는 바람에 집중할 수가 없었다. 성기가 식었다. 좌절감으로 상황은 악화되었다. 그녀는 비웃더니 떠나 버렸다. 그 소리는 아기의 비명 위에 흉물스럽게 쌓였다. 당신은 귓가에 끔찍하게 울리는, 스스로가 지닌 고통의 메아리를 들으며 아침까지 불을 켜고 앉아 있었다.

다음 날 일할 때 그녀는 당신을 쳐다보지도 않았다. 영업 종료 후 쓰레기를 버리고 데어리 퀸의 문을 걸어 잠근 뒤 당신은 잔뜩 웅크렸다. 집으로 가는 길에는 고속도로가 펄펄 날뛰는 듯했다. 당신은 덜거덕거리는 폭스바겐 차를 아무렇게나 몰면서 중앙선을 넘어 다녔다. 귀를 때리는 바람소리는 참을 수 없게 끊기지도 않는 비명 소리 같았다.

그녀는 헤드라이트 불빛 속에서 모습을 드러냈다.

달빛 아래에서 첫 번째 소녀는 긴 진입로 끝에 서 있는 그림자에 불과했다. 물결치는 머리카락. 헤드라이트의 밝은 빛에 눈을 찡그린 소녀의 얼굴은 완벽하게 동물적이고 연약하며 혼란스러워 보였다.

당신은 브레이크를 밟았다. 차 문을 열었다. 자갈길을 밟았다.

이제 시간은 눈 녹듯 사라진다. 교도관이 펜을 휘갈기며 감시 일지를 작성하는 소리가 들린다. 의미 없이 멀어지는 그의 발걸음 소리. 당신은 진흙탕 속으로, 거칠고도 맹렬한 어둠으로, 넓어졌다 좁아졌다 하는 감방 속으로 가라앉는다. 당신이 사람이 아니라 작은 공에 불과해질 때까지. 당신은 이마를 바닥에 대고 아기에게 간청한다. 제발, 그만 울어.

제니가 여기 있었다면 당신의 팔다리를 모아 줄 것이다. 당신을 꼭 껴안고 위로해 줄 것이다. 잘 익은 과일 같은 피부를 갖다 대며 속삭일 것이다. 다 지나갈 거야, 항상 그랬잖아.

제니는 당신이 가장 나약해져 있을 때 찾아온다. 당신이 가장 잊고 싶을 때.

색 바랜 베갯잇 위에 머리카락이 흩어져 있다.

샤워를 하고 욕실을 나오는 그녀의 젖은 발자국이 남아 있다.

헤이즐
1990

　자신에 대한 헤이즐의 첫 번째 기억은 언니에 대한 기억이
기도 했다.

　골수 깊숙이 숨어, 오랫동안 마음을 괴롭히는 기억이다. 무
대에 오르거나 고속도로를 빠르게 달릴 때처럼 맥박이 빨리
뛰면 찾아오곤 한다. 기억 속에서 헤이즐은 이리저리 흐릿하
게 떠다니는 조직 덩어리에 불과하다. 그녀의 주변에는 북처
럼 울리는 어둠이 있다.

　모든 것은 어머니가 침대 옆 탁자 위에 올려놓은 초음파 사
진에서 비롯되었다. 은색 액자 속 헤이즐과 언니는 어둡고 원
시적인 공간에서 함께 자라나는 두 개의 작은 분자 알갱이였
다. 그녀의 어머니는 그 사진을 좋아했다. 귀나 발톱이 생기기
전 그들의 모습을 볼 수 있었기 때문이다. 물갈퀴가 달린 듯한
작은 손 두 개를 서로에게 뻗은 모습은 조용히 대화를 나누는
심해 생물들처럼 보였다.

중요한 삶의 순간마다 헤이즐은 자신의 심장 박동 소리에
겹쳐진 언니의 심장 박동 소리를 듣곤 했다. 자궁 속에 함께 매
달려 있을 때처럼. 음악의 당김음처럼 익숙했다. 가장 위로가
되는 소리였다. 그들이 얼마나 다르든, 얼마나 멀리 떨어져 있
든, 헤이즐의 손은 언제나 제니의 손을 향해 뻗어 있었다.

대학에 가 있던 제니가 집으로 돌아오기로 한 날 아침, 헤이
즐은 뜨거운 물이 눈썹을 타고 흘러 등의 곡선을 따라 내려가
도록 샤워기 아래에 앉아 있었다. 부모님이 욕조 구석에 놓아
둔 의자는 허벅지 아래에서 미끌거렸다. 헤이즐은 조심스럽게
무릎에 비누칠을 한 뒤 흉터에 스펀지를 문질렀다. 의사들이
봉합한 자리는 여전히 거칠거칠했으며 울긋불긋하게 물집이
잡혀 있었다. 그녀는 인대가 이어진 자리를 정확히 알아볼 수
있었다. 수술 직전에 사망한 누군가의 인대를 가져온 것이었
다. 종종 헤이즐은 자신의 무릎을 바라보며 이제는 잿더미나
뼈만 남았을 그 이름 없는 사람을 생각했다.
　그녀는 재빨리 샴푸를 한 다음 물을 잠그고 머리카락에서
물이 샤워실 바닥에 떨어지는 소리를 들었다. 아래층에 있던
헤이즐의 부모님은 눈 코 뜰 새 없이 바빴다. 어머니는 야단
을 떨며 크리스마스에 쓸 고기를 재워 두고는, 쿵쿵 발을 울리
며 하릴없이 부엌을 돌아다녔다. 아버지는 차를 끌고 올 제니
를 위해 삽으로 진입로의 눈을 치우고 있었다. 부모님은 며칠

간 엄청나게 정신이 없었다. 어머니는 몇 주 전부터 선물을 포장해 나무 아래에 놓아두었는데 번쩍거렸던 포장지들은 먼지가 쌓이고 점점 낡아 가고 있었다. 어머니는 아버지의 재택 근무용 사무실을 임시 손님방으로 꾸미느라 어느 추운 오후 백화점에서 커튼, 침대 시트, 해변의 일몰이 그려진 액자를 양팔가득 안고 돌아왔다. 계산대에서 베갯잇을 챙기는 걸 잊었다는 사실을 깨닫자 그녀는 거의 미칠 지경이 되었다. *옛날 거 써도 상관없을 것 같은데요.* 푹 꺼진 소파의 자기 자리에 앉아 헤이즐이 말했다.

헤이즐은 무릎에 부담을 주지 않기 위해 오른쪽 발을 들어올린 채 조심스럽게 일어섰다. 그러고는 미끄러운 욕조 너머로 몸을 숙여서 수건을 꺼냈다. 팔을 뻗으니 몇 달 동안 사용하지 않았던 근육들이 경련을 일으켰다. 헤이즐은 변기 뚜껑에 앉아 제니가 지금 어디쯤 왔을까 생각하며 머리를 수건으로 감아 올렸다.

어렸을 때 하던 게임이었다. '소환'. 그렇게 불렀다.

네가 아프면 나는 알 수 있어. 어머니에게 연락이 가기도 전에 초등학교 양호실에 도착한 제니는 그렇게 말했다. *네가 슬퍼도 나는 알 수 있어.* 제니는 한밤중에 헤이즐을 깨워 최악의 악몽에서 그녀를 꺼내 주었다. *나는 네 마음을 읽을 수 있어.* 제니는 말했다. 헤이즐이 그 사실에 놀라자 제니는 혼란스러워 보였다. *뭐? 너는 내 마음을 읽지 못하니?* 헤이즐은 자신의 내면에 침잠하며, 스스로의 마음을 파고드는 것처럼 제니의

마음을 파고들어 그녀의 마음을 읽어 보려고 했다. 그녀는 제니의 마음을 결코 읽어 낼 수는 없었지만, 그런 노력을 멈추지도 않았고 제니랑 마찬가지로 소환 능력이 있다고 우기는 일도 그만두지 않았다. *거짓말이야.* 제니가 배가 아프다고 꾀병을 부리면 헤이즐은 추리한 다음 말했다. *너 저 남자애 좋아하는구나.* 제니가 중학교 사물함 앞에서 가슴 위로 팔짱을 끼는 걸 보고는 그녀를 놀렸다. 헤이즐은 이걸 '소환'이라고 부르지 않는다. 제니처럼 할 수 있는 게 아니었다. 그건 그냥 직감이었다. 오랜 세월 깨달아 온. 헤이즐은 제니의 얼굴을 잘 안다.

제니는 지금 운전 중일 것이다. 노던버몬트 대학에서 가족이 사는 벌링턴 외곽까지는 1시간 조금 넘게 걸렸다. 제니는 라디오에서 흘러나오는 너바나의 노래를 흥얼거리면서 운전대에 올려놓은 손가락을 까딱거리고 있을 것이다. 제니의 새 남자 친구는 조수석에 앉아 있을 것이다. 눈앞이 흐릿해졌다.

헤이즐은 목발로 거울 속의 김을 닦아 냈다. 희미한 겨울 불빛 속에서, 그녀는 창백했고 암울하고 생명력이 없어 보였다. 그녀는 제니와는 달랐다. 원래의 자신처럼 보이지도 않았다.

진짜 헤이즐은 욕실에 있는 이 유령이 아니었다. 진짜 헤이즐은 작열하는 조명 아래에서 분홍빛 뺨을 빛내며, 매끄럽고 윤기나는 머리를 말아 올려 스프레이를 뿌린 모습이었다. 눈꺼풀에는 긴 속눈썹을 붙였다. 쇄골은 아래로 갈수록 가늘어지는 코르셋 끈 아래로 튀어나와 있었고 그 아래에는 가슴 능선을 따라 미묘하게 반짝거리는, 그녀에게 맞춘 튀튀 스커트를 입었다. 돌거나 뛰어오를 때 무대 조명이 반사되도록 디자인된 것이었다.

그 순간, 헤이즐은 축축한 세면대에 기대어 있지 않았다. 악기들은 「백조의 호수」의 시작을 열었고 그녀는 벨벳으로 만든 날개를 달고 오케스트라의 소리를 쫓아가고 있었다. 고무와 송진 같은 냄새가 났다. 토슈즈를 신은 발로 서며 가녀린 햄스트링 근육이 늘어나는 느낌을 즐겼다. 청중은 숨죽인 채로 그녀가 오기를 기다렸다. 황금에 발을 딛기 전, 그녀는 그 길고 고통스러운 순간에 사로잡혀 있었다.

춤을 출 때야말로 헤이즐은 진짜 헤이즐이 되었다. 아니, 그이상이었다. 그녀는 깃털이었다. 숨이었다. 환상이었다. 음악에만 응답하는 신기루였다. 기억이었다. 그녀는 날았다.

아래층 현관문이 쾅 닫혔다. 바셋 하운드 개인 거티는 어머니가 달래거나 말거나 거세게 짖어 댔다. 헤이즐의 머리카락에선 여전히 차가운 물이 뚝뚝 떨어졌다. 헤이즐은 창밖을 내다보기 위해 제니의 2인용 침대에 올라갔다. 제니의 낡은 스테이션 왜건 차가 진입로에서 연기를 내뿜고 있었다.

학기가 시작된 이래 제니는 두 번 집에 왔다. 두 번 모두 저녁만 먹었다. 그녀는 집에서 자지 않겠다며 차에 짐을 실었다.

기숙사에 가져가겠다고 미니 냉장고용 플라스틱 용기에 남은 음식들을 싼 다음이었다. 헤이즐은 제니의 새롭고도 세속적인 눈을 통해 이 집을 다시 그려 보려고 노력했다. 이 집은 외떨어진 작은 마을의 한쪽 구석에 부채처럼 늘어선 집 중 한 채였다. 제니가 오기 전까지는 아이스크림 가게와 등산용품 가게뿐인 벌링턴이 이렇게 이상하고 우스꽝스럽게 보인 적이 없었다. 두 번의 저녁 식사 모두 헤이즐의 무릎 사건 이전이었다. 그녀는 제니의 어떤 점이 달라졌는지 정확히 설명할 수 없었다.

아직도 제니가 붙여 놓은 존 휴즈의 포스터로 둘러싸인 헤이즐의 침실 창문에서 내다보면, 그 차이점이 분명히 드러났다. 그녀와 제니는 여전히 사이좋은 자매 같았지만 헤이즐은 두 사람이 점점 멀어지고 있다는 걸 알 수 있었다.

태어났을 때의 이야기가 떠올랐다. 하도 많이 들어 동화처럼 느껴지는 이야기였다. 제니는 쉽고 편하게 먼저 나왔지만 그 바람에 헤이즐의 몸은 산도에서 밀려났다. 탯줄에 목이 감긴 헤이즐이 새파랗게 질린 얼굴로 발길질을 하며 나올 때까지 간호사가 어머니의 부풀어 오른 배를 마사지했다. 너를 잃는 줄 알았어. 어머니는 항상 그렇게 말했다. 최근에야 헤이즐은 부모님이 제니만이 그들의 자식이 될 거라고 믿으며 평생 살아왔다는 사실을 깨달았다. 지금의 언니를 보고 있자니 더욱 그 생각이 났다. 제니는 점점 더 예뻐졌고 볼에 팬 보조개도 더 도드라졌다. 제니는 하트 모양의 유연하고도 매력적인 얼굴을 가진 반면, 헤이즐의 얼굴은 항상 수척하고 마녀 같았다. 그리고 당연하게도 헤이즐에게는 주근깨도 있었다. 어머니가 제니를 안아 줄 때면 헤이즐은 본능적으로 주근깨를 만졌다.

쌍둥이라는 것. 그것 때문에 자신들이 누구인지 더 알게 됐다. 파자마 파티와 학교 행사, 소풍, 가족 여행에서 제니와 그녀는 하나였다. 하나의 이름. 핑크색 벽지로 꾸며진 하나의 침실. 어렸을 때 헤이즐과 제니는 선생님을 헷갈리게 하려고 수업 시간에 옷을 갈아입는 걸 좋아했다. 제니는 보라색, 헤이즐은 파란색으로 같은 옷을 색만 다르게 해서 입곤 했기 때문이다. *힘든 적은 없어?* 한번은 제니에게 물은 적이 있다. 중학교 시절에 남자아이 한 명이 쌍둥이에게 댄스파티에 함께 가자며 장난쳤을 때였다. *쌍둥이라서?* 제니의 찌푸린 시선은 너무나도 차가웠다. 헤이즐은 그녀가 상처를 감추기 위해 그런 표정을 짓는다는 걸 알았다. 아직도 헤이즐은 기억하고 있다. 자신의 혀가, 언니보다 더 뾰족하고 더 겹쳐 있는 자신의 송곳니를 스쳐 지나갔던 것을. 그리고 따스한 피 맛이 날 때까지 그걸 얼마나 꽉 깨물었는지를. *왜 내가 힘들어?* 제니의 목소리는 숲에 사는 동물처럼 느껴졌다. 헤이즐은 그 질문을 한 것이 아직도 지독하게 수치스러웠다. 제니가 학교로 떠난 이후 지난 4개월 동안은 헤이즐은 오직 자신의 이름, 헤이즐에만 반응하면 됐다. 그전까진 평생 동안 오로지 제니의 이름만이 방 안에 울려 퍼졌고 그럴 때마다 헤이즐은 대답할 준비를 하며 돌아섰다.

여느 때와 다름없이 봉긋 올라 있는 헤이즐의 왼쪽 눈 밑 점은 꼭 눈물처럼 보였다. 사람들은 그 점에 대해 말하곤 했다.

그녀가 완벽하지 않다는 사실을 일깨워 주고 싶다는 듯 사람들은 헤이즐의 뺨을 툭 치며 그 점으로 그녀를 알아봤다고 말하곤 했다.

제니가 있었다. 계단 아래에. 목발 때문에 복잡한 심경으로 헤이즐이 고개를 들었을 때, 제니는 기대에 찬 표정으로 부드럽게 웃고 있었다. 그녀와 똑같은 눈, 똑같은 입, 그녀와 모든 것이 똑같은 제니 그 자체였다. 그녀는 처음 보는 한 치수 큰 워커 신발과 밀리터리 스타일의 파카를 입고 코트니 러브(미국의 영화배우 겸 가수—옮긴이)처럼 커다란 징이 박힌 벨트를 차고 있었다. 제니가 꼭 끌어안자 낯선 냄새로 복도가 가득찬 듯했다. 과일이나 사탕 향이 나는 새로운 브랜드 비누나 샴푸일까. 재채기가 날 것 같았다.

"집에 오니 너무 좋다."

거티의 살찐 작은 발이 청바지를 당기자 제니가 거티를 달래려고 몸을 숙이며 감탄을 내뱉었다.

그러고는 뒤에 있는 소년에게로 몸을 돌렸다.

제니의 새 남자 친구는 헤이즐의 예상과는 달랐다. 헤이즐은 언니가 어깨가 나무 둥치처럼 딱 벌어지고 목에는 힘줄이 보이는 남자에게 끌린다는 것을 알고 있었다. 고등학교가 끝날 무렵 제니의 세상과 헤이즐의 세상은 완전히 달라졌다. 헤이즐은 발레를 했기 때문에 토슈즈와 랩스커트, 복잡한 리허

설 스케줄이 있었다. 두 사람은 함께 사용하는 차를 조정해야
만 했다. 제니는 계속 학교에 다녔다. 시험을 보고 성적표를 받
고 장학생이 되었다. 헤이즐은 언니가 트로피 케이스 옆에서
웃는 모습을 보곤 했다. 제니의 몸은 하키 선수, 미식축구 선수,
포환던지기 대회 우승자의 가슴에 자연스럽게 기대어 있었다.
제니가 차로 그녀를 발레 스튜디오로 데려다주면서 하는 이야
기로만 헤이즐은 그들에 대해 알았다. 그녀는 때론 매혹되기도
하고 때론 혐오스러워하기도 하면서 열심히 이야기를 들었다.

　현관에 서 있는 그 소년은 확실히 운동선수는 아니었다. 경
직된 몸은 날씬했으며 콧등에는 커다란 안경이 헐렁하게 걸려
있었다. 너무 짧아 발목이 보이는 바지를 입고 있었는데 그 아
래로 꼬불꼬불한 다리털 몇 개가 보였다.

　"헤이즐이구나. 난 안셀이라고 해."

　안셀이 미소를 짓자 깨진 달걀에서 노른자가 흘러나오듯 얼
굴에서 웃음이 퍼져나오는 것 같았다. 물론이지. 헤이즐은 생
각했다. 물론 제니가 이런 사람을 고를 줄 알았다. 자석같이 사
람을 끌어들이는 사람. 헤이즐은 관심을 가졌지만 그 순간 이
상황에서 그녀가 어떤 존재여야 하는지 생각하고 얼굴을 붉혔
다. 그녀의 존재는 단순했다. 그녀는 제니의 분신일 뿐이었다.

　"안셀, 얘기 많이 들었어요."

　사실이 아니었다. 헤이즐은 그런 말을 내뱉은 것을 후회했
다. 안셀이 자신있게 손을 내밀자 헤이즐은 배의 근육에 힘을
주었다. *몸 전체가 코어를 중심으로 회전한다.* 그녀는 목발을

잡고 있던 땀에 젖은 팔을 들어 올려 악수를 했다.

　그날 밤의 공연 이후 제니는 전화 한 통도 하지 않았다.

　3시간에 걸친 수술이 끝난 후에도, 카드와 꽃이 헤이즐의 머리맡을 가득 채운 후에도, 휠체어를 밀며 복도를 다니느라 헤이즐의 팔에 근육이 붙은 후에도, 제니로부터는 아무 소식이 없었다. 심지어 부모님의 소파로 옮겨진 헤이즐이 가끔 샤워를 하러 어쩔 수 없이 위층으로 갈 때 외에는 6주간 줄곧 거기에만 앉아 있을 때에도. 두 번이나 기숙사에 전화를 걸어 메시지를 남겼지만 제니는 답이 없었다.

　널 *생각하고 있을 거야.* 수프 한 그릇을 더 가져다 주면서 어머니는 설득력 없는 어조로 말했다.

　무릎에 턱을 대고 침을 흘리는 거티와 소파에서 시간을 죽이는 동안 헤이즐은 제니를 떠올렸다. 강한 진통제로 정신이 혼미한 동안에는 제니가 그해 여름 중고품 가게에서 고른 데님 스커트를 입고 금요일 밤 파티에 갔을 거라고 상상했다. 수요일 아침엔 식당에 앉아 시들시들한 과일 샐러드 속에서 칸탈루프 멜론을 골라내거나 워크맨으로 펄잼(90년대에 주로 활동한 미국의 가수―옮긴이)의 노래를 들으며 강의실로 느긋하게 걸어가고 있을 것이라고 상상했다. 헤이즐은 제니가 강의실에서 어떨지는 상상할 수 없었다. 한 번도 대학 캠퍼스에 가 본 적이 없었기 때문이다. 제니와 아버지가 대학교 투어를 한다며 차를 몰고 나간 날 그녀는 리허설로 바빴다. 트위드 재킷에 단추가 달린 셔츠를 입고 연필을 잡고 있는 제니의 손가락도 상상해 보았다. 그런 상상들은 다 거짓처럼 느껴졌다. 그들 사이의 '소환'이라기보다는 제니의 실제 모습과 전혀 다른 환상일 뿐이었다. 노력해 봤자 화만 날 뿐이었다. *어디 있는 거야?* 헤이즐은 무기력하게 애원했다. 피부 아래에 망치가 있는 것처럼 무릎이 쿵쿵대며 아팠다.

아버지가 여행가방을 들고 현관으로 들어섰다. 서리가 내린 막다른 골목에 위치한 집 안으로 12월의 쌀쌀한 공기가 불어왔다. 긴장의 순간이 길게 이어졌다. 헤이즐은 어딘지 알 수 없게 달라진 언니를 마주했다. 제니의 눈길이 헤이즐의 무릎 보호대를 내려다보더니 다시 올라왔다. 아무 말도 하지 않았다. 하지만 헤이즐은 어떤 번득임을 보았다. 시선에 만족스러운 무언가가 있었다. 빛나고도 지혜로워 보였다. 자신이 설 수 있다는 것이 무슨 의미인지 알고 있다는 듯했다.

모두가 저녁 식사를 준비하는 동안 헤이즐은 식탁에 앉아 있었다. 평소였다면 제니와 식탁 매트를 함께 준비하며 어떤 냅킨을 쓸지 말다툼을 했을 것이다. 하지만 미닫이 유리문에 기대 놓은 목발 때문에 그녀는 여기 남아 있어야 했다.

어머니는 닭 요리를 준비하고 있었고 제니는 와인병을 들고 눈짓했다. 헤이즐은 고개를 저었다. 그녀는 술에서 나는 맛을 결코 좋아하지 않았고 머리가 어지러워지는 느낌도 싫어했다. 게다가 아직 진통제를 먹어야 했다. 어머니는 아침마다 약을 세면서 이걸 천천히 끊어야 한다고 주장하곤 했다. *주의해야 해. 중독은 피로 이어지는 거야. 너희 할아버지를 봐.* 헤이즐은 무기력하게 입에 든 닭고기를 씹었고 몸에 퍼져 나가는 반쪽짜리 캡슐 덕에 무릎의 통증이 완화되어 가는 걸 느꼈다. 와인 때문에 모두의 이빨이 보랏빛으로 물들었다. 어머니는 걱정스러운 듯 머리를 매만지며 안셀에게 학교에 대한 질문을 던졌는데, 안셀은 성실하게 대답했다. 그는 대학원을 목표로 철학을 전공했다고 말했다. *논문을 쓰고 싶어요. 생각은 인간이 삶에 남길 수 있는 가장 순수한 것이죠.* 노래하는 듯한 그의 부드러운 목소리가 마음속으로 스며들었다. 피부는 창백한 우윳빛이었고 팔뚝 안쪽은 백지장 같았다. 실로 잘생긴 얼굴이었다. 보면 볼수록 더 그렇게 보였다.

그러다 그가 그녀의 이름을 부르자 깜짝 놀랐다.

"헤이즐."

화제를 돌리려는 목적이었다.

"제니가 네가 발레리나라고 했는데. 무릎은 어때?"

어머니가 끼어들었다.

"거의 나았어. 몇 주만 더 목발을 짚고 다니다 물리 치료를 받을 거야. 곧 다시 춤을 출 수 있게 될 거야."

헤이즐은 예의 바르게 고개를 끄덕였다. 진지하고도 호기심 어린 안셀의 시선이 그녀에게 머물렀다. 최근 몇 달간 어느 누구도 그녀를 이렇게 바라본 적은 없었다. 동점심이나 불편함 없이 말이다. 그녀는 그의 미소가 달빛과 같은 경외감을 준다는 것을 깨달았다. 완벽한 푸에테(한쪽 다리를 빠르게 차면서 도는 발레 동작―옮긴이) 동작을 마친 후에 청중들로부터 칭송받았을 때의 느낌과 같았다.

"할 말이 있어."

제니가 안셀의 주의를 끌었다. 그녀의 입술은 와인 때문에 보랏빛으로 얼룩져 있었다. 헤이즐의 마음속에서 증오의 불꽃이 걷잡을 수 없이 터져 나왔다.

"우리가 태어날 때 일에 대해 계속 생각해 봤어. 우리를 구해 줬던 간호사 말이야. 이름조차 모르지만 우리가 살아 있는 이유인 분이지. 적어도 헤이즐에게는. 그렇지? 어쨌든 난 전공을 정했어. 간호학을 공부하고 싶어. 그중에서도 임신과 출산 쪽으로."

자신들도 모르게 자랑스러움을 느낀 어머니와 아버지가 식탁 너머에서 환하게 웃었다. 터무니없었다. 집은 추웠고 모두가 불과 몇 분 전보다 술에 더 취해 나른해졌다. 모든 것들이 갑자기 무의미해졌다. 아버지가 건배를 위해 위스키 잔을 들어 올릴 때, 제니가 얼룩진 와인잔을 들어 올릴 때, 헤이즐은 물잔을 꼭 움켜쥐고 전구 때문에 눈이 잘 안 보이게 될 때까지 부엌 조명을 응시했다.

그날 밤 헤이즐은 추억 속으로 잠들었다.

어서 와. 제니는 태양이 작열하는 운동장에서 가장 멀리 떨어진 철봉에 여윈 팔을 늘어뜨린 채 말했다. 엄마에게 사 달라고 졸라서 둘 다 갖고 있는 그 옷을 입고 있었다. 다이애나 왕세자비가 입었던 옷과 비슷한 소매가 달린, 반짝이는 웨딩드레스였다. 주의 깊게 살펴보며 손을 뻗었지만 철봉 때문에 어깨가 아팠다. 가슴속에 두려움이 맺혔다. 저 멀리 하얀 연기 속으로 제니가 보였다. 손가락이 땀으로 미끄러졌다. 제니가 말했다. *할 수 있다고 믿어야 해. 전력을 다해, 헤이즐. 그리고 몸을 앞뒤로 흔들어.*

크리스마스 아침. 마을은 부드럽고 하얀 담요로 뒤덮인 듯했다. 눈으로 반짝이는 주택가 위로 부드러운 오렌지빛 태양이 솟아오르며 동이 텄다. 헤이즐은 무겁고 짜증스러운 기분으로 침대에 누워 있었다. 제니가 안셀과 함께 게스트룸에서 자는 바람에 맞은편에 놓여 있는 트윈 사이즈 매트리스가 유난히 텅 비어 보였다.

사고 이후 몸이 많이 달라져서 옷이 잘 맞지 않았다. 배와 허벅지는 두꺼워지고 종아리 근육은 줄어들었다. 잠옷 바지 솔기가 빳빳하게 느껴졌다. 헤이즐은 허리 고무줄 아래로 손을 집어넣고 쭉 뻗었다. 자신의 몸이 너무나도 낯설게 느껴졌다. 속옷 아래로, 머리카락 아래로, 그리고 젖어 있는 그 아래로,

누군가의 손이 들어갔을 수도 있다. 안셀을 생각했다. 부드러운 크림 같았던 피부. 얼굴에서 홍수처럼 새어 나왔던 미소. 옅은 노란 불빛 아래에서 어떤 장면이 영화처럼 펼쳐졌다. 위를 맴도는 안셀과 침대에 누운 헤이즐. 손가락 아래로 근육으로 다부진 그의 어깨가 만져졌다. 허리띠까지 이어지는 배 위의 팽팽한 솜털들 사이로 느껴지는 피부. 엉덩이 위로 미끄러져 내려가는 사각 팬티. 몸을 숙인 그가 두 손가락으로 그녀의 것을 벌렸다. 그의 미소가 낮아졌고, 꼼짝할 수 없었고, 전염되는 듯……

준비가 되기도 전에 왔다. 손가락을 구부리자 너무 빠르게 녹아내리는 듯한 느낌에 그녀는 몸을 떨었다. 숨이 차고 이불 속에 있던 다리가 떨렸다. 자책감이었다. 공중에 손을 뻗었다. 그녀의 손가락은 빛나고 매끄러웠다. 마치 물속에 너무 오래 머물러 있었을 때처럼 피부에 주름이 잡혀 있었다.

헤이즐의 부모님은 아래층에서 기다리고 있었다. 아버지의 머리카락은 사방으로 뻗쳐 있었고 어머니는 보풀이 일은 목욕 가운을 꼭 여민 채 의자에 앉아 있었다. 거티는 자기가 가장 좋아하는 쿠션에 침을 흘리며 코를 골고 있었다. 텔레비전에서는 뉴스가 흘러나왔다. 자신의 땀 냄새와 욕망이 뿜는 퀴퀴한 악취를 느낀 헤이즐은 너무나 샤워를 하고 싶었지만 무릎 보호대를 하고 있어 씻기가 쉽지 않았다.

어머니가 물었다.

"몇 시에 일어난다고들 했니?"

"그런 얘기 안 했어요."

30분이 더 지나서야 제니와 안셀이 얼굴을 보였다. 샤워를 했는지 제니의 머리는 젖어 있었고 안셀은 몸에 딱 맞는 코듀로이 세트를 입고 있었다. 그의 바지에 난 무릎 자국을 보며 헤이즐은 끓어오르는 수치심을 느꼈다.

한 번에 하나씩 선물을 열었다. 제니는 벌링턴에는 없는 상점에서 직접 주문한, 진짜 가죽으로 만든 새 가방을 받았다. 어머니는 분명히 그것을 사려고 멀리까지 다녀왔을 것이다. 전공 서적 넣으라고. 어머니가 자랑스러움으로 눈을 빛내며 말했다. 헤이즐은 어렸을 때 좋아했던 판타지 소설 세트를 받았다. 그녀는 모든 기력을 끌어모아 기쁨의 감탄사를 뱉었다. 작년까지 그녀가 받았던 선물은 모두 발레와 관련된 것이었고, 책과 스웨터에 대한 감사 인사를 중얼거리면 모두 비난하는 듯이 보았다.

다음은 안셀 차례였다. 어머니와 아버지가 활짝 웃고 있는 동안 안셀은 어색하게 포장지를 뜯었다. 제니는 안셀에 대해 아무것도 알아내려 하지 말라고 구체적으로 지시했다. 안셀은 불우한 어린 시절을 보냈고, 그것에 대해 물어서는 안 되며, 그것이 그가 가족과 함께 휴가를 보내지 않으려고 하는 이유라고 했다. 어쨌든 어머니는 파자마 바지 두 벌과 영장류에 관한 책 한 권을 골랐다. 안셀은 고맙다고 했지만 불편해하는 기색이 역력했고 제니는 매섭게 노려보았다.

마지막 선물 두 개는 뻔했다. 똑같은 선물 포장 두 개가 나무 아래 외롭게 놓여 있었다. 헤이즐은 제니의 시선을 느꼈다. 그들은 다시 어린아이가 되어 눈길을 주고받으며 그들만의 비밀 언어로 대화했다.

전통이었다. 1년에 두 번, 크리스마스와 둘의 생일, 헤이즐은 제니와 같은 옷을 받았다. 그들은 포장지를 뜯었다. 가짜 미소를 짓느라 뺨이 아팠다. 이번엔 면으로 만든 긴소매 드레스였다. 저녁 파티나 근사한 레스토랑에 갈 때 입을 법한 옷이었다. 헤이즐은 무엇을 위해 그 옷을 입어야 할지 알 수 없었지만 제니의 올리브 그린 색 옷과 자신의 잿빛 옷을 대어 보며 억지로 얼굴을 찡긋했다.

어머니가 박수를 치며 기뻐하며 말했다.

"좋아. 팬케이크 먹자. 아버지가 특별한 시럽으로……"

"잠깐만요."

안셀이 끼어들었다. 목소리가 거칠게 가라앉아 있었다. 그는 아침 내내 거의 아무 말도 하지 않았다. 그는 묘한 긴장감과 힘을 발산하고 있었다.

"저도 있어요. 선물이요."

그가 발걸음 소리를 내며 위층으로 사라지더니 더플백의 지퍼를 여는 소리가 들렸다. 헤이즐은 조용히 앉아 있었다. 제니는 바닥에 앉아 카펫을 만지작거리고 부모님은 불편하다는 듯 몸을 움직거렸다.

안셀은 주먹을 꽉 쥔 채 돌아왔다. 그의 각진 얼굴에는 뻣뻣하다 못해 거의 얼어붙은 듯한 홍분이 스며 있었다

안셀이 손바닥을 펴면서 말했다.

"미안해. 포장을 못 했어. 하지만 널 위한 선물이야, 제니."

모두 입을 벌렸다. 제니가 손으로 입을 막았다.

반지였다. 약혼반지는 아니었지만 불안한 시선을 교환하는 부모님은 그 생각을 했으리라고 헤이즐은 확신했다. 뭉툭하고 오래되어 보이는 반지로, 한때는 다른 사람의 것이 분명했을 보석이 박혀 있었다. 광택이 사라진 금으로 된 줄에 박혀 있는 커다란 보라색 보석은, 색만 아니었으면 너무 화려하게 보일 정도의 크기였다. 은은하고도 사랑스러운 라일락 색. 자수정.

"안셀."

제니가 숨을 몰아 쉬었다. 그녀는 감격스러운 동시에 당황해하고 있었다. 헤이즐은 언니를 잘 알았다. 제니는 나중에 이 이야기를 곱씹으며 말할 때 좀 더 크고 대단한 일처럼 들리기를 바랐을 것이다. 또한 이 기울어진 진실을 부모님이 앉아서 지켜보지는 않았으면 했을 것이다. 내키지 않는 듯한 몸짓과는 다르게 반지는 초자연적으로 빛나고 있었다.

"이럴 필요까진 없는데. 어디서 난 거야?"

안셀이 어깨를 들썩이며 웃었다.

"이 반지를 보는데 네가 생각나서."

제니가 손가락에 반지를 끼웠다. 어머니가 사이즈를 조정해야겠다고 중얼거리는 동안 헤이즐은 가라앉는 듯했다. 이른

아침 햇살과 반짝이는 눈에 반사되어 보석이 빛났다. 이 잘못
된 느낌이 반지 때문인지, 안셀 때문인지, 언니 때문인지, 헤이
즐 자신 때문인지 알 수 없었다. 정말 잘됐다. 헤이즐은 억지로
말했다. 하지만 그 무게가 그녀의 목 뒤를 가로질러 병처럼 굳
어 퍼져 나갔다.

크리스마스 저녁 식사에서 헤이즐은 제니의 시선을 끌기 위
해 노력했다. 어머니의 권유로 두 사람은 마지못해 같은 드레
스를 입었는데 제니가 옷에 포도주를 조금 쏟았다. 그녀의 손
가락에서 보라색 반지가 번쩍거렸다. 부모님은 아무렇지 않은
척하려 했지만 어머니의 시선은 제니의 손에서 떨어질 줄 몰랐
다. 고기 접시를 향하는 그 손은 왠지 낯설고 더 늙어 보였다.
헤이즐과 부모님은 안셀의 가족에 대해 절대 묻지 말라는
지시를 분명하게 받았다. 좀 복잡해. 제니는 말했다. 하지만 아
버지는 위스키를 너무 마시는 바람에 질문을 참지 못했다. 뺨
이 붉어진 채로 아버지가 말했다.

"그래서. 크리스마스에 자네 가족들은 뭘 하지, 안셀?"

나쁜 소식이 충격을 몰고 온 듯한 모습이었다. 방 안에 감도
는 느릿하고도 뜨거운 정적, 뚝뚝 떨어지는 공포감. 헤이즐은
말 그대로 아버지의 질문이 식탁 위에 맴도는 모습이 보이는
것 같았다. 그녀는 손을 뻗어 그 질문을 잡아챈 다음 아버지의
입에 밀어 넣고 싶었다. 헤이즐은 자신의 접시를 계속 내려다

보았다. 먹고 남은 뼈들이 아무렇게나 던져져 웅덩이처럼 고인 육즙 위에 놓여 있었다. 발치에서는 거티가 희망에 찬 눈으로 올려다보고 있었다. 축 처지고 촉촉한 눈빛, 행복하게도 아무것도 모르는.

"저는 위탁 가정에서 자랐어요."

안셀이 말을 꺼냈다. 헤이즐은 아버지를 보았다. 차츰 본인의 실수를 깨닫고 얼굴이 당황스러움에 일그러지고 있었다.

"저희는 전통이라는 것이 없었어요."

"미안하구나……."

어머니가 중얼거렸다.

"괜찮아요."

공기 중에 있던 어색함이 다른 어떤 것과 섞였다. 그동안의 무대 공연을 통해 헤이즐이 깨달은 것이 있다면, 관객들이 어떤 순간에 매료되는지였다. 안셀은 그들을 매료시켰다. 모두 최면에 걸린 듯했다.

"부모님은 제가 네 살 때 떠나셨어요. 그분들과 휴일을 보낸 기억이 없어요. 남동생이 있었는데, 죽었어요."

헤이즐은 자기가 거의 아무것도 알지 못한다는 사실이 무서워졌다. 그녀는 이 사람에 대해, 제니가 그와 함께 보낸 그 무한한 순간에 대해서 알지 못했다. 세상에 대해서도 전혀 알지 못했다. 헤이즐은 항상 여기 있었다. 지루하고 아늑한 집을 그간 당연하게 여겼었다. 선물을 담기 위한 양말과 음식이 가득하고, 남은 건 그냥 버려도 되는 집. 아무 일도 일어나지 않을 것만 같은 이 작고 예쁜 마을에 있는 집. 부모님은 크게 부유하지는 않았지만 편안하게 살 만큼은 되었다. 그녀는 결코 진정으로 가질 수 없는 것을 원한 적이 없었다.

"전 요즘 철학책을 많이 읽고 있어요. 특히 로크요. 그는 신체적 연속성의 개념, 즉 육체가 우리를 정의한다는 생각을 거부하죠. 대신 그는 기억에 천착해요. 기억이 우리를 다른 사람들과 다르게 만들어 주는 것이라고 해요. 내가 가진 인간으로서의 의식을 다른 사람의 의식과 분리시켜 주죠. 저도 그렇게 생각해요. 제 이론은 이래요. 선과 악이라는 건 따로 없어요. 대신에 기억과 선택이 있을 뿐이죠. 우리는 그 사이의 스펙트럼 어딘가에 살고 있어요. 우리는 그렇게 되기로 선택한 무언가인 동시에, 우리에게 일어난 일로 만들어진 무언가죠. 어쨌든 고맙다는 말씀을 드리고 싶어요. 저를 집으로 초대해 주셔서요. 그리고 제니에게, 이 모든 것들에 대해서요. 제가 선택으로 만들어진 사람이라면, 그 선택들이 저를 여기까지 이끌었다는 사실이 기쁩니다."

헤이즐은 그 순간 눈치챘다. 제니를 끌어들이더니 이제는 그녀를 차츰 빼앗아 가고 있는 어떤 음모가 내뿜는 희미한 빛을. 뿜어져 나오는 아드레날린과 호기심으로 숨도 쉬지 못할 지경이었다. 비극에는 감촉이 있다. 당장이라도 풀어야 할 것 같은 매듭이 느껴진다. 헤이즐이 바라는 것들은 말할 수 없는 것, 형태가 없는 것, 만지기에는 너무 흐릿한 것들이었다. 그녀가 바라는 것은 이미 그녀의 언니가 가진 것이었다.

욕실은 시원하고 어두운 동굴 같았다. 욕실로 걸어가는 동안 헤이즐은 목발을 덜거덕거리며 절뚝였다. 불을 켜고 싶지는 않았다. 베이지색 페인트, 울퉁불퉁한 벽, 어머니가 매주 먼지를 털어 내는 조개껍질처럼 생긴 작은 그릇 같은 건 보고 싶지 않았다. 헤이즐은 변기 위로 몸을 숙인 채 악취가 나는 물 가까이로 얼굴을 들이밀었다. 문밖에서는 포크가 부딪히는 소리가 들렸고 예의 바른 목소리들이 오갔다. 그녀는 그것들을 들으며 구역질했다.

제니가 미웠다. 실재하는 증오가 마음을 찌르며 존재감을 드러냈다. 헤이즐은 이토록 쓰고 이기적인 마음이 주는 공포와 슬픔을 몸 밖으로 몰아낼 수 있기를 빌면서 토했다. 하지만 그녀는 그것들이 계속될 것이라는 걸 알았다. 그 마음들이 그녀가 언제나 품고 있었던 무한한 사랑으로 다시 바뀔 때까지는 그럴 것이다. 자매간의 사랑은 영화나 책에 나오는 것처럼 황홀하지 않았다. 그것은 자체로 온전한, 별개의 것이었다. 제니가 몇십 킬로미터나 떨어져 있어도 그것이 자신의 핏속에 흐르고 있음을 알 수 있었다. 자매간의 사랑은 음식이나 공기, 그리고 기억 그 자체와 같았다. 분자였다. 그녀의 몸을 구성하는 바로 그것. 그러나 그것은 그녀가 선택한 사랑이 아니었다. 그리고 바로 그 사실 때문에 헤이즐은 스스로에게 화가 났다. 제니를 사랑하는 것처럼 다른 누군가를 결코 사랑할 수 없을지도 모른다는 공포 때문에. 그리고 어쩌면 자신이 그러길 바라고 있을지도 모른다는 사실에.

노크 소리가 들렸다.

헤이즐은 시내 레코드 가게에서 산 오래된 스프링스턴의 CD를 들으며 트윈 침대에 누워 있었다.

복도에 희미하게 불빛이 비쳐 제니의 윤곽만 보였다. 파자마 바지에 집에 남겨 두었던 크고 색 바랜 티셔츠를 입고 있었다. 헤이즐에게는 매우 익숙한 티셔츠였다. 자기 옷이 싫증날 때면 헤이즐은 가끔 제니의 서랍장을 뒤져서 너바나 콘서트 티셔츠를 꺼내 마른 갈비뼈 위에 헐렁하게 걸치고 제니가 그다지 좋아하지 않아서 학교에 입고 가지 않는 청바지를 입었다.

침대로 올라온 제니가 다리를 끌어안았다. 헤이즐은 헤드셋을 벗었다. 방 저쪽에는 커버를 벗긴 제니의 매트리스가 놓여 있었다. 어머니는 벽에 붙은 제니의 포스터들은 그대로 두었으면서 매트리스만은 치워 두었다.

"기분 괜찮아? 엄마가 가 보라고 해서."

은은한 불빛 아래에서 제니가 물었다.

"괜찮아."

부드러운 말투는 아니었다.

"화났구나."

"화 안 났어."

사실이었다. 지쳤을 뿐이었다. 길을 잃었고 우울했다. 차라리 화가 나길 바랐다. 이렇게 황량하고 외롭기만 한 느낌보다는 그게 나을 것 같았다.

"나 알아. 저녁 먹을 때 네가 어떻게 나를 쳐다봤는지."

"그래? 집에 온 뒤로 넌 한 번도 날 본 적 없잖아."

긴장 속에서 침묵이 길게 이어졌다.

마침내 제니가 말했다.

"헤이즐, 무릎 일은 유감이야."

그 말이 너무나도 우습게 느껴졌다. 제니가 처음으로 사고 이야기를 꺼냈다. 헤이즐은 제니가 충격을 받아서 무릎 사건을 무시했다고 생각했다. 관심이 없는 건 아니라고. 하지만 아니었다. 그녀는 헤이즐의 무릎이 무엇을 의미하는지, 그녀의 실패가 그 두 사람에게 무엇을 의미하는지 정확하게 알았다. 그저 모르는 척하는 게 쉬웠을 뿐이다.

"힘든 일이 널 달라지게 할 거야. 안셀이 그렇대. 난 진짜 힘든 게 뭔지 모르잖아. 너도 그렇고."

헤이즐은 자신이 어떤 고통을 겪고 있는지 항의하고 싶었지만 제니는 말을 이었다.

"우린 우리가 가진 모든 걸 누리고 있어, 헤이즐. 이 지루한 작은 집, 세 개나 되는 침실, 크림색 카펫. 우리를 사랑하는 부모님도 있고."

제니가 입술을 깨물었다.

"안셀은 달라. 위탁 가정 네 곳을 전전했대. 그리고 저녁에 안셀이 말한 남동생 얘기도 그래. 오늘 일이 있기 전까지 나는 안셀이 그 이야기를 크게 말하는 걸 들은 적이 없어. 남동생이 죽었다는 얘기 말야. 절대 말한 적 없어. 그런데 잘 때면 비명을 질러. 아가, 아가 하고 말이야."

제니는 항상 언니 같았다. 어렸을 때 제니는 항상 헤이즐에게 3분의 차이에 대해서 말하곤 했다. 그리고 지금, 헤이즐은 어린 시절 자던 침대에서 허벅지 밑에 기린 인형을 깔고 있었다. 그 차이가 갑자기 극명해졌다. 극적이었다.

"안셀은 다른 사람들과 달라. 다른 사람들이 느끼는 대로 느끼질 못해. 어떤 때는 그가 뭔가를 느끼기는 하는지 궁금하기도 해."

헤이즐이 천천히 물었다.

"그 사람이 아무것도 느끼지 못하면, 그러면 너를 사랑하는지 어떻게 알아?"

제니는 어깨를 으쓱했다.

"모르겠어."

둘 사이의 거리는 이제 너무나 멀었다. 거의 보이지 않을 지경이었다. 제니의 숨에서는 위스키 냄새가 났고 아이라인은 번졌다. 그녀는 다른 누군가에게 흔들렸고 그 때문에 달라졌다. 더는 헤이즐의 반쪽이 아니었다. 그녀는 홀로 박동하고 살아가고 있었다. 돌아와. 헤이즐은 소용없다는 걸 알면서도 애원하고 싶었다. 그녀는 더 이상 제니에게 가장 가까울 수 없다. 더 이상 우리가 아니다. 각자의 속도로 자라는, 분리된 두 사람이다. 한 명은 깨어나 빛나고, 다른 한 명은 형태도 없는 걸 붙잡으려고 한다.

제니가 일어서자 벽의 무늬 때문에 머리가 헝클어져 보였다. 문 앞에 멈춰 선 그녀의 실루엣만 보였다.

"무릎에 대해서는 미안해. 집에 오지 않았던 것도 미안해. 전화하지 않았던 것도."

의미 없는 이야기들이었다. 너무나도 가볍게 들렸다.

"왜 그랬어?"

"난 그걸 느꼈어. 어렸을 때처럼 말이야. 도서관에서 공부하고 있었어. 그런데 그 일이 발생한 순간에 느낌이 왔어. 내 힘줄이 끊어지는 것 같았어. 아프더라, 헤이즐. 그런 건 처음이었고 다시는 느끼고 싶지 않았어."

제니가 나가고 나자 방이 텅 빈 것 같았다. 이불 위에 제니의 반짝이는 머리카락 한 올이 남아 있었다. 헤이즐은 머리카락의 한쪽 끝을 집어 들고 그것이 공중에서 우아하게 휘날리는 모습을 보았다. 머리카락을 입술로 가져갔다. 입 속에 넣고 굴려 보았다. 아무런 맛도 나지 않았다. 혀끝에 딱딱한 거미가 기어 다니는 것 같기만 했다.

공연의 시작은 여느 때와 같았다. 「백조의 호수」. 조명은 뜨거웠고, 헤이즐의 신발은 비닐로 포장된 무용 무대의 바닥 위에서 부드럽게 움직였다. 이 토슈즈를 신는 건 이번이 마지막이다. 다음에는 새로운 토슈즈에 리본을 달 것이다. 발끝에서는 아무것도 느껴지지 않았다. 느꼈어야 했을지도 모른다. 마지막 솔로 시퀀스 피날레에 거의 다다랐다. 부드러웠고 힘이 가득 찼다. 푸에테 회전을 시작하자 관중들의 모습이 함께 돌았다. 여덟을 센 뒤 다시 반복. 몸의 회전을 따라잡느라 머리도 재빨리 움직였다.

사건이 일어났을 때 그녀는 춤에 몰두해 있었다. 그 마지막 몇 분 동안 감사함을 느꼈던 게 기억이 난다. 그녀의 다리는 도약을 위해 움직였다. 파 드 부레(발 끝으로 서서 종종걸음으로 내딛는 발레 동작—옮긴이), 바운딩 스텝 후 그랑 쥬테(발레에서 크게 뛰어오르는 동작—옮긴이). 착지하기 전, 옆으로 꺾인 무릎이 비틀리며 망가지기 전의 그 무한한 순간 동안 헤이즐은 생각했다. *사랑은 숭배야. 사랑은 숨이 막히는 거야. 사랑은 뻗어나가는 거야. 이게 사랑이야.* 영원을 잠깐 엿본 순간, 황금빛 스포트라이트 아래의 불꽃. 원하도록 가르침받았던 유일한 것이었다.

어느새 잠이 들었는지 헤이즐은 개 짖는 소리에 깜짝 놀라 잠에서 깼다.

그대로 입고 잠이 드는 바람에 크리스마스 드레스는 허리춤에 주름이 잡혀 있었고, 그녀는 이불 위에 불편하게 다리를 뻗고 있었다. 방 안은 어둡고 퀴퀴하고 고요했다. 거티가 뒷문 쪽에서 짖어 고요함이 깨졌다. 보통 가족들은 개가 다시 잠들 때까지 그 소리를 무시하곤 했다. 하지만 거티가 미친 듯이 계속 짖는 바람에 헤이즐은 침대에서 일어나 한쪽 다리로만 콩콩 뛰어가 창문 밖으로 내다보았다.

갑작스러운 움직임이 그녀를 멈춰 세웠다. 유리 너머에서 뭔가 움직이는 것이 반짝 보였다. 헤이즐은 꿈을 꾸는 듯한 기분으로 눈을 세게 깜빡이고 비볐다.

달빛 아래에 안셀의 모습이 분명하게 드러났다. 그는 플란넬 파자마 바지를 겨울 부츠 속에 넣은 채로 뒷마당의 단풍나무 근처에 서 있었다. 손목이 드러나는 재킷을 입은 그는 차고에 있던 삽으로 눈덩이와 젖은 흙을 퍼내고 있었다. 파고, 던지고. 헤이즐은 안셀이 구멍을 파는 모습을 멍하니 바라보았다. 깊이가 30센티미터는 되는 듯했다. 안셀은 팔뚝이 그 안으로 사라져서 안 보일 때까지 구멍을 팠다. 그가 손에 묻은 흙을 털 즈음에 거티가 조용해졌고, 헤이즐은 유리 미닫이 문이 열리는 소리와 계단을 올라가는 안셀의 발소리를 들으며 침대로 돌아갔다.

시계는 새벽 4시 16분을 가리키고 있었다. 제니는 아무것도 모른 채 자고 있는 것이 분명했다. 잠들 수가 없었다. 방금 보았던 그 기묘한 광경에 뇌가 진정되지 않았다. 5시가 지나고 6시가 되었다. 6시 30분이 되자 창밖의 하늘은 달콤하고도 경계 없는 푸른 빛으로 물들었고 새로운 소리가 복도를 따라 들려왔다. 처음엔 너무 작게 들렸기 때문에 헤이즐은 귀를 기울였다.

속삭임. 바스락거림.

헤이즐은 목발을 찾아 희미한 빛 속으로 손을 뻗었다. 침실 문을 열 때는 아무 소리도 나지 않았다. 두근거리는 동시에 무기력한 심장을 느끼며 헤이즐은 카펫 위를 조심스레 걸어갔다. 그녀는 게스트룸에 도착하기 전에 무엇을 보게 될지 정확하게 알고 있었다.

문은 살짝 열려 있었다. 그들은 이불 위에서 벌거벗고 있었다. 떠오르는 태양의 빛 때문에 눈을 감은 채였다. 제니의 등은 안셀의 가슴에 밀착되어 있었고 안셀은 커다란 손으로 제니의 가슴을 움켜쥐고 있었다. 그 안으로 파고드는 안셀의 젖은 몸이 반짝였다. 깨끗이 씻은 그의 손은 희었고 흙이나 삽의 흔적은 전혀 보이지 않았다. 헤이즐은 그 장면이 꿈이었는지 상상이었는지 알 수가 없었다. 제니는 다리를 벌리고 머리를 뒤로 젖혔다. 그녀의 목은 겨울 새벽에 너무도 연약해 보였다. 고요한 한 줄기의 빛 속에서 제니의 몸은 반드시 제니의 것이라고 할 수 없었다. 나른해진 채로 헐떡이는, 땀에 젖어 빛나는 그 사람이 헤이즐이 될 수도 있었다. 헤이즐, 당신을 더 현명하게 만드는, 당신을 분리된 것으로 만드는, 당신을 진짜로 만드는 움직임에 빠져 있는 헤이즐.

안셀이 눈을 떴다.

도망치거나 몸을 숨길 시간이 없었다. 아주 짧은 시간 심장이 멎는 듯했고 곧 충격이 몸으로 번져 나갔다. 헤이즐은 비틀거리며 목발로 움직였다. 안셀이 그녀를 똑바로 응시했다. 그에게는 뭔가 새로운 것이 있었다. 야만적인 무언가. 뒤집힌 바위 아래 축축하고 더러운 흙처럼 말이다. 그녀는 마당에서 비밀을 봤다. 숨겨 둬야만 하는 비밀을. 그리고 지금 헤이즐은 돌아온 안셀을 보고 있었다. 혼자였다가 둘이 된 모습. 제니의 몸속으로 들어가고 있는 모습. 무서웠다. 그의 몸은 뭔가에 강하게 굶주려 있었다. 흔히 말하듯, 적나라했다.

우주는 당신이 사랑하는 방식에는 신경쓰지 않는다. 당신은 이런 식으로도 사랑할 수 있다. 이토록 빠르고도 믿을 수 없게. 여자 친구로서, 혹은 아내로서. 당신은 자매로서 사랑할 수 있다. 쌍둥이여도 괜찮다. 그건 중요하지 않는다.

그리고 연결된 두 사람은 반드시 언젠가 헤어지기 마련이다.

7시간

　점심은 그레이비다. 질척한 덩어리가 감방 안으로 들어온다. 젤리 같은 소스가 얹혀 있는 부실한 칠면조에 완두콩을 반 컵 정도 곁들인 건데, 물에 둥둥 떠 있다. 오늘은 커피가 없다. A구역은 다른 누군가를 볼 수 없도록 설계 되었지만 당신은 소리로 수감자들을 구분한다. 오늘 그들은 배가 고프다. 형태가 거의 없는 음식을 떠서 먹는 동안 당신은 지금 치즈버거를 먹는 중이라고, 지금 막 살짝만 익힌 분홍빛 고기 패티를 베어 물었다고 상상한다.

　기쁨은 사랑의 사촌이라고 책에서 읽은 적이 있다. 당신이 사랑은 느낄 수 없다 할지라도, 적어도 사랑의 사촌이라 할 만한 것이 기억에 맴돈다. 완벽하게 요리된, 혀에서 녹는 고기의 풍미. 당신은 삼키는 법을 알고 눈을 감고 기뻐하는 법을 안다.

발소리를 들으면 샤나인지 아닌지 알 수 있다.

세게 발을 내딛는 남자들과는 다르게 샤나는 발을 질질 끈다. 힘없는 발걸음, 자기 자신에 대한 확신을 계속 잃는 중이다. 아기의 비명 소리가 스쳐 지나갔다. 당신은 침대 가장자리에 앉아 고르게 숨을 쉬고 있다. 아기는 죽었어. 당신은 혼잣말을 한다. 아기는 죽었다고. 어렸을 때 마주 앉았던 사회 복지사가 떠오른다. 굵고 울퉁불퉁한 손마디. 동생은 더 좋은 곳으로 갔단다. 너무 바빠서인지 아니면 너무 고통스러워서인지 그녀는 당신의 눈을 제대로 바라보지 않는다.

다른 일을 하러 왔지만 샤나는 걸어가며 당신 감방의 창문 너머를 걱정스럽게 바라본다. 수감자들은 샤나가 지나갈 때 유리에 대고 자위를 하며 그녀를 조롱한다. 그러나 샤나에게 당신은 다르다. 샤나의 눈에는 공포가 있다. 흥분도. 당신이 그녀의 얼굴을 보기도 전에, 콘크리트 바닥에 부츠가 머뭇거리느라 긁히는 소리를 들으면 알 수 있다. 샤나는 다른 사람의 눈을 상당히 의식한다. 가장 영향을 잘 받는 유형이다. 쇼핑은 코스트코에서 하고 손톱을 물어 뜯는다. 화장을 하는 법을 제대로 배운 적이 없어서 눈 밑에는 항상 다크서클 자국이 남아 있다. 샤나는 다른 누군가가 그녀가 바로 어떤 사람인지 말해 주는 것을 듣는 일을 좋아한다.

샤나와 속삭이며 계획을 세웠고 비밀스럽게 메모도 전달했다. 옆방에 수감된 잭슨과 도리토는 이를 모두 들었지만 당신을 방해해서 좋을 게 없다는 걸 알았다. 당신은 체스를 아주 잘

됐고 덕분에 교도소 매점에서 파는 좋은 물건들을 12구역에서 가장 많이 가지고 있었다. 이 구역에서는 그것이 유일한 구매력이었다. 체스 게임을 이기면(가끔은 두 번씩 복도에서 체크메이트를 불러 가며 이기기도 했다.) 거기에 내기를 걸었던 사람들은 침대 시트 끝에 묶어 두었던 판돈을 당신에게 보냈다. 당신은 갈릭 베이글 칩이나 견과류로 만든 웨이퍼 바 같은 걸 잭슨이나 도리토에게 넘겨 주었다. 그들은 침묵을 지켰다.

샤나가 발을 끌며 멀어짐에 따라 당신은 자부심으로 부풀어 오른다. 흥분으로 불타오르는 두 눈동자. 샤나는 자기 자신을 두려워하고 있다. 월스 교도소로 이동하기까지 49분 남았다. 샤나는 자신이 오르게 될 줄 몰랐던 정상을 향해 가고 있는 중이었다.

당신은 샤나의 하루 일과를 안다. 퇴근 후, 망가진 서랍에는 남편의 셔츠가 개어져 있고 현관 입구에는 그의 코트가 그대로 걸려 있는 이동식 주택으로 간다. 지게차 사고로 남편이 사망한 지 1년도 채 지나지 않았다. 저녁으로는 인스턴트 파스타를 만들고 텔레비전 앞에서 버드라이트 맥주를 마신다.

작지만 괜찮은 곳이야. 그녀는 말했다. 계획의 세부적인 부분까지 거의 완성할 즈음이었다.

나가면 뭐 하고 싶어? 말해 봐.

글쎄. 근사하게 저녁이나 만들어 먹을까. 테라스에서 스테이크도 굽고. 와인 한 병 마시고.

샤나가 폴룬스키 교도소에서 30킬로미터 남짓 떨어진 그녀의 집에 머물 거라고 생각하는 건 말도 안 되는 일이었다. 개나 헬리콥터, 혹은 그녀가 받게 될 심문 따위는 생각하지 않은 듯했다. 모든 걸 다 알면서도 환상 속에서 살기로 선택했을지도 모르지만 어쨌든 상관은 없었다. 당신은 샤나가 필요했다. 계획을 위해서도, 그리고 당신의 이론을 세상에 알리기 위해서도 그녀가 필요했다. 샤나는 언론에 당신의 공책들을 유출시키고 출판사에 그것들을 보내기로 동의했다. 이걸 해내기만 한다면 다른 건 중요하지 않다.

모두들 내가 너무 착하대. 그 밤, 떨리는 손을 입으로 가져다 대면서 샤나는 말했다.

너무나도 연약해 보았다. 너무 많이 구부린다면 깨져 버릴 것만 같았다.

내 사랑. 당신은 나직이 말했다. 내 사랑. 그게 어떻게 나쁜 일이야.

정오, 이송용 밴에서 사건은 일어난다.

몇 주 전 샤나는 몰래 교도소장실에 들어가, 당신의 이송 계획을 자세히 써 놓은 서류 더미를 찾아 냈다. 차량 번호, 이송 경로. 오늘 아침 그녀의 메모가 모든 것을 말해 줬다.

내가 그걸 해냈어.

오늘 아침, 샤나는 직원용 주차장으로 갔다. 밴의 문을 쇠지렛대로 열고 낡은 권총을 운전석 아래에 두었다.

샤나의 집 근처에 있는 고속도로는 우거진 숲으로 둘러싸여 있다고 했다. 당신은 발로 운전석 아래에서 총을 꺼낼 것이다. 수갑이 채워진 손으로 총을 겨눈 다음 요구 사항을 말할 것이다. 샤나는 면회자 방문 양식 종이 뒷면에 연필로 투박하게 지도를 그려 주었다. 당신은 숲을 통과하여 나아간다. 그녀가 묘사한 시냇가에 도착하면 옷을 벗을 것이다. 1킬로미터 남짓도 안 되는 거리를 가면 샤나의 트레일러가 있다. 거기에 머리 염색약과 컬러 콘택트렌즈 상자, 남편이 입었던 건설 작업복이 부엌에 놓여 있을 것이다.

일이 끔찍하게 잘못될 수도 있다. 그럴 가능성은 적지만 말이다. 이송팀은 자동 돌격소총으로 무장할 것이다. 뇌에 총알이 박히겠지. 잘 훈련된 로트바일러 개에게 물려 갈가리 찢기거나 고속도로를 건너는 사이 트럭에 치여 산산조각이 날 수도 있다. 하지만 그 어떤 것도 그 방보단 낫다. 그리고 그 들것보다는.

패커.

감방 문 앞에서 소장의 거친 목소리가 들려왔다.

소장은 일부러 턱을 크게 움직이며 쩝쩝 껌을 씹는다. 코에 있는 기름지고 커다란 모공들이 가장 먼저 눈에 띈다. 짧게 자른 머리는 고르고 평평하다. 언젠가 결혼반지를 낀 것도 본 적 있는데 오늘은 끼고 있지 않다.

준비되었는지 확인하러 왔다. 무슨 일이 일어나는지 알고 있나? 목사는 만나 봤고?

당신은 끄덕인다. 시계를 살짝 본다. 이송까지 35분. 35분 안에 수갑이 채워진 당신을 소장이 대기 중인 차량으로 데리고 갈 것이다. 소장은 그 밴이 월스 교도소로 당신을 데려갈 것이라고 굳게 믿고 있다. 그 악명 높은 건물 안에는 유치장이 있을 것이다. 목사를 위한 의자도. 작별 인사를 말하기 위한 전화도.

그러나 당신은 그중 그 어떤 것도 보지 못할 것이다. 몇 시간 후 소장의 얼굴이 어떻게 변할지 상상한다. 뉴스 카메라 앞에서 당황하겠지. 얼굴은 울그락불그락해지고 목의 힘줄은 팽팽하게 당겨질 것이다. 이런 사실을 안다는 생각에 흥분이 된다.

소장님, 부탁 좀 들어주시겠어요?

그는 건장한 팔로 팔짱을 낀다.

제 증인한테 말이에요. 제가 미안해한다고 말해 주실 수 있나요?

소장이 잔인하다는 이야기는 들었다. 다른 재소자들에게 고함을 지르고, 테이저 건을 꺼내서 벽에 밀어붙인다고 말하는 소리를 들은 적도 있다. 그들이 어떻게 비명을 지르는지 들었다. 하지만 당신은 바보가 아니다. 당신은 여자를 다루는 법을 잘 알지만, 이런 부류의 남자를 다루는 법도 잘 안다. 소장과 같은 남자들은 자신이 가진 권력을 보이기라도 하듯 다리를 넓게 벌리고 서기 마련이다. 당신은 경의를 표하듯 고개를 약간 숙인 채로 침대 가장자리에 앉아만 있도록 주의를 기울인다. 소장과 키를 맞춰서 똑바로 선 적은 한 번도 없었다. 항상 그가 더 커 보이도록 한다. 이런 이유로 당신만의 농담도 만들었다. 심지어 소장과 이론 중 일부를 공유하기도 했다. 폴룬스키 교도소 전체를 통틀어 당신은 그가 제일 좋아하는 수감자다. 안셀 P. 그는 당신을 같이 소파에 앉아 축구 경기를 보는 남자 중 한 명인 것처럼 그렇게 부른다. 철창의 칸막이를 통해 주먹을 부딪히며 인사하기도 한다.

소장은 껌으로 풍선을 불더니 터뜨린다. 침과 계피 냄새.

짐은 잘 싸서 문 옆에 둬.

당신은 그게 그렇게 하겠다는 말이라고 생각하기로 했다.

소장이 당신을 괴롭힌 건 한 번뿐이다. 폴룬스키에 머물렀던 7년 동안 단 한 번. 그는 테이저건이나 헐크 같은 팔로 당신을 위협하지 않았다. 당신은 다르다. 기억하는 일에 대한 부끄러움과 복잡하게 뒤섞인 자부심 같은 것이 있다. 당신에게는 특별한 기술이 필요하다.

당신은 이론에 대해 이야기하고 있다.

설명해 봐.

소장은 지루한 듯이 벽에 기대어 있었다. 감옥에 땀 냄새가 가득하고 섭씨 36도가 넘는 공기로 숨을 제대로 쉬기도 힘든, 무더운 텍사스의 한여름이었다.

글쎄요, 선과 악에 대한 이론이에요.

썼어? 책처럼?

물론이죠. 매일 밤 작업했어요.

그래, 그래서 무슨 얘긴데.

당신은 침대 밑에서 공책 하나를 꺼내 문 아래로 밀어 넣었다. 소장은 큰 소리로 읽었다.

가설 51A. 무한성에 대하여?

네. '무한성에 대하여'는 선택의 개념을 탐구해요. 우리는 수십억 개의 다른 삶을 살 수 있었어요. 지금 우리의 현실 바로 밑을 시냇물처럼 흐르고 있을 평행 우주가 수천 개는 될 테죠. 어떤 선택을 하느냐에 따라 우리의 도덕성이 결정되는 거라면 다른 우주도 고려해야만 해요. 우리가 다른 선택을 할 수도 있었을 거니까요.

너는 그중 어디에 있는데.

제가 어디에 있느냐고요?

그 다른 삶 말이야. 여기에 네가 없다면, 넌 어디 있는 건데.

모르겠어요. 선택은 무한해요. 또 다른 우리는 다른 차원에 살아요. 보이지 않는 곳에서 몇 배나 증식하겠죠. 작가가 될 수도 있었고, 철학자가 될 수도 있었고, 야구 선수가 될 수도 있었겠죠. 가능성은 무한해요. 그들은 제가 좋은 사람인지, 나쁜 사람인지 증명하죠. 계속 변하는 거지만요. 도덕성은 고정된 게 아니에요. 유동적이고 계속 변하죠.

소장은 곰곰이 생각하는 듯했다.

그러면 그들은 어디에 있을까.

누구요?

안셀, 그 여자애들 말이다. 네가 그 애들을 죽이지 않겠다고 선택한 그 다른 세계에서, 그들은 지금 이 순간 무엇을 하고 있을까.

그 질문에 말이 막혔다. 기습적이었다. 소장의 갑작스러운 공격은 날카로웠다. 소장이 킬킬 웃을 때까지 당신은 손의 핏줄만 바라보았다. 그는 철문을 탕탕 쳤다. 당신이 스스로의 함정에 걸려 넘어졌다는 것을 알려 주려는 듯했다.

그래서 그게 성명서라는 거지?

성명서 아니에요.

하나만 봤는데도 다 읽은 것 같은데. 항상 그런 식이지. 정당화야. 안셀 P, 네가 한 일을 정당화할 수 있는 건 없다. 네가 그런걸 찾아볼 시간이 있을지 없을지도 신만이 알 거고.

소장은 가 버렸다. 화가 난 당신은 혼자서 숨만 몰아쉬었다. 이토록 위험하다. 이토록 소용없다. 이토록 무의미하다. 그러니까, 당신의 자아를 아주 살짝이라도 드러내는 일 말이다. 그걸 보면 사람들은 당신이 괴물이라고 한다.

이제 소장은 사라졌다. 당신은 기다린다. 이송까지 9분. 움직임과 정지 사이의 찰나. 때때로 당신은 그것으로만 자신이 구성되어 있다고 확신한다. 무언가를 하거나, 혹은 하지 않거나. 당신은 궁금해한다. 차이점이라는 건 어디에 있는가? 선택은 어디에 있는가? 정지와 움직임 사이의 경계는 어디에 있는가?

두 번째 소녀는 식당 웨이트리스였다.

10대의 여름이 지나갔다. 1990년은 본 조비와 바닐라 아이스로 떠들썩했다. 몇 주가 지나자 수색대는 흩어졌다. 실종 전단에 대한 관심도 희미해졌고 뉴스도 차츰 조용해졌다. 당신은 불현듯 찾아오는 가장 초자연적인 순간들에만 스스로 저지른 일에 대해서 생각했다. 당신은 누군가를 죽였다. 여자애였다. 그 일에 대해서는 순간순간만 기억날 뿐이다. 뱀처럼 구불거리는 풀린 벨트. 그걸 잡아당기는 손의 굳은살. 그 사실은 당신의 존재와 완전히 유리되어 있었다. 당신과 희미하게 관련은 있지만 그다지 절실하지는 않았다. 트레일러가 주차된 공원에서 나는 규칙적인 소리에 당신은 한밤중에 깨어났다. 당신은 발소리를 떠올렸다. 사이렌 소리. 덜그럭거리는 사슬 소리. 당신은 싸구려 시트 아래에 옹송그리고 앉아 이게 바로 그것이라고 확신했다. 그들이 결국 당신을 잡으러 오고 있다고.

하지만 그들은 결코 오지 않았다. 6월이 지나고 7월이 됐다. 그리고 여전히, 그들은 그녀를 찾지 못 했다.

늦은 밤 당신은 그 식당으로 갔다. 고속도로에서 떨어진 어두운 곳에 자리 잡은 식당은 자정에 문을 닫았는데, 당신은 우울한 트레일러를 피해 뒤쪽 부스에서 커피를 마시며 나른하게 시간을 때웠다. 당신이 가장 좋아하는 웨이트리스는 생기 넘처 보이는 금발을 하나로 묶었고 뺨에 주근깨가 있었다. 그녀는 당신의 커피를 채워 주면서 수다를 떨었다. 그녀는 어렸다. 아마 열여섯 살쯤 되어 보였다. 그리고 쉽게 얼굴을 붉혔다. 안젤라. 앞치마에 붙은 이름표에는 그렇게 쓰여 있었다. 당신은 샤워할 때, 운전할 때, 바닐라 아이스크림을 냉장고에 넣기 위해 걸어갈 때 그녀의 이름을 반복해서 불러 보았다.

진실은 이렇다. 비명이 다시 시작된 것이다.

첫 번째 소녀 이후로 며칠이 흘렀다. 당신은 선한 이유로 그녀를 없앴다고 확신했다. 모든 것이 가벼워졌다. 예뻐졌다. 이것이 사람들이 말하는 그 느낌인지, 그러니까 이게 행복인지 궁금했다. 당신은 여전히 데어리 퀸에서 여름 아르바이트를 하고 있었다. 웃는 아이들에게 아이스크림 콘을 줬고, 동료의 새로 자른 머리를 칭찬했다. 그녀는 고개를 갸웃거리더니 좀 혼란스러워하며 감사 인사를 중얼거렸다. 그녀의 말에서는 의심과 상당한 공포가 느껴졌는데, 당신은 그게 화가 났다. 그것이 천천히 당신에게 다시 돌아왔다. 아기의 비명 소리 말이다. 천장에서 물이 새는 것 같았다.

그날 밤은 습했다. 7월 중순이었다. 땀으로 티셔츠가 푹 젖었던 것을 기억한다. 식당 창문으로 들어오는 빛 속에서 안젤라는 의자를 쌓고 바닥을 닦고 불을 껐다. 마침내 그녀는 겨드랑이에 작은 가방을 낀 채로 식당 바깥으로 나섰다. 열쇠를 만지작거리며 문을 잠근 안젤라는 길 건너에 세워진 차를 보고 가늘게 눈을 떴다. 그녀는 텅 빈 주차장 한가운데 죽은 듯 서 있는 당신을 처음에는 보지 못했다가 당신의 숨소리에 깜짝 놀랐다. 안젤라는 즉각 위험을 감지했다. 그녀는 날카롭게 비명을 질렀지만 당신이 손으로 입을 막았다.

그러자 달라졌다.

안도감이 찾아오며 주변이 조용해졌다. 희석. 축 늘어지는 듯한 약한 절정. 이 소녀는 첫 번째 소녀처럼 느껴지지 않았다. 그녀의 몸을 차로 끌고 갈 때, 트레일러 뒤의 손수레를 이용해서 울창한 숲을 헤치고 갈 때, 그녀가 버려진 숲 한가운데에 있는 다른 소녀와 만날 때, 그것이 사라졌다. 안도감. 처음부터 거기 없었다는 듯했다. 흙먼지로 몸이 더러워졌고 나무들의 머리 위로 태양이 위협적인 빛을 내뿜었다. 물집이 잡혀 손이 쑤셨다. 벨트에 피부가 쓸린 자리가, 그 소녀가 차고 있던 진주 팔찌가 비틀렸던 손가락 사이가.

묻어 두었던 기억이 떠올랐다. 어머니가 목걸이를 걸어 주고 있었다. 이게 언제나 널 안전하게 지켜 줄 거야. 당신은 더러운 손바닥에 얼굴을 파묻었다. 흐느꼈다.

그들이 곧 올 것이다. 샤나와 이송 팀이.

당신은 일어나 선반에서 블루의 편지를 꺼낸다. 편지는 한 페이지에 불과하다. 최대한 작게 접어서 허리 밴드 사이에 끼워 넣는다. 이 종이 한 장은 당신과 함께할 것이다. 숲을 달릴 때 허벅지를 찌를 것이다.

하지만 사진. 사진을 어떻게 해야 할지는 모르겠다.

사진은 끔찍하게 느껴진다. 블루하우스 사진을 얼굴에 대면 이미지는 흐릿해진다. 이렇게 가까운 거리에서 보면 소금통과 후추통, 딱딱한 케첩병이 보인다. 탄산음료 자판기에서 나는 윙윙 소리도 들리는 듯하다. 부엌문 뒤에서 들리는 블루의 웃음소리도. 하지만 숨을 들이쉬면 광이 도는 이 종이의 냄새만 난다.

혀를 내밀자 사진에서는 씁쓸한 맛이 난다. 금속과 같은 맛. 당신은 잉크와 화학물질 맛을 느낀다.

당신은 움찔하며 한 귀퉁이를 뜯어낸다. 잔디밭 구석, 블루가 차를 주차한 곳이다. 그것을 감자 칩이라도 되는 양 입에 집어넣는다. 당신이 해야 할 일을 깨닫는 동안 잉크가 목을 마비시키고 달콤한 독이 몸을 태운다. 소중한 사진을 어금니로 조각조각 찢는다. 잉크 때문에 구역질이 난다. 블루하우스가 당신의 영원한 일부가 될 때까지, 사진이 목구멍을 찌르다 완전히 사라질 때까지, 당신은 그걸 잘근잘근 씹는다.

당신은 다른 우주가 있다고 믿는다. 그것의 영원한 가능성을. 그곳에는 다른 모습의 당신이 있다. 버림받지 않은 아이. 학교에 갔다가 집으로 돌아왔을 때 엄마가 있는 아이. 엄마는 자기 전에 책을 읽어 주고 잘 자라며 뽀뽀를 해 준다. 사피 싱의 침대에 여우를 가져다 두지 않아도 아기 패커의 비명 소리를 없앨 수 있는 방법을 배운 당신도 있다. 제니와 결혼한 적이 없는 당신도 있다. 살면서 다들 한 번쯤 잃어버리는 것만 잃어버리는 당신이 있다. 그리고 그 모든 당신들이 결국 블루하우스를 찾아낼 것이라고 믿고 싶다.

하지만 가장 당황스러운, 그래서 당신이 받아들이기 어려운 당신의 모습은 모든 일을 똑같이 저지르고도 절대 잡히지 않은 안셀 패커다.

실종된 소녀들이 발견된 날, 사피는 미스 젬마의 집 뒤에 있는 길고 경사진 마당을 떠올렸다. 무성하게 자란 풀, 희뿌옇게 흔들리는 부들, 그녀가 비밀을 찾아 그 사이를 어떻게 헤매곤 했었는지에 대하여.

얼마나 많은 시체를 보았는지 이제는 세는 것도 포기했지만 매번 역겨워서 속이 뒤집혔다. 시간이 흐르면 모든 게 나아지리라고 믿었다. 사피는 올해 스물일곱 살이었고, 뉴욕주 경찰 수사관으로 승진한 지도 3주가 지났지만 아직도 감전된 것 같은 느낌을 피할 수 없었다. 모레티 경사는 사피의 장화 옆에 웅크리고 있다가 누렇게 변한 두개골을 한 손으로 잡았다. 시체 옆에 서 있으면 사피는 어린 시절 풀밭에서 탐정 시늉을 내던 자신을 떠올렸다. 모든 미스터리를 풀어낼 수 있을 거라고 어찌나 쉽게 믿었던지.

모레티가 눈을 가늘게 떴다.

"싱. CSI를 다시 불러. 세 명이 있다고 해."

흙 속에 반쯤 파묻혀서 빈 눈구멍만 보이는 두개골이 위를 올려다보고 있었다. 나무 사이로 보이는 10월의 태양은 무자비한 황금빛이었고, 불타오르는 듯한 붉은 나뭇잎들이 대퇴골 셋이 발견 되었던 숲의 바닥에 그림자를 드리우고 있었다. 가느다란 소녀의 머리카락이 실뭉치처럼 뭉쳐 여전히 두개골에 군데군데 붙어 있는 것이 사피의 눈에 보였다. 허리춤에서 무전기를 꺼냈다. 진실에 대한 어렴풋한 직감이 목의 빈 공간에 둥지를 틀고 있는 느낌이었다. 등산객이 갈가리 찢긴 가방 잔해에서 대퇴골 셋을 발견했다고 했다. 사피는 그 가방을 즉각 알아차렸다. 빨간 나일론천, 낡은 청바지에서 정사각형 모양으로 잘라 내어서 손바느질로 덧댄 데님 주머니. 사피의 책상 위에 놓여 있는 사진에서 그 가방은 한 10대 소녀의 팔에 걸쳐져 있었다. 사진 속 그녀는 걸어가다가 셔터 소리가 들려 무의식적으로 고개를 돌려 이쪽을 바라보고 있는 중이었다.

시체는 개울에 묻혔다. 이후 세월이 흐르며 비가 오고 수위가 높아지면서 지형이 바뀌었다. 뼈들은 숲 전역으로 흩어졌다. 과학수사대원이 흙더미 속에 외로이 있던, 변색된 두개골 위로 몸을 숙여 사진을 찍는 동안 모레티는 한 손으로 태양을 가리며 사피에게 몸을 돌렸다.

"여기 뭐가 있었는지 기억 나? 주택가? 농장?"

사피는 뭔가 썩는 듯한 냄새를 피하려고 우거진 나무로 몸을 기울였다. 모레티는 애틀랜타에서 온 이방인이었다. 그녀는 사피만큼 이 땅에 대해 결코 이해하지 못할 것이며, 밤의 이 숲이 주는 미묘함을 결코 알지 못할 것이다.

"대부분 농장이었습니다. 약 1.5킬로미터 떨어진 곳에 가게가 있고, 트레일러가 열두 개 정도 있는 공원이 있어요. 나머지 벌판은 보호 구역입니다."

"자전거나 자동차가 다니기에는 숲이 너무 우거졌는데."

"아마 수레 같은 걸 사용했을 겁니다. 아니면 덩치가 크든지요."

"세 번 왔다 갔다 했을 가능성은? 한 번에 다 가지고 올 수는 없었을 거야. 아니면 여기가 범죄 현장일 수도 있지."

사피는 고개를 저었다.

"그러기에는 수풀이 너무 뒤엉켜 있어요. 가시덤불도 두껍습니다. 여기는 머무는 곳이 아니라 숨기는 곳에 더 적합합니다."

모레티가 한숨을 쉬었다.

"시체 안치소에서 확인해 보면 알겠지. 부패된 상태나 이 망할 가방을 봐서는 90년대에 실종된 거 같아."

사피는 법의학팀이 흙을 뒤적이는 모습을 지켜보았다. 이 뼈가 1990년에 실종된 소녀들의 것이라면 9년이 넘는 세월이 흐른 셈이었고, 발자국이나 섬유 조직, 지문과 머리카락 등은 거의 남아 있지 않을 가능성이 컸다.

"솔직하게 말할까, 싱? 난 우리가 이들을 찾을 수 있을 거라고 생각한 적 없어."

모레티 경사의 눈빛에는 간절함이 보였다. 사피는 그 속에 냉소 섞인 희망을 알아차렸다. 녹록지 않은 이 직업에서 보일 수 있는 가장 정직한 표현이었다. 폭력과 절망이 절박한 믿음과 뒤섞인 이 빌어먹을 세상을 비춰 주는 완벽한 거울.

"목격자 좀 보고 올게요."

사피는 생각에 빠져든 모레티를 두고 자리를 비웠다.

등산객은 충격에 싸인 채 이끼 낀 통나무 위에 앉아 있었다. 사피가 다가오는 것을 본 그는 얼굴을 찌푸렸다. 남자는 나이가 들어 보였고, 종아리 뒤쪽은 진흙으로 범벅되어 있었다. 숨을 몰아쉬고 있었는데 공중전화를 찾아 뛰느라 산에서 구른 탓이었다.

그는 사피의 짧은 미소, 하나로 단단히 묶은 머리, 몸에 꼭 맞는 감청색 재킷을 보더니 지친 듯 말했다.

"여쭌 말에는 전부 대답한 것 같은데요."

"죄송합니다. 공식적인 진술이 필요해서요."

사피는 남자와 마주 보며 조심스럽게 통나무에 앉았다. 수염까지 흘러내린 눈물이 흙으로 얼룩진 얼굴에 자국을 남기고 있었다. 진술서 받고 집으로 모셔다 드려. 그 사람 운이 없네. 그 남자가 간신히 이야기를 꺼내는 것을 보고 모레티는 중얼거리듯 그렇게 말했다. 사피도 동의했다. 형사의 일이란 근본적으로 사람을 읽는 일이었다. 사피는 평생에 걸쳐 그 일을 완성해 나가는 중이었다.

"만지신 거 있으신가요? 처음 현장을 발견했을 때요."

"아뇨. 처음엔 배낭만 봤고 그걸 집으려고 손을 뻗었어요. 사람들이 길에 뭘 버리는 걸 싫어하거든요. 근데 그때 두개골이 눈에 들어왔어요. 전화하려고 당장 몸을 돌려 뛰어갔어요."

등산객의 이야기는 짧고 단순하고 큰 의미는 없었지만 필요한 이야기였다. *그게 사건 구성의 전부야. 법정에서 문제 삼을 때까지 중요한 건 아무것도 없어.* 모레티는 그렇게 말하곤 했다.

"이런 일을 하기에는 많이 젊어 보이시네요."

진술서에 서명을 한 후, CSI 막사에서 종이컵에 담긴 물을 들이켠 남자가 말했다.

맞는 말이었다. 사피는 그녀의 얼굴이 아직도 사춘기 소녀같이 순진해 보인다는 사실을 알고 있었다. 갈색 피부에 대한 놀라움까지 겹쳐져 사피는 자신을 처음 본 사람들의 눈에 서린 의구심을 늘상 읽어 내곤 했다. 승진하긴 했지만, 거기에 어려 보이는 외모는 도움이 되지 않았다. 스물여섯 살이라는 놀라운 나이에 사피는 유일한 여성 수석 수사관인 에밀리아 모레티 밑에서 일하게 되었다. 동료들은 몹시 분개했다. 사피가 주 경찰로 4년밖에 근무하지 않았고, 모레티가 경찰서장에게 직접 사피를 극찬하는 추천서를 썼다는 건 사실이었다. 그러나 주차장에서 그녀를 몰아붙였던 여드름 난 남자가 올버니의 경찰 학교 시절부터 알고 지냈던 사람이라는 사실은 여전히 사피를 슬프게 했다. 그는 사피의 굽 높은 검은 부츠 바로 위에 침을 뱉고 말했다. *다음엔 노력이라는 걸 좀 하지 그래.*

모두 이미 알고 있는 사실이긴 했지만, 사피는 그에게 헌터 사건에 대해 상기시키려고 했다. 헌터라는 소년이 실종되었을 때, 사피는 매일 밤 뻣뻣한 모직으로 만든 유니폼을 입고 자정

넘게까지 잠복 근무를 했다. 야 절벽. 너 영어는 할 줄 아냐? 다른 경찰관들은 술에 취한 채로, 학교에서 몰려다니며 뒷자리에 앉는 소년들처럼 놀려 대곤 했다. 사피의 사물함을 부수고 시내 유일한 인도 음식점에서 파는 며칠 묵은 테이크아웃 음식들로 채워 두기도 했다. 사피가 헌터의 가라데 선생이 매월 낚시를 떠나곤 했던, 무너져 가는 오두막으로 가 보자고 모레티를 설득한 이후에야 그런 행동이 멈췄다. 효과는 충분했다. 아이는 충격을 받긴 했지만 살아 있었다. 사피는 경찰서 창문 너머로 소년이 흐느껴 우는 어머니의 품에 뛰어드는 것을 지켜보았다.

"가시죠. 집까지 모셔다 드릴게요."

남자의 질문을 무시하며 사피가 말했다. 그녀는 일어나며 바지에 묻은 이끼를 털었다.

사피는 등산객을 그녀의 크라운 빅토리아(택시와 경찰차로 많이 사용된 포드사의 차 기종—옮긴이) 뒷좌석에 앉혔다. 술집에서 취한 일용직 노동자들을 경찰서까지 태우곤 했던 자리였다. 등산로를 벗어나 사피는 그녀가 아는 측면 도로로 방향을 틀었다. 백미러에 초록으로 물든 산이 보였다. 자동차 타이어 밑의 먼지에 섞여 기억들이 걸어 차이며 따라오는 듯했다. 사피는 이 땅의 어둡고 은밀한 부분을 알고 있다. 썩어 가는 꽃의 냄새를 맡은 적이 있으며, 밤새 떠다니는 희끄무레한 유령의 모습을 본 적이 있다. 그녀는 이곳이 무엇을 할 수 있는 곳인지 알고 있었다.

소녀들은 9년 전에 사라졌다. 1990년.

사피는 정전이라도 된 듯 무거운 안개가 끼었던 그해 여름을 기억했다. 빈 들판에서 활활 타오르는 모닥불들과 모래가 잔뜩 낀 불편한 침낭. 바늘, 맥주 캔, 감지 않은 머리카락. 그 소녀들이 사라졌을 당시 사피는 열여덟 살이었다. 학교를 중퇴했던 친구들이 어떻게 그 사건에 대해 이야기했는지가 기억난다. 실종된 소녀들이 다른 마을에 사는 사람이 아니라, 다른 세상에 사는 사람인 듯이 이야기했다. 자신들에게는 그런 일이 결코 일어나지 않을 듯이.

하지만 사피는 재앙에 대해서 알고 있다. 예고란 없다. 재앙이란 어디선가 내려온 앙상한 손가락이 히죽거리며 웃는 것이다. 이렇게 말하는 듯. 너로 골랐어.

사피는 미스 젬마를 떠나 북쪽으로 세 마을 정도 떨어진 조용한 집으로 이사했다. 그녀는 당시 열두 살이었고, 콧물을 질질 흘리고 애정에 굶주린 다른 어린 위탁 아동 한 명과 함께 살았는데 같이 쓰는 침실에서는 항상 똥이 묻은 기저귀 냄새가 났다. 위탁 부모가 캐나다 국경을 넘어 카지노로 차를 몰고 떠나는 대부분의 밤, 사피는 아이를 돌보며 지냈다. 중학교 때는 집에 들어가기 싫어서 손목이 다 보이도록 짧은 운동복 상의를 입고 농구 코트에서 미적거리곤 했다. 열여섯 살이 되던 달, 사피는 방치된 지하실이 있는 노부부에게로 옮겨 가게 되었다. 그녀의 마지막 위탁 가정이었다. 사피는 혼자만의 출입구, 플라스틱 줄에 걸린 열쇠로 열 수 있는 문, 전자레인지, 캠핑용 스토브를 써야 했다. 그녀는 자신의 존재를 지웠다.

10대 시절은 빠르고 흐릿하게 지나갔다. 좌절감에 우는 학교 상담 교사, 쓸모없는 실망감에 사로잡힌 사회복지사, 지하실 천장을 따라서 삐걱거리는 곰팡이 낀 대들보를 기억한다. 열여섯 살에서 열여덟 살까지의 시간은 안개였다. 영원히 계속될 것만 같은 실수들의 긴 사슬 같았다. 그해 여름, 모든 것이 달라지기까지는.

소녀들이 사라졌다.

이지 산체스가 첫 번째로 사라졌다. 사피는 열여덟 살이었으며 막 관리 시스템에서 자유로워져 남자 친구인 트레비스와 살고 있었다. 트레비스는 마리화나 판매상으로 믿을 만한 코카인 중개상이기도 했으며 어금니가 없었다. 트래비스는 온갖 마약에 빠져 있었지만 사피는 코카인만 했다. 그것이 내면에 힘을 불어 넣어 주는 방식이 좋았다. 사피는 무거운 커튼을 내리고 솔트 앤 페파(미국의 여성 힙합 트리오―옮긴이)의 음악이 크게 울려 퍼지는 어두운 거실에서 이지에 대한 이야기를 들었다. 트래비스의 친구 중 하나가 그 장면을 목격했다고 했다. 그는 게슴츠레한 눈으로 이야기를 풀었다. 여드름 흉터가 남은 뺨 주변에 담배 연기가 머물렀다. 이지는 열여섯 살이었고, 파티가 있던 장소 밖에서 차를 기다리느라 진입로 끝에 서 있는 모습이 마지막으로 목격되었다. 그리고 그녀는 사라졌다. 흔적도 없이.

두 번째 소녀는 몇 주 후에 사라졌다. 사피는 부리토 포장지와 담뱃재가 넘쳐나는 재떨이로 가득 찬 트래비스의 트레일러에 있는 소파에서 뉴스를 보았다. 안젤라 메이어. 역시 열여섯 살이었고, 몇 킬로미터 떨어진 식당에서 마감 근무를 하고 있었다. 다리를 끌어안은 사피는 닳아빠진 소파에서 땀을 흘리며 창가에 둔 선풍기에서 나오는 습한 바람을 맞고 있었다. 트래비스는 접이식 침대에서 곯아떨어졌다. 어슴푸레한 빛 속에서 그의 팔에 있는 핏줄이 보였다.

사피는 고등학교 졸업장이 없었다. 친구도 없었다. 진짜 친구 말이다. 필드 하키 팀의 소녀들은 오래전에 사피를 버렸고, 계속 연락하는 유일한 사람은 크리스틴뿐이었다. 크리스틴은 미스 젬마의 집을 떠나 남쪽으로 갔다. 그녀는 훨씬 나은 고등학교에 다녔고 1년 일찍 자유를 얻어 번화가에서 30분 떨어진 칙칙한 아파트를 임대해서 살고 있었다. 크리스틴은 지역의 대학교에 갈 예정이었는데, 사회복지사를 자랑스럽게 만들 만한 성공 스토리였다. 크리스틴은 몇 주에 한 번은 그냥 안부만 물으려고 전화를 걸려고 노력했다. 밤마다 트래비스가 에테르에 서서히 빠져드는 동안, 사피는 스포츠 브라 안에 얼음 조각을 넣고 미래라는 블랙홀에 빠져들지 않으려고 노력하며 혼자 앉아 있었다. 안젤라 이야기를 들었을 때, 그 블랙홀은 초신성으로 확장되는 듯했다.

그다음 세 번째 소녀가 사라졌다.

세 번째 소녀는 포트 더글러스 근처의 허름한 술집에서 남자 친구의 펑크 록 연주를 보고 있다가 잠시 담배를 피우러 밖으로 나갔다. 그러고는 사라졌다. 일대의 공포는 급히 상승했다. 3이라는 숫자는 공식적으로 이것이 연쇄되고 있다는 사실을 의미했다. 그러나 대중의 관심을 가장 적게 받기도 했다. 뉴스에 나와 울부짖은 엄마도, 비극에 빠진 평범한 가정도 나오지 않았다. 세 번째 소녀는 사피처럼 고등학교 중퇴자였으며 인터뷰를 할 만한 가족 또한 없었다. 그래도 그녀는 세 번째 희생자였고 이름이 텔레비전 뉴스를 장식했다.

릴라 마로니.

릴라의 이야기를 듣고, 사피는 그들의 낡은 침실을 떠올렸다. 릴라는 침대 아래칸에 누워 있었다. 베일리의 면도칼로 면도를 하다가 베인 무릎에는 딱지가 앉아 있었다. 몇 년 동안 그녀와 크리스틴은 전화를 하며 때때로 릴라의 이야기를 주고받았다. *파란색으로 머리를 염색했더라. 코 피어싱을 뚫었던데, 황소처럼. 학교를 그만두고 굿윌마트에서 일해.* 릴라가 실종되기 전까지 그녀와 사피는 같은 파티에 갔다든가 하는 이야기만 때때로 나눴을 뿐, 실질적으로 중요한 문제에 대해서는 거의 이야기하지 않았다. 그래서 사피는 그 뉴스를 보았을 때, 큰 티셔츠를 입고 손전등으로 밝힌 듯 얼굴이 유령처럼 빛나고, 치아에 절대 맞지 않을 듯한 교정 장치 사이로 숨을 내쉬는 어린 소녀를 떠올렸다.

"여. 젠장, 뭔 일인데, 사프?"

트래비스가 소파에 멍하니 앉은 채 말했다. 그가 문 마리화나 끝은 주황빛으로 타들어 가고 있었다.

사피는 자신이 울고 있었다는 걸 깨달았다. 트레일러가 요동치는 듯 어지러웠다. 그녀는 청바지를 당겨 올리고 망사문을 거칠게 닫고는 밖을 나섰다. 트래비스의 캠리 자동차는 범퍼가 움푹 패였고 기름이 반의반 정도만 차 있었지만, 그녀는 게이지의 바늘이 점점 기울어지는 것을 지켜보며 플래츠버그까지 달렸다.

뉴스 카메라들과 공포에 질린 부모들, 노트패드에 무언가를 휘갈겨 쓰는 경찰관들로 경찰서는 아수라장이었다. 주차장의 조명이 너무 강했다. 초저녁부터 흡입했던 코카인이 몸으로 퍼져 나가면서 불쾌함이 더해졌다. 그녀는 손바닥으로 눈을 문질렀다.

순전히 운이었다. 우연일지도, 운명일지도 모르겠다. 머뭇거리다 경찰서에 들어간 사피가 처음 발견한 사람이 에밀리아 모레티였다.

모레티는 사피가 전에는 결코 만나 본 적 없던 부류의 여성이었다. 그녀는 매처럼 날카로운 눈과 빛나고 확고하며 엄격한 시선으로 현장을 조사했다. 당시 모레티는 30대 초반이었고 그녀가 낀 결혼반지는 너무 반짝여서 레이저 빔이라도 나오는 것처럼 느껴질 정도였다. 저녁 식사 때 고급스러운 화이트 와인 한 잔을 마시고 시냇물이 부드러운 흙을 씻어 내듯이 얼굴 주름을 없애 주는 비싼 크림을 사용하는 여자처럼 보였다. 그녀에게 다가가며 사피는 자신이 쪼그라들고 더러워지는 느낌을 받았다.

"실례합니다. 도움을 드리려고 왔어요."

모레티는 사피의 눈 아래 다크서클, 코밑의 벗겨진 피부, 직접 뭉툭한 아동용 가위로 잘라 낸 크롭 톱을 보았다. 그리고 조용히, 릴라에 대해 사피가 하는 이야기를 들었다. 사피가 말을 마치자 모레티는 명함을 건네주었다. 무슨 *이야기라도* 들으면 *전화하렴.* 사피는 아무 이야기도 듣지 못했지만 다음 날 아침 모레티에게 전화를 걸어 시민 수색팀에 자원했다.

그리고 이것이 사피가 경찰 일을 하게 된 계기였다. 빠르고 효율적인 지시, 배제된 감정, 풀이 무성한 산기슭을 샅샅이 수색할 때 보았던 모레티의 엄격한 시선이 마음에 들었다.

사피의 인생이 달라질 수도 있었던 길은 너무도 많았다. 그녀는 오랫동안 지하실 파티를 즐겼다. 3년 전 트래비스가 약을 과다 복용했을 때 함께 죽을 수도 있었다. 다른 방법으로 손을 뗄 수도 있었다. 사피는 자신을 모레티, 고등학교 검정고시, 직업 전문 학교, 그리고 뉴욕주 경찰 학교 주말 과정으로 자신을 데려간 그 힘들이 무엇인지에 대해 의문을 갖지 않았다. 의문을 가져 봤자 그 힘들이 사실 얼마나 위태로운지만 알게 될 뿐이었다.

사피가 집에 돌아와 불빛이 깜빡이는 자동응답기를 확인했을 때는 자정 무렵이었다. 증거들을 기록하고 범죄 현장을 세심하게 촬영하느라 미치도록 바쁘게 보낸 하루였다. 내일이면 뉴스가 나갈 것이다.

사피는 열쇠와 총을 싱크대에 놓았다. 아파트는 침울하고 추웠다. 그녀는 낡은 NYSP(뉴욕주 경찰—옮긴이) 티셔츠로 갈아입은 뒤 세수를 하고 머리를 묶었던 고무줄을 풀었다. 경찰 학교의 여자 동기 몇몇은 짧게 자르라고 권했지만 사피는 머리를 풀 때 머리채가 툭 떨어지는 이 순간의 자유로움을 잃고 싶지 않았다. 해방감. 숨을 내뱉는다.

먼지투성이 자동응답기에서 크리스틴의 노래하는 듯한 목소리가 흘러나왔다.

"안녕, 나야. 아직도 토요일에 일해? 제이크가 회의에 가서. 내가 「유브 갓 메일」을 빌렸거든."

그 엉덩이뼈.

크리스틴은 릴라에 대해 알고 싶어 했다. 미스 젬마의 집에 있을 때 사피와 크리스틴과, 그리고 릴라 셋은 삼총사였다. 실을 땋아 우정 팔찌를 만들고, 나무에 오르고, 게임을 만들어 놀았다. 침대의 위아래를 오르락내리락하며 비밀을 속삭였다. 하지만 사피는 크리스틴의 전화에 답을 할 수 없었다. 새로운 메시지가 없습니다. 사피는 기계가 웅웅거릴 때까지 얼어붙은 듯 싱크대 앞에 서 있었다. 아파트에서는 낡은 카펫이나 더러운 접시에서 날 것 같은 퀴퀴한 냄새가 났다. 이 아파트는 새러낵강에서 몇 블록쯤 떨어져 있었고, 낡았지만 개조된 것이었다. 지금까지 살았던 그 어떤 곳보다 더 좋은 곳이었다. 가업인 부동산을 잇는 크리스틴의 남자 친구 덕분에 저렴하게 얻은 것이었다. *너 자신을 잘 돌봐야 돼.* 크리스틴은 항상 말했다. 지난주 사다 놓은 꽃병 속의 해바라기는 시들해졌고 물은 부연 갈색으로 변해 있었다. 사피는 캔 수프를 스토브에 데우고는 그걸 식히는 동안 잠에 들었다. 텔레비전의 푸른빛이 그녀를 삼킨 듯했다.

　검시관은 병원 지하에 있는 어두컴컴한 사무실을 고집했다. 사피는 15분 일찍 도착했지만 모레티는 벌써 엘리베이터 옆에서 기다리고 있었다. 항상 박하 껌을 씹어 그녀의 턱은 단단했고 윤기 나는 머리카락이 흩날렸다. 희미한 빛 속에서 피곤한 모레티의 눈밑이 불룩 튀어나와 있는 게 보였다.

　모레티는 길게 웃으며 말했다.

　"싱. 공식이 됐다. 경위님이 널 새러낵 강도 사건에서 빼 줬어. 이제부터 넌 나와 함께 이 사건을 수사한다."

　사피의 가슴속에서 따뜻하게 솟아나는 익숙한 광채. 그것은 모레티가 선택한 반짝이는 후광이었다. 그리고 그녀는 그것을 믿었다.

　모레티는 시계를 보더니 엘리베이터 버튼을 눌렀다.

　"경위님이 켄싱턴도 넣었다고 했는데 늦는군. 켄싱턴 없이 시작하자."

　켄싱턴은 부자연스러울 정도로 이빨이 새하얗고 뺀질대고 젠체하는 형사였다. 대부분의 수사에서 실적은 썩 좋지 않았지만 심문에 들어가면 가장 냉정한 용의자조차 홀리며 자백을 유도했다. 그리고 경위는 자신의 생각을 숨기지도 않았다. 여자들로만 팀을 만들어 일할 수는 없다는 것이다. 겉보기에 나쁘다고 했다.

검시관이 영안실로 안내하자 사피는 숨을 들이쉬지 않으려고 애썼다. 그런데도 차가운 포름알데히드 냄새가 코를 파고들었다. 뼈들은 방수포가 깔린 테이블 세 개에 각각 놓여 있었는데, 고고학자들이 발굴한 어떤 잊힌 시대의 고대 유물처럼 보였다. 검시관은 작고 하얀 깃발에 표시를 해 각 조각을 기록해 두었다.

그가 풍성한 흰 머리를 쓸어넘기며 말했다.

"치과 기록은 아직 기다리고 있는 중이에요. 하지만 분해된 정도는 바로 알 수 있죠. 8년에서 9년 정도 되었습니다. 그 소녀들이에요."

"사망 원인은요?"

모레티가 물었다.

"단정하기는 어려워요. 척추 두 개에 약간 손상이 보이기는 하는데, 부패가 상당히 진행되어서 단언하기는 힘들어요."

"교살일까요?"

사피가 물었다.

"아마도요. 두개골이나 다른 뼈에는 외상이 없습니다. 한 명은 팔에 골절이 있었지만 사망하기 전에 치료된 상처입니다."

"안젤라 메이어일 거예요. 봄에 팔이 부러져서 몇 주 동안 웨이트리스 일을 쉬어야 했거든요. 살해됐을 무렵이 막 복귀했을 때라는 사장의 증언이 있습니다."

검시관은 눈썹을 치켜올렸다.

"이 친구가 기억력이 좋거든요."

사피가 얼굴을 붉히자 모레티가 윙크를 하며 설명했다.

"그러면 신원을 알아냈다고 상부에 보고하시죠."

검시관이 남은 보고서를 읽으며 발견된 뼈와 아직 찾지 못한 뼈에 대해 자세히 설명하는 동안 사피는 궁금해하지 않으려고 애썼다. 어느 것이 릴라의 대퇴골일지를, 어느 갈비뼈들이 릴라의 것일지를. 습한 방 안은 소독약 냄새로 가득했고, 그 안의 모든 것들은 위험해 보이는 초록색 그림자로 뒤덮여 있었다. 탁자 위에 놓여 있는 소녀들은 인간이라기보다는 동물처럼 보였다.

검시관이 보고서에 서명을 하고 모레티가 그것을 서류 가방 안에 안전하게 넣은 후에야 켄싱턴이 서둘러 들어왔다. 숨을 몰아쉬는 그의 양복은 구겨져 있고 머리카락은 한가득 젤을 발라 뒤로 넘긴 채였다.

"자, 이쯤이면 된 것 같아. 켄싱턴, 가족들에게 알리도록 해."

켄싱턴이 숨을 몰아쉬는 동안 모레티가 단호한 태도로 손바닥을 부딪히며 말했다.

경찰서로 돌아온 사피는 사람들이 웅성거리는 소리가 커지게 내버려 두었다. 그전까지 사피에게는 강도 사건과 가정 폭력 사건 등이 할당되었는데, 특히 흥미롭다 할 만한 것들은 없었다. 하지만 모레티를 따라 형사실로 오게 되자 새로운 흥분과 스릴이 따라왔고 동료들도 더는 그녀를 깔아뭉개지 못했다. 그녀는 사람들이 저의를 숨기고 속삭거리는 일상적인 농담, 누구에게서 시작되었는지 모를 비웃음들을 무시했다. 일생 동안 만난 모든 낯선 사람들, 선생들, 친구들, 동료들은 사피가 그녀의 어두운 피부를 의식하도록 만들었다. 사피가 여기에서 자랐다는 사실, 어렸을 때 지도의 국경을 따라 조심스럽게 손가락을 그려 보면서까지 갈망했으나 인도 근처에도 가 보지도 못했다는 사실은 중요하지 않은 듯했다. 진흙투성이 부츠를 책상에 올리고 담배를 씹는 소년들의 무리 옆에 서면 사피는 항상 외톨이처럼 느껴졌다.

"우린 여기서 일하도록 하지."

모레티가 지시했다. 안쪽 방의 회의 테이블에는 아직 수사 중인, 반쯤 해결된 사건 파일들이 어지럽게 널려 있었다. 새러낵 강도 사건, Y2K 음모론(컴퓨터 프로그램이 2000년을 인식하지 못하도록 설계되어 1999년에서 2000년으로 넘어갈 때 오류가 일어나 사회적, 경제적 문제가 생긴다는 음모론—옮긴이)과 관련된 협박 사건들, 켄싱턴이 지난 몇 달 간 파헤쳐 온 아동 납치 사건 등이었다.

"그간의 파일을 넘겨 줄게. 켄싱턴하고 나는 너무 잘 기억하고 있는 거야. 자네한텐 새로울 테니 전부 읽어 보도록 해."

"제가 뭘 찾아내야 하죠?"

"그 숲과 관련한 모든 것."

방 한구석의 텔레비전에서는 요란스러운 기자 회견장이 나오고 있었다. 팀장은 단조롭고도 조심스럽게 말하며 침울한 얼굴로 취재진을 힐긋 바라보았다. 카메라가 비추는 사진 속 소녀들은 그 어느 때보다도 어려 보였다. 고등학생인 이지와 안젤라는 파란 배경을 한 증명 사진 속에서 환하게 웃고 있었다. 안젤라는 노란색 물방울무늬 셔츠를 입고 있었고, 이지의 뺨에는 여드름이 송송 나 있었다. 학교 증명사진이 없는 릴라는 남자 친구가 제공한 사진을 썼는데, 그게 실종 이후로 유일하게 공개된 그녀의 사진이었다. 릴라는 잡초가 무성한 길가에 서서 빨간 배낭을 어깨에 메고 머리를 뒤로 젖히면서 사진을 찍는 사람을 향해 미소 짓고 있었다.

"괜찮아?"

모레티의 말은 반쯤 질문에 가까웠다. 모레티는 잊지 않고 있었다. 릴라가 사피의 신호등이었다. 그 밤, 트래비스의 트레일러로부터 바로 여기까지 이르도록 했다. 이 사건이 사피를 양지로 이끈 바로 그 사건이었다.

그때 땀으로 유니폼이 얼룩진 경찰관 하나가 먼지가 가득한 낡은 상자 네 개를 안고 투덜거리며 나타났다.

"저걸 다 봐야 하는 건가요?"

모레티가 미안하다는 듯이 얼굴을 찡긋거렸다.

"난 점심 좀 먹고 오지."

모레티가 떠나고 사피는 범죄 현장에서 찍어 온 새로운 사진을 칠판에 줄지어 붙였다. 법의학팀이 찾은 소녀들의 소지품이 부패된 정도는 다양했다. 신발, 귀걸이, 릴라의 백팩과 안젤라의 지갑까지. 이지의 어머니는 이지가 가장 좋아하던 구슬 머리핀이 없어졌다는 사실을 가장 먼저 알아차렸다. 그녀는 이지가 그날 밤 그것을 하고 나갔을 거라고 확신했다. 안젤라의 어머니는 그녀의 딸이 대대로 물려받은 진주 팔찌를 절대 벗지 않았다고 증언했다. 릴라의 물건 중에서는 사라진 게 없었으므로 모레티는 그 장신구들이 덤불 속 어딘가에서 사라졌을 것이라고 확신했다. 하지만 사피는 릴라에게 부모님이 없었다는 사실을 지적했다. 아무도 그녀를 보고 있지 않았다. 사피는 입을 꽉 다문 모레티에게 말했다. *장신구 말입니다. 아마도 그가 기념품으로 가져갔을 겁니다.*

사피는 닳아빠진 카펫 위로 쭈그리고 앉았다. 첫 번째 상자에는 목격자 인터뷰가 들어 있었다. 안에 든 서류들의 무게만으로도 아랫부분이 푹 꺼져 있었다. 그녀는 그것들을 처음부터 다시 추적해 가며 새로운 진술서를 작성해야 했다.

상자 맨 아래에서 사피는 릴라의 사진 원본을 찾아냈다. 일회용 카메라로 찍은 것이었는데, 먼지가 끼고 빛이 바래 릴라의 미소는 창백해 보였다. 크리스틴 생각이 났다. 그녀는 미용실에서 꽤 안정적으로 일하고 있었다. 고객들은 크리스틴더러 제니퍼 애니스톤이라는 배우를 닮았다고 했는데, 날씬하고 유연한 몸매에 옷이 꽤 잘 어울렸기 때문이었다. 크리스틴은 항상 자신이 더 나은 무언가를 향해야 한다는 것을 잘 알고 있었고, 안정적인 삶을 갖기 위해 노력했으며 그만큼 그것을 의심 없이 받아들였다. 사피는 릴라의 사진을 자세히 보았다. 변색된 사진 속으로 쪼그라든 소녀. 그리고 앞으로 이렇게 생각하게 될지 궁금해졌다. 두 사람 사이에 흔들리는 진자가 있다고, 그녀가 둘 중 어느 쪽이 될지는 결코 확신할 수 없었다고.

사진 아래에 가방이 있었다. 투명한 플라스틱 안에 담긴 검은 머리카락 한 줌도. 이지가 사라진 도로에서 경찰이 발견한 증거였다. 벽에 기대 이지의 머리카락을 무릎에 올려 두자 사피는 몇 년간 그녀를 쫓아온 환영 속으로 빠져드는 듯했다. 치명적일 정도로 무한한 곳, 너무나도 아찔한 평행 우주 속으로.

고속도로, 황혼. 하나로 묶은 검고 긴 머리카락이 잠깐 보였다가 사라진다. 이지는 열여섯 살에 세상을 떠났지만 이곳에서는 나이가 조금 더 많았다. 열아홉 살, 어쩌면 스무 살쯤. 열린 창문, 세계 부는 바람, 라디오에서 흘러나오는 오래된 블루그래스(미국 전통 컨트리 음악 장르─옮긴이) 노래. 조수석에 소년이 앉아 있을 수도 있다. 이지는 그를 사랑하지 않을 것이다. 적어도 이곳에서는, 어쩌면 영원히. 하지만 중요한 건 아니다. 젊음은 뜨거우니까. 굳은살 박인 그의 손가락이 이지의 허벅지 위로 올라온다. 애디론댁산맥 봉우리 뒤쪽의 핏빛 지평선.

이런 세계가 있을 수도 있다. 백일몽처럼 계속되는 또 다른 현실에서 이지는 절대로 테이블 위의 뼈 더미가 아니다. 지루하고도 완벽한 영광의 순간 속에서 금빛으로 밝게 빛나고 있다.

사피는 초기에 있었던 사건의 목격자 몇 명을 추적해 보았다. 안젤라의 식당 사장, 이지가 참석했던 파티에 갔던 아이들, 그날 밤 릴라와 함께 외출했던 친구. 현관에 서 있는 그녀를 보고 사람들은 당황스러워하며 경계심을 보였다. 사피가 주저앉은 소파에 걸터앉아 미지근하게 식은 차를 정중하게 거절하는 동안, 모레티는 경찰청장을 상대했고, 켄싱턴은 계속되는 제보 전화를 해결하고 있었다. 목격자들 대다수는 많은 것을 기억하지 못했다. 새로운 정보는 없었다.

길고 힘든 하루 끝에 사피는 올림피아 피츠제럴드라는 젊은 여성을 마지막으로 만났다. 그녀는 아직 채 다 지어지지 않은 집 앞에 차를 세웠다. 넓은 들판에 자리잡은 1층짜리 집으로 목장 옆에 있었다. 갈색으로 변해 가는 풀밭에 건축 장비들이 이리저리 흩어져 있었다. 애디론댁의 10월은 엽서의 그림 같았다. 사피는 차에 앉아 녹취록을 훑으며, 세부 사항들이 사라진 페이지를 살폈다. 1990년 당시 올림피아는 스무 살이었다. 당시 담당 조사관이 그녀를 보내기 전까지 기록된 인터뷰는 꼬박 7분 길이였다. 태양은 지평선으로 가라앉고 있었고 하늘은 시선을 사로잡을 만큼 푸르렀다. 사피는 파일을 닫았다. 끝까지 읽기에는 너무 피곤했다.

벨벳으로 만든 낡은 운동복을 입은 여자가 문을 열었다. 그녀의 회색 머리카락은 숱이 적어지고 있었다. 집 안으로 들어가자, 속이 훤히 보이는 괘종 시계가 거실에 놓여 있었다. 문을 열어 준 여자의 딸이 올림피아였다. 그녀는 작은 탁자 위에 맨

발을 올려놓고 형광 오렌지색 매니큐어를 바르고 있었다.

"무슨 일이에요."

올림피아는 번쩍이는 소피의 배지를 보고도 관심을 보이지 않았다. 소피는 부드럽고도 또렷하며, 그래서 자연스럽게 권위감이 느껴지는 모레티의 목소리를 부러워했다.

"1990년에 올브라이트 경사에게 여자애 세 명이 사라진 사건에 대해 증언하신 적이 있으시죠."

그제야 올림피아는 몸을 곧추세우며 고개를 들었다. 그녀의 어머니는 올림피아의 어깨에 손을 얹고 소파 뒤에 서 있었다. 그들은 소피에게 앉으라고 하지 않았다. 소피는 낡은 안락의자 옆에 어색하게 서서 서성거려야 했다.

"알아요."

떡이 진 머리카락을 쓸어 넘기는 올림피아의 손에서 손톱이 반짝였다.

"뉴스 봤어요. 그 시체를 찾았다면서요."

"네."

"그 사람한테 그때 다 얘기했어요. 그 형사한테요. 제가 아는 모든 걸 다 얘기했다고요."

공포에 질린 듯 올림피아의 목소리가 갈라졌다.

"수사를 재개했습니다, 올림피아 양. 기억하고 계신 것들을 다시 정확하게 듣고 싶어요."

피츠제럴드 부인은 딸을 향해 고개를 끄덕였다. 올림피아는 어머니가 목을 주물러 주는 동안 머뭇거렸다.

"그 여자애들이 실종되었던 여름에 저는 고속도로 옆에 있는 데어리 퀸에서 일했어요. 그 남자애도 같이 일했어요. 저보다 어렸는데 막 고등학교를 졸업했다고 했어요."

"그렇군요."

"전 이지 산체스가 실종되었던 날 밤을 기억해요. 아주 정확하게요. 왜냐하면, 그 남자애랑 제가 같이 밤을 보낸 밤이었어요. 그게, 우리는 사실 여름 내내 서로한테 작업을 걸고 있었어요. 시체가 발견되었다던 숲 옆 공원에 트레일러들이 모여 있는 곳이 있었는데, 그중 하나가 걔네 집이었어요. 그러다가 어쩌다 보니…… 하려고 하기는 했어요, 무슨 말인지 알죠. 근데 걔가 안 됐어요. 그래서 나왔어요. 다음 날 일하는데 좀 이상해 보이더라고요. 정신이 나가 보였어요. 말을 걸려고 하는데 눈이 좀 그래 보였어요. 절 해치고 싶어하는 것 같더라고요. 몇 년 전인데 절대 잊히지가 않아요. 저는 걔가 혼자서 가게 문을 닫게 뒀어요. 그리고 그날 밤 이지가 사라졌어요."

"그 남자애 이름이 뭐였죠?"

"안셀."

올림피아가 짧게 대답했다.

"안셀 패커."

그 이름.

입에 침이 잔뜩 고이더니 토할 것 같이 신맛이 느껴졌다. 사피는 몸을 떨면서 물었다.

"더 기억나는 게 있나요?"

"미안해요. 그렇게 많이는 기억 못 해요. 이런 식으로는요. 잊으려고 오랫동안 노력했거든요."

기억은 신뢰할 수 없다. 사피는 그렇게 생각했다. 기억은 음미하거나 매도하기 위하여 존재하는 것이다. 결코 믿을 만한 것이 아니다.

"혹시 그 남자애를 비웃었나요?"

여자 둘은 입을 딱 벌리고 쳐다 보았다. 영원할 것만 같은 침묵이 흘렀다.

"제발요. 기억하죠, 올림피아? 중요한 문제예요. 그 남자애가 겁을 먹거나 부끄러워했을 것 같거든요. 당신이 그를 비웃었는지 아닌지 기억나나요?"

올림피아는 수치스러워하는 것이 살짝 엿보이는 듯했다고 표현했다. 사피는 답을 얻었다. 방에서는 크리스마스 때 태우는 양초와 훈제한 고기 냄새가 났다. 갑자기 이해가 파도처럼 밀려들어 사피는 몸을 떨었다. 뭔가 알 것 같은 느낌이 은은하게 빛이 났다. 주황색 털들, 손바닥에 말라 붙은 핏자국, 열한 살 난 릴라의 거대한 눈, 바스러지는 오트밀 레이즌 쿠키 한 움큼. 죽은 다람쥐 하나, 둘, 셋, 세 마리가 항복이라도 하듯 머리 위로 팔을 쭉 뻗치도록 해서 여우 옆에 놓여 있던 방식. 두개골의 눈구멍에 걸려 있던 모레티의 손가락. 털, 피부. 죽음이 뼈에서 자기 자신을 벗겨 내는 방식.

피츠제럴드 부인의 화장실은 분홍색으로 도배되어 있었다. 부인은 천사와 양치기 같이 작은 도자기 조각상들을 진열해 두었다. 수도꼭지 옆에 놓인 포푸리는 낡아서 바삭해져 있었고 꽃잎 위에는 먼지가 한 겹 쌓여 있었다. 사피는 차가운 물을 틀어 얼굴에 뿌렸다.

세월이 흐르며 엄마에 대한 기억은 점점 사라졌다. 작은 기억들은 작별 인사도 하지 않고 모두 없어졌다. 엄마가 가장 좋아하던 신발은 빨간 애나멜로 만든 것이었다. 모양은 기억나지 않았다. 어두운색 립스틱은 기억했지만 송곳니가 어느 정도 기울어져 있었는지는 기억나지 않았다. 인조 대리석 세면대에 양손을 기대며 사피는 불공평하다고 생각했다. 거울 속의 사피는 엄마와 닮아 있었는데, 엄마가 백인이라는 사실만 빼면 그랬다. 하지만 엄마가 백인이라는 이유로 사람들은 항상 그녀에게 아빠를 닮았다고 했다. 사람들이 어디에서 왔냐고 물으면, 그러니까, 정말로 어디에서 왔냐고 재차 물을 때면, 사피는 말하곤 했다. *저희 아빠는 인도에서 왔대요. 아뇨, 전 한 번도 못 가 봤어요. 언젠가는 가 보고 싶어요.* 그럴 때면 피로감이 뱃속까지 파고드는 듯했다.

엄마가 지금 여기 있었으면 좋겠다. 엄마라면 지금 마음을 난폭하게 휘젓는 변화에 대해 설명해 줄 것이다. 안셀 패커라는 이름의 괴물이 포효하는 소리라고 이야기해 줄 것이다.

사피는 엄마의 손글씨가 담긴 액자를 아직 간직하고 있었다. 깨끗하게 닦아 침실 탁자에 놓아 두었다. *펠릭스 쿨파.* 엄마는 그렇게 썼다. 복된 죄라니. 선함으로 가는 끔찍함인 것인가. 인사나 설명도 하지 않은 채 피츠제럴드 부인의 집을 나서며 사피는 아빠가 궁금해졌다. 아빠도 어린 시절에, 그녀가 위탁 가정에서 성경을 공부하도록 강요받았을 때 배운 것들과 비슷한 종교적 경언을 배웠을까. *하느님께서는 악이 전혀 존재하지 않도록 하는 것보다 악에서 선을 이끌어내는 것이 더 낫다고 판단하셨습니다.*

"단서를 찾았습니다."

사피가 숨도 쉬지 못하고 말했다.

모레티는 피곤해 보였다. 늦은 밤 고요한 경찰서에 있는 그녀의 머리는 평소답지 않게 헝클어져 있었다. 형사실은 다행스럽게도 텅 비어 있었다. 켄싱턴이 투덜거리며 그날 보고서를 회의실 테이블에 던지자 모레티는 켄싱턴을 집으로 보냈다. 기자회견 이후 제보 전화가 폭발적으로 쏟아지는 바람에 켄싱턴은 그 근방에 도는 온갖 혼란스러운 이야기들을 다 들으며 하루를 보내야 했다. 70년대에 활동했던 연쇄 살인범이 납치해 갔다, 소녀들이 악마숭배 모임의 일원이다, 서로 싸우다가 자기들끼리 살해한 것이다 등등. *제보 전화는 필수적이야.* 재킷에서 휴대용 플라스크 술병을 꺼내서 당당하게 들이켜는 켄싱턴을 향해 모레티가 말했다. *모든 제보는 일단 확인하도록.*

그러나 지금, 사피가 이것을 가지고 왔다. 진짜를.

안셀 패커.

사피의 옷에는 여전히 피츠제럴드 부인 집의 곰팡이 악취가 났다. 책상 불빛 아래에서 사피는 올림피아의 말을 자세히 전하며 소년 시절의 안셀 패커에 대해서 아는 바를 설명했다.

"그는 용의자의 모든 특징을 보입니다. 분노를 조절하지 못하고 터뜨리곤 하지만, 항상 그런 건 아니에요. 부족한 남성성 때문에 항상 그걸 증명하려고 하죠. 주변의 관심을 너무 끌지 않을 정도의 사회성은 갖추고 있어요. 말이 됩니다. 일전에 그가 모욕을 당한 것을 본 적이 있습니다. 동물들이 마당에 널려 있었어요. 그리고 개울 주변에도 그걸 묻어 났죠. 한 번 움직이면 셋씩 죽입니다, 경사님."

모레티는 무척 의심스럽게 사피를 바라보았다. 그녀가 천천히 말했다.

"자네는 두 사람 모두에게 개인적인 인연이 있군. 피해자와 용의자 말이야."

"네."

사피는 수긍했다. 드물지 않은 경우였다. 애디론댁 근처는 좁았다.

모레티가 부드럽게 말했다.

"둘은 달라. 뭔가 진실이라고 믿는 거랑, 그것이 진실이라는 걸 증명할 수 있는 사실을 가지고 있는 것은 말이다. 자네가 무엇을 의심하고 있는지는 중요하지 않아. 법정에 세울 수 있을 만한 사건을 구축해 내지 않는 한 자네가 어떻게 생각하는지는 중요하지 않다는 거야."

확신이 온몸을 타고 흘렀지만 사피는 여우에 대해서는 말할 수 없었다. 그 일에 대해서는 누구에게도 단 한 번도 말한 적이 없었다. 어떻게 그 사체가 침대 시트 위에 놓여 있었는지. 누군가에게 말하기에는 너무나도 직접적이고, 개인적인 일로 느껴졌다. 그 사건은 사피의 내면에 살고 있었다. 수치스러운 일을 모아 둔 사적인 풍선이었다. 그녀는 최악의 날을 보낼 때면 모양이 어떻게 변했는지를 살피기 위해 그걸 찔러 보곤 했다. 하지만 그건 결코 바뀌지 않았다.

"트레일러 공원은요? 여전히 거기 산다면요?"

올림피아는 안셀이 살던 트레일러의 안팎을 자세히 묘사해 주었다. 또한 안셀의 이상한 행동들, 편집증적으로 횡설수설 늘어놓던 말들 또한 설명했다. 항상 *세계니 우주니* 하는 것에 대해서 말했어요. *다중 현실* 그런 거요.

"그럴 가능성은 낮아. 증인 말로는 대학에 갔다고 하지 않았어? 그녀에게는 어떤 증거도 없어, 싱."

"장신구들이요. 보석들. 그걸 가져갔다면요?"

"억측이야."

밤이 무겁게 느껴졌다. 상쾌한 가을바람이 나무를 흔들었으며 여름철을 나는 것들은 모두 사라졌다. 등골이 오싹했다.

모레티가 거부하기 힘들 정도로 부드럽게 말했다.

"봐. 어떤 게 진실이 되기를 바라는 마음은 나도 알아. 그렇다고 해서 판단이 흐려지거나 다른 단서들을 놓쳐서는 안 돼. 여기서 우리가 해야 하는 일은 달라, 알겠지? 감정이 이성적인 추론에 끼어들게 둬서는 안 된다고. 때로는, 때로는 말이야, 어떤 감정이 아무리 강하게 들어도 그걸 느끼지 않는 게 우리 일이야. 무슨 말 하는지 알지?"

크리스틴의 집은 영화 세트장 같았다. 시골풍의 예쁜 오두막으로, 커다란 창문으로는 언덕이 내려다 보였고 중앙난방 구조였다. 현관에서부터 방향제와 값비싼 향초 냄새가 풍겼다. 핼러윈이 머지 않은 토요일 저녁이었고 태양은 나무 꼭대기 위로 유령 같은 햇살을 내리쬐며 저물고 있었다. 사피는 크리스틴이 미용실에서 공짜로 받은 거라며 준 샘플들로 화장을 했다. 사피의 피부에는 항상 파운데이션의 두 가지 색이 너무 밝았지만 그런 말을 할 수는 없었다.

"안녕, 어서 와. 방금 오븐에 피자를 넣었어. 지금 배고픈 건 아니지?"

크리스틴이 말하는 동안 사피는 신발을 벗었다. 크리스틴의 이 집은 6개월 전 이사 오라고 제안하기 전까지는 제이크 혼자 살고 있었어서 그의 흔적이 많이 보였다. 곳곳의 캘리그라피 액자나 자수가 놓인 쿠션들에는 '웃음은 최고의 명약이다.'나 '어딘가에서는 지금 5시야!(앨런 잭슨과 지미 버펏이 부른 노래 제목—옮긴이)'와 같은 문구가 쓰여 있었다. 크리스틴의 화려한 미용용 앞치마가 현관의 고리에 걸려 있었다. 크리스틴은 Y2K 음모론이 말하는 재난이 임박했다고 믿고 있었는데, 새해가 가까워짐에 따라 걱정이 더 커졌다. 그녀는 집 안의 모든 선반을 통조림과 생수통으로 채워 뒀다.

"한잔할래?"

냉장고에서 반 정도 남은 샤르도네 백포도주를 꺼내며 크리스틴이 조심스럽게 물었다.

사피는 고개를 저었다. 모레티는 절대 깨서는 안 되는 규칙을 설정해 뒀다. 아무리 일상적인 것이라도 약물은 금지였다. 뉴욕 경찰에 지원했을 때, 사피는 체포나 전과 기록 등 그녀의 과거에 대한 증거가 남아 있지 않도록 모든 걸 정리해 두었다.

"넌 괜찮아?"

둘은 소파에 앉았다. 크리스틴이 와인잔을 매만지는 것을 보며 사피가 물었다.

"난 괜찮아."

긴 침묵이 이어졌다.

"릴라 말이야."

마침내 사피가 입을 열었다.

그녀와 크리스틴은 그 시절에 대해 이야기를 꺼내지 않았다. 이 냉혹한 도시의 밑바닥을 떠돌며 릴라처럼 하염없이 추락했던 그 시절. 사피는 크리스틴에게 마약이 혈관으로 녹아내리는 느낌이 어땠는지, 먼지투성이 매트리스에 누워 어떻게 하루 종일 지냈는지 말하고 싶었다. 그녀가 어떻게 릴라에 대해 알아냈고 그로 인해 어떻게 성장했는지, 왜 릴라는 그녀와 같은 기회를 얻을 수 없었던 건지에 대해서도.

"크리스틴, 안셀 패커 기억해?"

"당연하지. 참 이상한 애였는걸. 미스 젬마 건강이 나빠졌을 때, 그 애도 다른 곳으로 갔잖아. 너 그 강도 사건 맡은 거 아니야?"

"모레티 경사님이 옮겨 줬어. 릴라 사건으로."

"세상에, 너를 정말 좋아하네."

"왜인지 모르겠어."

"무슨 소리야. 수십 년 역사를 통틀어서 네가 젊은 형사 중에서 최고일걸. 게다가 사피, 네가 살아 온 이야기가 얼마나 멋진데. 힘들었던 10대의 삶, 그러나 인생이 완전히 바뀌었다. 텔레비전 프로그램에 나오는 형사 같잖아. 과거에 사로잡힌 불쌍하고 어린 고아 출신이라니. 게다가 너는 실종된 소년도 혼자 찾아냈고……."

사피가 말을 자르고 끼어들었다.

"안셀 패커 말이야. 그 애의 어떤 부분이 이상했는지 기억해? 신경 쓰였던 부분."

"뭘 볼 때 뚫어지게 봤잖아, 이러고. 네가 얼마나 쓸모가 있는지 알아내겠다는 듯이 말이야."

"그리고 또?"

"사프, 걘 그때 그냥 어린애였어. 이런 식으로 옛날을 되짚는 건 건강하지 못해."

하지만 다른 방법이 있을까? 옛날을 되짚는 것밖에는 없었다. 길을 따라, 그곳에서 이곳으로. 그곳의 자신에서 이곳의 자신으로.

"있잖아, 넌 형사치고는 눈썰미가 없어. 그렇지?"

크리스틴의 뺨이 떨렸다.

그녀는 손을 들어 올려 보이며 이 세상의 것이 아닌 듯한 미소를 지었다. 왼손 약지에 반짝이는 다이아몬드가 박힌 작은 반지를 끼고 있었다.

사피는 절망을 언급할 수 없었다. 얄팍하고 날것이며 상한 우유처럼 시큼한 그것을. 사피는 잠시 스쳐 지나간 마음을 가다듬고 기쁨의 표정을 지어 보였다. 크리스틴이 환호성을 질렀다. 사피는 친구를 안아 주며 괴로움을 날려 보냈다. 크리스틴의 헤어 제품 향기가 몸을 감쌌다. 사피의 유일한 가족이었던 그녀가 이제는 떠나려고 했다.

그들은 저녁 내내 수다를 떨었다. 영화는 물론 피자까지 완전히 잊고 있다가 다 타 버리는 바람에 부엌이 연기로 가득 찼고 맨 위의 검게 탄 페퍼로니 정도만 먹을 수 있었다. 옛날에 그랬듯 둘은 서로 거꾸로 누워 잠이 들었고 사피는 크리스틴의 발을 어깨 아래에 넣어 폭 감싸 주었다.

밤의 어느 시점에는 강박이 파고들었다. 청바지를 입은 채로 사피는 잠에서 깨어났다. 손은 소파 쿠션 사이에 끼어 있었고 목구멍 안쪽에서 역한 냄새들이 올라오는 듯했다. 축축한 풀밭, 자외선 차단제. 썩어 가는 피부. 작은 팔이 무기력하게 펼쳐져 있었던, 썩어 가던 다람쥐들. 크리스틴은 보이지 않았다. 언제인지 제이크가 집에 돌아왔을 것이다. 겉피의 치즈가 벗겨진 새빨간 피자와 지문이 얼룩진 크리스틴의 와인잔 같은 지난밤의 잔재들을 보자 속이 메스꺼워졌다.

일요일 이른 아침, 시골길은 텅 비어 있었다. 두통을 느낀 사피는 순찰차의 창문을 내리고 시원한 공기를 쐬었다. 가을 햇살이 나무 사이로 쏟아져 내리며 길을 따라 그림자를 드리웠다.

드디어 트레일러가 있는 공원에 도착했다.

다른 트레일러들로부터 멀찍이 떨어져 있어요. 거의 맨 뒤쪽이에요. 아무것도 없을 것 같은 곳에 있어요. 올림피아는 그렇게 말했다.

사피는 시체 발견 장소로부터 약 1.5킬로미터 정도 떨어진 곳에서 이동식 주택 열두 채를 발견했다. 아침 안개 속에서 어렴풋이 브이(V)자 모양으로 배열된 집들이 보였다. 어디선가 개가 짖는 소리가 작게 들리고, 텔레비전이 웅웅거리는 소리도 들렸다. 가래 낀 기침 소리도. 사피는 차에서 내려 사슬에 매여 있는 큰 로트와일러 개를 지나 살금살금 걸어갔다. 부츠가 스치는 소리에 개가 코를 씰룩거렸다.

올림피아의 말이 맞았다. 맨 안쪽에, 트레일러들이 모여 있는 곳에서 15미터 정도 떨어진 곳에, 검붉은 나무로 이루어진 덤불에 가려 잘 보이지 않는 곳에, 트레일러가 한 대 있었다. 사피는 전날의 청바지와 구겨진 탑을 그대로 입은 채 경찰 배지를 느슨히 쥐고 주변을 빙빙 돌았다.

한 걸음씩 내딛을 때마다 부츠에서 삐걱거리는 소리가 났다. 사피는 목을 가다듬고는 문을 두드렸다.

문을 연 것은 중년 남성이었다. 찢어진 사각팬티를 입었고 얼굴에는 약물 중독자들에게 흔히 찾아볼 수 있는 붉은 딱지가 올라와 있었다. 뒤쪽으로는 잡음만 나오는 텔레비전과 오래된 맥주병이 놓여 있는 테이블, 그리고 적어도 몇 주는 굶은 것 같은 고양이 한 마리가 보였다.

"응?"

끔찍한 순간이었다. 사피는 퀴퀴하고 시큼한 공기를 들이마셨다. 자신이 무엇을 보리라고 생각했는지 알 수 없었다. 아마도 안셀의 삶의 증거겠지. 무엇이든, 어떤 것이든. 이제 그녀는 자신이 위험하도록 어리석었음을 확실하게 알아차렸다.

"이봐, 무슨 일이지?"

돌아서는 그녀의 등에 대고 남자가 소리쳤다.

사피는 도망쳤다.

사피가 헌터 사건을 해결했을 때, 경감은 아주 기뻐했다. 특별한 인재를 데려왔어. 그는 모레티에게 축하하듯 말했다. 하지만 사피는 특별함을 느끼지 못했다. 모든 사건이 이런 느낌인지 모레티에게 묻고 싶었다. 어지러울 정도의 확신감, 그리고 그 뒤를 따라오는 신경을 갉아먹을 것 같이 야성적인 공포. 그 공포는 이상할 정도로 중독적으로 느껴졌다. 사피의 세포 속에는 의심에 굶주린 무엇인가가 살아 있었다. 병들고, 부패했으며, 위로 비틀리며 자라나는 호기심 어린 나무와도 같았다. 몇 년 전까지만 하더라도 그것은 그녀를 파멸의 끝으로 몰아 넣었다. 그녀를 경찰이 되도록 했다. 그녀를 이 트레일러 공원으로 데려왔다.

고속도로에 다다를 즈음, 머리가 쪼개지는 듯이 아파 왔다. 엔진이 더 빨리 회전하며 얼굴로 머리카락이 흐르는 동안, 사피는 시속 160킬로미터에 다다를 때까지 가속 페달을 밟았다. 안에 아무것도 남아 있지 않다는 확신이 들 때까지, 그녀는 텅 빈 고속도로를 향해 입을 벌리고 가장 깊고 가장 어둡고 가장 새까만 비명을 질렀다.

그 후 며칠 동안 사피의 책상은 엉망진창이었다. 그 사건이 그녀를 삼켜 저 밑바닥까지 끌어내렸다. 시체를 발견한 지 일주일이 지났다. 사피는 마지막으로 밥을 언제 먹었는지도 기억나지 않았다. 며칠 전 드라이브스루로 산 패스트푸드를 먹었던가. 그녀는 커피와 그래놀라 바로 연명하며 밤늦게까지 책상 앞에 앉아 끙끙댔다. 아파트에는 딱 두 번 들렀는데 샤워를 하고 갈아입을 옷가지를 운동 가방에 챙겨 오기 위해서였다.

경감이 유력하게 꼽는 용의자는 따로 있었다. 니콜라스 리처드라는 노숙자로 여러 차례 마약 혐의를 받았으나 피해 왔다. 개인적인 앙갚음처럼 보였으나 어쨌든 모두 그자를 우선시하라는 명령을 받았다. 겉으로는 통화 기록과 목격자 녹취록이 사피의 책상을 어지럽혔지만 그 아래 사피의 마음속에선 무시할 수 없는 자신만의 의심이 솟아올랐다.

안셀 패커의 성적표에는 그가 노던버몬트 대학에 갔다고 나와 있었는데, 그는 학위를 받기 전 자퇴했다. 마지막 학기에는 철학과 장학금을 신청했다. 메이 브라운 교수의 추천서는 좋은 내용과 나쁜 내용이 섞여 있었다. 사피는 교수에게 총 네 번 전화를 걸었지만 매번 메시지만 남겼다. 그녀는 안셀이 지금 어디에 있는지 전혀 알아낼 수가 없었다. 세금을 낸 기록이 있었지만 지금은 철거되어 존재하지 않는 대학 근처의 아파트 건물 주소였다. 경찰 기록도 없었다. 과속 딱지조차 끊은 적이 없었다.

모레티가 지나가면 사피는 파일박스 아래에 보던 것들을 숨겼다. *서둘러, 싱. 경감님이 생각하는 용의자에 대한 정보가 더 필요해. 명령이야.* 니콜라스 리처드는 시체가 매장되었던 곳 근처에서 불법 야영을 하고 있었다. 사흘에 걸쳐 긴급기동대를 배치한 뒤, 급습할 것이다. 모레티는 확신에 차 이야기를 전달했고, 사피는 피로와 절망감에 심장이 빠르게 뛰었다.

모레티가 야간 잠복 근무를 떠나기 몇 분 전, 전화가 걸려 왔을 때 사피는 실망이 가득한 목소리로 그것을 받았다.

"사프란 싱입니다."

"여보세요? 브라운 교수입니다. 전화를 주셨더라고요."

다른 경찰관들이 시끄럽게 굴어 사피는 전화기를 얼굴 가까이에 댔다. 창문 너머 반대편 방에서 콘돔에 면도 크림을 가득 채워 넣고 세게 때리며 그것이 터질 때까지 기다리는 경찰들의 모습이 보였다. 모레티는 조금 떨어진 곳에서 통화 기록 더미 위로 몸을 굽히고는 형광펜을 입술에 두드리면서 그것에 골몰하고 있었다. 사피는 수화기에 입을 대고 목소리를 낮췄다.

"안셀 패커라는 학생을 철학과 장학금에 추천하셨더라고요."

"아, 네. 그 학생이 장학금을 타지는 못했어요. 제가 기억하기로 그 학생은…… 어떻게 말해야 할까요? 그는 자기가 더 많은 걸 누려야 한다고 믿는 평범한 학생이었죠. 같은 과 여학생이 장학금을 받았는데 그걸 납득하지 못했던 것 같아요. 얼마 지나지 않아서 자퇴했어요."

"그 밖에 또 저에게 해 주실 만한 얘기가 있을까요? 지금은 안셀이 어디 있는지 아시나요?"

"전혀 모르겠는데요."

교수가 잠시 말을 멈추더니 다시 이어 갔다.

"여자 친구와는 얘기해 보셨어요?"

"여자 친구요?"

"대학에서 사귄 여자 친구가 있었어요. 꽤 진지한 관계였던 걸로 기억해요. 그 친구가 항상 강의실 밖에서 기다리고 있었어요. 물리학 입문 수업에서 가르친 적이 있는 것 같은데. 제니. 제니 피스크. 간호학을 수강했어요. 아니면 심리학인가? 다정한 친구였어요. 한번 만나 보세요."

솟구쳐 오른 아드레날린에 정신이 깨어나는 기분을 느끼며 사피는 전화를 끊었다. 자리에서 일어난 모레티가 차 열쇠를 꺼내고, 고급스러워 보이는 디자이너 브랜드 파카를 걸쳤다.

그녀가 하품을 참으면서 말했다.

"뭔가 찾아낸 눈빛인데."

사피는 고개를 저었다.

"아닙니다."

사피는 모레티의 차 미등이 주차장에서 완전히 사라질 때까지 기다렸다. 오래된 전화번호 정보에는 제니 피스크가 네 명, 제니퍼 피스크가 세 명 있었다. 그중 반은 너무 나이가 많았고, 한 명은 죽었으며 다른 한 명은 마약 혐의로 복역 중이었다. 하지만 한 명의 제니 피스크는 버몬트의 작은 마을에서 살았는데, 안셀 패커가 다녔던 대학교로부터 불과 몇 킬로미터 떨어진 곳이었다.

전화를 걸며, 사피는 떨리는 손가락과 목구멍에서 풍선처럼 부푸는 흥분을 느낄 수 있었다.

"여보세요."

여자 목소리. 그 너머의 흐르는 물소리가 들렸다.

"혹시 제니 피스크 씨인가요?"

"누구시죠?"

"뉴욕주 경찰, 사프란 싱입니다. 잠시 얘기 좀 나눌 수 있을까요? 몇 가지 여쭤보고 싶습니다만."

"무슨 일이시죠?"

"안셀 패커라는 남자를 찾고 있어요."

무슨 말을 중얼거리는 듯하더니 정적이 흘렀다. 전화기 너머로 무거운 발걸음 소리와 텔레비전 소리가 들렸다.

"무슨, 무슨 일이죠? 죄송하지만, 전, 저는 지금 시간이 없어요."

"언제 괜찮으실까요?"

"그러니까 전…… 음, 내일 병원에 출근해요. 노스이스트 지방 병원이요, 정오쯤에요."

그리고 제니는 전화를 끊었다. 텅 빈 사무실이 주변에서 요동치는 듯했고, 사피는 핏속에 힘이 흐르는 듯한 느낌을 받았다. 무언가 더 있었다. 참을 수 없었다.

응급실의 네온 조명이 반짝거렸다. 사피가 배지를 꺼내 보이자 안내데스크 뒤에 있던 소녀가 벌떡 일어났다.

"제니 피스크 씨요?"

눈이 커졌다.

"데려올게요. 앉아서 기다리셔도 됩니다."

사피는 흠집이 많은 의자 하나에 앉았다. 그녀는 전날 밤 집에 가서 파자마 바지를 입고 시계가 거의 아침을 가리킬 때까지 깔끔히 정돈된 침대에 누워 있었다. 사피는 챔플레인 호수를 차로 돌아 버몬트로 가면서 스티로폼 컵에 담긴 차가운 커피를 단숨에 들이켜며 진정하려고 노력했다. 헌터 사건 때와 같은 느낌이었지만 그녀를 괴롭히던 공포는 더욱 커졌다. 뒤틀린 기억들이 떠오르며 열이 나는 듯했다. 모레티의 명령은 단호했다. 경감이 생각하는 용의자가 체포되거나 무혐의인 게 밝혀지기 전까지 그 사람에게만 집중하고, 다른 모든 것은 내버려 두라는 것. 모레티는 무척 화를 낼 것이다. 하지만 플래츠버그 경찰서에서 동쪽으로 3시간 떨어진 대기실에 앉아 있는 동안 사피는 전기가 흐르는 듯한 짜릿함을 느꼈다.

멸균용 약품 냄새가 진동하는 금요일의 응급실은 조용했다. 사피의 벨트에 부착된 호출기의 신호음이 두 번, 세 번 울렸다. 그녀는 쳐다보지도 않고 호출기를 껐다.

"안녕하세요."

분홍색 수술복을 입은 여자가 머뭇거리며 수술실 입구에 서 있었다. 제니 피스크는 주근깨가 가득한 팔에 긴 머리를 나비 모양의 핀 두 개로 가르마를 타고 있었다. 20대 중반 정도 되어 보였다. 사피는 본능적으로 그녀가 어떤 유형의 사람인지 알아차렸다. 퀸카 고등학생. 크리스틴처럼 인기가 좋았을 것이다. 몸매가 좋고 배꼽이 드러나는 티를 입었겠지. 이목구비는 대칭적이었으며 눈에 띄지는 않았어도 사랑스러웠다.

사피는 단단한 손을 내밀었다.

"반갑습니다. 만나 주셔서 감사해요. 밖에 잠시 나가도 괜찮을까요?"

제니가 마주 악수를 하려고 손을 뻗었을 때였다. 사피는 제니의 얇은 손가락 위에서 반짝거리는 것을 보고 순간 깜짝 놀랐다.

틀림없는 자수정이었다.

릴라의 반지.

사건이 풀릴 때 오는 특별한 느낌이 있다. 댐 사이로 치솟는 물줄기나 잘 익은 과일을 쪼갤 때 터져 나오는 과즙 같은 강한 돌진의 느낌.

하지만 제니의 손을 잡을 때, 머리가 어지러워지고 굳는 듯하더니 느낌이 달라졌다. 짜릿함이 전혀 없었다. 그저 기억이 툭 튀어나올 뿐이었다. 릴라의 갈라진 입술, 그 입술이 어떻게 그 보라색 보석을 빨았는지. 크리스틴이 침으로 덮인 릴라의 손가락을 보며 투덜거렸다. 역겨워. 왜 그렇게 그걸 입에 넣어? 그저 어깨를 으쓱이는 릴라의 머리카락은 항상 엉켜 있었다. 맛있어. 그게 이유라도 되는 듯이 말했다. 벌어진 이를 보이며 꿈꾸듯 웃는 릴라. 가느다란 손가락과 헐렁한 반지.

"대체 무슨 일인가요?"

응급실 바깥에 있는 벽돌 벽에 기대선 제니의 손에서 보라색 반지가 반짝였다. 사피는 다른 것들을 끊을 때 담배도 끊었지만 떨리는 손을 숨기기 위해 제니가 건네는 담배를 받아들었다. 쌀쌀한 가을 날씨에 재킷을 입지 않은 제니의 팔에는 소름이 돋았다. 하늘에서 무언가가 계시를 내리는 듯했다. 우주가 그녀에게 확신을 주는 듯했다. 울고 싶었다.

"예전에 사귀셨던 사람을 제가 찾고 있어요. 안셀 패커요."

제니가 약간 경계하며 몸을 기울였다. 그녀는 입꼬리에서 담배 연기를 뿜었다.

"그 사람을 왜 찾으시는데요?"

"어디 있는지 아시나요?"

제니는 뭔가를 재 보듯이 눈살을 살짝 찌푸렸다. 그러고는 손을 들어 반지를 보였다.

"결혼…… 했어요?"

사피는 더듬거렸다.

"약혼이요."

목에 무언가 걸린 듯했다. 아무것도 할 수 없다는 느낌이 갑자기 목을 조르는 듯했다. 전혀 상상하지도, 생각해 보지도 못한 전개였다. 어젯밤 전화기 너머로 들려온 그 발걸음 소리.

사피는 당황스러워하며 말했다.

"아직도……. 죄송해요. 그 반지. 안셀이 준 건가요?"

제니는 엄지손가락으로 보석을 쓰다듬었다.

"그게 중요한가요?"

"중요합니다. 예전 사건을 조사하고 있거든요."

"당신은 형사같이 보이진 않네요."

사피도 자신이 형사라고 느껴지지 않았다. 제니가 속마음을 들여다보기라도 한 듯 갑작스럽게 발가벗겨진 느낌이 그녀를 압도했다.

제니가 불안이 치렁치렁하게 늘어진 한숨을 길게 내쉬며 물었다.

"그이가 뭘 했는데요? 뭔가 나쁜 일?"

바로 거기에 있었다. 사피가 찾아왔던 바로 그것이. 그녀는 이 순간을 어디에 잘 넣어 두었다가 나중을 위해 저장해 두고, 증거로 사용했으면 했다. 비스듬한 제니의 시선, 떨리는 입술. 이 질문을 받았다고 놀란 것 같지는 않았다. 그녀는 이렇게 말했다. *뭔가 나쁜 일.* 제니는 기다리고 있었다.

사피는 부드럽게 말했다.

"살인 사건을 조사 중입니다. 뉴욕주에서 소녀 세 명이 살해 당했어요."

그 뒤에 이어진 침묵은 날카롭고, 꿰뚫는 듯했다. 자동문이 휙 열리더니 다시 닫혔다. 제니가 담배를 벽에 짓이기는 바람에 벽돌에 그을음이 남았다. 손바닥으로 조심스럽게 엉덩이를 만진 제니는 몸을 떨었다. 길거리에 쓰레기 하나도 버리지 않을 사람 같았다. 사피는 너무 늦게 깨달았다. 이미 끝났다. 제니는 마음을 닫았다. 그녀가 휙 돌아서자 커튼 같은 머리가 뺨에 흘러 내리며 얼굴을 가렸다.

"잠깐만요. 이야기만 좀……."

제니가 자동문으로 들어가며 중얼거렸다.

"잘못 찾아오셨어요. 부탁이니 우리를 그냥 내버려 두세요."

그리고 그녀는 사라졌다. 구급차가 혼자 남겨진 채 길가에 담뱃재를 터는 사피 옆을 앵앵거리며 지나갔다.

언젠가 크리스틴이 물었다.

그때 어땠어? 트래비스랑 친구들 말이야.

사피는 그 시절을 설명하기 어려웠다. 그래도 노력했다. 그녀는 크리스틴에게 지하실에서 열렸던 파티와 임시변통으로 만들었던 캠핑장, 연기로 만들어진 커튼으로 감싸인 방에 대해서 말해 주었다. 그들은 집에서 집으로, 파티에서 파티로 떠돌아 다니며 그저 엉망으로, 충동적으로 살았다. 그런 무모함 속에서 사피는 안전하다고, 뭔가에 둘러싸여 있다고 느꼈다. 정말로 위태로운 것이 아무것도 없다면 스스로를 무너뜨리는 것이 쉽기 마련이었다. 사피는 현재를 동경했다. 약이나 약이 주었던 황홀경, 값싸고 얄팍한 흥분을 좋아한 게 아니었다. 그녀는 그 대신 자유를 좋아했다. 삶과 죽음 사이의 줄 위를 걸었지만 어느 쪽으로 떨어지든 중요하지 않았다.

사피는 터덜터덜 걸어 내리쬐는 태양 아래에서 반짝이는 주차장의 차로 돌아왔다. 경찰서로 돌아가야 한다는 걸 알고는 있었다. 벌써 반나절이나 놓쳤다. 그러나 호출기가 끊임없이 윙윙거릴 때마다, 사피는 오래된 자아의 한 조각, 폭탄이 활성화되어 똑딱거리는 듯한 욕망을 느낄 수 있었다. 그녀는 트렁크에 있는 오래된 운동복 아래에 호출기를 집어 넣고 주머니에서 주소가 적힌 종이를 꺼냈다.

고속도로를 달리며 사피는 흥분으로 미칠 지경이었다. 값비싼 옷가게와 식당이 늘어선 곳을 지나 교외로 접어들자, 모노폴리 보드게임판 위에 흩뿌려진 조각들처럼 어색하게 퍼져 있는 집들이 나타났다. 광택제를 한 번 칠하기만 한다면 버몬트도 뉴욕처럼 느껴질 거라고 사피는 생각했다. 그녀는 페인트가 벗겨지고 현관이 어수선한 단층집 근처의 도로 연석에 차를 댔다.

거기에 있었다.

안셀이.

플라스틱 고글을 쓴 채로 한낮의 햇살을 받으며 진입로에 쪼그리고 앉아 있었다. 나이가 들면서 살집이 불기는 했지만 설명할 수는 없는 방식으로 전통적으로 잘생긴 얼굴이 옛날과 언뜻 비슷해 보였다. 낡은 의자의 다리를 톱질하고 있었는데 차창 너머로까지 웅웅거리는 소리가 공격적으로 들렸다. 사피는 그가 전기톱을 다루는 모습을, 그의 머리 주변에 먼지가 튀어오르며 만들어진 구름을 지켜보았다. 릴라의 반지가 있었다. 사피가 정말로 필요로 하던 단 하나의 증거였다. 하지만 또한 안셀이 그 자신을 통제하는 방식이 있었다. 마치 그가 제일 우위에 있기라도 한 듯했다.

하나, 둘, 세 번째와 여우.

하나, 둘, 릴라.

소름이 돋는 순간, 사피는 어떻게 접근할지 고민했다. 할 수 있었다. 엉덩이에 있는 총을 꺼내 들어 한 손으로 위협하며 그에게 곧장 갈 수 있었다.

안셀은 눈을 가늘게 뜨며 기억해 내려 할 것이다.

사프. 그렇게 말하겠지. 이번에는 그녀가 힘을 가질 것이다. 그녀가 겁을 주는 역할이다. 제발, 용서해 줘.

사피는 결국 다가가지 못했다. 기회는 한 번뿐이었다. 그리고 그것은 너무나 중요했다. 사피는 모레티, 자신감, 경험, 허를 찌를 수 있는 전문적 지식이 필요했다. 사피는 막다른 골목에서 뛰쳐나가 버몬트 경계까지 갔다가 호수로 돌아왔다. 라디오를 끄고 고속도로에 몸을 맡긴 채, 이 일이 얼마나 큰 삶의 의미를 가져다주는지에 대해서 생각했다. 그 누구도 감히 이에 비할 바가 못 되었다.

그녀에겐 불장난 같은, 흐지부지 끝나고 일시적인 관계뿐이었다. 만나는 남자들이라곤 외야석 뒤에 앉아 있는 소년들이나 어두운 바의 남자들이 다였다. 제대로 된 사람이 한 명 있었다. 경찰학교에서 만난 동료 경찰인 마이키 설리번으로, C 유닛 소속이었다. 사피는 아직도 샤워를 마친 마이키의 면도 크림 냄새와 수증기가 주던 느낌이 그리웠다. 농지가 점차 산으로 바뀌어 가는 것을 보며, 사피는 그들의 마지막 밤을 떠올렸다. 스파게티와 코로나 맥주로 여유롭게 저녁을 먹은 후 침대로 갔다. 마이키의 손이 사피의 청바지 속으로 들어갔다. 그는 언제나처럼 핫소스 같은 숨결을 내뿜으며 단단한 팔로 그녀를 안았다. 그가 안으로 들어오자 사피는 갑작스러운 공허감, 당장 채워야만 할 것 같은 허무함을 느꼈다. 사피는 마이키의 손을 끌어당겨 자신의 목에 눌렀다.

졸라.

그녀가 명령했다.

아주 짧은 순간이었지만 그는 명령에 따랐다. 시야가 흐려지고 방이 빙글빙글 돌기 시작하자 사피는 자신이 찾아다니던, 그러나 그랬던 줄 몰랐던 것의 그림자를 보았다. 숨을 헐떡이는데도 산소를 마시는 듯했다. 더 젊고 더 자유로운 자신처럼 느껴졌다. 살아남기 위해서 아등바등하지 않는 사람. 그녀는 위험함을 그리워했었다. 그 해방감을 그리워했었다.

마이키가 숨을 헐떡이며 사정했다. 노란 램프불이 켜지자 그
의 혐오감이 뚜렷하게 드러났다. 그는 열쇠를 집더니 뛰쳐 나
가 버렸다. 그가 내던진 불안함은 그녀에게 부끄러움으로 다
가왔다. 사피는 자신의 몸속에 있던 괴물을 보았다. 절멸에 굶
주린, 배고픔을 채우려고 하는 야생의 짐승을.

사피는 제니에게서도 자신과 같은 욕망을 엿보았다. 고통에
대한 갈망. 여자가 된다는 것 중에서도 가장 무서운 것이었다.
타고나는 것이었고, 영원한 것이었다. 상처 입지 않고도 좋은
것을 가질 수 있다는 걸 알았지만, 그것이 그만큼 아름다울 수
는 없다는 걸 아는 일부분.

사피가 경찰서로 마침내 돌아왔을 때 해는 이미 저물었고
그녀는 그날 일은 아무것도 하지 못했다. 사피는 수업을 빼먹
던 시절을 떠올리며 블레이저 상의를 고쳐 입었다. 그건 일부
러 보이는 무신경함이었다. 그 주변부에는 공포가 있었다.

경찰서는 이상할 정도로 분주해 보였으며 동료 경찰들은 모
두 흥분해서 바쁘게 움직이고 있었다. 그들은 그녀를 보고 침
묵을 유지했으며, 셔츠는 구겨진 채로 튀어나와 있었고 재킷
앞 부분은 커피로 얼룩져 있었다. 사피는 곧장 경찰서장의 문
으로 향해 노크도 없이 문을 열어젖혔다.

"경사님⋯⋯."

서서히 눈의 초점이 맞으며 안의 장면이 보였다. 모레티는 구두를 신고 비틀거리다가 마호가니 책상을 잡고 균형을 맞췄다. 사피가 등장하자 모레티와 경찰서장은 어색하게 얼굴을 붉히며 떨어졌다.

"대체 하루 종일 어디 있었나?"

모레티가 시작했다.

"그자를 찾았습니다."

사피는 더듬거리며 말했다. 그녀의 결심은 흔들리고 있었다. 이렇게나 어쩔 줄 몰라 하고 수치스러워하는 모레티는 지금껏 본 적이 없었다. 그녀가 보았던 장면이 퍼즐처럼 맞춰졌다. 사피가 처음 걸어 들어온 순간 빠져나갔던 경감의 손. 모레티의 뒷주머니를 감싸고 있던 그의 손.

사피는 여전히 더듬거렸다.

"안셀 패커요. 그를 찾았습니다. 약혼녀가 릴라의 반지를 끼고 있었어요. 그 액세서리요, 경사님. 그가 그것들을 가져갔어요."

느리고, 눈을 깜빡거리는 침묵. 경감은 낮고 거친 목소리로 말했다. 경감의 시선은 그녀의 옷을 벗기기라도 하듯이 음흉했다.

"모레티, 아랫사람 좀 잘 가르쳐."

"잠시만요. 증거를 찾았습니다. 제대로 된 증거입……."

모레티가 말을 가로막았다.

"싱. 네가 오늘 출근했거나 내 호출에 응답했다면, 이미 체포 사실을 알았겠지. 아침에 니콜라스 리처드에 대한 기소 절차를 밟을 거야."

노숙자. 경감이 가장 의심하는 용의자. 조명이 쏟아지며 몸을 누르는 듯했고, 방 안이 흐릿하게 보였다. 피로함이 한 번 위에서 아래로 덮치며 어깨를 묵진하게 누르는 듯했다. 그녀의 무모함이 책망하듯 몸에서 번져나가 피 묻은 속옷처럼 스미는 듯했다.

"너는 내 말을 거역했어. 내 지시는 분명했는데 넌 명백하게 그걸 무시했지. 켄싱턴이 필요한 일을 다 했어."

"죄송합니다. 하지만 제가 찾은……."

"이건 너 하나에 관한 일이 아니야. 어린 시절에 있었던 무서운 일에 관한 것도 아니고. 이건 경찰의 업무야. 이건 진실과 사실에 관한 일이야. 그리고 오늘이 끝날 때는 이 조직의 일이 되었고."

"아, 그렇군요, 그럼 이런 건요? 이런 건 뭐라고 부르나요?"

사피가 경감과 모레티 두 사람을 가리키며 말하자 둘의 얼굴이 붉어졌다.

"조직인가요?"

공기가 달라졌다. 사피는 지금까지 모레티에게 말대답을 한 적이 없었다.

"근신이야. 무급으로 2주간."

경감은 두 사람을 지나치며 무심하게 말했다.

그가 나가고 모레티는 낡은 카펫만 바라보았다. 방금 본 것, 그녀가 방금 방해한 것의 충격이 뒤늦게 한 대 때리듯 사피의 몸을 뚫고 지나갔다. 모레티가 항상 뭐라고 말했던가? *법 집행기관에서 여성 비율은 10% 미만이야. 희생 없인 성공할 수 없어.*

사피는 굴욕감을 느끼며 경찰서를 나섰다. 동료들은 쌀쌀한 가을 밤길로 나서는 사피의 등 뒤에서 비웃음을 보냈다. 그녀가 이미 알고 있어야 했던 진실을 방금 목격했다는 사실에 확신을 가지고 있는 것 같았다.

악몽을 꿨다. 사피는 땀으로 푹 젖은 채, 떨면서 잠에서 깨어났다. 오래전 침대 옆 탁자에 떠 둔 물을 들이켜는 동안 바닥에 널부러진 빨래들은 어둠 속에서 어린 시절의 괴물들처럼 보였다.

악몽에는 때때로 여우가 나타났다. 썩어 가는 살덩어리 같은 여우는 시야 가장자리를 역겹게 맴돌았다. 릴라는 더 자주 꿈에 나왔다. 그녀는 사피의 아파트 문에 서 있었다. 교정기를 차고 있는 열한 살 난 릴라, 코에 링 피어싱을 달고 있는 10대 시절의 릴라, 두개골에 머리카락 덩어리가 여전히 달라 붙어 있는 채로 부패된 릴라. 가장 끔찍한 꿈은 릴라가 살아 있는 것이었다.

아마 스물여섯 살쯤 되었을 것이다. 노란색 여름용 원피스를 입고 푸른 뒷마당에 있다. 7월 4일. 꽃가루와 자외선차단제, 플라스틱 의자에서 친구들과 함께 현관에 앉아 있는 릴라는 빛이 났다. 그녀는 배 위에 깍지 낀 손을 올려 두었는데, 그 보라색 반지가 부푼 배의 가장 솟은 곳에서 반짝였다. 32주. 메스껍지만 기대됐다. 입덧은 척추에서 느껴지는 통증으로 바뀌었다. 배가 고팠을 것이다. 훈연한 고기의 냄새를 맡고 그녀의 거대한 배가 낮게 울었다. 피곤하고, 기분이 좋았고, 불안했고, 떨렸다. 달은 유령처럼 창백했고 반딧불은 반짝였다. 그녀의 맨발 뒤꿈치는 부드러운 흙속으로 파묻혀 들어가고 있었다.

근신 기간이 끝날 무렵 사피는 혼자 술집에 갔다.

그녀는 며칠 동안 아파트에서 나오지 않았다. 두 번, 사피는 안셀 패커의 집 앞으로 운전해 가서는 차에 앉아 안의 움직임을 살폈다. 건강하지 못한 일이라는 걸 알고 있었다. 하지만 모레티에 대한 실망이 그녀의 확신을 더욱 굳혀 주었다.

그녀는 술집 안쪽에 앉아 있는 남자를 골랐다. 그는 자기가 맞은 행운에 눈을 빛내며 자신이 여행 중인 영업 사원이라고 했다. 이 동네에 며칠 동안만 머무를 것이라고 했다. *뭐를 파는데요?* 사피가 물었다. *낚싯대요.* 사피는 웨이트리스라고 말할 생각이었지만 그는 그렇게 묻지 않았다. 대신 이렇게 물었다. *아랍인인가요?* 그는 '아랍'을 길게 강조하면서 발음했다.

둘은 사피의 아파트로 갔고, 사피는 불을 켜지 않았다. 싱크대에 쌓여 있는 더러운 접시를 보고 싶지 않았고, 핏속을 흐르는 보드카 토닉에 계속 취해 있고 싶었다. 그녀는 영업 사원을 소파로 밀어붙이고 넥타이를 풀어 그의 목을 깨물었다. 그녀는 바지에서 발기한 그것을 꺼냈다. 그것은 뻣뻣했고 창밖의 가로등 불빛에서 아무것도 아닌 듯 보였다. 그녀는 그것을 입에 밀어넣었다. 소파 쿠션의 냄새가 느껴지자 욕지기가 났다. 그리고 그녀에게 어울리는 건 무엇인지 생각했다. 정의란 야망에 찬 개념이었다. 자신의 운명이 자신의 선택에 근거한다는 생각. 무언가를 위해 일하기도 하지만 스스로 그것을 망칠 수도 있다는 생각. 찰나의 순간 그녀는 그것을 물어뜯고 싶었지만 남자에서 나는 짠맛은 일종의 욕망처럼 느껴졌다. 사피는 청바지를 벗고 그를 안으로 들어오게 했다. 그는 낮게 신음했다. 그녀도 가르랑거렸다. 거의 느끼지는 못했다. 그가 숨을 헐떡이며 몰아쉴 때까지 그녀는 더 격렬히 움직였다. 그의 손가락이 젖꼭지를 비틀었다. 사피는 생각했다. *괜찮아.* 영업 사원이 안에 따뜻한 것을 뿜었다. 괜찮았다. 이것은 적어도 그녀가 원했던 것이었다. 사피는 엉망진창 속에서 사는 법을 알고 있었다.

크리스틴은 4월의 어느 일요일에 결혼했다.

사피는 자신의 돈으로는 살 수 없는, 비단으로 만든 보라색 드레스를 입고 미용실에서 온 크리스틴의 친구 셋과 함께 앞에 섰다. 아름다운 흰색 드레스를 입은 크리스틴의 척추는 매우 연약해 보였다. 사피는 거친 세상으로부터 그 척추를 꼭 안아 보호해 주고 싶었다. 크리스틴의 어깨 너머로 보이는 제이크는 천국을 앞에 둔 사람 같았다. 사피는 그를 믿어야 했다.

나쁜 사람은 아니긴 했다.

직장에 복귀했다. 겨울은 길고도 어두웠고, 모든 것이 달라졌다. 모레티는 냉담해졌고 사이는 멀어졌다. 범죄 현장에 갈 때면 여전히 커피 한 잔을 더 들고 와서 사피에게 주었고 여전히 조근조근한 목소리로 지시를 내렸지만, 전에는 없었던 차가운 벽이 생겨났다. 그 어느 때보다 다가갈 수 없었고, 알 수 없었고, 좇을 수 없었다. 대부분의 시간 사피는 그 사실에 상처받지 않기 위해 노력했다.

이지, 안젤라, 릴라 사건에 관한 재판이 곧이었고, 모두가 경찰이 질 것이라는 걸 알고 있었다. 그들이 체포한 노숙자는 새로 떠오른 부당한 유죄 판결 캠페인의 중심에 서 있었다. 위원회는 그의 보석금을 마련하고 비싼 변호사를 고용하기 위해 자금을 모았다. 체포할 때는 그렇게도 날카롭던 경감은 이에 대해서는 대비하지 않았다. 사건은 흔들렸고 증거는 더욱 흔들렸다. 사피는 그들이 틀렸다는 사실에 우울한 한편 다소 우쭐한 마음도 들었다. 배심원단도 알 것이다. 니콜라스 리처드는 결백했고 자유로워질 것이다.

바람에 크리스틴의 베일이 흩날리자 사피는 그때의 드라이빙이 떠올랐다. 아무에게도 말하지 않았었다. 긴 주말 동안 그녀는 안셀 패커의 집 앞에 차를 세우고 그에 대해서 뭔가를 알아내겠다는 한 가지 목적으로 버몬트로 가로질렀다. 사피는 그가 픽업트럭에서 식료품을 내리는 것을 보았고, 차고의 작업대 위로 몸을 숙이는 것을 보았고, 부엌 창문 앞에서 설거지

하는 것을 지켜보았다. 그것은 집착이나 중독에서 비롯된 게 아니었다. 안셀을 뒤쫓으며 보낸 시간이 그 두 가지 욕구를 충족시켜 주기는 했지만 말이다.

단지 시간문제였다. 사피는 알았다. 아무리 평범해 보이려고 해도 진짜 모습을 영원히 숨길 수 없으리란 걸. 진실은 결국 드러나게 마련이다.

"아플 때나 건강할 때나."

크리스틴이 말하고 있었다. 바람이 거세지면서 사피의 팔에 소름이 돋았다. 태양은 결혼식 하객들 위로 여전히 밝게 빛나고 있었지만 저 멀리서 폭풍이 몰려와 검은 구름들이 산 위를 맴도는 모습이 어렴풋이 보였다. 사피는 비가 오기를 바랐다.

오늘은 사랑에 관한 날이었지만, 사피는 항상 힘에 더 관심이 있었다. 그것의 어둡고 고동치는 심장. 힘은 부엌 싱크대에 부딪히는 그녀의 배지에서 나는 쨍그랑 소리였다. 힘은 그녀의 허리에 찬 총의 무게였다. 신랑과 신부가 입을 맞추고 저 멀리서 천둥이 울리는 소리가 들리며 바람이 묶어 올린 머리에 와 닿을 때, 사피는 자신의 안에 있는 나침반의 바늘이 어디를 향하고 있는지 궁금해졌다. 그녀를 이 길에 계속 머물게 할 것인지, 방황을 멈추게 할 것인지, 후퇴하게 할 것인지, 혹은 완전히 포기하게 할 것인지. 나침반이 없다는 것을 깨닫게 될까 봐 두려웠다. 그저 하루하루만이 있었고 그녀가 그 안에서 했던 선택들만이 있다면.

벽의 모든 금이여, 안녕. 도서관 책들이여, 안녕. 라디오여, 안녕. 변기의 시큼한 악취와 곰팡이들이여, 안녕. 안녕, 천장의 코끼리.

안녕, 오랜 친구.

당신은 수갑을 차기 위해 손을 뻗는다.

찰칵, 탁.

샤나는 사람들 뒤에 서 있다. 샤나는 신발을 보며 허리를 숙이고 있어서 눈이 보이지 않는다. 그녀는 배가 불뚝 나오고 얼굴이 창백한, 낯이 익은 경비원 두 명 사이에 서 있다. 그 둘 모두 당신을 배웅하기 위해 나왔다. 땅딸막한 경비원 한 명이 앞으로 걸어 나와 당신의 빨간 망사 가방을 어깨에 걸쳤다. 당신은 이론이 적힌 종이 더미를 침대 아래에 두고 왔는데 샤나가 나중에 그것을 가져오기로 했다. 샤나는 헌츠빌에 가서 그것을 복사할 것이다. 그다음 그것들을 뉴스 방송국, 토크쇼, 대형 출판사에 보낼 것이다.

다 챙겼나, 패커? 슬픔으로 늙은 듯한 소장이 물었다. 늘어진 아래턱의 연민. 그 안에서, 당신은 소장을 따라 이 콘크리트 길을 걸은 수백 명의 다른 남자들을 본다. 살인마, 소아성애자, 갱 단원, 음주 운전자들이 모두 뒤섞여 알아볼 수 없는 채로 이 15미터를 걷는다.

네, 준비됐습니다. 당신은 말한다.

그들이 하얗고 좁은 복도로 나오라고 하는 순간 당신은 마지막으로 샤나를 흘끗 쳐다본다. 그녀는 따라오지 못하지만 당신은 눈으로 말하려고 노력한다. 우리는 할 수 있어. 긴장감에 흐른 식은땀에 그녀의 피부가 반짝인다. 눈물 한 방울이 애처롭게 샤나의 뺨을 타고 흘러내린다. 제니와 수년간 연습한 덕에 당신은 어떤 표정을 지어야 그녀를 안심시킬 수 있는지 알고 있다. 어떻게 보여야 하는지 알고 있다. 사랑. 당신은 그 표정을 띠워 샤나에게 보인다. 샤나는 눈에 띄게 침착해진다.

당신이 복도에서 운명적인 걸음을 내딛는 동안 죄수들은 모두 침묵했다. 교도소의 전통이었다. 어색하고도 무서운 정적. 뿌연 유리창 너머로 보이는 엄숙한 얼굴들이 놀랍게 느껴진다. 작별 과정은 슬프고 정신적으로 불안한 듯했으며, 당신에게 이런 인사를 하는 것은 옳지 않게 여겨졌다. 당신은 그들을 안심시키고 싶다. 당신은 계획이 있다. 당신은 그들과 다르다.

철문을 통과하여 나온다. 금속 탐지기. 안내소.

휴.

바깥이다.

그동안 잊고 산 것들. 구름. 반쯤 잠에 든 듯이 느릿느릿 힘 없이 움직이는 솜사탕 덩어리. 체육관 천장을 통해서만 빛을 볼 수 있었기 때문에 이 질감과 느낌을 잊고 살았다. 햇빛에 타는 듯한 아스팔트의 냄새. 자동차 배기가스. 찌는 듯한 더위 속에서 주차장 반대편에 서 있는 나무들의 초록색 잎사귀는 거의 정지된 듯하다. 태양이 팔을 간지럽히는 듯한 이 느낌을 잊고 살았다. 소장이 앞으로 밀기 전, 당신은 멈춰서서 달콤한 숨을 깊게 들이마신다.

세상은 황홀하다. 마법과 같다. 그리고 이것은 곧 다시 당신의 것이 될 것이다.

철망 울타리 옆에서 밴이 기다리고 있다.

권력에 도취된, 멍청한 교도관들이 올 것이라고 생각했다. 그러나 수트를 입은 남자들 여섯 명이 보인다. 당신은 그중에서 선임 교도소장과 총경을 알아본다. 연방감찰국에서 파견한 보안관 한 무리에 둘러싸여 있다. 전투복을 입고 있는 거대한 남자들 몇몇은 돌격소총을 들고 있다. 샤나가 말했던 작은 권총, 그녀의 남편이 썼던 오래된 스미스 앤드 웨슨사의 리볼버 권총을 생각하자 속에서 뭔가 불편함이 솟아오른다.

당신은 사방이 포위된 채로 낮은 소리를 내는 차로 다가간다. 교도관이 문을 열자 몇 초간 완전한 공포가 당신을 집어 삼킨다. 앞 좌석 아래에 총이 기다리고 있을 것이다. 그들이 샤나가 약속한 그 자리, 운전석 바로 뒤의 먼 창문으로 당신을 밀어넣자 불안감은 쉽게 가라앉는다. 차 안에서는 고무장화와 오래된 비닐 냄새가 난다. 경찰관들과 같이 차에 탈 것이고, 장갑차들이 따라올 것이며 경찰차 행렬이 이어질 것을 알고 있었지만 이토록 위협적일 것이라곤 예상하지 못했다.

자갈 밟히는 소리. 밴이 주차장에서 출발하자, 당신은 길게 숨을 내뱉으며 운전석 아래로 발을 뻗는다. 샤나가 권총을 놓아둔 자리였다. 당신의 신발은 뭔가 딱딱한 것에 닿는다. 금속. 그러나 안심이 되지 않는다. 당신은 샤나의 얼굴을 떠올린다. 다른 사람의 시선을 의식하고는 홍조가 돌던 푸석한 얼굴. 그리고 당신은 깨닫는다. 이 계획이 완벽하지 않다는 사실을.

이건 계획이라고도 할 수 없다.

당신은 곧 강에 도착할 것이다. 고속도로를 타고 흩어진 집들과 마른 땅, 늪지대, 오래된 공장을 지나갈 것이다. 그리고 마침내 샘 휴스턴 기념비를 지나게 될 것이다. 그것이 신호다.

그때까지는 기다린다. 운전석의 창문이 약간 열려 있다. 밖에서 4월의 향기가 들어온다. 몇 센티미터밖에 되지 않는 틈으로 들어오는 만발한 여름꽃 향기. 매혹적이다. 상쾌하다.

향기가 당신을 과거로 이끈다.

세 번째 소녀는 두 번째 소녀 바로 다음에 왔다. 시험이었다. 그 여름의 무저갱.

당신은 혼자 바에 가서 콜라를 주문하고 사람들을 살펴보았다. 실망감이 어렴풋이 맴돌았다. 그 짜릿한 안도감을 다시는 느낄 수 없을지도 모른다고 생각했지만 한 번만이라도 더 시도해야만 했다. 폭력을 저지른 뒤에만 찾아오는 안도감이라는 게 몇 번밖에 오지 않는다는 사실이 무슨 의미인지는 중요하지 않았다. 선택이라기보다는 필요처럼 느껴졌다. 당신은 고요함을 쫓아가야 했다.

펑크 밴드의 연주, 신경을 긁으며 다른 모든 것들에 집중할 수 없도록 만드는 비명 소리, 열기와 땀에 젖어 춤을 추는 사람들. 그러다 고개를 흔들거리며 흡연 구역으로 통하는 옆문으로 빠져 나가는 누군가의 정수리가 보였을 때, 당신은 그녀를 쫓아 나가 담배 한 개비를 달라고 말을 걸었다. 세 번째 소녀는 어렴풋하게 낯이 익었다. 머리를 파랗게 염색하고 황소처럼 코에 고리를 달고 있었다. 나 기억 안 나? 그녀가 말했다. 그녀의 눈은 호기심과 장난기, 그리고 도전 정신으로 빛이 나고 있었다. 당신은 고개를 끄덕였다. 당신은 달려들었다.

귀를 멀게 할 정도로 시끄러운 음악이 바에서 흘러나오며 그녀의 거친 숨소리를 삼켰다. 그녀는 문에서 고작 몇 발자국 떨어진 자리에서 숨을 헐떡이고 있었다. 당신은 차라리 더 위험한 순간이 오기를 바랐을지도 모른다. 아마도 체포되기를. 그러나 아니었다. 마지막 소녀는 좋지 않은 선택이었다. 그녀는 눈 앞에 별이 보일 정도로 거세게 당신을 걷어차며 반격해왔다. 몸싸움, 날카로운 비명. 어느 순간 당신을 벽에 밀쳤다. 그러나 결국엔 당신이 더 컸다. 그녀의 목에 벨트를 휘감고 조르는 데까지 너무나 오랜 시간이 걸렸다. 그녀를 차에 끌고 가는 동안 당신은 누군가 볼까 봐 몸을 떨었다. 순전한 운이었다, 그런 사람이 아무도 없다는 사실은.

그녀의 축 늘어진, 쓸모없어진 몸에 흙을 덮으며 당신은 넓고도 난폭한 허무함을 느꼈다. 그녀는 죽었다. 당신도 마찬가지였다. 결국엔 아무것도 중요하지 않았다.

희미한 달빛 속에서 당신은 그녀의 손가락에서 빼낸 반지를 살펴보았다.

당신은 그 반지를 알고 있다. 미스 젬마의. 당신은 쿠키를 선물했을 때 문 뒤에서 소녀들이 어떻게 웃었는지 기억한다. 그때의 그 소녀가 당신 앞에 축 처져서 누워 있다는 사실이, 세상이 이런 식으로 당신에게 그녀를 돌려보내 주었다는 사실이 도무지 믿기지 않았다. 마치 부모님에게 따귀를 맞고 뭔가를 깨달은 느낌이었다. 지나간 세 명의 소녀를 떠올리며 당신은 그걸 되돌릴 수 있기를 바랐다.

그러지 말았어야 했다. 당신은 병적이었고 잘못됐다. 그리고 절망스럽게도 당신은 변하지 않았다.

보라색 자수정에 달빛이 부딪혀 튀어오르는 그 순간 당신의 이론은 한결 거대하게 자라며 진실이 되었다. 당신은 가장 사악한 일도 할 수 있었다. 어려운 게 아니었다, 악해지는 일은.

악이라는 건 확실히 보이거나 손에 잡히거나 안아서 어를 수 있거나 쫓아낼 수 있는 게 아니다. 그것은 이 세상 모든 것의 구석진 자리에 교활하고도 은밀하게 숨어 있다.

모든 일을 끝낸 후 당신은 나무 덤불을 헤치며 걸어갔다. 차에 타니 손이 미친 듯이 떨렸고 주머니 속의 반지가 가시처럼 허벅지를 찔렀다. 새벽 4시, 고속도로를 달리는 당신의 뺨에 분노의 눈물이 흘러내렸다. 당신은 체념한 채 병원으로 향했다.

당신은 이런 이야기를 한 번도 한 적이 없다. 이게 어디서부터 시작되었는지도 모른다. 아마도 미스 젬마의 텔레비전 불빛 아래에서 웃으며 놀던 그 작은 여자아이의 미소에서부터 시작되었는지도 모르겠다. 아니면 더 이상 그 일이 좋게 느껴지지 않았기 때문일지도 모른다. 좋지도 않았는데 왜 그들을 죽였는지 모르겠다.

당신은 응급실 앞에서 시동을 켜 둔 채 차에서 내렸다. 병원은 밝게 빛이 나고 있었고, 하얀색과 푸른색으로 가득했으며, 당신을 주눅들게 만들었고 전혀 도움이 될 것 같지 않았다. 당신은 밝은 빛 속으로 기절할 듯 걸어갔다. 흙투성이 몸을 떨고 있으며, 눈에 멍이 들어 보라색으로 부풀어 오른 당신이 어떻게 보일지 알고 있었다.

도와 드릴까요? 접수대의 여자가 말했다. 대기실은 텅 비어 있었고 라텍스와 소독약 냄새가 났다.

제발요.

당신은 속삭이듯 말했다.

네?

제발요. 전 이렇게 되고 싶지는 않아요.

여자는 서 있었다. 그녀는 웃고 있는 곰돌이가 그려진 파스텔 톤의 가운을 입고 있었다. 당신이 지금까지 알아 왔던 사람들, 사회복지사, 위탁 가정의 보호자들, 걱정하는 교사들처럼 그녀도 혼란스럽고도 약간은 불안하며 당신을 바라보고 있었다. 그때 당신은 깨달았다. 누군가 도움을 줄 수 있는 일이었다면, 오래전에 당신은 그 도움을 받았을 것이다. 응급실의 미닫이문으로 나오며 당신은 그간의 삶에서 유일했던 진실이 무시할 수 없이 가슴속에서 솟아오르는 것을 느꼈다. 당신은 구제불능이었다. 도울 수 없었다. 당신은 타고난 대로의 짐승, 그 이상이 될 수 없었다.

산들바람이 당신을 깨운다. 밴의 창문을 통해 바람이 얼굴에 부딪힌다. 기억에서 깨어나 보니 이미 호수를 지났으며 헌츠빌 경계를 넘어 샘 휴스턴 기념비가 멀리서 우뚝 솟아 있는 것이 보였다. 샤나의 신호다. 밴이 속도를 내며 가까워지자 거대한 대리석 조각상이 모습을 드러낸다.

이 순간 당밀에 가라앉는 듯 세상이 느려지는 듯하다. 이 순간이 중요하게 여기는 마음이 고스란히 불안한 긴장으로 치환된다. 귀가 울리고 피가 솟구치며 몸을 북처럼 울린다.

미래가 앞에 펼쳐진다. 무서울 것이다, 도망가는 것 말이다.

흥분되고 위험하고 배고프고 힘든 일이 될 것이다. 가장 기본적인 생존 이상의 계획은 없다. 배수관에 숨을 것이다. 기차칸 지붕 위로 올라갈 것이다. 블루하우스를 다시 볼 수 없다고 하더라도, 그 장소가 존재한다는 사실만으로도 당신은 앞으로 나아갈 수 있다. 그것은 표지이자, 선언이다. 당신이 더 나은 일을 할 수도 있다는. 당신이 살아갈 수 있다는.

때가 됐다.

1초가 영원처럼 느껴진다. 몇 년간의 기다림과 몇 주간의 계획이 이 3초 안에 모두 수렴된다. 당신은 수갑을 차고 움직일 수 있는 한 최대한 멀리 몸을 기울여 운전석 아래 한 발을 뻗는다. 당신의 발이 금속에 닿는다.

끌어당긴다. 가능한 세계.

나온 것은 권총이 아니다. 총이 아니다. 부서진 자동차 배터리 충전용 케이블의 금속 끝부분이다.

정말로 내가 했다면 어떨 것 같아?

어젯밤 당신은 뿌연 유리에 이마를 대고 샤나에게 물었다.

뭘 했는데?

알잖아. 그들이 내가 했다고 말하는 모든 것.

왜? 당신이 왜 그렇게 끔찍한 짓을 했겠어?

난 하지 않았어. 하지만 내가 했다면. 그랬다고 친다면. 그래도 나를 사랑할 거야?

당신에게는 확신이 있었다. 샤나가 충분히 당신의 편이며, 그 가능성에 대비되어 있었다고 믿었다. 비록 지금까지는 착각이라고 치부해 왔겠지만 저 깊은 곳에서 그녀는 이미 진실을 깨닫고 있었다. 그녀의 눈에 어린 역겨움에 한 대 맞은 듯했다. 낯설게 느껴지는 의심과 그에 섞인 매료된 듯한 혐오감. 잘 보이려는 듯한 샤나의 웃음, 그녀가 수줍게 드러내는 열망에 당신은 확신이 있었다. 쉽게 '응.'이라고 말할 것이라는 확신이 있었다.

내가 한 짓은 아니야, 물론. 당신은 지나치게 빠르게 말했다.

긴 침묵이 이어졌다. 당신은 잠시 궁금했다. 모든 걸 망친 걸까. 샤나에게 들였던 공이 이 사소한 실수로 헛수고가 된 걸까. 돌이키려고 했지만 그녀의 얼굴은 이미 부서지고 있었다.

당신은 서둘러서 말했다. 다 내 이론에 있는 얘기야. 그걸 읽으면 알 수 있을 거야. 선과 악이라는 건 그냥 우리가 스스로에게 하는 말일 뿐이야. 살아 있는 걸 정당화하기 위해서 만들어 낸 이야기. 완전히 선한 사람은 없어, 완전히 나쁜 사람도 없고. 모든 사람이 계속 살아 나갈 기회를 가질 자격이 있지. 그렇게 생각 안 해?

형광등은 눈이 부시도록 희었다. 샤나의 입 주변의 여드름은 꼭 멍처럼 보였다.

그녀는 더듬거리며 자리를 떴다. 가야 해. 아침에 대답할게.

당신이 갑자기 앞으로 달려들자 경찰관들이 깜짝 놀라 총을 뽑아 들고 위협한다. 당신은 자동차 배터리 충전용 케이블을 바라본다. 금속은 녹이 슬었고 전선은 피복이 벗겨졌다.

무슨 일이 일어났는지 당신은 이제 안다.

당신은 창문에 머리를 박을 수 있다. 다리를 뻗어 운전석을 발로 찰 수도 있다. 소리를 지르며 계획했던 것을 요구할 수 있다. 수갑을 채운 손을 뻗어 충전용 케이블을 집어들 수도 있다. 진실이란 항상 압도적이며, 믿기 힘든 사실이다. 당신은 약 81킬로그램의 살덩이이며, 수갑을 찬 채로 자동차 시트에 앉아 있고, 훈련을 받은 무장한 경찰관 다섯 명에게 둘러싸여 있다. 당신은 샤나를 신뢰했다. 그녀를 심각하게 과대평가했다. 샤나는 당신이 여자에 대해서 지금껏 알아낸 단 한 가지의 사실을 증명해 주었다.

여자들은 항상 당신을 혼자 두고 떠난다.

삼나무에게 말을 걸면, 이따금 그들이 답을 해 온다.

나무에게는 특별한 언어가 있다. 은밀한 이해. 그 소리는 아침 일찍 가장 잘 들렸다. 안개가 바스락거리는 나뭇잎 사이로 내려앉고, 아직 밤의 향기가 빠져나가지 않은 삼나무의 껍질 사이에서 피어오르는 향을 맡을 수 있을 때였다.

라벤더는 신을 믿지는 않았지만 시간을 믿었다. 라벤더는 지난 23년간 매일 아침 이곳에 왔고 나무들은 그녀의 성장을 지켜보았다. 나무들은 더러운 청바지를 입고 방황하던 어린 라벤더를 반겨 주었고, 이제는 마흔여섯 살이 되어 완전히 다른 사람이 된 라벤더를 달래 주었다. 삼나무 사이로 부는 산들바람과 높은 산이 내쉬는 한숨의 향기는 항상 그녀를 농가 뒤의 테라스로 데려갔다. 때로 라벤더는 아기의 우윳빛 숨결, 오므린 작은 입술, 휘젓는 작은 손의 냄새를 느꼈다. 그런 순간이면 그녀는 나무껍질에 이마를 대고 기도했다.

라벤더는 어스름한 아침 길을 걸었다. 그녀는 스프러스(가문비나무―옮긴이) 건물을 지나 차례로 아스펜(사시나무―옮긴이), 매그놀리아(목련―옮긴이), 페른(고사리―옮긴이)을 지났다. 안채인 세쿼이아는 언덕 꼭대기 높이 솟아 있었다. 부엌 한가운데에서 불빛이 새어 나오고 있었는데, 이미 선샤인이 흙터투성이 붉은 손가락으로 반죽을 하며 그날의 빵을 만들고 있었다. 그녀는 하얀 유령처럼 펄럭이는 빨랫줄을 지나치고 마구간에서 꿈을 꾸는 말들을 지나쳤다. 숲으로 들어서자 라벤더는 그룹 워크샵에서 배운 것을 떠올리며 호흡에 집중했다. 신선하고도 차가운 공기가 코를 타고 올라와 뿌연 머릿속을 밝혔다.

공터에 도착한 라벤더는 한 나무 밑둥에 무릎을 꿇고 앉았다.

세쿼이아덴드론 기간테움, 너무 거대하고 그 누구도 존재를 위협할 수 없는 삼나무. 부러진 나무에 이마를 대자 거대한 관대함이 그녀를 압도했다. 나무는 그녀에게 사랑을 돌려주었다. 그리고 라벤더는 그것을 당연하게 여기지 않는다.

하지만 오늘은 묻고 싶었다. 바로 오늘, 그녀는 조니와 농가와 아이들을 생각했다. 수십 년 전에 지나간 일이었으나 여전히 뼈에 사무쳤다. 나뭇잎 사이로 산들바람이 한숨을 내쉬듯 지나갔고 라벤더는 비밀을 속삭이듯이 숨겨 두었던 질문을 꺼냈다.

내가 무슨 짓을 한 걸까?

나무는 절망에 결코 대답하지 않는다. 라벤더가 입술을 나무껍질에 대자 수액이 스며들었다.

계곡으로 돌아왔을 때쯤에는 완전히 떠오른 해가 언덕을 우 윳빛이 도는 주황색으로 물들이고 있었다. 위엄 있는 녹빛으로 우거진 젠틀 밸리가 발밑에 펼쳐졌다. 채소밭과 과수원이 규칙적이면서도 혼란스럽게 들판의 중앙을 가로지르고 있었다. 여자들은 일어나 있었다. 세쿼이아의 굴뚝에서 김이 솟아올랐고 라벤더의 귀에 아침 식사 접시가 부딪히는 소리와 여자들의 웃음소리가 들렸다.

삼나무 숲에 다녀올 때면 종종 작아지는 느낌이 들었다. 유한하고 어설픈 존재. 언제나 실망스러웠다, 태양이 항상 떠오르듯이 진실 또한 그렇다는 사실은. 아무리 먼 곳으로 떠나든 안도감에 굶주린 농가의 소녀가 희미한 그림자처럼 뒤를 따라다니는 것 같았다.

그러나 그녀는 답을 찾을 것이다. 그녀는 샌프란시스코로 갈 것이다. 오늘, 그녀는 그 소녀가 무엇을 만들어 냈는지 알아낼 것이다.

라벤더가 짐을 싸는 동안 하모니가 옆에 앉아 있었다.

"불안해도 괜찮아."

하모니는 그룹 상담에서처럼 일부러 부드럽게 낸 목소리로 말했다. 술에 취했을 때 하모니는 완전히 다른 사람 같은 목소리를 냈는데, 두고 떠나온 세계에 대한 사랑에 불타오르는 듯했다. 비명 같이 날카로운 콧소리, 콧방귀를 뀌는 듯한 웃음소리. 꿀처럼 달콤하고 평온한 지금의 목소리와는 너무나 달랐다. 공동체의 체계를 만들기 위한 정치적 분쟁을 수없이 겪은 끝에 하모니는 지도자로 선출되었는데, 그녀는 자신을 증명하기 위해 필사적으로 노력하는 듯했다.

"정말 운전해도 괜찮겠어?"

라벤더가 이것을 묻는 것은 이번이 세 번째였다.

쓸모없는 질문이었다. 하모니는 물러서지 않았다. 여자들은 라벤더의 여정을 위해 밴을 차출하기로 투표했으며, 하모니는 선교지의 친구에게 하룻밤 재워 달라고 이미 말을 해 둔 상태였다. 시내까지는 차로 3시간 거리였지만, 지난 20년 동안 라벤더는 선샤인과 함께 멘도시노에 가서 철물점, 도매 시장, 은행에 들르는 것 외에는 젠틀 밸리를 벗어난 적이 거의 없었다.

라벤더는 발삼나무로 만든 주머니를 더플백에 집어 넣었다. 하모니는 뭉친 양말 한 켤레를 건네며 동정 어린 표정을 지어 보였다.

여자들에게 이야기를 한 이후 모든 것이 달라졌다. 6개월 전 밤늦게까지 이어진 집단 치료에서 라벤더는 진실을 털어 놓았다. 그녀의 모든 이야기를. 오랫동안 비밀을 꽁꽁 숨기고 있었기 때문에 차라리 제명되는 쪽이 마음이 편할 것 같았다. 그러나 지금까지 노력한 결과라고는 오직 쉽사리 느껴지는 고통, 뱃속 깊은 곳에 자리잡은 불안, 그녀를 위축시키는 독과 같은 무엇인가뿐이었다. 발버둥치는 바이러스가 이제는 몸 안에 사는 것 같았다. 여행에 대한 이야기가 나오자, 라벤더는 모든 것을 말했다는 사실이 후회스러웠다. 물론 여자들이 그녀가 낫기를 바라며 깊게 생각해 주고 많이 노력하며, 라벤더를 지지해 준다는 사실이 고맙기는 했다. 하지만 감사하는 마음이 불안을 가볍게 만든 건 아니었다. 우리는 네 중심을 찾는 일을 돕고 싶어. 하모니가 말하자 바닥에 빙 둘러앉아 있던 모두가 고개를 끄덕였다. 우리를 망가뜨린 것을 직면하기 전까지 우리는 온전할 수 없어. 주니퍼조차도 그 뒤에서 그을리고 주름진 얼굴을 끄덕였다. 그래서 라벤더는 그들이 사립 탐정을 고용하고 이메일을 보내고 그녀 대신 답을 써도 항의하지 않았다. 시간이 되었어. 악마와 대면할 시간. 하모니가 말했다.

라벤더는 악마에 대해서 배웠던 것에 대해 말해 주고 싶었다. 때때로 그들은 결코 악마가 아니었다. 그건 단지 그녀가 태양으로부터 숨기고 있던 자신의 비뚤어진 일부분이었을 뿐이다.

라벤더는 23년 전에 젠틀 밸리를 찾아왔다.

그녀는 해안을 따라 이동하는 버스를 타고 있었다. 길가에 있는 표지판이 순간 눈에 들어왔다. 원시적이며 친근해 보이는 표지판에는 손가락으로 쓴 글씨들이 환한 꽃으로 장식되어 있었다. 빨간색과 노란색으로 쓰인 필기체에는 직관적으로 느껴지는 여성다운 무엇인가가 있었다. 활기찬 어떤 것. 라벤더는 일어나 버스 운전사에게 차를 세워 달라고 했다.

그녀는 2년간 샌디에이고에 있었다. 1977년부터 1979년까지. 희미한 초록빛 조명에 잠긴 모텔방, 고속도로 아래의 야영지, 썩은 이를 드러내며 미소짓는 남자들, 사막을 건너겠다고 차를 태워 달라며 엄지를 올리는 사람들이 있었다. 라벤더는 주와 주 경계에 있는 클럽에서 짧게 일을 하고 있었다. 금색 비키니 차림으로 무대 위를 느리게 걸으며 그녀가 패트리샤 허스트와 닮았다는 트럭 운전사들을 홀렸다. 모든 고속도로의 모든 모퉁이에서 그녀는 줄리를 찾았다. 종종 먼 거리에서 줄리가 보이곤 했다. 커피숍 창가에서 웃고 있는 여자, 헝클어진 긴 머리를 휘날리며 픽업트럭에 앉아 그녀를 지나치는 누군가. 라벤더는 결코 친구를 찾지 못했지만, 절대 틀리지 않는 놀라운 감각을 발휘하며 몇 년 간 도로 위에서 앞으로 나아갔다. 줄리가 먼저 살아갔다는 것을 알고 있었으므로 세상은 견딜 만한 것으로 느껴졌다.

남자들이 있었다. 문신을 한 남자들, 머리를 길게 길러 하나로 묶은 남자들, 베트남에서 막 돌아와 눈에 생기를 잃은 남자들이. 라벤더에게는 놀랍게도 여자들 또한 있었다. 클럽에서의 또 다른 댄서였는데, 그녀의 손가락이 라벤더의 치마 밑으로 미끄러질 때면 마치 꿀처럼 달콤했다. 미술을 전공한 학생인, 아픈 어머니의 병원비를 대기 위해 춤을 추는, 레드 제플린을 사랑하는, 아파트를 온통 화분으로 채운 그녀와 황홀한 몇 달을 보냈다. *그래서 넌 진짜로는 어떤 사람인데?* 어느 날 아침, 그녀가 라벤더의 맨 엉덩이를 엄지로 문지르며 물은 적이 있다. 라벤더는 그녀가 답을 원한다는 사실을 알고 있었다. 레즈비언, 바이섹슈얼, 둘 다 아니거나 혹은 둘 다이거나. 하지만 그녀는 어깨만 으쓱했다. 대부분 그녀는 자기 자신이 인간인 것처럼 느껴지지도 않았다.

그 댄서가 공동체에 대해 이야기해 주었다. *해안을 따라 여행하다 보면 찾을 수 있을 거야.* 그 지역에는 젠틀 밸리와 같이 자급자족하는 농가들, 치유와 공생을 보장하는 안식처들이 곳곳에 자리하고 있었다. 라벤더가 방랑하거나 사이비 종교 단체 같은 곳에 빠져들지 않은 것은 순전한 운이었다. 지난 20년 동안 거의 대부분은 내부에서부터 붕괴되었다. 리더십 결함. 남자들의 허영심. 라벤더는 여러 공동체를 찾았지만 그중에서도 젠틀 밸리에 멈춘 것은 바보 같으면서도 아름다운 행운이었다. 두 명의 심리학자, 주니퍼와 로즈가 설립한 공동체로 서른 명의 여성으로 시작해서 그 이후 예순 명의 여성으로까지 성장했다. 그들이 세운 공동체의 목표는 제2물결 페미니즘(약 1960년대에서부터 80년대 사이에 유행한 페미니즘으로, 사회 전반에 걸친 불평등에 반발했다—옮긴이)과 살짝 노선을 같이하는 것으로 가부장제와 그에 수반한 여러 장치를 해체하고 트라우마를 가진 여성들의 행동 치료에 집중하는 소규모 공동체였다. 로즈는 이미 세상을 떠났지만 주니퍼는 여전히 세쿼이아 건물에서 치료 모임을 운영하고 있었다. 젠틀 밸리의 여성들은 이 땅에서 모든 것을 자급자족했고 자연 소재로 만든 해먹을 전국의 건강 제품 판매점이나 잡화점에 팔아 수입을 보충했다. 라벤더는 부정할 수 없을 정도로 호소력 있는 젠틀 밸리의 좌우

명을 사랑했다. 눈을 크게 뜨고 마음을 열라.

가끔은 여전히 남자들이 그리웠다. 그들의 거침. 그들의 괴팍함. 주니퍼는 종종 형제나 아들, 또는 남편이 잠시 머물다 가는 일을 허락했지만 그 산은 여자들의 것이라는 사실을 분명히 했다. 그런 기간이면 에너지가 이동하며 긴장감이 느껴졌다. 라벤더는 종종 그 질문에 대해서 생각했다. *그래서 넌 진짜로는 어떤 사람인데?* 그녀가 젠틀 밸리를 좋아하는 이유는 이곳에서 그런 것은 중요하지 않기 때문이었다.

23년 전 그날, 라벤더는 엔진이 우는 버스에서 내려 계곡으로 이어지는 자갈길로 들어섰다. 태양 전지 패널로 지붕이 뒤덮여 번쩍이는 조각상 같던 세쿼이아를 처음으로 보았을 때, 피로로 몸이 불타는 듯했던 라벤더는 그 장소에서 느껴지는 자연의 완벽함에 경외심을 느꼈다. 거대하고 바람에 흔들리는 나무들은 파수꾼 같았다. 신선한 풀과 야생화의 향기. 라벤더는 한 손에는 소지품이 담긴 작은 더플백을, 다른 한 손으로는 배를 움켜 쥐었다. 몸은 결코 예전 모습으로 돌아가지 않았다. 그녀가 어디에 있었고 무엇을 남겨 두고 왔는지를 끊임없이 상기시키듯 주름이 지고 접혀 있었다. 과거의 삶을 증거하는, 배에 있는 한 줌 살점을 움켜쥐고, 그녀는 먼지 속으로 걸어 나갔다.

라벤더는 밴의 앞좌석에 안전벨트를 매고 앉았다. 상담소에서 나온 여자들이 계곡 길을 따라 줄을 서 있었다. 그들은 한 명씩 다가와 열린 창문 너머로 시를 읊었다. 레몬은 릴케를, 브룩은 예이츠를, 포니는 조니 미첼을 읊었다. 바깥 세상을 마주하자 라벤더는 집에서 만든 옷을 입고 머리를 똑같이 깎아 빳빳한 그루터기만 남은 채로 줄을 서 있는 그들이 얼마나 이상하게 보이는지를 생각하게 되었다. (주니퍼는 그들이 여성스럽지 않은 모습도 포용하기를 권했다.) 선샤인의 차례가 되자 그녀는 라벤더의 손가락을 펴 작은 조각상을 쥐여 주었다. 선샤인이 침대 옆 탁자에 두었던 행운의 부처상이었다.

맑고 구름 한 점 없는 날씨였다. 완벽한 캘리포니아의 가을. 긴 비포장도로를 따라 하모니가 밴을 운전하는 동안 라벤더는 반투명한 옥으로 만든 부처상을 보았다. 손안의 부처상은 볼품없었고, 감상적이며 작게 보였다. 그녀는 조각상을 셔츠 주머니에 넣은 다음 서류철 가장자리를 매만지며 떨리는 숨을 내쉬었다.

그걸 열 필요는 없었다. 내용을 거의 다 기억하고 있었다. 답답한 밴 안에서 그것은 위로가 되었다. 마음에 새겨 둔 보고서들, 의식하지도 못하고 외운 전화번호들, 세쿼이아의 사무실에서 쓰느라 고생했던 이메일들의 복사본들. 그것들은 이제 끝이 났고, 무릎에 놓인 서류철을 만지작거리자 라벤더는 토할 것만 같았다. 그녀는 자제력을 잃고 있었다. 그녀는 이런 걸 원하지 않았다. 그녀는 여자들의 친절함이 모든 걸 가리도록 두었고, 이제는 그녀의 악몽으로 다시 향하고 있었다.

그래도, 이름은 있었다. 이름을 들은 순간 라벤더는 그녀가 결코 그 이름을 잊지 못하리라는 사실을 알았다.

엘리스 해리슨.

가장 최악의 상황은 뭐야? 사립 탐정을 고용하자고 라벤더를 설득할 때, 하모니가 물었다. *네가 생각할 때 가장 최악의 상황은 어떤 거야?*

라벤더는 아이들이 행복하게 살고 있다고 상상하고자 했다. 아들들이 세상에서 자신만의 방식으로 살아가고 있다고, 모두 편안하고 만족스럽다고. 그게 그녀가 할 수 있는 전부였다. 그녀가 고립된 젠틀 밸리에서 자기 자신을 그토록이나 강하게 스스로를 감쌌던 이유였다. 이곳에서는 내다볼 필요가 없었다. 그녀가 다른 사람일 때, 특히나 어린 시절에 내렸던 선택들이 어떻게 긴 촉수를 뻗었는지를, 그것들이 만들어 냈을지도 모르는 수많은 현실들에 대하여 궁금해할 필요가 없었다.

사립 탐정은 아기 패커를 먼저 찾아냈다.

기록이 있어 찾기 쉬웠다. 아이는 1977년, 병원에 입원한 지 불과 며칠 만에 입양되었다. 영양실조를 앓고 있던 2개월 된 아기였다. 아직도 눈을 감으면 농가에서의 마지막 날, 바닥에 누워 뇌성마비에 걸린 듯이 어린 팔다리를 꿈틀거리던 아기의 모습이 떠올랐다.

셰릴과 대니 해니슨은 규정에 맞추어 적절히 서류를 작성했으며, 그것이 주 기록에 남아 있었다. 그들은 아기 패커에게 빳빳한 새 이름을 지어 주었다. 엘리스. 사립 탐정에 따르면, 엘리스 해리슨은 뉴욕에서 살고 있지 않지만 그래도 그곳에서 자랐다고 한다. 스물네 살 난 남자의 모습에서 깡마른 아이의 모습을 찾아내려고 애쓰는 동안, 라벤더는 느리면서도 세게 뛰는 가슴이 곧 폭발해 버리는 게 아닐지 궁금했다.

안셀은요? 라벤더가 조심스럽게 물었다.

안셀은 이제 스물아홉 살이 되었을 것이다. 탐정은 그가 버몬트의 작은 마을에 살고 있다고 했다. 대학에서 철학을 공부했고 지금은 가구점에서 일하고 있다. 라벤더는 자랑스럽게 웃었다. 대학이라니. 그럼 그렇지. 그 애는 정말 똑똑한 아이였다. 하모니는 접힌 종이에 안셀의 주소를 인쇄했는데, 라벤더는 그걸 일부러 서랍장 뒤쪽의 먼지 쌓인 틈새로 슬쩍 흘려 버렸다.

이후 몇 주 동안 여자들은 상담 시간에 라벤더의 선택에 대해 논의했다. 하모니는 안셀에게 편지를 써 보라고 권했다. 항상 마음속에서는 편지를 쓰고 있지 않았냐면서. 그러나 실제로도 편지를 쓸 것 같지는 않았다. 그들은 아이들을 다시 만난다는 생각에 불안감에 휩싸인 라벤더가 누워서 쉴 수 있도록 세션을 일찍 끝내기도 했다.

특히나 안셀. 안셀은 기억할 것이다.

그들은 타협안을 찾았다. 가장 먼 지점에서부터 시작하자는 것이었다. 라벤더가 완전히 무너지지 않을 만한 거리에서 정보를 수집하며 연락해 보는 것으로.

셰릴 해리슨은 그녀와 하모니가 보낸 편지에 답장을 보냈다. *라벤더에게. 연락을 주셔서 감사합니다. 다음 달에 샌프란시스코에서 사진 전시회를 열 예정입니다. 그때 만날 수 있을까요? 당신이 무엇을 원하는지, 또 제가 도울 수 있을지는 모르겠지만, 이야기할 수 있는 것만으로도 기쁩니다. 갤러리에 오신다면 제 비서가 도와 드릴 겁니다. 그럼 이만. 셰릴로부터.*

밴이 고속도로로 들어서자 라벤더는 조니를 생각했다. 조니의 유령은 그녀의 어깨 위에 앉아 악마처럼 끊임없이 속삭였다. 오랜 세월이 지난 지금까지도 끈질겼다. *제길, 라벤더. 끔찍한 생각을 하고 있군.*

탐정은 나중에 생각난 듯이 보고서 맨 끝에 덧붙였다. 조니는 죽었다고. 농가로 돌아가지 않고 아동 보호 서비스를 피해 다니다가 남쪽으로 1시간 거리에 있는 가난하고 보수적인 시골 마을에서 남은 여생을 보냈다. 15년 전, 그는 술에 취해 고속도로를 운전하다 트럭과 충돌해 차가 폭발하면서 목숨을 잃었다.

이제 조니를 떠올리면 불길만이 눈앞에 보였다.

앞에 나타난 도시는 불안해 보였다. 안개 너머로 고층 건물들이 드러나자 하모니는 라디오에서 나오는 음악을 따라 흥얼거렸다. 너무 긴장한 라벤더는 손바닥에 자국이 날 정도로 세게 선샤인이 준 부처상을 잡았다. 이 짧은 생에서 그녀는 너무도 다양한 삶을 살았다. 농가의 소녀가 이렇게 성숙한 사람이 되었다는 것이 놀라웠다. 라벤더는 명상법을 배웠다. 물구나무서기도 할 수 있었다. 예순 명 분량의 사과 파이도 구울 수 있었다. 젠틀 밸리의 리듬에 맞추어 다른 여자들의 따뜻함을 느끼며 자신을 보호할 수 있었다. 치료 모임과 저녁 시간의 시 낭독, 정원에서 보내는 오후. 바깥 세상의 뾰족함은 거의 잊었다. 작년에는 신문을 읽는 것도 멈췄다. 911 테러는 너무나도 날것이었으며 너무나도 비참했다. 흐린 하늘 저 멀리서 샌프란시스코가 위협적으로 빛나며 모습을 드러냈다. 무게가 없는 몸이 우주를 떠도는 듯 붕 뜬 느낌이 들었다. 라벤더는 이제는 다른 우주에 속한 사람처럼 느껴지는, 젖가슴이 붇은 채로 몇 달 동안 혼자 떠돌아 다니던 스물한 살의 소녀를 떠올리려고 노력했다. 언젠가 자신을 이해하는 유일한 사람인 선샤인에게 이렇게 말한 적도 있다. *때론 내가 탈피를 한 것 같아. 가끔은 내 피부 조각을 찾느라고 바닥에 바싹 엎드려 있는 느낌이 들어.*

선샤인은 임신한 채로 젠틀 밸리에 왔다. 그녀의 손은 화상으로 물집이 잡혀 벌겠으며 한 달 동안 말하는 것을 거부했다. 단 한 마디도. 라벤더가 그곳에 온 지 1년 가까이 되었을 무렵이었다. 선샤인의 무거운 발걸음을 보며 그녀는 본능적으로 뭔가를 알아차렸다.

몇 달 후 선샤인의 아기가 태어났다. 라벤더는 당연하다는 듯 대모가 되었다. 선샤인이 숨을 헐떡이자 간호사가 찬물에 적신 수건을 이마에 대 주었다. 이름을 지어 줘야 했지만 그녀는 언제나처럼 말이 없었다. 선샤인이 아기를 건네주자 라벤더는 사랑으로 몸이 떨렸다. 충격적이고도 익숙한 그 느낌이 너무나 강력해 울음이 터질 것 같았다. 젠틀 밸리의 여자들은 모두 꽃, 나무, 색깔에서 이름을 따왔다. 하지만 붉고 얇은 피부의 아기를 살펴보는 동안 누군가가 떠올랐다. 라벤더가 지금 서 있고 살아 있는 이유는 그녀의 손 안에서 뛰는 이 작은 심장이었다.

미니. 라벤더는 몇 년 전 편의점에서 만났던 여자를 떠올리며 말했다. 선샤인은 동의한다는 뜻으로 고개를 끄덕였다. 미니라고 부르자.

대모로서 라벤더는 아이를 지켜보았다. 미니는 울기만 하던 아기에서 무릎이 시커매지도록 뛰어다니는 여덟 살이 되었고, 머리를 자르기 싫다며 뚱해지는 10대가 되었다. 마침내는 어느 날 아침 가방을 챙겨 계곡을 떠난 젊은 여성이 되었다. 미니가 가 버린 후 라벤더는 며칠 동안이나 선샤인과 팔짱을 끼고 신발 안에 흙과 나뭇잎이 잔뜩 들어가도록 싸늘한 숲길을 걸어 다녔다.

그러니까 선샤인은 시간이 칼이 될 수 있다는 것을 알았다. 이미 꽂힌 채로 누군가 비틀기를 기다리고 있는 칼. 붐비는 도시로 밴이 들어서자 라벤더는 뒷좌석에 선샤인이 앉아 있다고 상상하며 떨리는 손으로 손바닥의 부처상을 쓸었다. 선샤인은 뾰족뾰족한 머리를 흔들며, 그저 순수하게 궁금해하며, 그 어떤 판단도 내리지 않고 물을 것이다. *왜 그 애들에게 돌아가지 않았어?*

"준비됐어?"

하모니가 물었다.

그들은 커피숍 앞에서 셰릴을 기다리고 있었다. 갤러리는 길 건너에 있었고 오프닝 행사가 시작되려면 1시간이 넘게 남아 있었지만 거리는 이미 기대감으로 붐비고 있었다.

"사실 아직."

라벤더가 말했다.

"괜찮을 거야."

하지만 그렇게 말하는 하모니의 목소리는 떨리고 자신감이 없었다.

"나는 디나네 집에 가 있을게. 여기서 몇 블록 떨어져 있어. 너는 강해, 라벤더. 놀라울 정도로."

하모니가 하는 상투적인 말을 라벤더는 참을 수 없었다. 그녀는 가방을 쥐고 백미러로 이빨을 확인한 후 문을 열었다. 바싹 깎았지만 머리가 떡이 진 것 같았고 긴장으로 흘린 땀에 셔츠가 젖었다가 마르는 바람에 춥게 느껴졌다. 카디건을 가져오긴 했지만 낮고 밝은 건물 사이로 불어오는 바닷바람을 감당하기에는 부족했다. 아드레날린이 몸에 솟구치는 것을 느끼며 라벤더는 아무 말 없이 차에서 내렸다.

이 도시는 괴물이었다. 그녀는 그 괴물의 입 안으로 발을 내디뎠다.

창턱마다 다육식물이 놓여 있는 커피숍은 젊고 트렌디한 분위기였다. 라벤더가 녹차를 주문하자 바리스타가 그녀의 생김새를 살폈다. 짧은 머리, 구슬 귀걸이, 흙투성이 신발. 라벤더는 주변을 둘러보며 서툴게 돈을 내밀었는데, 팁으로 내기에는 지나치게 많은 돈이었다. 몇몇 테이블은 책을 읽거나 조용히 대화를 나누는 세련된 젊은이들이 차지하고 있었다. 목이 메이는 듯했다. 불안했고 모든 게 후회스러웠다. 그녀 또래의 여자는 구석 테이블에 앉아 있는 단 한 명뿐이었다.

셰릴 해리슨이다.

그녀가 손을 흔들며 일어서자 라벤더는 셰릴이 키가 크다는 것을 알았다. 거의 180센티미터는 되어 보였다. 매듭진 스카프 아래로 밤색의 머리를 우아하게 묶었고, 팔꿈치 부분이 부푼 드레스에 섬세한 링 귀걸이를 하고 있는 그녀를 보자 라벤더는 충격을 받았다. 흐르는 듯한 드레스는 매끄럽고 부드러운 새틴 천으로 만든 것이었다. 라벤더가 빈 자리에 앉자 그녀의 촉촉한 갈색 눈동자가 위아래로 움직였다. 셰릴이 주문한 블랙커피가 담긴 컵의 가장자리에 립스틱이 완벽한 입술 모양으로 묻어 있었다.

"음, 당신이 라벤더군요."

셰릴은 좁은 등을 곧게 펴고 의자의 끝에 앉아 있었다. 고양이 같다고 라벤더는 생각했다. 귀족적이고 우아했다. 피부를 보고 있자니 라벤더는 자신이 쭈글쭈글하다고 생각했지만, 셰릴은 아마도 60대 초반일 것이다. 얼굴에는 주름이 없었지만 웃을 때 눈가에만 지는 웃음 주름이 세련되게 보였다. 굽이 높은 샌들을 신고 있었고 빨갛게 칠한 발톱이 작은 체리처럼 보였다. 셰릴이 커피잔을 들어 올렸을 때, 라벤더는 그녀의 손바닥에 묻은 한 줄기 노란색 물감 자국을 발견했다.

라벤더가 어색하게 말을 꺼냈다.

"축하해요. 전시회 말이에요, 제 말은."

"아, 고마워요. 꽤 신나는 일이에요, 그렇죠? 남편인 데니가 세상을 떠나기 전에 사진을 시작해 보라고 권했죠. 더 빨리 시작했다면 좋았을 텐데."

바리스타가 라벤더의 차를 들고 왔다. 빈 머그잔과 복잡하게 생긴 찻주전자. 셰릴에게는 어떤 고집이 있는 듯했지만 불친절한 것 같지는 않았다. 그렇다기보다는 지혜로워 보였다. 그녀의 자신감에 라벤더는 작아지는 것 같았다. 1년 전, 이 여자는 아마도 9월 11일을 살아 냈을 것이다. 하지만 그녀는 여기 앉아 있었고 부러울 정도로 트라우마가 전혀 보이지 않았다.

셰릴이 눈을 가늘게 뜨고 말했다.

"그림 그려 본 적 있어요?"

"어, 아니요."

라벤더가 더듬거리며 대답했다.

"정말요. 당신의 얼굴 말이에요. 이 세상이 전부 그 안에 있는데도요."

라벤더는 어떻게 대답해야 할지 몰랐다. 그것을 묵인하듯이 자세를 살짝 트는 셰릴의 무릎 사이로 새틴 드레스가 떨어졌다. 문득 라벤더는 셰릴의 집을 생생하게 상상할 수 있었다. 높은 천장, 금박을 입힌 창문, 미술 작품으로 가득한 벽. 모든 것이 생동감이 넘치고 의도를 가지고 배치되었을 것이다. 모던한 소파, 참나무로 만든 테이블, 초판 시집 옆에 진열된 이국적인 장신구들. 라벤더가 때때로 상상하곤 했던 부유한 삶. 시작부터 모든 것이 달랐다면 어땠을까 하는 환상.

"이야기하고 싶은 것이 있다면서요."

"전 단지…… 그 아이가 어떻게 살았는지 여쭤보고 싶어요."

"당신이 저를 찾아와서 기뻐요. 그리고, 글쎄요, 엘리스에게 가지 않았다는 사실에도요."

"그 애가 아니요?"

"그 앤 자기가 입양되었다는 건 늘 알고 있었어요. 하지만 우리가 만나는 건 몰라요. 그 애 어깨에 더 많은 짐을 실어 주고 싶지는 않았어요."

라벤더는 목에 뭔가 불쾌한 덩어리가 걸리는 듯했다.

"행복하게 지내나요?"

셰릴에게서 진정성을 닮은 미소가 살짝 엿보였다.

"그럼요. 그 애보다 더 행복한 사람을 만나 본 적이 없어요."

"뉴욕시에서 자랐나요?"

세릴이 고개를 끄덕였다.

"지금은 미국 북부에 살고 있어요. 우리는 여름마다 애디론 댁산맥 근처에 있는 오두막을 빌렸어요. 그 애가 자신의 뿌리와 연결되어 있으면 좋겠다 생각했는데, 엘리스도 항상 그 산맥을 좋아했죠. 고등학교를 졸업하고는 아예 그곳에서 살고 있어요. 뉴욕 대학교에 합격했지만 데니와 난 그 애가 행복하지 않다는 걸 알았죠. 엘리스는 뭔가 다른 것, 도시가 줄 수 없는 어떤 것, 모두가 기대하는 것 그 이상을 원했어요. 그 애는 그해 6월에 레이철을 만났죠. 8월에는 레이철이 임신했다는 걸 알았고요. 가끔 인생이 자기가 속해 있어야 하는 곳이 어딘지 나름대로 알려 준다고 생각하지 않으세요? 어쨌든 그 애들은 식당을 열었어요. 엘리스가 만든 사워도 빵은 정말 끝내줘요."

식은땀이 흐르고 숨이 막히는 듯했다. 라벤더는 몸이 뜨거워질 정도의 절망감에 사로잡혀, 하모니가 이곳으로 자신을 이끌지 않았더라면 하고 바랐다. 이건 너무 컸다. 지나쳤다.

"그럼, 손자가 있어요?"

세릴은 고개를 끄덕였다. 그녀가 몸을 기울이자 고급스럽고 달콤한 향이 맴돌았는데 해바라기 같았다.

"제가 생각한 게 있어요. 갤러리에 가 보시는 게 어때요? 오픈까지는 1시간 넘게 남긴 했지만 준비는 다 되었어요. 제가 따로 안내해 드릴게요."

그 제안은 일종의 선물처럼 여겨졌다. 내민 손. 라벤더는 아직 손도 대지 않아 김이 피어오르는 찻잔을 남겨 둔 채로 셰릴을 따라 커피숍을 나왔다.

오후 날씨는 무거웠고 하늘은 폭풍우가 올 것처럼 회색빛이었다. 거리는 북적이고 시끄러웠다. 라벤더는 거리 끝에 있는 갤러리 입구 앞에 도착해서야 안심이 되었다.

갤러리 자체는 그저 작고 하얀 방이었다. 네 개의 벽은 황량해 보였다. 구걸하는 사람 하나가 문 앞에 엎드려 있었지만 셰릴은 당당하게 그를 넘어 라벤더를 안으로 안내했다. 방 한구석에 셔츠를 입은 젊은 여성 둘이 빳빳한 식탁보 위에 와인병과 잔을 정리하고 있었다.

액자들이 고르게 늘어서 있는 저쪽 벽을 가리키며 셰릴이 상냥하게 말했다.

"고향이라고 이름 붙였어요. 우리는 언제나 스스로를 재창조하고, 우리가 어떻게 진화하는지에 따라 새로운 보금자리를 만들어 내요. 그걸 보여 주고 싶었어요. 여기 그려진 가족들은 진화하면서도 영원해요. 그 역설을 탐구하고 싶었어요."

라벤더는 중앙에 있는 사진에 다가갔다.

틀림없었다.

아기 패커. 더 이상 아기가 아니다. 성장했다.

엘리스 해리슨은 그녀가 기억하는 아이와 전혀 닮지 않았다. 물론이었다. 라벤더는 자신을 탓했다. 그때 그 애는 너무 어렸고 고작해야 말랑말랑한 덩어리 같은 갓난아이에 불과했다.

하지만 사진을 보니 의심할 수가 없었다. 그녀의 아들이었다. 사진은 눈이 부신 색이었다. 엘리스는 밝은 파란색으로 색칠된 패널 벽에 서 있었다. 카메라 너머를 응시하는 그의 눈은 슬기로워 보였지만 뺨에 어떤 어둠이 얼룩진 듯 보이기도 했다. 그의 주근깨는 라벤더가 알아볼 수 있는 무늬로 번져 있었다. 코 위를 가로지른 모양이 북두칠성 같았는데, 정말로 라벤더와 거울을 보는 듯했다. 무거운 눈꺼풀에 거의 투명해 보일 정도로 얇은 속눈썹, 눈도 라벤더와 닮았다. 셰릴이 호기심 가득한 눈으로 라벤더를 살펴보는 것도 이해가 갔다. 그 소년은 분명히 라벤더의 아들이었다. 조니를 닮은 부분은 턱밖에 없어 보였다.

라벤더는 울고 싶지 않았지만 하루 동안 겪은 일이 쌓였다. 찌르르한 통증이 턱에 느껴졌다.

그 옆에는 여섯 살 정도 난 작은 아이가 있었다. 아이는 한 손을 엘리스 쪽으로 뻗고 있었고 다른 한 손은 도로에 있는 무언가를 향해 뻗고 있었다. 민들레였다.

셰릴이 뒤에서 말했다.

"그 애는 블루라고 해요."

"블루."

셰릴은 눈을 지켜떴다.

"진짜 이름은 비어트리스인데, 거기 사람들이 별명을 붙였어요. 영민하고도 다정한 아이죠. 저는 지난달에는 그 애 침대 아래에 둔 상자에서 다친 뱀을 보기도 했어요. 블루가 나을 때까지 간호해 주려던 거죠."

셰릴은 웃었다.

"저기가 그 식당이에요. 블루하우스라고 해요."

다음 사진은 식당의 내부를 찍은 것들이었다. 블루는 주방 싱크대 위에 앉아 예쁘장한 갈색 머리 여성이 큰 그릇에 파를 썰어 넣고 있는 모습을 지켜보고 있었다. 엘리스와 아마도 아내일 그 여자가 식당용 큰 스토브 앞에서 무언가를 하고 있는 모습도 있었다. 카메라는 반짝이는 주걱, 소용돌이 치는 수증기, 버려진 옥수수 껍질이 넘친 쓰레기통까지 포착했다. 탄산 음료가 담긴 플라스틱 컵에 빨대를 꽂아 그것을 빨고 있는 블루를 찍은 사진도 있었다. 감자튀김을 코에 올려놓고 바다코끼리 흉내를 내는 블루도 있었다. 가장 마지막 사진을 보자 라벤더는 숨이 막힐 것 같았다. 엘리스와 그의 아내가 카메라를 전혀 신경 쓰지 않는 듯 긴 참나무로 만든 바에 몸을 기대고 있었다. 어린 블루가 그들 사이에 있었는데, 둘은 아이의 머리 양쪽에 각자의 뺨을 대고 있었다. 라벤더는 소녀의 두피 냄새를 맡을 수도 있을 것 같았다. 아이 특유의 끈적하고도 달콤한 향기.

"부탁이에요."

셰릴의 말에 라벤더의 마음은 절정을 향해 가는 오케스트라처럼 날뛰었다.

"그 애를 만나지 않겠다고 약속해 줘요. 엘리스는 자기 자신을 잘 알아요. 그 애의 세상, 그 애의 삶에 대해서도요. 그 애는 오랫동안 당신 없이도 행복했어요."

셰릴은 팔짱을 낀 채 친근한 표정으로 사진을 바라보았다. 라벤더는 본능적으로 알아챘다. 자신도 오래전에 같은 아이에게 바로 그런 감정을 느꼈었다. 보호와 사랑, 절망과 희생.

"알았어요."

라벤더는 숨을 내쉬었다. 사진을 더 바라보기 힘들어 몸을 돌렸다. 마음이 무너진 그녀는 울고 있었다.

"가야겠어요. 고마워요, 셰릴. 사진을 보여 주셔서 감사해요."

"오픈까지 있지 않으시겠어요?"

"가는 게 좋을 것 같아요."

라벤더는 셰릴을 지나 출구 쪽으로 향했다. 늦은 저녁의 하늘은 보라색으로 물들며 어둠을 향해 가고 있었다.

"마지막으로 한 가지만 여쭐게요. 안셀에 대해서요. 형 안셀에 대해서 엘리스가 알고 있나요?"

"아뇨. 형의 존재는 몰라요. 우리도 그 애를 한 번 보긴 했어요. 병원으로 엘리스를 데리러 갔을 때요. 사회복지사가 저를 신생아집중치료실에서 소아과 병동으로 데리고 갔는데, 그 애가 작은 방 의자에 앉아서 책을 읽고 있었어요. 유리창 너머로 봤을 때는 괜찮아 보였어요. 건강하고 밝아 보였어요."

"그 후에는 어떻게 됐죠?"

"모르겠어요. 그 사람들이 물어보긴 했어요. 하지만 우리가 그 애까지 데려올 순 없었어요."

그 순간 질투심이 솟구쳤다. 한 대 맞은 느낌이었다. 직원들이 바삐 움직이는 동안, 아름다운 옷을 입고 있는 셰릴은 이 멋진 곳에서 편안해 보였다. 셰릴은 우아했다. 당당했다. 어둠을 빛으로, 밝은 것을 무의미한 것으로, 그렇게 세상의 색을 마음 대로 바꿀 수 있을 만큼 세상을 충분히 이해하고 있었다. 그녀는 특별한 이유도 없이 라벤더에게 친절을 베풀었다. 라벤더는 생각했다. 다른 삶이 있다면. 이 모든 게 그녀의 것이었다면. 밝음과 편안함, 확신의 감정이 있다면. 만족스러워하는, 좋은 어머니일 수 있다면.

"안셀을 거기 그냥 뒀다고요?"

라벤더는 자신의 말에 담긴 비난하는 투에 스스로도 놀랐다.

셰릴은 라벤더의 속을 꿰뚫어 본 듯 부드러운 눈길을 보냈다.

"오, 라벤더. 안셀은 우리 아이가 아니었어요. 당신의 아들이었어요."

이제 밖은 어두웠다.

갤러리는 라벤더를 인정사정없이 거리로 내던졌다. 보도를 걸으며 그녀는 다리에 힘이 빠져 휘청거렸다. 가둬 두었던 기억들이 떠오르자 눈앞이 흐릿해지고 몸은 마비된 것 같았다. 이 혼란스러운 미궁 속에서 셰릴의 사진들이 잊힐 때까지, 주변의 건물들이 전부 달라질 때까지, 그녀는 계속 걸었다.

결국 그녀는 해안가에 도착했다. 라벤더는 버려진 듯한 공간에 감사해하며 콘크리트와 바다가 만나는 도로의 한쪽 끝까지 걸어갔다. 귀를 막고 고개를 들면 별 없이 텅 빈 밤하늘이 집이 되어 줄 것만 같았다. 라벤더는 비틀거리며 앞으로 걸어갔다. 도시는 오늘 받은 충격에 떨리는 그녀의 모세혈관들처럼 움직였다.

기억들이 쇄도했다. 숨이 막힐 때까지 입 안을 채웠다. 먼지투성이 노란 매트리스, 아이들을 껴안고 누웠던. 손톱 밑에 말라붙은 피. 여전히 안셀의 뻣뻣하고 더러운 곱슬 머리카락의 냄새를 맡을 수 있었다. 여전히 마당에서 하루를 보낸 아이의 끈적끈적한 손바닥을 느낄 수 있었다. 여전히 시트에 둘러싸인 채 뺨에서 가슴까지 침을 흘리는 보드라운 아기를 볼 수 있었다.

그녀의 세포. 그녀의 영혼. 담요 아래에서 안전한.

라벤더는 셔츠 주머니에 손을 뻗었다. 그녀는 일부러 자신이 가진 모든 옷의 안쪽에 주머니를 달았다. 거기에는 한 가지 목적이 있었다. 그 안에 그녀는 목걸이에 달려 있던 펜던트를 넣었다. 아이에게 주기로 약속한 마법인데 실수로 다시 가져온 그것을. 희미한 도시의 불빛 속에서 그것은 낡아 보였고, 유령처럼 보이기도 했다. 왜 그것을 아직도 지니고 다니는지 알 수 없었다. 목에 걸 수도 없었지만 그렇다고 몸에서 떼어 낼 수도 없었다.

지난 세월 동안 라벤더는 다양한 사랑에 대해 배웠다. 밤늦게까지 마음을 터놓을 수 있는 친구와의 사랑. 달빛 아래 위스키를 마시는 파티가 있는 사랑. 섹스와 함께 하는, 마젠타색으로 물든 사랑(그녀는 몇 년 동안 조이라는 여자를 사랑했다). 그리고 마침내 아침에 일어나며 가장 먼저 쭉 뻗게 되는 팔다리를 사랑하는 법을 배웠다. 그러나 기억들이 한곳으로 수렴하면서 이제 명확해졌다. 어떤 것도 자신의 아이에 대한 사랑과는 비교할 수 없다. 그것은 생물학적인 사랑이다. 태초의 것이고 진화된 것이다. 영원한 것이며 떼어 낼 수도 없는 것이다. 그것은 언제나 그녀의 안에 살아 숨 쉬고 있었다. 뼛속 깊이.

라벤더는 밤이 깊어지기를 기다렸다. 이 여정은 끝났다. 끔찍한 실수였다. 과거를 상자처럼 열어서 꿈꾸듯 들여다볼 땐 괜찮았지만 그 안에 들어가는 건 너무 위험한 일이었다.

바닷물이 벨벳처럼 발을 덮었다. 셰릴이 포착한 소중한 순간을 담은 사진들이 영화 필름처럼 눈앞을 스쳐 갔다. 라벤더는 자신이 언젠가 이 여정을 후회하거나 혹은 그 이상의 감정을 느끼게 될 것이라는 걸 알았지만, 적어도 지금은 이 낯선 기분을 누릴 수 밖에 없었다. 잔혹했다. 무언가를 창조하고 그것이 어떻게 자라났는지에 대한 사진만 증거로 남겨 두고는 그것을 놓아 버리는 일은 얼마나 잔인한지.

하모니가 밴에 올라타자 라벤더는 무거운 목소리로 말했다. *집에 데려다줘.* 하모니는 아무것도 묻지 않았고 예정대로 하룻밤을 묵자고 하지도 않았다. 다리 아래에서 길이 막혀 오도 가도 못하고 있는 동안, 차 안에 흐르는 침묵은 비난으로 느껴졌다. 창밖의 도시는 북적였고 라벤더는 아이들을 길에서 만나도 둘 중 아무도 알아보지 못할지도 모른다는 생각에 비참해졌다. 이제 스물아홉 살이 된 안셀이 결혼을 했는지, 일하는 건 괜찮은지, 아이가 있는지 궁금했다. 혹시 아직도 엄마가 필요한 세상에 살고 있는 건 아닐지.

　라벤더는 처음으로 자신에게 물어보았다. 다시 돌아갔다면 어땠을까? 서쪽으로 4800킬로미터를 가는 대신에 북쪽으로 갔다면, 그 나무 마룻바닥에서 아이들을 꼭 끌어안고 절대 혼자 두지 않겠다고 약속했다면 어땠을까? 그래도 블루가 존재했을까? 라벤더는? 만약 자기 자신 대신 아이들을 구했다면 그녀의 우주는 어떻게 달라졌을까?

안셀에게.
네가 나무의 향기를 맡을 수 있다면 좋겠다. 나무들은 말을 해, 알고 있니? 언제든 길을 잃는다면, 나무 껍질에 속삭여 보렴.

안셀에게.
세상이 너에게 좋은 곳이길 바란다. 너도 세상에게 좋은 사람이 되었으면 좋겠구나.

안셀에게.
내 사랑. 내 마음. 내 작은 아가.
엄마는⋯⋯.

집이다. 땅에서 짓밟힌 나뭇잎의 냄새. 축축한 참나무의 냄새. 세쿼이아의 부엌 스토브에서 나는 연기의 냄새. 라벤더가 삐걱거리는 방문을 열자 패턴이 그려진 이불이 침대 가장자리에 잘 개여 있었다. 그녀가 떠날 때와 같은 친절한 환영 인사였다.

다음 날 아침, 여자들은 시를 낭송했다. 주니퍼는 라벤더가 가장 좋아하는 메리 올리버의 시를 인쇄하여 각자의 아침 식사 접시에 놓아 두었다. 하모니는 조심스러웠다. 라벤더 대신 식사 준비를 하겠다며 어깨에 올린 그녀의 손은 자신의 실수를 알고 있다는 듯이 떨렸다. 그건 하모니의 잘못이 아니었다. 그녀에 대해서는 그런 생각을 꺼냈다는 사실을 탓할 수만 있을 뿐이었다. 갤러리에 들어간 건 라벤더 자신이었다.

저녁 식사 후엔 선샤인과 계곡 주변을 산책했다. 어스름한 저녁 햇살, 멀리서 들리는 곤충들의 울음소리, 둥지에서 조는 새들의 바스락거림에 빠져들었다. 모닥불이 꺼지고 모든 불빛이 하나둘 사그라지며 젠틀 밸리가 잠들고 나자 선샤인은 라벤더를 따라 자러 갔다. 그들은 불을 끄고 옷을 입은 채로 라벤더의 이불을 뒤집어썼다. 라벤더가 고통에 겨워하며 슬퍼하자 선샤인이 부드럽게 그녀를 안아 주었고, 그녀의 몸은 들썩거리는 라벤더의 척추를 안심시켜 주듯이 움직였다. 다른 삶이었다면 라벤더는 선샤인을 향해 몸을 돌리고 혀가 욕망대로 움직이도록 내버려 두었을 것이다. 하지만 이것은 라벤더의 삶이었다. 그리고 선샤인은 지금 라벤더에게 필요한 것을 아는 좋은 친구였다. 포대기, 아기 흔들의자, 달콤한 자장가.

선샤인이 잠들자 라벤더는 어둠 속에서 일어났다. 그녀는 창문 아래 책상에서 의자를 끌어당겨 앉았다. 달빛 아래, 빈 종이가 반짝거렸다. 손에 든 펜은 반짝거리는 단도 같았다.

안셀에게. 그녀는 종이에 펜을 누르며 생각했다. 편지를 쓰고는 있지만 이걸 절대 보내지는 않을 것임을 알고 있었다. 만약의 우주에 또 하나가 추가될 뿐이다.

안셀에게. 말해 주렴. 보여 주렴. 네가 어떤 사람이 되었는지.

4시간

허리 숙여. 바지 벗어. 교도관이 말한다.

새 감옥은 냄새가 다르다. 낡은 벽돌을 붙이는 풀 같은, 젖은 콘크리트 같은, 아니면 옆 건물에서 넘어오는 수증기 같기도 한 냄새. 보안 강도가 낮은 수감자들이 대학 기숙사용의 질 낮은 매트리스를 만드는 공장 건물이 옆에 있다.

바지 벗어. 교도관이 반복한다.

공책에서 찢어 둔 종이가 엉덩이 쪽에 꽂혀 있어서, 날카로운 모서리가 고무줄에 눌리는 게 느껴진다. 블루의 편지다. 당신은 허리띠를 만지작거리며 손바닥 안에 그 종이를 넣어 보려고 하지만 어쩔 수 없이 하얀 모서리가 보이고 만다. 교도관들은 빠르게 움직인다. 몇 초 만에 당신은 먼지투성이 바닥에 뺨이 눌리고, 그동안 바람은 가슴을 두드리며 바지는 발목에서 엉킨다. 교도관들은 편지를 펼치고 낄낄 댄다.

이게 뭐야?

안셀에게. 그중 한 명이 여자 목소리를 흉내 내어 큰 소리로 편지를 읽기 시작한다.

제 대답은 '네'입니다. 갈게요. 증인으로. 저는…….

당신은 속옷을 벗기 위해 꿈틀거리며 고분고분하게 일어났지만, 갈비뼈에 통증이 찾아온다. 작고 연약하며 보호받지 못한 당신의 페니스는 털이 난 안쪽으로 말려든다. 교도관 하나가 조롱을 하는 동안 다른 교도관이 당신의 항문을 확인한다. 그는 콧소리를 내며 블루의 편지를 읽는다.

저는 당신을 보고 싶지 않아요. 말하고 싶지도 않…….

그만해, 제발.

그가 종이를 돌려주려는 듯해 당신은 벌거벗은 채로 쪼그리고 앉아 손을 뻗는다. 교도관은 연약한 종이 모서리 한쪽을 잡고 비웃는다. 그는 천천히 그것을 반으로 찢는다. 다시 찢고, 찢는다. 기다란 흰색 종이가 작은 콘페티 조각이 될 때까지. 글자들과 함께 당신 안의 무엇인가도 찢기지만, 당신은 무릎이 떨릴 때까지 웅크린 채로 있는다. 블루의 손글씨가 바닥으로 떨어진다. 우아하게, 내리는 눈처럼.

교도관들은 당신을 무자비하게 복도로 끌어당긴다.

제발, 그만…….

애원하게 될 줄은 몰랐다. 그들은 경고의 의미로 더 강하게 당길 뿐이다. 다리가 겁에 질려 잘 움직이지 않았지만 그들은 아랑곳 않고 당신을 앞으로 쿡쿡 민다.

지금 이 순간, 당신은 강가에 도착해야 했다. 매끄러운 바위 위로 흐르는 물소리를 듣고 있어야 했다. 한 발을 물에 담그고 몸을 떨다가 다른 발도 담가야 했다. 두 발목에 차가운 물이 닿는 느낌, 얼어붙을 듯한 물이 찰싹 때려 주는 듯 영광스럽게 당신을 일깨우는 느낌을 상상한다.

충격이 퍼져 나간다. 그것이 머리를 치고 난 잠시 뒤에 당혹스러움의 물결이 찾아온다. 이 순간까지도 당신은 이러리라고 얼마나 전적으로 믿고 있었는지 깨닫지 못했다. 당신은 당신이 탈출할 것이라고, 적어도 그렇게 시도하다가 죽게 될 것이라고 믿었다. 그러리라고 너무도 오랫동안, 너무도 철저히 믿었기 때문에 이제 진실은 우스꽝스러워 보인다. 불가능하다.

하늘은 없다. 풀도 없다. 출구는 없다.

당신은 지문이다.

엄지손가락이 전자 패드에 꾹 눌린다. 의심의 여지가 없다. 이것은 당신이다, 손등으로 눈의 먼지를 닦아 내는 사람은. 이것은 당신이다, 수갑을 차고 앞으로 끌려 나가는 사람은. 이것은 당신이다, 설명할 수 없는 고기 냄새가 나는 새로운 죄수복을 입은 사람은. 이것은 당신이다, 감방 문을 넘는 사람은. 이것은 당신이다, 지금 그들이 죽음의 집이라고 부르는 이곳에 있는 사람은.

감방은 작다. 12건물에 있던 시절 설명하는 사람에 따라 이 유명한 장소의 모양과 크기는 항상 달라졌다. 문 앞에 서자 당신은 즉시 차이를 느낀다. 폴룬스키의 오래된 감방에는 강철로 된 창문이 있었다. 월스 교도소에는 막대가 간격을 두고 설치되어 있다.

샤나가 있었더라면 이 막대를 쉽게 건드릴 수 있었을 것이다. 그러나 샤나는 사형수동에서 근무하지 않는다. 샤나는 폴룬스키로 돌아가 잭슨을 샤워실로 데려가고 있을 것이다. 회색 복도를 걸어다니는 그녀의 팔뚝살이 흔들린다. 당신은 12건물에서 나오며 마지막으로 봤던, 죄책감에 얼이 빠진 그녀의 얼굴을 떠올렸다. 거짓말을 했다는 걸 알면서 그녀가 어떻게 서 있었는지를, 무의미한 시선을 보냈는지를.

총은 없었다. 총 같은 건 있었던 적도 없다.

그건 다 시간 낭비였다. 은밀한 시간들, 멍청한 사랑의 메모들, 스치는 손길, 다 헛수고였다. 그녀는 아무것도 아니다. 흔들거리는 엉덩이, 입가의 상처들, 트고 갈라지는 입술로 더듬거리며 내뱉던 말 모두가. 그녀는 나약하다. 여자란 그렇다. 당신이 없는 그녀의 미래는 공허할 것이다. 샤나는 아침 순찰을 돌 것이고, 낡은 보온병에서 따른 싱거운 커피를 마시고, 수백 명의 나쁜 남자들에게 식사를 가져다줄 것이고, 그리고 결국엔 그녀가 중요해질 수 있었던, 거사에 참여할 수도 있었던 지난 몇 주를 잊어버릴 것이다. 그녀가 불쌍하게 여겨질 지경이다.

그런데 그때 당신은 방을 본다.

그들이 당신을 방으로 밀어넣기 직전의 아주 짧은 순간, 복도를 따라 오른쪽으로 약 4.5미터 정도 떨어진 곳에 문이 살짝 열려 있다. 당신은 그 방의 가운데쯤에 있는 소문 속의 그것을, 아주 작게, 섬광처럼 지나가듯 보고 만다. 처형실이다. 1000분의 1초쯤 되는 짧은 순간에 당신은 끔찍한 민트색의 벽을 본다. 커튼이 드리워진 창문을 본다. 들것에 달린 뒷바퀴 두 개를 본다.

　차라리 그걸 보지 않았기를 바라며 당신은 감방 안으로 비틀거리며 들어간다. 그 방은 천국 같기도 하고 지옥 같기도 하고, 죽음의 순간 그 자체 같기도 하다. 이름이 불릴 때까지는 보지 말아야 할 곳이다.

　3시간 54분.

　세상이 잘못 돌아가고 있었다. 일어난 모든 변화가 다 나쁘다. 당신은 새 침대 끝에 앉아 매트리스 위에 단단히 손을 얹고, 어떻게 여기까지 오게 되었는지 생각해 내려고 애쓰고 있다.

　이렇게 되기까지는 몇 달, 아니 몇 년이 걸렸다. 그 모든 세월 동안 죽음의 집을 실제로 보게 될 가능성은 상상도 못 했다. 미래는 언제나 예측할 수 없는 모양으로 유연하게 뻗어 나가며 스스로 방향을 바꾼다. 미래는 수수께끼고 알 수 없다. 솔직히 말하자면 이런 미래가 오리라고 상상한 적도 없다. 이곳은 당신 같은 사람에게는 너무나도 작고 무력하게 느껴진다.

당신은 폴룬스키에 있던 남자를 떠올린다. 자신의 눈을 도려 내어 먹은 것으로 유명한 수감자였다. 그 느낌을 희미하게나 마 알 것 같다. 날것의 감각을 느끼고 싶다는 욕망. 절망은 의 도된 것이다. 그게 이 모든 일에서 가장 중요한 부분일지도 모 른다. 그게 그들이 당신을 몇 년을, 몇 달을, 이제는 몇 시간, 몇 분을 기다리게 했던 이유다. 당신의 모든 삶을 카운트다운 으로 바꿔 버리려는 것이다. 핵심은 이와 같았다. 기다리는 것, 알고 있는 것, 죽고 싶지 않아 하는 것.

어떻게 이런 일을 하는 거지?

어느 정오께쯤 당신이 물었다. 피곤한지 샤나의 눈 아래로 다크서클이 보였다. 그날 아침 빅 베어가 월스 교도소로 옮겨 졌다. 밴으로 옮기기 위해 그를 데리고 나오자 113킬로그램이 나 되는 몸뚱아리는 완전한 절망에 잠겨 흐느끼며 비틀댔다. 빅 베어는 흑인 남자로, 노래할 때의 목소리는 천상의 것 같다. 당신이 사형수동으로 절대 가지 않을 것이라고 확신한 유일한 남자가 바로 그였다. 20년 전, 경찰들이 한 층 위에 살던 남자 에게 발급된 가택 수색 영장을 들고 빅 베어의 집에 들이닥쳤 을 때 그는 거실에서 TV를 보던 중이었다. 빅 베어는 소파 쿠 션 아래에 총을 두고 있었다. 방 안은 어두웠다.

그날은 모두가 슬픔에 잠겨 침묵을 지켰다. 그곳에서 나는 소리라고는 마음을 달래려고 머리를 불안하게 배배 꼬는 샤나를 보고 당신이 속삭이며 화를 내는 소리뿐이었다.

당신은 목소리에서 화를 숨길 수 없었다. 매일 아침 어떻게 눈을 뜨지? 이런 일을 하는 걸 알면서도 어떻게 침대에서 일어날 수가 있어?

아버지도 이 일을 하고 계셔. 오빠도. 샤나는 어깨를 으쓱했다.

네가 무슨 일을 하고 있는지에 대해선 생각해 본 적이 없어?

글쎄. 그녀가 무심하게 말했다.

당신은 말하고 싶었다. 그녀는 끔찍한 기계 안에서 일하는 톱니바퀴 중 하나일 뿐이라고. 감옥 또한 회사와 같아서 자신의 이익만을 추구하며 빅 베어 같은 사람들의 시체 더미 위에서 떠다니는 것이라고. 당신은 뉴스를 보았다. 신문도 읽었다. 당신과 관련이 있는 문제도 아니고, 당신이 신경 쓰는 사안도 아니었으나, 당신이 A구역에 있는 백인 세 명 중 하나인 것은 우연이 아니었다. 당신이 그들과 같은 정신병 관리대상만 아니었더라면, 당신은 그 사실에 대해서 별로 신경 쓰지 않았을 것이다.

샤나를 밀어내고 싶었지만, 위험 부담이 컸다. 당신은 그녀가 너무나도 필요했다. 샤나는 손등으로 이마의 땀을 닦았다. 당신과 그녀는 잠시 조용해지며 감옥에서 들려오는 소리에 귀를 기울였다. 자신보다 더 비참해진 누군가를 애도하는 남자들.

새로운 교도관이 나타난다. 바짝 자른 머리에 각진 턱을 갖고 있다. 그가 쳐다보기만 했을 뿐인데 당신은 자신이 신발 밑바닥에 뭉개진 채로 달라 붙은 지렁이 같다는 느낌을 받는다.

오늘 절차를 알고 있나?

네.

여기 너의 처형 요약서, 종교 성향 성명서, 범죄자 이동 카드 사본, 현재 방문 목록, 처형 감시 통지서, 처형 감시 일지, 범죄자 재산 목록, 의료 기록이다. 질문 있나?

없습니다.

그는 강철 막대 아래로 서류를 밀어 넣는다. 첫 번째로 받은 딱딱한 질문들이 메아리칠 뿐, 당신은 아무 말도 할 수 없다.

네가 누군지 아나?

네.

왜 여기 있는지 아나?

당신에게는 선택의 여지가 없었다.

대답은 '네'였다.

새로운 면회실.

티나는 오늘 아침과 같은 옷을 입고 있는데 이미 그때가 1000년 전은 된 것 같다. 유리 뒤에 앉아 당신은 지난번 만남 때의 의기양양하던 증인을 떠올린다. 목구멍에서 분노가 올라온다. 불가능하다.

티나가 전화를 통해 말한다. 안녕하세요, 안셀. 제가 좋은 소식을 전하지는 못할 것 같네요.

당신은 미래를 알고 있다. 턱이 아플 때까지 이를 악문다. 항소에 대해서는 거의 생각하지 않았다. 무의미할 것이라 생각했기 때문이다.

항소요. 법원은 항소를 받아들이지 않기로 했어요.

무슨 뜻이죠? 그걸 그냥 무시할 수는 없잖아요?

가능해요. 흔한 일입니다.

하지만 그들에게 말하지 않았어요? 그들에게 내가…….

당신은 차마 그 단어를 입에 올리지 못한다. 결백. 티나가 더잘 알 것이다.

내가 죽고 싶어 하지 않는다는 걸 말했어요?

그 말을 내뱉자마자 당신은 후회한다. 투정을 부리는 것 같다. 희망이 없게 들린다.

우리는 항소했어요. 죄송합니다. 할 수 있는 모든 것을 했어요. 티나는 질문에는 대답하지 않았다.

당신은 이런 거짓말이 싫다. 작고 딱딱한 사탕 같은 손톱을테이블에 톡톡 치고 네모나고 하얀 껌같이 생긴 치아 사이로혓바닥을 튕기는 이 화려한 여자가 싫다. 그 순간 당신은 갑자기 확신이 든다. 티나는 당신이 이 처형을 받아야 한다고 믿고있다.

죄송해요, 저는…….

당신은 그녀의 말이 끝날 때까지 기다리지 않는다. 손에 든전화기의 무게를 생각하고, 팔을 뒤로 젖힌다. 당신은 유리에 전화기를 던진다. 유리는 깨지지 않는다. 커다랗고 불편하게 생긴 금이 갈 뿐 전화기를 튕겨 낸다. 티나는 움직이지 않는다. 움찔거리지조차 않는다.

예상했듯 경비원들이 달려온다. 저항하지도 않건만 그들은 당신의 팔을 세게 비틀며 강하게 제압한다. 내일이면 어깨가 아플 것이다. 내일이라. 당신이 본 티나의 마지막 모습은 고개를 숙인 그녀의 정수리다. 그게 존경인지, 경멸인지, 무관심인지, 슬픔인지, 알 수가 없다.

당신은 감방으로 무자비하게 던져진다. 문이 쾅 소리를 내며 닫힌다. 당신은 울퉁불퉁한 침대에 누워 팔을 눈에 얹는다. 블루를 생각하려고 노력한다. 보통 그 애를 생각하면 마음이 편해지곤 한다. 이곳은 그 방이다. 새롭고 낯선, 그 방이다. 블루를 떠올리면 익숙한 의문을 품고 당신을 바라보는 그 애가 떠오른다.

제니에게 무슨 일이 있었던 거야?

블루하우스에서 보내던 두 번째 주였다. 어느 화창하고도 습하고도 향기로웠던 날. 아침 내내 마당에서 나무를 톱질하느라 등줄기에선 땀이 흘렀다.

일이 그냥 잘 풀리지 않을 때가 있어.

왜?

블루는 뚜껑을 딴 콜라 캔을 들고 호기심 어린 표정으로 고개를 갸웃했다.

결혼이란 게 쉬운 일이 아니야. 당신은 간단히 대답했다.

아직도 사랑해?

당신은 셔츠 소매로 이마를 닦으며 생각에 잠겼다. 블루가 순수하고도 재밌는 대답을 기다릴 거라 생각하니 애틋함이 더욱 커졌다. 블루에게, 그리고 이곳에게. 짭쪼름한 피부를 식혀주는 산들바람에게.

물론 나는 아직도 그녀를 사랑하지. 하지만 이야기의 좋은 부분은 아직 끝나려면 멀었어.

그때 당신은 결심했다. 처음으로 돌아가기로.

제니를 처음 본 건 10월의 어느 따뜻한 저녁이었다.

당신은 대학 1학년 1학기를 보내고 있었다. 열일곱 살인 당신은 캠퍼스 광장에 서서 언제나처럼 어찌해야 할 바를 모르고 있었다. 당신은 전액 장학금을 받고 노던버몬트 대학에 입학했다. 고등학교 교장은 그 소식에 눈물을 흘렸다. 학교 친구들은 당신을 좋아한 적이 없었지만 당신은 항상 선생, 상담사, 사회복지사들과는 잘 지내는 편이었다. 그들에게 뿌듯함을 주는 법을 잘 알고 있었기 때문이었다.

교수들도 마찬가지였다. 당신은 조용했고, 성실했으며, 그럴 필요가 있었을 때는 매력적이었다. 강의와 늦게까지 하는 스터디 모임에 파묻혀 지냈고 술에 취해 토하면서 들어오는 뚱뚱한 룸메이트는 철저히 무시했다. 기숙사 복도에서 꺅꺅 소리치는 여학생들과 카페테리아의 근로 장학생들을 피해 다녔다. 약국에서 안경을 샀는데, 도수가 맞지 않아 렌즈가 흐릿하게 보였다. 당신은 욕실 거울에 비친 자신을 자세히 보았다. 새로운 누군가를 만들려고 노력했다.

그 끔찍했던 여름은 안개 속에서 지나갔다. 아이스크림을 푸고 계산대 옆에서 라디오를 듣는 동안에도 아기는 배경음처럼 끊임없이 비명을 질렀다. 실종된 소녀들에 대한 단서는 없다. 처음에 당신은 그 소녀들을 데리고 다녔다. 식당에서 줄을 서서 기다릴 때도, 철학 강의 시간에 손을 들 때도, 그들은 당신의 기억 속에서 살았고 그리고 죽었다. 당신이 한밤중에 도서관에서 기숙사까지 걸어가는 동안에 그들은 나무 그늘 안에서 살았고 그리고 죽었다. 당신은 궁금했다. 사람들이 당신에게 늘 붙어 다니는 그 소녀들을 볼 수 있을지. 당신에게 그들이 정말 보이는 건지, 아니면 당신의 다른 비밀들처럼 내면에만 존재하는 건지.

그녀를 보았을 때 모든 것이 달라졌다.

제니는 광장의 풀밭에 앉아 있었다. 모든 것이 주황빛으로 빛나는 늦가을이었다. 나일론 소재 바지와 긴 흰색 양말을 신고 있었다. 그녀가 선 채로 손이 풀밭에 닿도록 몸을 뒤로 구부리자 친구들이 환호했다. 당신은 제니의 배꼽이 하늘을 향해 아치형을 이루는 것을 건너편에서 지켜보고, 기념비 같은 그 곡선이 뭔가 거룩하다고 생각했다.

그때 당신은 결심했다. 정상적인 사람이 되겠다고. 선한 사람이 되겠다고. 지난여름의 기억들은 모두 뭉쳐서 제멋대로 구는 몸속의 깊은 틈 안으로 밀어 넣었다. 제니의 아치 같은 등이 그 소녀들을 흐려지게 하고, 어떻게든 지울 것이다. 당신은 그녀의 장난기 어린 미소와 부드러운 황갈색 눈에 전부를 바칠 것이다. 그녀에게 현미경을 건네줄 것이다.

당신은 공책을 들고 그녀에게 처음으로 다가갔다. 첫눈에 반하는 사랑이 아니라, 자신을 잊을 수 없도록 만드는 힘. 그것이 바로 제니의 위대함이었다.

바로 이것이다. 당신의 마지막이자 유일했던 소녀.

헤이즐
2011

모든 것이 달라지기 전날 밤, 헤이즐은 가슴을 쥐어짜는 듯한 통증에 잠이 깼다.

누군가 화가 나서 안쪽에서 주먹으로 치는 것처럼 갈비뼈 아래가 조이며 화끈거리듯 아파 왔다. 그녀는 신음소리를 내며 자리에서 일어나 앉았다. 9월의 한밤중이었지만 여름처럼 습한 기운이 감돌았다. 헤이즐은 점점 사그라지는 통증을 느끼며 가슴을 부여잡고 침실의 빈 공간에 대고 숨을 헐떡였다.

"헤이즐?"

루이스가 눈을 떴다. 침대 옆 탁자 위에 놓아둔 아기 모니터의 불빛만이 방 안을 비추고 있었다. 루이스의 숨결에선 상쾌하지 않은 치약 냄새와 저녁에 먹었던 마늘 치킨 냄새가 느껴졌다. 거리는 조용했고 막다른 골목에서는 별다른 움직임이 없었다. 그녀는 이런 장엄한 고요함에 익숙해졌긴 했지만, 오늘과 같은 밤에 느껴지는 고요함에는 뭔가 인격이 있는 듯했다. 오늘과 같은 밤은 그녀를 조롱하는 것 같았다.

헤이즐은 가슴을 쓰다듬으며 말했다.

"아무것도 아니야. 다시 자."

그 느낌은 이미 사라졌다. 흔적조차 남지 않았다. 남아 있는 경련도 없었다. 고통을 상상한 것이었거나 눈에 보이기도 전에 잠깐 스쳐 가는 꿈이었는지도 모르겠다.

헤이즐은 부엌 싱크대에서 울리는 전화벨 소리를 듣지 못했다.

버스 정류장에서 막 집으로 돌아온 엘마는 신발 끝을 풀면서 조용히 노래를 흥얼거리고 있었다. 그 소리는 매티가 아기 의자에 앉아 성질을 부리며 우는 소리에 묻혔다. 헤이즐은 바닥에 쭈그리고 앉아 종이 타월로 사과 소스를 닦으며 애원했다.

"매티, 아가. 제발 그냥 먹으렴."

하지만 매티는 비명을 지르며 침에 젖은 시리얼 한 줌을 바닥에 흩뿌리고는 통통한 주먹으로 플라스틱 쟁반을 두드렸다. 엘마는 마룻바닥에서 젖은 시리얼을 집어 입 안에 넣고는 1학년 적응 기간 동안 배우는 노래를 흥얼거렸다. 귀에 쏙쏙 들어오는 노래다 보니 헤이즐은 루이스가 아침에 면도 크림을 바르며 그 노래를 흥얼거리는 것을 들은 적도 있다. *우리는 배우기를 좋아해요, 우리는 놀기도 좋아해요. 파크우드 데이에서 우리는 그렇게 지내요!*

엘마가 칭얼거렸다.

"엄마, 전화 와요."

헤이즐은 매티의 고함 소리에 긴장을 늦추지 않으면서 진동이 어디서 들리는지 귀를 기울였다. 스토브 옆, 쏟아진 물 위에 엎어진 전화기를 찾았을 때도 진동은 여전히 울리고 있었다. 제니라고 쓰인 글씨가 깜빡거렸다.

"어."

헤이즐은 매티의 겨드랑이를 잡아 아기 의자에서 내리면서 전화기를 귀와 어깨 사이에 끼웠다. 바닥에 내려간 것에 만족스러워하며 매티는 앨마가 벗어 던진 신발을 집어 들고는 더러운 밑창 부분을 침 흘리는 입에 넣었다.

"일 구했어."

"뭐라고? 안 들려."

"일을 구했어. 내가 해냈다고, 헤이즐. 그이를 떠났어. 하지만 힘들었어. 정말 힘들었어. 우리가 얘기한 일들을 할 시간이 없었어. 안셀이 내 이메일을 읽고는 어젯밤 늦게 날 깨웠어. 난 나왔고, 호텔에 체크인을 하긴 했는데, 가진 물건이 하나도 없어. 좀 와 줄 수 있니?"

제니의 우는 소리가 전화기에 뭉개졌고 그 뒤로 사이렌 소리가 희미하게 들렸다. 헤이즐은 앨마를 내려다 보았다. 항상 나이에 비해 모든 걸 빨리 알아차렸던 앨마의 작은 여우 같은 얼굴에는 걱정이 묻어나 있었다. 헤이즐은 앨마의 부드러운 머리카락을 만지며 창밖의 공터를 응시했다. 그곳은 여느 때처럼 평온했고 텅 빈 가을 하늘은 푸르렀다. 그 평온함은 조롱하는 듯 불공평해 보였다.

계획을 모두 세우고 전화를 끊고 나서야 그녀는 그것을 떠올렸다. 지난 늦은 밤. 가슴을 쥐어짜는 듯했던 통증. 유령의 주먹. 서른아홉 살이 되어서야 헤이즐은 처음으로 소환을 경험했다.

이제 어느 누구도 헤이즐에게 아무것도 가지지 못했다고 말할 수 없다.

그녀는 바비 인형과 보드 북(유아용으로 만든 딱딱한 책—옮긴이)을 갖고 있었다. 분유, 놀이 날짜, 마카로니로 만든 그림들. 라이스 푸딩이 묻은 카펫도 가져 보았고, 눈 뜨자마자 손이 끈적해진 적도 있었다. 쇼핑몰 샴푸 코너에서 생떼를 쓰는 아이, 시내 이탈리안 레스토랑에서 생떼를 쓰는 아이, 부모님의 기념일 파티에서 생떼를 쓰는 아이. 그녀는 과거를 돌이켜 볼 시간을 거의 가지지 못했고, 그녀가 일부러 만든 이 세계의 치열한 존재를, 혼란과 움직임을 즐기려고 최선을 다했다.

제니가 그 소식을 전화로 전했을 때, 헤이즐은 어떠한 눈금이 보이는 듯해 떨리는 몸을 웅크리며 식탁을 붙잡았다. 어린 날의 그녀가 모든 것을 무너뜨릴 듯이 쏟아져 나왔다. 그녀는 다시 열여덟 살이 되었고, 제니는 가장 밝은 태양, 가장 날카로운 소리가 되었다. 늘 기가 죽어 있던 10대 시절에 되뇌었던 문구가 갑자기 되돌아와 머릿속에서 울렸다. 그녀를 위해 행

복해져야 해. 헤이즐의 머릿속 어딘가에 있던 그 말은 힘없이
와해되어 오래된 상처를 건드릴 뿐이었다.

앨마는 정신과 의사가 환자를 걱정하는 듯한 표정을 지으며
다가왔다. 다정하게 헤이즐의 머리카락을 쓸어넘기는 아이의
손바닥에 붙은 곰돌이 푸 스티커는 반쯤 떨어진 채였다.

변화는 천천히 일어나 거의 느낄 수 없을 정도였다. 헤이즐
은 그 변화의 시작이 제니의 결혼식이라고 생각했다.

부모님은 챔플레인 호수가 어렴풋이 보이는 골프장의 결혼
식용 텐트를 빌렸다. 손님은 서른 명뿐이었고, 대부분 이모와
고모들, 사촌들, 제니의 고등학교 친구들이었다. 헤이즐은 그
때 루이스와 몇 달 정도 만났는데, 언제 헤어져도 이상하지 않
을, 가볍게 시작한 사이였기 때문에 그를 초대하지는 않았다.
제니가 핀으로 머리카락을 느슨하게 고정하는 모습을 뒤에 서
서 바라보자 가슴이 미어졌다. 루이스가 있기를 바랐다. 루이
스는 슬픈 영화나 무서운 영화를 감당할 수 없는 남자였다. 그
는 일요일 밤이면 손으로 도우를 반죽해서 자기 어머니에게
전수받은 방식으로 타말레(고기와 채소를 납작한 반죽에 싸서 먹
는 일종의 만두 같은 멕시코 전통 음식—옮긴이)를 만들어 주었다.

그는 헤이즐이 제니의 비밀을 털어 둔 유일한 사람이었다.

안셀은 대학을 졸업하지 않았다. 기말고사 시험을 치러 가
지 않았어, 지난 학기에 말이야. 제니는 그가 받지 못한 장학금

과 추천서를 안 좋게 써 준 교수에 대해서 이야기했다. *그 사람들에겐 너무 똑똑했던 거지.* 제니가 그렇게 말할 때, 헤이즐은 그 밑에 깔린 안셀의 목소리가 느껴졌다. 제니는 안셀이 철학 수업을 따로 들어야 해서 졸업식에 오지 못했다고 부모님에게 거짓말했다. 안셀은 그때 기숙사 방에 처박혀 있었다. 그 후로 안셀은 가구점에서 일했는데, 수제로 만든 의자와 장인이 만든 테이블을 손질하고 챔플레인 호수와 애디론댁산맥 건너편에 있는 부유한 가정에 배달했다. *그 사람은 책을 쓰고 있어.* 제니는 자랑스럽게 말했다. 어떤 면에서 그건 사실이었다. 헤이즐은 제니의 집에 갔을 때 차고에 임시로 만든 책상에 쌓여 있는 종이들을 본 적이 있다. 안셀이 거기 앉아서 그의 생각을 종이에 써내려 가는 모습이 잘 상상되지는 않았다. 진정한 노력이라기보다는 일종의 쇼처럼 보였다. 안셀이 어중간한 그의 지식을 스스로 되뇌는 방법 같았다. 그 작은 임대 주택에서 헤이즐은 또 다른 것에 주목했다. 빈 와인 병들로 가득 찬 재활용 쓰레기 통, 안셀은 손도 대지 않을 것 같은 값싼 샤르도네 포도주.

결혼식 전, 신부 텐트에서 헤이즐은 제니와 대화하려고 노력하고 있었다. 하지만 그녀는 너무 오래 기다렸다. 제니의 숨결에서는 시큼한 샴페인 향이 느껴졌고, 헤이즐이 건네는 립스틱을 받아 드는 그녀의 눈에는 생기가 없었다.

저기. 이게 정말 네가 원하는 거야?

바보 같은 소리 하지 마. 제니는 손을 동그랗게 말고 거들먹거리듯이 헤이즐의 뺨에 가져다 대었다. 그녀의 손에서는 예

의 그 보라색 반지가 반짝이고 있었다. 내가 뭘 하고 있는지는 알고 있어.

피로연에서 안셀은 완벽할 만큼 매력적이었다. 이모가 끼고 있는 보석을 칭찬했고, 케이크를 자르며 아버지와 농담을 했다. 하지만 그날 밤 제니의 어깨 너머를 죽은 것 같은 눈으로 응시하던 그를 헤이즐은 여러 번 보았다. 필요하지 않은 곳에서는 안셀은 얼굴의 미소를 순식간에 지웠다. 그는 뻣뻣하게 제니를 안았다. 젖은 물감처럼 금방 사라질 얕은 행복이었다. 피로연이 끝난 후 헤이즐은 화장실로 빠져나와 거울을 보았다. 그녀는 그날 밤, 트윈 베드에 누워 제니에게 했던 질문을 떠올렸다. 그 사람이 아무것도 느끼지 못하면, 그러면 너를 사랑하는지 어떻게 알아? 못생긴 들러리 드레스를 입고 헤이즐은 손가락으로 눈 밑의 점을 눌렀다. 살짝 놀랍게도 그녀는 그 점에 감사했다. 언젠가는 그녀도 웨딩드레스를 입을 것이다. 전혀 다른 남자 옆에 설 것이다. 모든 것을 선명한 색 그대로 느낄 수 있는 남자. 그리고 그가 어떻게 자신을 사랑하는지를 정확히 알고 있을 것이다. 처음으로 헤이즐은 자신이 제니보다 더 크게 느껴졌다. 너무나도 아팠지만 너무나도 중독적인 느낌이었다. 헤이즐은 그 느낌을 절대 흘려보낼 수 없다는 걸 알았다.

헤이즐은 쓰레기통들이 놓여 있는 스튜디오 뒤에 차를 주차했다. 루이스가 아이들을 돌보기 위해 일찍 퇴근했다. 지난 몇 주 동안 그는 예술과 엔터테인먼트 업계에서 사무직으로 근무하고 있었고 스케줄이 여유로웠다. 조리대에 맥앤치즈 박스를 두고 왔으니 루이스가 케첩을 뿌려 아이들에게 줄 것이다.

반투명한 스튜디오의 커튼 너머로 숲과 같은 초록색의 레오타드를 입은 4단계의 학생들이 물결치듯 무대를 가로지르며 점프 시퀀스를 하고 있는 것이 보였다. 헤이즐은 로비에 모여서 떠들거나 토슈즈의 리본을 꿰매는 부모들의 무리를 지나가며 머리를 숙였다. 안내 데스크에서는 사라가 서류더미에 파묻혀 있었다. 학생들이 분기별 평가를 통과하지 못하면, 의상 비용이 들어오고 출연자 명단이 발표되면, 사라는 매끄럽게 윤기가 도는 머리를 한 민원객들의 무게 없는 협박을 받아야 했다. 이 스튜디오에는 그만 다녀야겠어요. 화려하게 꾸민 학생의 어머니가 말하면, 사라는 흠잡을 데 없는 미소를 짓는다. 마치 이렇게 말하는 듯하다. 당장 그렇게 하세요.

"부탁이 있어. 긴급 상황이야."

사라는 눈을 가늘게 찡그렸다.

"언니분 일이죠? 드디어 그 사이코패스랑 헤어졌대요?"

그 말에 헤이즐은 움찔했다. 갑자기 너무 개인적인 일이라는 생각이 들었다. 이건 소문거리가 되어서는 안 될 제니의 가장 어두운 부분이었다.

"텍사스에서 간호사 일을 구했대. 수요일에 비행기를 탈 거고. 그때까지만 고생해 줄 수 있겠어? 물론 초과 근무 수당은 챙겨 줄게."

스튜디오는 항상 바빴다. 하지만 수업 스케줄을 정하거나 수업료를 납부받을 때, 시즌 쇼케이스를 위한 감독들을 고용할 때처럼 특정한 시기에는 스튜디오는 마치 하나의 안무처럼 움직였다. 헤이즐의 불안은 그보다 컸다. 그녀는 그녀의 화요일 밤이 그리웠다. 화요일에는 루이스가 아이들을 목욕시키고 재웠다. 헤이즐은 사라를 일찍 보내고 앞문을 잠갔다. 그녀는 혼자서 가장 좋아하는 바흐의 CD를 틀고는 발레의 웜업 동작을 하며 스튜디오의 높은 천장을 마음껏 누렸다. 모든 것을 몸에 맡겼다. 몸을 쭉 뻗었다. 뛰어올랐다. 바닥에 몸을 던지기도 했다. 매주 화요일에 이런 시간을 보낼 때면 아이들도, 병원비도, 아마 필요하지 않았을 경영학 학위를 따느라 진 빚도, 아이들의 배앓이도, 바닥을 뒹구는 브로콜리도, 디저트를 달라며 아이들이 지르는 소리도, 그 어떤 것도 존재하지 않았다. 오로지 완전한 몰입과 결코 배신하지 않는 관절뿐이었다. 그녀의 근육은 환희했다.

부모님으로부터 빌린 돈과 루이스가 받은 유산 대부분을 써서 구입한 이 스튜디오는 처음에는 노후한 건물이었다. 그녀와 루이스는 대부분의 작업을 직접 했다. 석고판을 달고 콘크리트 바닥을 부드러운 무용용 매트로 덮었고 주차장으로 쓸 공간을 밀고 포장했다. 그때는 아직 앨마를 임신하기 전이라 아직 완성되지 않은, 작업 도구가 이리저리 어질러진 바닥에 맥주를 두고 루이스와 함께 저녁을 보냈다.

그 시절에는 아주 가끔만 제니를 생각했다. 그녀는 그 시기를 부드러이 기억한다. 제니를 느끼지 않았던, 제니도 그녀를 느끼지 않았던, 전화로 안부 정도만 전달할 뿐 깊이 파고들지 않았던 몇 달 간을.

어쩌면 인생에서 가장 좋았던 시절이었다.

언제 볼 수 있니? 어머니는 독촉했다. *곧이에요.* 헤이즐은 약속했다. *준비가 될 때까지 기다리세요.* 마침내 헤이즐이 고등학교 때부터 썼던 미니밴을 타고 부모님이 왔을 때, 헤이즐은 널찍하고 텅 빈 공간을 만족스러운 마음으로 걸어다녔다. 화려한 스튜디오의 입구에 서 있는 부모님의 모습이 벽에 붙은 넓은 거울에 비쳤다. 작고 촌스러워 보였다. 부모님은 마호가니로 된 안내데스크와 천장에 매달린 전등, 멋진 오디오, 넓은 탈의실을 둘러보았다. 어머니의 얼굴에는 황홀한 경외감이 서렸다. 감출 수 없는 자부심. 제니를 바라보던 바로 그 얼굴이었다.

헤이즐은 분홍빛으로 지는 노을 속에 있었다. 그녀는 고속도로에 차를 세우고 창문을 열어 밀려드는 가을 공기를 느꼈다.

밤이 되면 뭘 해야 할지 모르겠어. 지난주에 제니가 전화로 말했다. *차를 너무 많이 마셨나 봐.* 캐모마일차 때문에 긴장으로 몸이 떨리고 생각이 날뛴다고 믿는 것처럼 날카로운 목소리였다. *트리샤는 뭐래?* 트리샤는 제니가 알코올 중독자 모임에서 만난 후견인으로 거의 20년 가까이 금주한 사람이었다. 헤이즐과 만난 적은 없었지만, 제니와 트리샤는 매일 아침 병

원 건너편 카페에서 만났다. 그녀는 헤이즐에게 밤마다 전화를 걸어 이야기를 나눠 보라고 제니에게 제안한 사람이기도 했다. 전화기 반대편에서 제니가 우는 동안 헤이즐은 트리샤의 목소리를 그 뒤에서 들을 수 있었다. *난 항상 아이를 갖고 싶었어.* 길게 흐느끼며 이어진 어느 통화에서 제니는 그렇게 말했다. *하지만 9개월을 버틸 수 있을지는 모르겠어.* 안셀은 아버지가 되는 것에 대한 양가감정에 대해 말하곤 했는데, 헤이즐의 아이들이 소란을 피우는 것을 보고 미룬 게 분명해 보였다. 헤이즐은 이제야 제니의 마음을 조금이나마 이해할 수 있었다.

충고를 해 줄 수는 없었다. 앨마의 침실 조명에서 속삭여 주었던 동화에 대해서 이야기해 줄 수도 없고, 낮잠 시간에 매티의 속눈썹이 미세하게 떨리는 걸 지켜보며 그 아이의 요람 곁에 서 있는 게 어떤 느낌인지 얘기해 줄 수도 없었다. 제니는 앨마와 매티를 귀여워했지만 헤이즐은 제니의 눈에서 갈망을 보았다. 그건 질투였다. 드디어 언니에게 이겼다는 것이 얼마나 좋게 느껴졌는지 깨닫자 헤이즐은 당혹스러웠다.

헤이즐은 넓은 들판과 아웃렛을 지나갔다. 저녁은 경쾌하고 아름다운 푸른빛으로 어두워지고 있었다.

제니는 페이스트리 앞에 서 있었다. 카페는 마감 중이었는데, 의자는 모두 뒤집힌 채로 쌓여 있었고 바리스타는 대걸레로 바닥을 청소하는 중이었다. 페이스트리 진열대에서 나오는 불빛이 제니의 병원복을 금빛으로 물들였다. 정신없는 교대 근무를 마치고 오느라 하나로 묶은 제니의 머리카락은 헝클어져 있었고, 얼굴은 퉁퉁 부어 있었다. 헤이즐은 깨달았다. 항상 비슷한 길이로 굽이치는 밤색 머리카락을 제외하고는 제니와 그녀는 전혀 닮지 않았다는 사실을. 지난 몇 년 동안 제니는 살이 쪘다. 헤이즐은 그걸 알아차리고 죄책감을 느꼈다. 제니의 허리는 굵어지기 시작했는데, 중년이 되며 내장에 살이 쪘기 때문이었다. 인생에서 처음으로 헤이즐은 제니를 보고도 자기 자신을 찾을 수 없었다. 아무도 길을 가다 *너희 쌍둥이니?* 하고 묻지 않을 것 같았다. 그 사실에 헤이즐은 산성에 파괴되는 듯한 느낌을 받았다. 이미 고속도로에서부터 입 안에서는 신물이 올라왔다.

제니가 몸을 돌렸다.

"왔구나."

헤이즐은 제니의 어깨를 단단히 잡고 꼭 껴안았다. 크루아상과 커피 찌꺼기 냄새 사이로 그게 여전히 있었다. 제니의 냄새 말이다. 과일향 나는 머리카락, 담배, 세탁 세제.

"나중에 다시 와야 할 것 같기도 해."

조수석에 앉은 제니가 말했다.

헤이즐의 자동차는 인도 근처에서 공회전하고 있었다. 천장이 낮은 단층집은 확실히 위협적으로 느껴졌다. 그날은 제니가 병원에서 근무하는 마지막 날이었고, 안셀도 직장에 있어야 했다. 그러나 제니의 점심시간에 차를 세웠을 때, 자동차 라디오에서 흘러나오는 리한나의 노래 소리를 듣고 헤이즐은 속이 철렁했다. 안셀의 하얀 픽업트럭이 옆에 주차되어 있었다. 곧 위험이 닥칠 듯 기다리면서.

"목록 써 왔잖아."

그렇게 말했지만 헤이즐도 자신은 없었다.

둘은 몇 달간 이 일에 대해서 논의했다. 계획을 신중하게 세웠다. 안셀이 출근한 동안 차에 짐을 싣고 호텔에 모든 걸 내려둔 다음, 비행기를 타기 직전에 돌아와 그에게 말하기로. 한밤중에서 소리를 지르면서 싸우거나 거실 구석에 있는 먼지투성이에 금 간 컴퓨터 모니터 화면으로 제니의 이메일 따위를 확인하는 일은 피하기로 했다.

"가자. 빨리 끝내야지."

그렇게 말하며 차에서 내리는 헤이즐의 손은 축축했다. 제니가 문까지 따라오는 동안 헤이즐은 공포심을 억누르며 허리를 똑바로 세워 더 크게 보이려고 노력했다. 제니의 집에서 나는 냄새가 곧장 그녀를 맞이했다. 몇 년 전에 이곳에 왔던 기억들이 본능적으로 생각났다. 세탁하지 않은 침대 시트. 쓰레기봉투에 오랫동안 방치된 쓰레기. 먼지 쌓인 카펫. 중고로 산 가구들.

"안녕?"

헤이즐이 불렀다.

안셀은 닳아빠진 가죽 소파에 앉아 있었다. 마치 전화가 오기를 기다리고 있었다는 듯, 혹은 이 순간을 기다리고 있었다는 듯 전화기를 손에 들고 있었다. 헤이즐은 거의 2년 만에 그를 다시 본 셈이었는데, 그 시간이 안셀에게 한 짓을 보고 놀랐다. 제니는 잘생긴 안셀을 두고 다른 간호사들이 하는 질투 섞인 말에 얼굴을 붉혔지만 그 때문에 출근을 즐거워하기도 했다. 그런 그도 늙어 가고 있었다. 중력이 작용했다. 그간 얼마나 맥주를 마셨는지 보여 주듯 불룩 나온 배는 청바지 위로 접혀 있었고 햇볕에 그을린 피부는 누렇게 보였다. 안경은 기름기가 묻은 지문으로 얼룩져 있었고 턱 밑으로 처진 얼굴은 동그래졌다. 처음으로 헤이즐은 그가 노인이 되었을 때 어떤 모습일지 정확히 상상할 수 있었다. 까칠하고 부루퉁하겠지. 어떤 매력도 없을 것이다.

툭 튀어나온 안셀의 입가에 비웃음이 번졌다. 헤이즐은 본능적으로 뒤로 물러섰고, 자신이 지금 두려움을 느꼈다는 사실에 놀랐다.

"아."

얼굴이 순식간에 다시 평온하게 바뀌더니 안셀이 입을 열었다. 헤이즐의 그림자를 제니로 착각한 듯했다.

"헤이즐이군. 같이 올 줄 몰랐어."

안셀이 자리에서 일어났다. 그가 포옹을 하려고 몸을 기울일지도 모른다는 생각에 헤이즐은 두려워하며 몇 초를 보냈다. 그녀는 긴장감으로 몸을 움츠렸고 두려움은 다른 무엇인가와 섞였다. 뚝뚝 떨어지는, 금속성의 죄책감. 한눈에 그녀는 제니가 살아온 삶이 얼마나 고단했는지를 알 수 있었다. 날카로운 모서리들, 미묘한 오싹함. 그동안 그녀는 제니가 겪는 현실의 윤곽만을 알고 있었다. 그 안에 깊숙이 선 지금은 충격적이었다.

안셀은 헤이즐을 지나쳐, 턱을 벌리듯 열린 문 앞 현관에 마비된 듯 서 있는 제니를 발견했다.

"제기랄, 진심이야?"

"제니 물건을 가지러 왔어. 제니, 여행 가방 어딨어?"

헤이즐이 옷장에서 여행 가방을 꺼내는 동안 안셀은 서성거렸다. 페인트가 묻은 주머니에 손을 아무렇게나 쑤셔 넣고 돌아다니는 그는 즐거워 보이기까지 했다. 둘은 서둘러 목록을 보며 브래지어, 셔츠, 신발을 포함한 모든 걸 아무렇게나 가방에 쑤셔 넣었다. 고등학교 시절의 기념품 상자, 한때 할머니 것이었던 귀걸이 한 쌍까지. 무쇠 냄비와 프라이팬은 포기했다. 털이 긴 모직 카펫과 어울리도록 몇 년 전 직접 고른 침대 시트도 포기했다. 욕실 캐비닛 안의 헤어제품도 포기했다. 헤이즐은 안셀의 숨소리를 들으며 옷걸이에 걸려 있던 옷 뭉치를 가방에 쑤셔 넣었다. 휘파람 소리가 너무 가까이에서 서성였다.

"네가 지금 증명하고 있는 거야, 제니."

그는 목소리를 점점 높이며 같은 말을 반복했다.

"내가 옳다는 걸 네가 증명하고 있는 거라고."

침실에 들어서자 은밀하고도 추악한 느낌에 긴장감이 흘렀다. 제니는 울음을 참는 듯 몸을 떨며 티셔츠 한 아름을 가방에 집어넣었다.

"내 이론과 똑같아."

안셀이 말했다. 헤이즐은 제니가 손이 하얗게 질릴 정도로 꽉 움켜 쥐고 있는 여행 가방을 뺏어 들고 복도를 가로질러 끌고 나간 뒤, 제니에게 앞으로 가라고 손짓했다.

"사르트르가 말한 거랑 같아. 사랑의 본질이란 고통스러운 것이라고. 그래서 사랑이라는 개념은 불가능하다고 했지. 어떤 것도 완전히 선할 수는 없어, 그렇지?"

"미안해."

제니는 반쯤은 속삭이듯 말했다.

"아이러니하지 않아? 사랑은 순수한 채로 존재할 수 없어. 항상 스펙트럼 위의 무언가로 있을 뿐이지. 나쁜 게 항상 숨어들기 마련이라고."

안셀은 거의 웃듯이 말했다.

"어서."

이제 차에 거의 가까워져 헤이즐은 독촉했다. 그녀는 안셀이 지껄이는 말을 무시하려고 노력했다. 개똥철학이었다. 정신병자가 하는 말처럼 들렸다.

"미안해. 미안해."

제니가 콧물을 훌쩍이며 비틀거리며 계단을 내려오더니, 그 앞에 서서 말했다.

드디어 그들은 밖에 나왔다. 안셀은 그저 따라올 뿐이었다, 독을 품은 그림자처럼. 헤이즐은 걸음이 무거워지고, 공황에 빠졌다. 뒤에서 제니의 소리를 들은 것 같다는 확신이 들자, 그녀는 자기도 모르게 뛰기 시작했다.

현관에 선 안셀은 금방이라도 폭발할 것 같았다. 헤이즐은 가방을 인도로 내렸다. 마침내 차에 타서 문을 닫자, 제니는 미친 듯이 흐느껴 울었다.

"보지 마. 그냥 보지 마."

제니가 손에 얼굴을 파묻는 동안 헤이즐은 망설이며 마지막으로 한 번 더 쳐다보았다. 안셀은 문 앞에서 꼼짝도 않고 똑바로 서 있었다. 그의 얼굴은 헤이즐이 본 것 중 가장 순수한 분노로 일그러져 있었다. 그는 으르렁거리는 늑대 한 마리였다. 인간 같지가 않았다. 헤이즐은 차를 뺐다. 시동이 잘 걸리지 않다가 갑자기 움직였다. 다리가 어찌나 떨리는지 차도 떨리는 느낌이었다. 헤이즐은 시선을 백미러에 고정했다. 그녀는 안셀이 영원히 이런 모습으로 자신에게 남을 것이라고 생각했다. 거울에 비친 위협적인 모습, 현관에 선 분노에 찬 남자, 그러다 전혀 아무것도 아니게 될 때까지 작아지고 또 작아지는. 운전대를 잡은 손이 떨리는 걸 느끼며, 헤이즐은 순진하게 이 생각을 위안으로 삼았다. 다시는 안셀 패커를 볼 일이 없을 것이라고.

호텔 방에는 별다른 특색이 없었다. 트윈 베드만 깔끔하게 정리되어 있을 뿐이었다. 어렸을 때 클리블랜드나 피츠버그

같이 물가가 싼 도시로 갔던 휴가가 떠올랐다. 그녀와 제니는 한 침대에서 잤고, 부모님은 다른 침대에서 잤다. 낮에는 박물관에서 발을 질질 끌면서 걸었다. 부모님이 이해하지 못하는 미술 작품의 사진을 찍는 동안 헤이즐과 제니는 로비의 바닥에서 고피시 보드게임을 했다.

헤이즐은 주름진 전등갓과 플라스틱으로 싸인 비누의 평범함에 감사했다. 제니는 운동복 바지와 얇은 면으로 만든 티셔츠를 입고 수건으로 머리를 싸맨 채 욕실에서 나왔다. 바깥에서 태양이 지고 있었다. 주차장에서 차 문이 닫히는 소리, 자갈 위에 끌리는 수트케이스의 소리. 아이가 날카롭게 울자 헤이즐은 가슴이 쿵쾅거렸다. 앨마의 머리카락 냄새를 맡고 싶었다. 배티의 우유 냄새가 나는 숨결도.

헤이즐은 메뉴판을 제니에게 건네며 제안했다.

"룸서비스 시킬까?"

제니는 코팅된 메뉴판을 넘기며 콧방귀를 뀌었다.

"안셀은 절대 그런 거 안 시켰어. 너무 비싸대. 여행할 땐 맥도널드에만 갔어. 와, 여기 봐. 알프레도 있다."

그들은 사치스럽게 주문했다. 랑귀니 알프레도, 시저 샐러드, 매시트포테이토, 디저트로는 초콜릿 라바 케이크. 음식을 기다리는 동안은 불안했다. 지진에서 막 살아남은 듯이 두 사람은 어쩔 줄을 몰랐다. 제니는 침대에 앉아 헤이즐의 노트북으로 비행 편을 확인하고, 새로운 집주인에게 이메일을 보내고 착륙 후 사용할 차를 빌렸다. 이혼 서류는 대기 중이었다.

변호사의 이름이 찍힌 봉투에 넣어 보낼 것이다. 몇 년 전부터 세운 계획이었다. 완벽한 결별. 하지만 계획을 실행에 옮기기 위해서는 새로운 직장을 구해야 했다. 때가 왔다고 생각하니 실감이 나지 않는다고 제니는 말했다.

음식이 도착하자 두 사람은 침대 사이 바닥에 공간을 만들어 접시를 놓고 그 주변에 다리를 꼬고 앉았다. 매시트포테이토는 누가 봐도 음경 모양으로 놓여 있었고, 제니가 그 사실을 말하자 두 사람은 함께 웃음을 터뜨렸다. 그날의 무거움이 어깨를 으쓱하고는 슬그머니 사라진 것 같았다.

제니는 입술에 기름을 묻혀 가며 게걸스럽게 먹었다.

"전화하겠지? 번호 바꾸기 전에 말이야."

"전화가 와도 받지 마."

"그래."

침묵이 흘렀다.

제니가 말을 이었다.

"항상 그렇지는 않았어. 내가 모임에 가기 시작한 다음에는 밤도 좋았어. 처음에 알코올 중독자 모임에 제안한 것도 그이였고. 오늘 안셀이 어땠는지 알아. 그런데……. 안셀은 절대 나를 해치지 않을 거라는 사실을 알아야 해. 육체적으로는 말이야."

"그 철학 이야기는 또 뭐야?"

"무슨 말이야?"

"그 이론인지 뭔지 하는 거 말이야. 철학과 1학년 학생처럼 말하던데. 똑똑하고 싶어 하기는 하는데 그렇게까지 똑똑하지 않은 사람 같더라."

제니는 숨이 넘어가도록 웃었다.

"모르겠어. 원고를 조금 읽어 보긴 했어. 솔직히 말해서 책이라기보다는 질문 목록에 가까웠어. 그리고 네 말이 맞아. 안셀이 하는 생각 중에서 새롭거나 흥미로운 건 아무것도 없어. 하지만 뭔가 의미를 부여해 보려고 하는 것 같아. 그걸로도 충분히 대단하지. 자신이 누구인지, 어떻게 존재하는지를 알아내려고 하는 것 같더라. 스스로를 정당화하려고. 우리 모두 그런 짓을 하잖아."

그녀는 포크로 양상추 조각을 찔렀다.

"그 사람이 나한테 말하지 않은 게 너무 많아. 가족이나 어린 시절. 내가 물어보면 입을 다물어. 며칠이나 차갑게 대하고. 술을 끊고 나서 어느 날 아침 눈을 떠서 고개를 돌리는데, 안셀이 실질적으로는 낯선 사람이나 다를 바 없다는 걸 깨달았지. 내가 말한 적이 있었나? ……그 형사에 대해서 말한 적이 있었어?"

헤이즐은 고개를 저었다. 기름진 파스타가 배 속에서 움직이는 듯했다.

"몇 년 전이야."

제니는 포크를 내려놓으며 무릎을 가슴팍으로 끌어당겼다.

"몇 년쯤 된 얘기라고. 아직 병원 중에서 수련 중이었고 결혼도 하지 않았을 때였어. 어떤 형사가, 어떤 여자가 내 번호를 알아냈어. 처음엔 정말 경찰인지도 안 믿기더라. 너무 어려 보였거든. 병원에 찾아와서 배지를 보여 주면서 몇 가지 질문에 답해 줄 수 있냐고 묻는 거야. 안셀에 대해 알고 싶어 했어. 그런 이름은 처음 들어 봐서 잊을 수가 없었지. 사프란. 꽃 이름이잖아. 어쨌든 그 이후로 몇 번 그 형사를 봤어. 몇 년 됐는데 안셀에게는 말하지 않았어. 몇 달에 한 번씩 우리 동네에 나타나서 차 안에만 앉아 있었어. 그냥 지켜보면서. 몇 주 전에도 봤어. 그림자 같아."

"그 여자가 뭘 찾고 있는 건데? 너한테 말해 줬어?"

제니는 거짓으로 미소를 지었다. 라커룸에서 인기 없는 소녀들에게 던지곤 했던, 엄마에게 거짓말을 했을 때 짓곤 하던, 헤이즐만이 알아보는 그 미소였다. 알람이 울리며 잠에서 깨어나듯 헤이즐은 과거의 일들을 생각했다. 괜찮게 느껴지지 않았다.

"바보 같은 거야. 내 말은, 그가 그랬을 리가 없거든."

"무슨 일인데?"

"뭐라고 해야 할지 모르겠다. 그게 좀…… 모르겠다. 형사 이름을 구글에 검색하다가 온라인에서 그 사건을 찾았어. 그 여자는 여자애 세 명이 죽은 사건을 수사하고 있었어. 뉴욕주에서 죽었는데 내가 안셀을 만나기도 전이야. 안셀이 고등학교에 다닐 때. 살인. 웃기지?"

희미한 녹색 조명 아래에서, 제니는 이빨을 의도적으로 드러내며 웃음 비슷한 것을 지어내고 있었다. 헤이즐은 그녀 역시 그날 오후에 봤던 안셀의 얼굴을 생각하고 있다는 걸 깨달았다. 그 단어는 그들 두 사람 사이를 날카롭게 베어 내는 칼과 같았다. 살인. 헤이즐은 그 말을 크게 소리 내어서 말할 것이라고 생각한 적도 없었다. 그럴 것이라는 가능성조차도 혀 끝에서 불편하게 요동치는 낯선 생물처럼 느껴졌다.

헤이즐이 천천히 물었다.

"어떻게 확신해? 그러니까…… 안셀이 안 그랬다고 어떻게 아냐고."

거짓 미소가 녹아내렸다. 갑자기 제니의 얼굴에 폭풍이 덮쳤다. 너무 갑작스러운 변화에 헤이즐은 후회가 몰려왔다.

"이럴 수가. 뻔하네."

"뭐?"

제니가 히죽 웃었다. 작게 시늉만 내던 미소는 사라졌다.

"왜 그래, 헤이즐. 너 이런 거 좋아하잖아."

제니의 목소리는 이제 헤이즐을 못 믿겠다는 투였고 거의 즐기는 것도 같았다.

당황해서 얼굴이 붉어진 헤이즐이 말했다.

"무슨 말인지 모르겠어."

"너 지금 이런 일을 즐기는 거잖아. 넌 내가 너보다 약해지게 되는 모든 걸 좋아하잖아."

"그렇지 않아, 제니."

"사실인 거 알잖아. 안셀은 절대 그런 짓을 할 사람이 아니야. 근데 너는 안셀이 그랬으면 좋겠는 거지, 그치? 나보다 더 잘나고 싶어서 내 남편이 *사람들을 죽였기*를 바랄 지경인 거야."

"제니, 제발."

"옛날에 어땠는지 난 다 기억해. 네가 나를, 안셀을, 내가 가진 모든 것을 어떤 눈으로 바라보았는지."

제니는 호텔 침대 시트와 지저분한 접시, 기름덩이들을 손짓했다.

"마음 한구석으로는 행복해하고 있다는 걸 알아. 헤이즐, 내가 이렇게 되었으니 만족스럽지?"

부드러운 말투지만 부끄러움을 느끼며 헤이즐이 말했다.

"아니야."

"네가 이겼어. 넌 원하던 모든 걸 얻었어."

제니의 말이 공중에서 떠돌았다. 전염병 같았다. 제니가 눈을 치켜뜨며 TV를 켜는 동안 헤이즐은 눈물이 솟아오르고 목구멍이 따끔거리는 것을 느꼈다. 헤이즐은 자신이 스스로의 야비함 속에서 끓어오르는, 인간의 형태를 한 늪처럼 여겨졌다. TV는「진짜 주부들」을 재방송하고 있었다. 헤이즐은 제니를 보지 않았고 제니도 더 이상 아무 말도 하지 않았다. 그렇게 1시간이 지나서야 헤이즐은 제니가 침대에 기대어 가슴 쪽으로 머리를 까닥하는 것을 보고, 그녀가 잠들었다는 것을 알았다.

헤이즐은 최대한 조용히 접시들을 쌓아 정리한 다음 문을 발로 차서 열고는 먹다 남은 음식을 복도 바닥에 내놓았다. 답답했던 방과는 다른 공기가 느껴졌다. 소독제 냄새, 새로운 냄새. 헤이즐은 안도의 한숨을 내쉬고는 수건을 문틈에 끼운 채로 문이 끼익 소리를 내며 천천히 닫히도록 했다.

지금보다 명확하거나 당황스러운 상황을 겪은 적은 없었다. 헤이즐은 늘 보호받았고, 특권을 누렸으며, 실상 무지했다. 루이스는 종종 그 사실로 헤이즐을 놀리곤 했다. *백인 여자애들은 항상 좋은 걸 누리잖아.* 살인이라니, 그만큼이나 폭력적인 개념이 자매인 제니와 관련이 있다니 말도 안 되는 것 같았다. 벌링턴에서는 일어날 수 없는 일이었다. 헤이즐은 옳고 그름, 선과 악에 대한 자신의 견해에 확신이 있었다. 그녀는 오바마에게 투표했다. 그녀는 (이런 생각을 검증할 기회는 없었지만) 자신이 독일인이라면 다락방에 유대인 가족을 숨겨 줄 것이라고 믿었다. 처음으로 헤이즐은 그녀를 두렵게 하는 뭔가에 가까워진 기분이 들었다. 그녀는 용감해지고 싶었다.

머리가 멍한 채로 헤이즐은 곰팡내 나는 어두운 복도의 낡은 카펫을 걸었다. 끝도 없이 똑같이 생긴 방이 늘어서 있는 복도를 보다가 주머니에서 휴대전화를 꺼내 들었다. 호텔 와이파이는 느렸다. 그녀는 검색 사이트가 켜질 때까지 초조하게 기다렸다.

사프란 싱이라는 이름은 바로 찾을 수 있었다. *사프란, 경찰, 뉴욕*을 치자 「애디론댁 데일리 엔터프라이즈」 신문의 기사 하나가 나왔다. '뉴욕주 수사관, 범죄수사국 팀장으로 승진.' 군대에서 쓰는 모자를 쓰고 단상 위에 경직된 자세로 선 여자 사진이 있었다. 자신감이 넘치고 유능해 보였고 섬세하지만 각

진 얼굴을 하고 있었다. 헤이즐은 주 경찰 홈페이지로 이동했
는데, 사프란 싱의 사무실 정보가 바로 떴다. 이메일 주소 아래
에 휴대전화 번호가 깜박이고 있었다.

그녀는 전화를 걸었다.

첫 번째 벨소리는 차가운 수영장에 갑자기 빠지는 것 같았
다. 충격적이었고 힘겨웠다. 저쪽에서 작은 잡음이 들려와 깜
짝 놀란 헤이즐은 순간 전화기를 집어던질 듯이 뺨에서 떼고
말았다.

"팀장, 싱입니다."

그녀의 어리석음을 조롱하듯 맥박이 뛰며 아드레날린이 솟
구쳤다.

목소리가 말했다.

"여보세요? 누구시죠?"

헤이즐은 전화를 끊기 위해 엄지손가락으로 휴대전화를 때
리다시피 했다. 거칠고 헐떡이는 그녀의 숨만이 정적을 깼다.
헤이즐은 충격에 빠져 웅크리고 앉았고, 사프란 싱이 자신의
번호를 찾아보거나 다시 전화를 걸지 않기를 기도했다. 헤이
즐은 제니가 외면해 왔던 그 질문의 심각성에 반응하고 있었
다. 이 질문은 뱃속 깊이 자리잡아 계속하여 작은, 그러나 대답
하거나 무시할 수 없는 의심을 제기할 것이다. 그녀는 그 어떤
복잡한 방식으로도 이 문제를 생각할 수 없었다. 너무나도 끔
찍했다. 도저히 이해할 수 없었다. 그리고 무엇보다도, 증명할
수 없었다.

그녀는 손가락을 떨며 휴대전화의 홈 화면을 컸다. 모든 청소용품의 냄새를, 진공청소기를 돌린 카펫을 빨아들일 듯이 네 번 숨을 깊게 들이마셨다. 루이스는 벨이 세 번 울리고 전화를 받았다. 자고 있었는지 목이 가라앉아 있었다. 헤이즐은 부드러운 목소리에 울음을 터뜨렸다.

공항은 분주했다. 제니는 비행기에 타기 위해 잘 차려입었다. 속눈썹에는 마스카라를 꼼꼼히 바르고 굽이 낮은 셔츠를 신었다. 호텔 방에서 헤이즐이 그 끔찍하고 연약한 진실을 인정하며 그 여파를 받아들이기 위해 애쓰는 동안, 제니는 한가롭게 콧노래를 흥얼거리며 헝클어진 머리카락을 빗기만 했다. 헤이즐은 밤새 잠을 이루지 못했다. 제니가 얕게 코 고는 소리가 비난과 섞여 헤이즐 마음에 있는 어두운 구덩이로 젖어 들었다.

그들은 보안 검색대를 함께 통과했다.

제니는 명품 백팩을 파는 가게 앞에 섰다.

"이거 예쁘다."

사람들이 주변에서 북적거렸다.

제니가 눈을 치켜떴다.

"울지 마, 헤이즐. 너 엄마 같아."

그들은 끌어안았다. 헤이즐은 흔들렸다. 말하고 싶었다. 넌 강해. 용감해. 그러나 나온 말이라고는 제니의 머리카락에 묻

힌 속삭임뿐이었다. *미안해*. 서로 떨어지는데 헤이즐의 스웨터
에 뭔가가 걸렸다. 둘 다 오랜 시간 그걸 바라보았다. 느슨해진
실에 걸린 보석. 반지였다.

제니가 웃었다.

"무슨 징조 같아."

제니는 손가락에서 반지를 비틀어 빼더니 헤이즐의 손바닥
에 올려 놓았다.

"안 가져 가?"

"네가 좀 가지고 있어 줘. 그래 줄 거지? 새로 시작해야 할 시
간이니까. 과거를 생각나게 하는 건 지니고 싶지 않아."

헤이즐의 주머니 속으로 미끄러진 반지는 무겁고 둔탁했다.
이렇게 무거운 것을 제니가 어떻게 몇 년이나 끼고 다녔는지
궁금했다.

"그럼 다른 세상에서 보자."

헤이즐은 제니가 고개를 흔들며 군중 속으로 사라지는 모습
을 지켜보았다. 지금까지 살면서 제니와 이렇게 거리감을 느
껴 본 것은 처음이었다. 비행기에서 제니는 라임 조각을 넣은
스프라이트 음료수를 주문하겠지. 타블로이드 잡지를 훑어 보
다가 별자리점 페이지가 나오면 한쪽 귀퉁이를 접을 것이다.
헤이즐은 항상 제니에 관한 것들을 알고 있었다. 사소한 것들,
습관들, 작은 매력들. 그러나 그 사소한 습관이 그 사람의 전부
는 아니었다. 며칠, 몇 주, 몇 달이 지나면 제니의 사소한 모습
들도 바뀔 것이다. 그녀는 헤이즐이 본 적이 없는 도시에서 살

고, 헤이즐의 피부에 닿은 적 없는 남부의 태양을 느낄 것이다. 제니는 새로운 모습으로 다시 태어나기 위해 그녀의 절반쯤을 새롭게 만들어 나갈 것이다. 그러는 동안 헤이즐은 여기 있을 것이다. 헤이즐은 이 빛나는 터미널에서 굳은 채로, 리놀륨 바닥과 밀려드는 사람들 사이에서 있었다. 이곳에서 헤이즐은 따라가고, 따라잡고, 결국에는 제니를 뛰어넘고 싶다는 익숙한 충동을 느꼈다. 이곳에서 헤이즐은, 언제나와 같았다.

　한밤중의 주차장은 어두웠다. 어둠 속에서 헤이즐은 반지를 살폈다. 그건 다른 우주에서 온 물건이었다. 자수정과 황동. 이 세상의 것이 아니었다. 집으로 출발하기 전, 헤이즐은 조수석 사물함을 열고 반지를 아무렇게나 던졌다. 땡그랑 소리, 떨어지는 소리. 그녀는 그걸 거기에서 잊히도록 그냥 두었다. 처음부터 존재하지 않았다는 듯이.

　2시간 뒤 여자가 물었다.
　"정말이에요? 전부 다요?"
　헤이즐은 대답했다.
　"전부 다요."
　그녀는 벌링턴에서 가장 비싼 미용실의 회전의자에 앉아 있었다. 그녀의 옷에서는 호텔 방에서처럼 풀을 먹인 듯한 냄새가 났다. 루이스에게 늦을 거라고 문자를 보내자 첫 젖니가 빠져 구멍에 피가 고인 앨마의 잇몸 사진을 답장으로 보내왔다.

미용사는 감탄하며 머리카락 뭉치를 내밀었다. *이것 좀 보세요.* 하나로 묶었던 헤이즐의 긴 머리는 여전히 고무줄에 묶인 채로 여자의 손에 남아 있었다. 머리카락은 몇 센티미터 정도만 남았다. *배우 엠마 왓슨 같아요.* 미용사가 감탄했다. 헤이즐은 어린 소년처럼 보였다. 앨마의 잠자리 동화에서 나오는 요정 같기도 했다. 뭐 약간은 엠마 왓슨 같기도 했다. 거울에 비친 자신의 모습을 뚫어지게 보며 헤이즐은 그녀가 지금처럼 이렇게 알아볼 수 없는 사람이 되어 인생을 살았더라면 어땠을지 상상해 보았다. 지금의 마르고 낯선 얼굴을 알고 있었더라면. 헤이즐은 어두운 미용실 가운 밑에 있던 손을 들어 올려 눈물자국처럼 남아 있는 뺨의 주근깨를 만졌다. 그건 전보다 더 커 보였다. 피부의 잡티라기보다는 신호 같았다. 헤이즐을 헤이즐답게 만들어 주는 바로 그것. 정말로 감미로웠다. 헤이즐은 거울 속의 쌍둥이가 입을 벌리고 크게 웃는 모습을 환희에 젖어 바라보았다. 그 웃음은 각성처럼, 변화처럼, 구원처럼 보였다.

2시간

2시간, 그리고 4분.

제니는 모든 일은 다 이유가 있어서 일어난다고 말하곤 했다. 그럴 때마다 당신은 진부하다며 놀렸다. 만약 모든 일이 이유가 있어서 일어난다면, 전쟁은? 암은? 학교에서 일어나는 총기 난사는? 제니는 믿음을 잃지 않은 채로 현명하고도 슬픈 표정을 지으며 머리를 저을 뿐이었다. 그녀는 말할 것이다. 목적이 있을 거야. 무의미한 고통은 인간의 본능이 아니야. 우리는 항상 그 안에서 의미를 찾을 거라고.

당신은 말하겠지. 낙관적이네.

제니는 말할 것이다. 낙관적인 게 아니야. 그냥 살아남는 거지.

감방 밖에는 경비원이 서 있다. 팔에 대고 가래가 섞인 기침을 한다. 당신은 경비원이 왜 여기 있는지 안다. 감시 기록이

재개되었다. 그는 몇 분마다 감방 앞을 지나가며 당신이 스스로 목숨을 끊지 않았는지 확인할 것이다. 당신은 정말로 자살하기 싫다. 하지만 할 수 있다면 그렇게 할 것이다. 그게 당신이 상황을 통제할 수 있다는 걸 의미한다면, 그러한 상황에도 의미가 있다. 그러나 당신은 검문을 받았고 손에는 아무것도 없었다. 목에 감을 신발 끈조차도. 손목을 그을 유리조각조차도. 길고 잔인한 기다림 속에서 뭔가를 찾는 것에는 의미가 없다.

안셀?

목사가 왔다. 폴룬스키에서 주는 빨간 망사 가방이 팔에 매달려 있다. 그의 대머리는 땀에 젖어 빛나고 있었는데, 간이침대에 누운 당신의 눈에 목사는 그 어느 때보다 커 보인다. 그는 창살 밖에서 삐걱거리는 철제 의자를 콘크리트 바닥에 끌고 와, 당신을 향해 당겨 앉는다. 월스 교도소의 전임 목사는 다른 사람이지만 당신은 폴룬스키 교도소의 이 사람을 따로 요청했다. 창문을 열고 부드럽게 흥얼거리는 라디오를 켠 채로 고속도로에서 낡은 스테이션왜건 차를 운전하는 그의 모습을 상상하는 것이 좋다.

교도소장이 이걸 주더군요. 목사가 가방을 내밀며 말한다. 빌링스 교도관이 받아서 건네 준다.

모양을 본 순간 당신은 바로 알아차린다. 당신의 이론이다. 월스 교도소에 온 지는 2시간 밖에 되지 않았는데, 목사에게 가방을 넘겨줄 시간이 안 된다. 헌츠빌에 있는 페덱스에서 복사를 할 시간도 안 된다. 출판사에 그 사본을 보낼 시간도 안 된다. 지역 뉴스 방송국에 사본을 보낼 시간도 안 된다. 가방에서 노트를 꺼내자 진실에 가슴이 에인다. 아픔이 새어 나오며 절망이 천천히 피어난다.

당신의 이론, 당신의 유산은 아무 데도 가지 않을 것이다.

계획을 포기하는 것도 한 가지 방법이다. 샤나가 이렇게 하리라고 반쯤은 예상했었다. 그러나 이런 식으로 이론을 당신에게 돌려주는 것은 거의 야만적이라고 여겨진다. 당신이 이걸 직접 밖에 보내기에는 시간도, 방법도 없다. 샤나도 안다. 그리고 어쨌거나 계획에 그녀가 참여하지 않으면 아무런 소용이 없다. 아이러니가 시큼하고 날카롭게 당신을 찌른다. 당신이 저지른 일은 나쁘다. 그러나 교도소를 탈옥한 것으로 관심을 받을 정도로 사악하지는 않다. 당신은 이 이론을 어딘가 보낼 수도 있다, 물론. 그러나 이 시점에 와서는 무용하다.

아무도 신경 쓰지 않을 거다.

왜 그렇게 글을 써?

샤나는 언젠가 한 번 이런 질문을 했다. 당신은 노트를 바닥에 펼쳐 놓고 앉아 있었고 손은 잉크로 검게 물들어 있었다.

영원해질 수 있는 유일한 방법이니까. 내 자신의 일부를 뒤에 남겨 두는 거지.

정확히 뭘 남겨 두려고 하는 건데?

당신은 짜증내며 말했다. 나도 몰라. 내 생각. 내 신념. 육체의 한계를 넘어서, 어딘가에 자신의 무언가가 존재하고 있다는 걸 안다는 게 중요하다고 생각하지 않아? 죽음보다 더 오래 사는 무언가가?

샤나는 어깨를 으쓱하며 말한다. 어떤 사람은 이미 충분히 남겨 둔 거 같은데.

당신은 목사를 보낸다. 이론이 쓰인 종이를 바닥에 동그랗게 펼쳐 두었더니 이빨이 빠진 종이들이 찡그리는 것 같다. 당신은 전장에 나가는 마음으로 다리를 꼬고 당신이 얼마나 똑똑한지 보여 주는 증거를 살핀다. 글자들은 너무 작고, 휘갈겨 쓰였으며 무질서하게 펼쳐져 있다. 더 크고 나은 것을 위한 기록들.

그래, 이렇게 된다. 당신이 떠나고 나면 당신의 이론은 사라지겠지. 기껏해야 사무실 창고에 남고 말 것이다. 나빠 봤자 쓰레기통에 가는 것뿐이다. 평생에 걸친 생각과 글이 망각 속으로 사라진다. 콘크리트 바닥에 아무렇게나 놓인 어떤 페이지가 눈에 들어온다. 도덕성은 유한하지 않다고 쓰여 있다. 도덕성은 영원한 것이 아니다. 항상 변화의 가능성이 있다. 그토록 기본적인 것, 그러니까 잠재성을 빼앗는다는 건 불가능해 보인다.

블루하우스는 어떨까.

모든 게 여기서 끝나더라도, 누구도 듣지 않더라도 항상 블루하우스가 있었다. 블루하우스는 굳건히 서 있는 당신의 이론이다. 블루하우스는 증거다. 당신은 다른 사람들처럼 확장될 수 있다. 당신은 복잡하다. 당신은 단순한 악인 그 이상이다.

한여름 무더위 속의 블루하우스가 떠올랐다. 제니가 텍사스로 떠난 지 거의 1년 가까이 지났을 무렵이었다. 당신은 버몬트에서 홀로 썩어 가고 있었다. 제니가 떠나고 당신이 보낸 나날들은 잿빛이며 고요했다. 매일 밤 당신은 플라스틱 접시에 놓인 식은 핫도그를 먹었다. 저녁을 먹은 후에는 제니가 좋아하던 가구를 차고로 가져가 전기톱으로 잘라 버리곤 했다.

어느 6월 아침에 우편함에 편지가 도착했다. 당신은 망사문을 열어 둔 채 아무렇게나 봉투를 찢었다. 줄이 그어진 공책에 삐뚤빼뚤하게 쓰인 손글씨를 보고 당신은 혼란스러웠다. 그녀의 첫 번째 편지는 몇 문장밖에 되지 않았고 간단했다.

안셀 씨에게. 제 이름은 블루 해리슨이에요. 아빠가 뉴욕 에섹스 근처의 병원에서 입양되기 전에 형이 있었대요. 그리고 그 형이 아저씨인 것 같아요.

당신은 비틀거리며 부엌으로 가, 흠집이 난 오크나무 테이블 위에 편지를 올려놓았다. 우주는 잔인하면서도 신비로웠다. 악의적이지만 동시에 너그러웠다. 그 오랜 시간 동안 아기 패커는 당신을 벌하기 위해서 운 게 아니었다. 다른 아이들과 마찬가지 이유로 울었다. 그 애는 당신에게 뭔가를 말하고 싶었다.

바로 다음 주말, 당신은 블루하우스로 향했다. 가구를 배달하기 위해서 터퍼레이크 호수를 지난 적이 있었지만 이번에는 그 어느 때보다 의미가 컸기에 남달랐다. 하늘이 펼쳐져 있었고, 나뭇가지들이 호수 위에 드리워져 있었으며 태양빛에 호수가 윤기가 흐르는 푸른빛으로 반짝였다. 레스토랑은 물가에서 몇 블록 떨어진 작은 땅에 자리 잡고 있었다. 그 집을 보는 순간, 그것이 당신에게 눈을 찡긋하며 손짓하는 듯했다.

안으로 들어서자 입구의 종이 딸랑거렸다.

당신은 그녀를 바로 알아보았다. 블루 해리슨은 구석진 테이블에서 기다리고 있었다. 그녀는 열여섯 살답게 등을 굽히고 몸을 웅크리고 앉아 플라스틱 막대를 만지작거리고 있었다. 그녀의 모습에 당신은 본능적으로 강하게 이끌렸다. 놀라웠다. 블루 해리슨을 보기 전까지, 당신은 아기의 울음소리가 얼마나 오래 지속되어 왔는지 깨닫지 못했다. 아기가 몇 년 동안이나 작게 울던 머릿속 가장 어두운 동굴에 고요가 찾아왔다. 그 안도감에 몸이 마비될 지경이었다.

블루 해리슨은 당신의 어머니와 정말 닮았다.

그 순간 아기 패커가 위를 올려다보는 듯했다. 이제는 침착해진 아기가 다정하게 눈을 깜빡였다. 이렇게 말하는 듯했다. 마침내. 나를 찾았어.

사피는 수수께끼를 푸는 법을 알았다.

그녀는 그 찌릿함을 알았다. 손가락 끝에서 느껴지는 들썩이며 아릿한 느낌을. 사냥과 포획, 돌진과 석방. 그녀는 전체의 모습이 드러날 때까지 정보의 작은 조각들을 비틀고 녹이며 가느다란 실들을 잡아당기는 법을 안다. 수수께끼, 사피는 그것의 매듭을 풀고 연구한다. 정확하고 명백한 과학. 하지만 때로 어떤 사건들은 수수께끼를 넘어 더 비뚤어지고 더 복잡한 무엇인가로 진화한다. 가장 최악의 수수께끼는 원래 지녔던 모습을 초월하여 완전히 새로운 괴물로 변하는 것들이다. 어떤 사건들은 식인종이 되어 연골 외에는 아무것도 남지 않을 때까지 스스로를 먹어 치웠다.

사피는 연단에 손을 얹고 떠드는 군중들 앞에 서 있었다. 형광등이 켜져 있는 회의실 뒤쪽은 사람들로 꽉 차 있었고, 플라스틱 의자에 앉은 동료 경찰들은 소란스러웠으며 수사관들은 저 먼 벽을 따라 냉랭한 표정을 하고 구부정하게 서 있었다. 켄싱턴 경위는 몸을 반만 안에 들인 채로 문에 기대어 있었는데 금방이라도 뛰쳐나갈 듯이 보였다.

사피는 권위적으로 목청을 가다듬었다. 그녀는 어깨를 뒤로 젖히고 목소리를 낮췄다.

"이미 많은 분들이 아시다시피 우리는 로슨의 재심 날짜를 받았습니다."

장내가 조용해졌다.

"2주 뒤 월요일입니다. 사건 인지도가 높으니만큼 지방 검사 측이 도움을 요청하더군요. 우리의 눈, 우리의 귀, 우리의 최선의 노력이 필요한 상황입니다. 재판 날짜까지 여러분 모두 숨 쉴 때도, 잘 때도, 똥을 쌀 때도 이 사건에 집중해 주기를 바랍니다."

그들은 이제 그녀의 것이었다. 얼마나 보잘것없는가. 남성우월주의적인 태도가 서린, 익숙한 자신만만함, 아무 생각 없이 그르렁대는 소리. 경감으로 승진한 이후, 몇 달 동안 사피는 신중하게 말을 고르며 지시를 내렸다. 그녀는 그들의 신뢰가 필요했다. 6년은 경사로, 4년은 경위로 근무한 수년간 사피는 이런 연설을 연습해 왔다. 이제 사피는 마흔 살이었고 B팀 역사상 유일한 여성 경감이었다. 저들을 이끌려면 저들처럼 말해야 한다는 사실을 그녀는 이미 오래전에 받아들였다.

"콜드웰 경사. 브리핑을 맡아 주겠나?"

회의실 뒷벽에 기대어 있는 코린은 두툼한 가죽 재킷을 입고 팔짱을 끼고 있었다. 그녀의 목소리는 고르고 부드러웠다.

"마조리 로슨은 2년 전, 자택 부엌에서 살해당했습니다. 프라이팬으로 뒤통수를 가격당했죠. 페인터 앤드 선즈 정육점에서 조수로 일하고 있던 남편인 그랙 로슨이 유일한 용의자였습니다. 그리고 어떤 기준으로 보아도 그가 저지른 일처럼 보였죠. 하지만 우리 부서에서 정보가 샌 바람에 변호인단이 오심의 가능성이 있다며 고소했습니다."

사피는 자신의 비싼 이탈리아제 구두만 내려보고 있는 켄싱턴 경위를 노려보았다. 몇 년 전, 켄싱턴은 동네 술집에서 취한 채로 배심원에게 로슨이 명백한 유죄라고 부주의하게 떠들어 댔고, 지금 사피가 그 대가를 치러야 했다. 사피는 예전 경감으로부터 이 망할 사건을 물려받았는데, 그는 바로 이 사건 때문에 은퇴를 했다. 그리고 사피는 새로운 시각으로 지금까지는 손댄 적 없는 증거를 찾아내야 했다. 먼지 구덩이 속에서 새로운 무언가를 찾아내야 하는 것이다.

"고맙네, 경사. 루이스와 타민스키, 자네들이 증인을 맡아. 다시 면담하면서 강하게 밀어붙여 봐. 하트포드, 피해자 가족을 조사해서 로슨 부부의 결혼 생활에 대해서 뭐든 찾아봐. 베니와 머그는 감식반한테 가 봐. 그리고 켄싱턴은 검사와 변호사를 상대하도록. 판결이 어떻게 날지는 기소에 달렸지만, 2주 동안은 우리가 할 수 있는 모든 걸 쏟아 부어서 검찰이 사건을 입증할 수 있도록 도와야지. 자, 일하자."

경찰들이 줄지어 나가자, 사피는 게시판으로 몸을 돌렸다. 이미 모든 사진들이 머릿속에 있었지만, 범죄 현장에는 항상 뭔가가 있었다. 한 사건에 너무 오래 매달려서 모든 단서들이 아무것도 아닌 듯 보일 때면 그녀는 다시 현장으로 돌아왔다. 마조리 로슨은 부엌 바닥에 쓰러져 있고, 머리 뒤쪽에서 흐른 피가 갓 닦은 타일에 스며들고 있었다. 오븐의 불은 켜져 있었으며 부엌 안은 연기로 부옇게 흐려졌고 검게 탄 옥수수빵은 통나무처럼 보였다.

"경감님."

코린이었다. 사피가 거느린 유일한 여성 수사관이자 최고의 수사관이었다. 모레티가 애틀랜타로 돌아간 후, 경위가 된 사피가 첫 번째로 고용한 경찰이었다. 코린은 사피의 지휘 아래 살인 사건 수십 건을 해결했고, 시아버지의 영향력을 이용해 사피가 경감으로 승진하는 데 도움을 주었다. 머리를 내려 하나로 묶은 코린이 구부정하게 걸어와 주변에서 머뭇거렸다. 코린은 영리하면서도 섬세했고, 그녀가 건조하게 툭툭 던지는 유머들은 함께 밤을 지샌 여러 날 동안 사피를 즐겁게 해 주었다.

사진들의 그림자 아래에서 작게 보이는 사피가 조용하게 말했다.

"우리가 망쳤어."

"경감님이 잘못하신 게 아니잖아요."

"그게 중요한 게 아니잖아."

사피는 한숨 쉬었다. 코린은 반박하지 않았다.

하루가 바쁘게 지나갔다. 사피는 루이스와 타민스키와 함께 목격자 진술서를 검토하고, 초과 근무에 관한 서류들을 정리하고 마약 체포 작전을 위한 감시 차량 출동을 승인하며 차갑게 식은 부리토를 입 안에 욱여넣었다. 내일 복귀하기 전에 쉬어야 한다는 걸 알고 있었다. (내일은 토요일이자 그녀의 휴일이긴 했다.) 공기는 숨이 막힐 정도로 습했으며 그녀의 가슴은 익숙한 열망으로 차올라 있었다.

이래서는 안 됐다. 건강한 짓이 아니었다. 미친 짓일지도 모르겠다. 하지만 사피는 혼자였다. 고맙게도 혼자였다. 그리고 밤은 아무것도 판단하지 않는다. 지난 4월, 비가 쏟아지는 어느 회색빛 저녁 이후 이 욕망에 굴복한 지도 몇 달이 지났다.

사피는 책상 아래에서 파일로 가득 찬 캐비닛을 당겨 열었다. 그녀가 놔둔 그대로, 봉인되고 잊힌 미해결 사건들 옆에 그것이 있었다. 아무에게도 말하지 않았던 것이었다. 그녀의 가장 멍청한 비밀, 그녀의 가장 달콤한 부끄러움.

1990년의 소녀들은 어떤 것도 돌려주지 않았다. 사피는 그들의 파일을 팔 아래에 끼고 터벅터벅 걸어 황량하고 텅 빈 주차장으로 나갔다. 로슨 사건에서처럼 막다른 끝을 맞닥뜨렸을 때, 막막하거나 좌절감을 느낄 때면 언제나 소녀들이 비집고 나왔다. 이지, 안젤라, 릴라. 소녀들은 음모를 꾸미듯이 속삭이면서 폴더에서 얼굴을 내밀곤 했다. 포드 익스플로러 차 뒷좌석이나 심문실에 있는 용의자 뒤에도 나타났다. 조롱하는 듯한 부추김, 계속 과거를 떠올리게 하는 것. 그래, 사피는 경감이었다. 하지만 그녀도 한때는 소녀였다. 모든 수수께끼는 하나의 이야기였다. 전체를 보기 위해서는 때때로 처음으로 거슬러 올라가야만 한다.

그날 밤 이지가 찾아왔다. 꿈속의 유령처럼. 소녀들은 사피를 앞으로 밀어붙였다가 다시 유혹하듯이 뒤로 당겼다. 자기들이 당했던 방식으로. 이지는 해가 뜰 무렵의 베란다에 있었다. 30대 후반의 모습에 얼룩진 안경을 쓰고 그녀가 가장 좋아했던 나풀거리는 플란넬 옷을 입고 있었다. 깨끗한 유리 테이블 위에는 커피 한 잔이 놓여 있었다. 삶은 달걀의 껍질을 까는 그녀의 손톱 위에서 듬성듬성 지워진 흰색 매니큐어가 밝게 빛났다. 신생아처럼 매끈하고 연약하고 무기력한 달걀의 속살이 드러났다.

다음 날 아침 눈을 떴을 때 사피는 자신이 무엇을 해야 할지 깨달았다.

6월은 밤의 영화처럼 한꺼풀 내려와 있었다. 침실 창밖으로 외롭게 새벽이 떠오르고 있었고, 땀에 젖은 시트에서는 시큼한 냄새가 나서 세탁을 해야겠다는 생각이 들었다. 전화기가 울리고 있었다.

코린의 문자였다.

오늘 아침 로슨의 기록을 검토했거든요. 특별히 제가 알아 둬야 할 게 있을까요?

사피는 눈을 비비며 빠르게 답을 보냈다.

변호사 증인들에게 허점이 있는지 알아봐. 경위한테 도와 달라고 해. 나 오늘 쉬는 날이야.

해가 완전히 떠올랐을 무렵, 사피는 차에 있었다. 에어컨에서는 곰팡이 냄새와 플라스틱 냄새가 나는 바람이 나오고 있었고 정신은 여전히 흐릿했다. 그래놀라 바의 포장을 뜯으며 고속도로에 진입하자 이미 열기로 달아오른 도로의 중앙선이 물결처럼 굽이쳤다.

13년 동안 이 길을 운전했으니 사피는 이 도로의 모든 굽이를 외우고 있었다. 주 경계에 도착한 그녀는 버몬트로 접어들었다. 들판의 풍경이 번화가로 변해 가면서 챔플레인 호수는 백미러에서 점점 작아졌다. 텅 빈 도로를 빠르게 달리며 사피는 조수석 사물함에서 담배 한 갑을 꺼냈다. 10대 시절을 보낸 이후로 그녀는 일반적인 기준에서는 흡연자라고 할 만한 것이 못 되었다. 그러나 이 길 위에서만큼은 사피는 원하는 대로 담배를 피웠다. 그녀는 이미 자신의 규칙을 깨고 있었다. 수치심과 함께 죄책감이 찾아왔다. 이 작은 만족을 부정하는 것은 무의미해 보였다.

그녀는 안셀 패커에게 어떤 특별한 것을 요구하지 않았다. 안셀에게 다가간 적도 없으며, 그녀의 존재에 대해서 알리지도 않았다. 그녀의 욕망에는 논리도 이유도 없었다. 그저 봐야한다고 생각했다. 관찰해야 한다고. 바깥의 풍경이 다시 번화가에서 낡고 허물어져 가는 집들로 바뀌자, 사피는 담뱃재를 창밖으로 털며 욕망이라는 것이 놀이터의 회전목마 같다고 생각했다. 녹슬고 낡아 가면서도 끝없이 빙글빙글 도는.

작고 노란 집에 도착했을 무렵 아침은 뜨거운 여름날로 완전히 피어났다. 사피는 도로 연석에 차를 세웠다. 공책을 펴고 숨을 깊게 들이마신 다음 현장을 바라보았다.

제니가 떠난 이후로 모든 것이 달라 보였다. 잔디는 웃자라 있었고 화분의 식물들은 죽었으며 현관에는 진흙투성이의 남자 신발이 여기저기 흩어져 있었다. 지난 9개월 간 사피는 이곳에 세 번 방문했다. 그 후 사피는 병원에 전화를 걸어 명백한 사실 하나를 알아냈다. 안내원이 말했다. 텍사스요. *거기에서 새 직장을 얻었어요.*

제니는 떠났다.

13년 전, 병원 밖에서 제니에게 딱 한 번 그것을 이야기했던 것이 전부였다. 엉망진창이었던 당시 수사를 떠올리자 젊은 시절의 자신에 대한 안타까움이 차올랐다. 재치가 부족했으며 희망에만 가득 차 있고 전략이란 게 없었던 걸음마 수사관이었다. 그 후 10년 동안 사피는 쉬는 날과 주말이 되면 제니가 조금씩 성장하는 모습을 지켜보았다. 그녀는 재활용 쓰레기통에 넘쳐나는 와인병을 보았고, 텔레비전에서 시끄럽게 흘러나오는 리얼리티 쇼를 보았으며, 따로 보내는 밤이면 제니는 거실에, 안셀은 차고에 머문다는 사실을 알고 있었다. 언젠가 제니의 자매가 두 아이와 방문한 것을 본 적도 있었다. 제니는 어린 소년을 카시트에 태우며 웃었다.

진입로에 안셀의 트럭이 비뚤게 주차되어 있긴 했지만 이제 그 집은 분명히 버려진 것처럼 보였다. 줄에 매달린 조명들은 현관에서 떨어져 울타리에 늘어져 있었고, 부엌 창문의 체리 무늬 커튼은 한쪽으로 기울어져 있었다. 익숙한 좌절감이 뱃속을 파고들자 사피는 자동차에 시동을 걸었다. 여기 오다니 어리석었다. 여기에는 아무것도 없었다. 거울에 비친 엉망진창인 자신의 모습에 울고 싶어졌다. 돌아서서 집으로 갈 작정이었다. 그 순간, 망사문이 삐걱이는 소리가 들렸다.

무거운 작업용 부츠를 신고 석고가 묻은 청바지를 입은 안셀이 밖으로 나오고 있었다. 맥주로 튀어나온 배가 희미하게 보이는, 겨드랑이가 노래진 얇은 티셔츠를 입고 있었다. 머리카락은 벗어지고 있었고 뿔테 안경이 땀에 젖은 코에 걸터앉아 있었다. 안셀이 픽업트럭의 운전석에 몸을 싣자 사피는 호기심에 몸을 고쳐 앉았다.

사피는 그가 진입로를 빠져나가는 동안 잠시 기다렸다. 껌을 씹고 싶었다. 담배가 목에서 쓴맛을 내며 건조하고 따끔하게 걸렸다.

사피가 이 일을 하며 배운 것이 하나 있다면, 바로 이것이다. 안셀 같은 남자는 자신의 연약함을 참지 못한다. 그들은 그걸 견디지 못한다.

물론 패턴은 있다. FBI가 스케치해 둔 성격의 프로파일, 경향, 유사성들. 사피와 수사관들은 이런 식으로 많은 용의자들을 대강 분류해 왔다. 조용한 소녀들을 그루밍했던 체조 코치, 마을 회관마다 찾아가며 자신의 범죄에 대한 이야기를 들으려고 했던 강간범, 첫 번째 아내와 두 번째 아내를 구타하고 세 번째 아내는 죽인 제대한 해병. 하지만 사피는 자신이 성공을 거둔 것은 한 가지 사실을 알았기 때문이라고 생각했다. 그 사실이란 패턴에 맞는 범죄자가 한 명 있을 때, 그렇지 않은 범죄자는 수십 명이 있다는 사실. 인간의 뇌는 각기 다른 일탈의 양상을 보인다. 인간의 상처는 다양하고도 신비로운 방식으로 나타난다. 문제는 상처가 생기고 고통이 곪아 터진 곳, 즉 모든 매정한 사람들이 폭력을 휘두르게 만드는 방아쇠가 어디 있는지를 찾는 것이다. 사피는 그 복잡성을 배우고 이해하려고 노력하면 어쩔 수 없이 그들에게 친밀감을 느끼게 된다는 것을 알고 있다. 참을 수 없을 만큼 인간적이라고. 이것은 때로는 뒤틀린 형태의 사랑 같기도 하다.

지난 10년 간 사피는 안셀 패커를 미행했지만, 그가 그 작은 버몬트의 마을을 떠나는 것을 본 적은 없었다. 사피는 슈퍼마켓에서도 그를 따라갔다. 가구점에서 일을 할 때도, 한 블록 아래의 바에 갈 때도 그를 미행했다. 한 번은 뒷마당에서 바비큐 파티를 하는 그를 따라가 본 적이 있었는데 제니가 친구들과 떠드는 동안 안셀은 소풍용 테이블에 앉아 맥주만 마셨다.

언젠가 방향 지시등이나 브레이크등이 켜지지 않을까 했지만, 안셀은 계속 앞으로만 갔다. 안셀은 북쪽으로 운전해, 챔플레인 호수를 돌아 뉴욕주의 경계를 넘더니 미스 젬마의 집을 지나 플래시드 호수로 향했다. 안셀이 마침내 고속도로를 벗어난 건 이미 몇 시간이 지난 후였고 사피의 방광은 거의 터질 지경이었다. 그들은 B팀의 관할 구역에 들어섰다. 사피도 어렴풋이 알고 있는 곳이었다. 뉴욕주, 터퍼레이크 호수.

며칠 전, 크리스틴은 놀리듯이 말했다. 드디어 주말 휴가네. 뭐 하실 건가요, 경감님? 오늘 아침에는 크리스틴 아들의 축구 챔피언십 플레이오프가 있었는데, 사피는 설명도 없이 불참했다. 사피는 자신이 바랐어야 했던 토요일에 대해서 생각해 보았다. 하프타임에 먹는 오렌지 한 조각, 피크닉 담요 위에 놓인 장난감 트럭, 집에 가는 길에 먹는 아이스크림.

그 대신 그녀는 터퍼레이크 호수의 북쪽에 도착해 불편한 자세로 여기 이렇게 있었다. 안셀의 트럭은 주유소에 잠시 멈췄다가 어떤 주택 앞에 섰다. 풍선껌처럼 밝은 푸른색으로 칠한 집이었다. 안셀이 차에서 내리자 사피는 눈을 더 가늘게 떴다.

식당이었다. 코팅된 메뉴판이 창가에 놓여 있었고, 문 위에는 녹이 슬어 거의 보이지 않는 작은 연철 간판이 걸려 있었다.

블루하우스.

정오가 다 되었고 사피는 너무나 소변이 마려웠다. 그래서는 안 됐다. 현명하지도 않고 합리적이지도 않고 경찰로서 잘 하는 일도 분명히 아니었다. 그러나 사피는 자기가 안셀을 따라 안으로 들어갈 거라는 것을 알고 있었다. 그녀는 하나의 사실에 경력을 걸었고, 자신이 옳았다는 것을 몇 번이고 증명해 냈다. 누구에게나 비밀이 있다. 누구나 어떤 식으로든 숨어서 산다.

사피 역시 그랬다. 그녀는 낡은 사무실 건물 2층에서 일하는, 로리라는 치료사에게 상담을 받고 있었다. 로리는 커피 테이블에 휴지 상자를 놓고, 창턱에는 마음을 안정시키는 화분들을 진열해 놓았다. 그들은 주로 사피의 일, 그녀가 매일 목격하는 공포에 대해 이야기했다. 침대에서 죽을 때까지 맞은 여자들, 굶주린 채 지하실에 사슬로 묶여 있던 아이들, 약물을 과다복용하고 또 과다복용한 사람들. 종종 사피는 주제를 바꿔보려고 집을 새롭게 꾸몄다며 최근 크리스틴의 도움을 받아 주방을 완전히 뜯어 고친 일을 이야기하거나 그녀의 삶에 들락날락거리지만 결코 관심이 가지 않았던 남자들을 언급하며 연애 문제에 대해서 이야기하기도 했다. 부엌 창턱에 붙여 둔 레시피 모음에 대해서도 이야기했다. 몇 시간 동안 구글에서 검색해서 인도 라자스탄주의 요리를 만들려고 했던 일, 랄 마스와 달 바아티 재료를 택배로 배달시킨 일에 대해서. 그러나 로리는 항상 일에 관한 이야기로 돌아갔다. 사피가 매일 겪는 잔혹함으로. 로리는 좋은 의도를 가지고 눈썹을 찌푸리며 묻곤 했다. 그 일의 매력은 뭘까요? 어린 시절 당신의 어린 자아 중 어느 부분이 트라우마에 빠져 있다고 느끼나요?

사피는 항상 화를 내고 싶은 충동과 싸웠다. 치료를 완전히 그만두는 것도 고려해 보았지만, 그녀가 거느리는 젊은 수사관들에게 모범을 보이고 싶었다. 남자들이란 경찰이라는 직업이 꾸며 내는 남성성 뒤에 숨어, 무신경하게 게이에 관한 농담을 하고 담배를 피워 댔다. 사피는 경감이었다. 그들이 자신을 얼마나 주의 깊게 지켜보는지 알고 있었다.

안셀의 부츠가 블루하우스의 계단을 오르는 것을 지켜보며 사피는 로리의 말을 떠올렸다. 현명하고도 화난 듯했던 그녀가 고개를 갸우뚱거리며 했던 말. *당신의 어린 시절은 어떤가요?*

사피는 안셀이 문으로 다가가는 걸 보며 생각했다. *좋아. 그녀는 어떻지?*

아직도 사피는 그 어린 소녀가 가끔 그리웠다. 자정을 지나 아침으로 시간이 흐르는 동안 2층 침대 위에서 계속 깨어 있던 소녀를. 그녀의 욕망은 너무나도 분명했다. 그녀는 엄마가 살아 돌아오기를 바랐다. 또 끊임없이 아빠를 궁금해했다. 아빠라는 것은 정의나 진실이라는 말처럼 영원히 알 수 없는지만 중요한 신화 속의 존재와 같았다. 사피의 어린 시절은 슬픔으로 가득 차 있었으나 미스 젬마의 집에서는 모든 게 더 쉬웠다. 자신이 바라는 바가 무엇인지 정확히 알게 되었던 때였다. 그때의 그 단순한 소망이 사피가 하는 모든 일의 밑바탕에 계속해서 흐르고 있었다.

하지만 그때는 지나가 버렸다. 사피는 반항적이었던 10대와 어설펐던 20대를 보내며 모든 갈망을 떨쳐 버렸다. 그 자리에는 새벽 3시에 제출해야 하는 사건 보고서와 용의자를 울려야 하는 심문실, 증인을 인터뷰하기 위해 7시간이나 해야 하는 운전 따위가 차지했다. 사피는 식당으로 들어가는 안셀의 뒷모습을 가만히 지켜보았다. 그가 도무지 떨칠 수 없도록 원했던 것이 무엇인지 궁금했다. 어쩌면 그가 무엇을 그토록 붙잡고 있는지가 더 궁금했을지도 모른다.

블루하우스의 내부는 아늑하고 밝았으며, 빛바래고 낡은, 전성기는 지난 것이 분명한 가족 단위의 식당이었다. 들어서자 문에 달린 벨이 울렸는데 그 소리를 듣는 순간 걱정이 살짝 밀려왔다. 이건 좋은 생각이 아니었다. 집으로 돌아가 축구 경기가 끝나면 늘 그랬듯 크리스틴의 뒷마당에서 저녁으로 피자를 먹어야 했다.

하지만 이 일을 꼭 해야 할 것 같기도 했다. 놀랍게도 그랬다.

"어떻게 도와 드릴까요?"

주인으로 보이는 여자가 따뜻하게 웃으며 말했다. 고무로 만든 헤어밴드로 넘긴 머리카락은 곱슬거렸고, 앞치마는 케첩과 기름으로 얼룩져 있었다. 30대 중반쯤으로 보였다. 앞치마에 이름표가 한쪽으로 기울어진 채 달려 있었다. *레이철.*

"아이스티 한 잔이요."

사피가 바를 향해 고갯짓하며 말했다. 경찰처럼 말하지 않고 자기 자신처럼 말하려고 했지만, 이미 그 둘의 경계는 모호해진 지 오래였다.

"그리고 화장실은 어디 있나요?"

레이철이 레스토랑의 뒤쪽을 가리키는 동안 사피는 재빨리 안셀을 찾아보았다. 오래 걸리지 않았다. 안셀은 창가 테이블의 곧 부서질 듯한 의자에 앉아 어린 소녀를 마주 보고 있었다. 10대. 머리를 땋아 한쪽 어깨 너머로 넘긴 소녀는 수줍고 긴장한 듯했다.

화장실에 도착한 사피는 낯선 감정에 문을 잠그고 숨을 몰아쉬었다. 새롭고도 날카로운 공포. 변기에 앉아 무릎까지 옷을 내린 채 사피는 손바닥을 입에 대고 숨을 쉬었다. 표백제와 오줌, 튀긴 음식 냄새가 그녀를 구름처럼 감싸고 먹어치우는 듯했다. 자기가 바보 같았고, 피해망상에 사로잡힌 것 같았다. 그러나 뜨거운 물을 틀고 떨리는 손을 씻는 동안에도 사피는 그것을 무시할 수 없었다. 안셀의 눈에 서린 갈망을. 그 여자애는 어렸다. 너무 어렸다.

식당으로 돌아오니 바 끝에 아이스티 한 잔이 놓여 있었다. 유리잔에 맺힌 물방울이 흘러내려 작은 웅덩이가 만들어져 있었다.

"먹을 건 괜찮으세요?"

사피는 입을 굳게 다문 채 고개를 저었다. 레이철이 부엌으로 다시 사라지며 문이 닫혔다. 그때 사피는 그 사진을 보았다. 고화질로 인화된 사진은 액자에 담겨 부엌문에 붙어 있었다. 그 주변에는 제단을 작게 꾸며 둔 듯 손으로 쓴 쪽지와 말린 꽃들이 꽂혀 있었다. 사진 속 남자는 바로 이 건물의 파란색 패널 벽 앞에서 웃고 있었는데, 어린 소녀를 안아 목 옆에 앉히고 있었다. 그 사진 때문에 사피는 더 불편해졌다. 앨리스 해리슨이라는 그의 이름이나 1977년부터 2003년까지 살다 스물여섯 살의 나이로 사망했다는 날짜 때문도, 심지어는 지금 구석에 앉아 있는 10대 소녀로 보이는 어린아이 때문도 아니었다. 남자의 얼굴 때문이었다. 비뚤어진 듯한 미소. 그 모습이 안셀 패커와 매우 흡사했기 때문이었다.

레이철이 돌아오자 사피는 말했다.

"저기, 참치 샌드위치 하나 주세요."

귀를 기울이며 사피는 샌드위치를 억지로 입 속에 집어넣었다. 바는 안셀의 테이블을 등진 위치였지만 단어 몇 개와 울리는 문구 정도는 들을 수 있었다. 소녀의 목소리였다. *은행에서 압류 통지서가 왔어요. 어떻게 해야 할지 모르겠어요.*

영수증이 기름기 가득한 플라스틱 접시에 담겨 나왔다. 사피는 레이철에게 물었다.

"식당을 하신 지는 얼마나 되셨어요?"

"남편이랑 97년도에 이 가게를 샀어요. 그 이후로 계속 운영하고 있어요."

사피는 주방 문의 사진을 향해 고갯짓했다.

"지금은 혼자 운영하시나 봐요."

바에 몸을 기대는 레이철의 눈가 주름에서 피로감이 보였다.

"혼자는 아니에요. 딸이 있어요."

두 사람은 고개를 돌렸다. 안셀은 가는 머리카락을 무심하게 손으로 훑고 있었다. 소녀는 얼굴을 붉히며 플라스틱 빨대를 빈 콜라 컵에 남은 얼음 사이로 휘젓고 있었다. 사피의 목구멍 안쪽에서 두려움이 솟구쳤다. 도망쳐. 비명을 지르고 싶었다. 그 남자에게서 떨어져.

"몇 살이에요?"

레이철이 환하게 웃었다.

"열여섯 살이에요. 블루는 자기가 서른 살이라고 생각하는 것 같지만."

사피는 테이블에 20달러를 꺼내 놓고는 떨리는 다리로 차에 올라탔다. 포장된 도로 위로 쏟아지는 태양도 분노하는 듯했다. 안셀과 그 소녀.

열여섯 살.

그가 딱 좋아하는 나이였다.

1990년, 그 소녀들에게 일어난 일은 사고였다. 순간 화가 치밀어서 그랬던 것일 수도 있고, 치밀하게 계획된 것일 수도 있으며, 그저 연쇄살인범이 마을을 지나가는 바람에 일어난 일일 수도 있었다. 누군가의 아버지, 누군가의 삼촌, 누군가의 망나니 형제였을지도 모른다. 어쩌면, 그냥 어쩌면 안셀 패커일 수도 있다. 어느 순간, 왜 그런 일이 일어났는지는 중요하지 않게 되었다. 누가 했냐는 중요한 질문에 가려졌다. 그 사건은 부당했고 야만적이었으며 불필요하게 잔인했다. 세상은 몇 년

은 그 사건을 지켜보고 생각했지만 결국 어쩔 수 없다는 듯
그걸 잊어버렸다. 언젠가부터 소녀들은 모두 바닥에 대자로
뻗은 채 쓰러진 마조리 로슨이 되어, 더 나은 대우를 요구하고
있었다.

　월요일 아침 경찰서는 분주했다. 갓 다림질한 유니폼을 입고
머리를 뒤로 넘긴 켄싱턴 경위가 사피의 사무실 문을 손가락
두 개만 써서 두드렸다. 결혼반지가 손가락 사이에서 희미하게
반짝였다. 켄싱턴의 아내는 항상 사피를 싫어했다. 경찰들은
서로 경쟁하며 일하는 라이벌인 사피와 켄싱턴에 대한 소문을
떠들어 대는 걸 좋아했다. 켄싱턴의 아내는 그런 소문을 성가
셔하며 떨쳐냈다. 켄싱턴은 얼간이에 평범한 형사였지만 나름
의 카리스마 덕분에 깔끔하고 쉽게 승승장구 할 수 있었다.
　켄싱턴은 발뒤꿈치를 흔들거리며 말했다.
　"검찰이 뭐 새로운 건 없냐는데요."
　"없어."
　"어떡할까요?"
　켄싱턴은 사피의 처지에 공감한다는 듯이 말했다. 사피는 거
기 담백하게 서서 버티는 그의 배짱에 감탄했다. 이 문제를 애
초에 누가 만들었는지 잊은 듯했다. 켄싱턴이 술에 취해 있던
어느 날 밤, 술집에 있던 배심원 중 한 명이 바에 앉아 있던 그
를 알아보고 다가가 말을 걸었다. 다행히 켄싱턴은 오랫동안

근무하며 두루 존경받던 C팀의 반장인 삼촌 덕분에 더 이상의 화를 면했다. 만약 사피가 켄싱턴과 같은 실수를 저질렀다면 즉시 해고당했을 것이다.

"코린 보고 오라고 해."

사피는 따뜻하면서도 상대를 무시하는 듯한 어조를 완벽하게 구사해 냈다. 그녀는 일할 때 평정심을 유지하려고 노력했다. 자동차 창문에 주먹을 날렸던 이전의 경감과는 전혀 달랐다.

블루하우스까지 안셀을 미행한 지 이틀이 지났지만 계속 그 모습이 떠올라 집중력이 흐려졌다. 그날 아침 브리핑을 진행하고, 쏟아지는 질문에 답하고, 업무를 할당하는 동안에도 사피는 그날 보았던 모습을 떠올렸다. 안셀과 그 소녀가 식당 테이블에 조용히 앉아 있던 모습을. 그 둘의 만남은 마치 첫 데이트와 같은 어색한 긴장감을 담고 있었는데, 사피는 그 소녀의 어머니가 아무렇지 않게 바 뒤에 서 있었다는 사실을 받아들일 수가 없었다. 블루가 안셀을 간절하게 바라보던 눈빛이 떠올라 잠 또한 이룰 수가 없었다. 자신이 본 것을 정확히 분석해 내기가 어려웠다.

코린이 사무실에 얼굴을 내밀었을 때, 사피는 두통이 몰려와 관자놀이를 문지르고 있었다. 코린은 성이 아닌 이름으로 불리기를 고집했다. 그렇게 부르는 것이 너무 여성스럽고 야단스러우며 어색하다는 이유로 코린은 다른 경찰들의 입방아에 자주 오르내렸다.

"앉아."

코린은 한숨을 내쉬며 말했다.

"변론을 검토하고 있었어요. 상황이 좋지 않아요, 경감님. 검사가 증인들이 다시 진술하게 할 수 없다면 방법이 없을 것 같습니다."

"뭔가 놓치고 있는 게 있을 거야."

"아마도요. 그게 있다면 어딘가 깊숙이 묻혀 있겠죠."

경찰서 안에서 사피는 늘상 소년들이 시끄럽게 고함치는 소리를 듣곤 했다. 사피가 데려오기 전까지 뉴욕시 경찰이었던 코린에게는 분명히 모든 게 다를 것이다. 브롱크스로 돌아가면 코린은 흑인 여성으로서 동떨어져 있지 않을 것이다. 때때로 사피는 코린이 자신의 멘토링을 수락해 이곳으로 전근한 것을 후회하지 않는지 궁금했다. 사피는 오랫동안 자신의 직업적 모순과 싸워왔다. 그녀의 배지는 특권을 허용했다. 그러나 감옥은 피부가 검거나 갈색인 사람들로 가득 차 있었다. 그녀는 무지한 사람들에게 끊임없이 상처를 받았다. 악의가 있건 선의가 있건 비슷했다. 그녀는 총을 허리에 차고 다니는 게 뭔지 알고 있었다. 코린이 함께 있으니 사피는 확실히 덜 외로웠다.

"이번에는 의도를 가지고 한번 해 보죠. 마조리가 경찰에 걸었던 전화들, 가정 폭력 사건들 말씀드리는 거예요. 더 열심히 파헤쳐 보죠. 검찰은 실패할 거라고 생각하고 있지만요."

사피는 그렉 로슨의 얼굴을 떠올렸다. 창백하고 통통했으며 부은 알코올 중독자의 얼굴. 그는 배심원단에게 싹싹 빌며 고개를 조아리는, 아무것도 아닌 악인이었다. 이 직업이 그녀를 괴롭히고 있었다. 시체나 실종된 아이들 혹은 걷잡을 수 없이 번진 마약 때문이 아니었다. 바로 이것 때문이었다. 그냥 자신들이 존재하고 있으니 법 없이 굴어도 된다고 믿는 로슨과 같은 남자들. 세상을 손에 쥐고 부수었는데도 더 많은 뭔가를 요구하는 남자들.

코린이 떠나려고 일어서며 물었다.

"괜찮으세요?"

어느 날 밤, 퇴근 후 사피와 코린은 치즈 케이크와 커피를 먹으러 고속도로 아래에 있는 식당으로 차를 몰았다. 안젤라 마이어가 실종된 바로 그 식당이었다. 새로운 용의자를 파던 중이었다. 그들은 오랜 미제 사건들을 수사했다. 이지, 안젤라, 릴라의 사건은 여전히 진행 중이었다. 아무도 손을 대지 않은 지 몇 년이 지났지만 말이다. 사피는 코린에게 기본적인 사항들을 설명해 주고는 안셀 패커를 유력한 용의자 중 하나로 지목했다.

코린이 방을 나가기 전 사피가 말했다.

"다른 일로 자네 도움이 좀 필요해. 문 닫아."

그날 밤 집은 유난히 외롭게 느껴졌다. 그녀는 신발을 벗고 배지와 총을 현관 캐비닛에 넣은 후 잠갔다. 적막이 몸을 짓눌렀다. 어스름한 황혼 속에서 어렴풋한 그림자를 드리운 가구들로 채워진 거실은 광활하고 생기 없어 보였다. 소파에 털썩 주저앉은 사피가 주머니에서 전화기를 꺼내 받은편지함을 열자 방 안에 파란 불빛이 비쳤다.

아무것도 없었다.

그 여자가 시간이 걸릴 거라고 했잖아. 크리스틴은 안심시키려는 듯이 말했었다. 대행사를 통해 보자는 건 크리스틴의 생각이었다. 인도에서 주문한 장식용 베개를 상자에서 꺼낼 때 그 이야기가 나왔다. 색에 관한 크리스틴의 안목은 흠잡을 데가 없었고, 사피는 그녀의 도움을 받아 인테리어를 하고 있었다. 몇 년 전 사피는 자이푸르에서 라자스탄의 예술가가 그린 액자 그림을 주문했다. 그녀는 그 무렵 인도 문화, 즉 종교와 예술, 지리와 음식 혹은 아빠에게 물려받았을지도 모르는 특징들에 대해 조사하고 있었다. 사피는 액자를 침실 벽에 걸고 잠들 때마다 위로를 받곤 했다.

사피는 아빠에 대해 아는 것이 거의 없었다. 엄마가 다녔던 버몬드 대학교 사회학과의 교환학생이었으나 사피가 태어나기도 전에 고국으로 돌아간, 자이푸르 출신의 청년이라는 것뿐이었다. 샤우리아 싱. 검색만 해도 수백 명의 남자가 나왔다. 그녀는 그 이름을 대충 번역해 보았는데, 용기라는 뜻이었다. 그녀는 자신의 핏속에 그 힘이 흐르고 있다고 생각했다.

사피는 여느 때보다 더 불안해져 계속 받은편지함을 새로고침했다. 대행사는 친부모를 찾는 데 몇 달, 심지어는 몇 년까지도 걸릴 수 있다고 했다. 사피는 엄마가 임신 소식을 아빠에게 전했는지, 그리고 그것이 그가 떠난 이유인지, 혹은 아빠가 그녀의 존재를 알고 있기는 한 건지조차 몰랐다. 나쁜 소식에 대비해야 했다. 그러나 아무 소식도 오지 않았다. 매일 아침 일어나면 가장 먼저 받은편지함을 확인했지만, 대행사의 로고를 찾아볼 때마다 희망이 조금씩 흩어졌다. 이미 6주가 넘었다.

저녁을 먹기는 해야 했다. 냉동 피자. 구겨진 유니폼을 벗고 머리를 빗어야 했다. 하지만 대신 지금쯤 집에서 저녁을 먹거나 TV를 보거나 아내의 가족 농장 뒤에서 조깅을 하고 있을 코린에게 문자를 보냈다.

뭐 좀 찾았어?

그녀는 기다렸다.

다음 날 오후, 코린이 숨을 몰아쉬며 말했다.

"둘이 친척이더라고요. 안셀 패커랑 해리슨 가족이요."

둘은 단골 식당으로 자리를 옮긴 상태였다. 노란 머그잔에서는 사피가 시킨 커피가 식어 가고 있었다. 경찰서에서는 모두가 지시를 달라고 그녀를 찾아 대는 통에 너무나 정신이 없었다.

사피는 지나치게 빠르게 대꾸했다.

"안셀한테는 가족이 없어."

코린이 눈썹을 치켜올렸다. 머리를 식히려고 바로 지금의 이 자리로 와 장기 미제 사건을 추리하고 의견을 공유하며 범행

313

동기를 구성했던 그 무수한 나날 동안 사피는 안셀을 용의자로 그려 왔다. 그뿐이었다. 하지만 코린의 망할 탐지기는 끄떡없었다. 그것이 바로 사피가 코린을 고용한 이유였다. 독수리 같은 코린의 눈은 수사를 넘어 사람의 본질까지 꿰뚫어 보았다. *인간 거짓말 탐지기 같아요.* 코린의 아내인 멜리사는 가족 농장에서 파티를 하던 어느 늦여름 날, 모닥불 앞에서 농담처럼 말했다. 사피는 코린에게 미스 젬마의 집에서 살았던 일이나 주말에 버몬트에서 진을 친다고는 말하지 않았다. 하지만 코린이 어떻게든 그걸 알아차렸다고 해도 놀랍지는 않을 것 같았다.

"레이철 해리슨은 엘리스 해리슨과 결혼했어요. 그 두 사람은 식당을 샀고 정말 어린 나이에 블루라는 딸을 낳았어요. 남자는 2003년에 사망했고요. 암이었어요. 그 남자의 학교 기록을 찾았어요. 시내에 있는 사립 학교예요. 지도 교사 말로는 엘리스가 입양되었다고 해서 시청에 전화를 걸어 기록을 확인했습니다. 누가 형 쪽인지 맞혀 보실래요?"

사피는 중얼거렸다.

"그 아기."

"엘리스와 안셀은 마을 외곽에 있는 한 농장에 버려진 채로 발견되었어요. 여기 주소요, 원하신다면요."

코린이 종이쪽지를 탁자 위로 건네자 사피는 재빨리 그것을 주머니에 넣었다.

"그럼 안셀이 왜 거기 있었던 걸까? 블루하우스에?"

"그걸 모르겠어요. 블루는 터퍼레이크 고등학교를 다니는데 이제 3학년이 돼요. 레이철은 식당을 운영 중이에요. 직원은 요리사와 설거지 담당 두 명뿐이에요. 근데 재정 상태가 안 좋아 보여요, 정말로 안 좋아요. 갚아야 할 대출금이 어마어마해서 조만간 은행에서 독촉 전화를 걸 것 같습니다."

"그러면 그녀가 도움을 필요로 한 걸까? 돈 때문에?"

코린은 어깨를 으쓱했다.

"아마도요. 그런데 안셀에게 돈이 그렇게 많이 있을 것 같지는 않은데요."

사피는 두 손가락으로 콧등을 누르며, 압력으로 콧속이 부푸는 것을 느꼈다.

"블루가 그렇게까지 자세히 알지는 못할 거야. 아마 도와 달라고 불렀겠지. 하지만 어떻게 그를 찾아냈을까? 그리고 왜 지금에서야 찾아냈을까?"

"그 질문을 드리려고 했는데요."

코린은 안타까운 표정으로 그녀를 바라보고 있었다. 사피는 창 너머로 햇볕에 타들어 가는 듯한 텅 빈 주차장을 바라보았다.

"왜 이렇게 이 사건에 이렇게 신경을 쓰세요? 로슨의 재판 기일이 다가오는데 우리가 왜 여기에 있을까요?"

"뭔가 있을 것 같은 예감이 들어."

마음속 어딘가에서 모레티가 나타났다. 모레티가 남긴 가장 중요한 교훈은 예감이 사실이 되기 전까지는 아무 의미가 없다는 것이었다.

"예감은 절대······."

"나도 알아."

사피가 말을 잘랐다.

"근데 이럴 필요가 있어, 코린. 나랑 같이 이 일 좀 하자."

코린은 커피를 한 모금 마시고는 어깨를 으쓱했다.

"그냥 운전해서 가기엔 먼 길이었어요. 경감님 말씀이 맞을 지도 몰라요. 뭔가가 있을지도 모르겠어요."

종업원이 영수증을 가지고 왔다. 그녀는 고작 스무 살 정도 로 되어 보였고, 가슴의 능선을 따라 무심하게 주근깨가 흩어 져 있었다. 사피는 이 식당이 안젤라 마이어를 기억하는지, 아 직도 그녀에 대한 이야기가 오가는지, 아니면 그녀가 모두의 기억에서 사라졌는지 궁금했다. 사피는 문득 몇 년 만에 처음 으로 자신이 주위를 경계하며 조심스러워졌다는 사실을 깨닫 고는 깜짝 놀랐다. 두렵기까지 했다.

안젤라를 상상할 때면 항상 해변이 떠오른다. 캘리포니아, 아니면 마이애미. 툭 튀어나온 발코니 위로 펼쳐진 푸른 하늘. 부동산 중개인이나 제약 회사의 대표가 되어 있을지도 모른 다. 해변에 침실 한 개짜리 콘도를 소유하고 있겠지. 일요일이 면 얼굴에 수제로 만든 마스크팩을 붙일지도 모른다. 리소토 를 요리하는 법을 배웠을지도 모른다. 어쩌면 사피처럼 만났 던 남자들 모두를 지루하다고 생각하고 있겠지. 사피는 종종 안젤라가 좋아하는 실크 파자마를 입고, 고독을 음미하며 잔잔한 파도 위로 떨어지는 해를 즐기는 모습을 상상하곤 했다.

　로슨의 재판이 열리기 7일 전, 사피는 블루하우스를 다시 방문했다.

　평일 아침이었다. 그녀가 어디로 갔는지 아는 사람은 코린뿐이었다. 사피가 빨리 돌아오겠다고 약속하자 코린은 걱정스럽게 그녀를 힐끗 보았다. 물론 회피 전술이기도 했다. 그러나 사피는 로슨 사건으로 너무나 지쳐 가고 있었다. 뭐라도 찾아야 했다. 그 어떤 것이라도. 레이철이 팬케이크와 한쪽 면만 살짝 익힌 달걀을 가져다 줄 때, 사피는 그녀의 손가락 마디에 오븐에 데인 물집이 잡혀 있는 것을 발견했다.

　앞치마에 손을 닦으며 레이철이 말했다.

　"다시 보니 반갑네요."

　구석에 있는 스테레오 스피커에서 오래된 록 음악이 흘러나왔다. 사피는 식당 안을 살펴보았다. 각기 의자가 네 개씩 놓인 테이블 열 개 위에는 냅킨과 식기가 가지런히 놓여 있었다. 손님은 그녀뿐이었다. 블루하우스는 평범한 중산층의 가정집처럼 생겼고, 한때는 이름을 알렸을 것 같지만 지금은 좀 허름해 보였다. 아래층은 식당용 주방으로 개조되어 있었고 뒤쪽 계단은 2층으로 이어졌다. 아마 거기서 사는 거겠지. 포크로 노른자를 터뜨리려는 순간 뒤뜰에서 낮게 목을 긁으며 웃는 듯한 소리가 났다.

창밖으로 계단을 올라가는 블루가 보였다. 도구가 든 상자를 팔에 안고 있었다. 머리는 대충 하나로 묶고, 터퍼레이크 육상 경기장이라고 적힌 티셔츠를 입은 모습이었다. 짧은 데님 반바지, 딸깍거리는 플라스틱 슬리퍼.

그녀의 뒤에는, 한 남자가 있었다. 그는 천둥처럼 낮은 목소리로 웃고 있었다.

안셀.

믿기지 않아 몸이 굳었다. 놀라움은 곧바로 혼란으로 이어졌다. 사피는 눈을 열심히 깜박이며 이 상황을 이해하려고 애썼다. 안셀이 여기 있어서는 안 됐다. 그는 버몬트에서 가구점으로 출근하고 제니가 남기고 간 이불을 덮고 잠을 자야 했다. 그는 여기에서 주머니에서 줄자를 꺼내 낡은 난간을 따라 움직이고 있으면 안 되는 사람이었다. 그는 귀 뒤에 있던 연필을 꺼내며 블루에게 뭐라고 말을 건넸다. 그 말이 들리지는 않았지만, 대화는 편안하고 걱정이라곤 없는 분위기에서 진행되는 듯했다.

그리도 오랫동안 느껴 왔던 두려움. 그 두려움의 날개가 미친 듯이 움직였다.

"괜찮으세요?"

레이철은 접시 위, 손을 대지 않아 그 위로 얇은 막이 생긴 달걀을 보고 있었다.

사피는 포크의 옆면으로 팬케이크를 자르면서 아무렇지 않은 듯 물었다.

"어디 공사 중이신가요?"

"그런 셈이죠. 몇 년 동안 힘들었거든요. 친구가 도와주고 있어요. 야외에 테이블을 다시 두려고요."

"따님도 돕고 있나 봐요?"

예의 바른 미소. 의심이 거의 드러나지 않도록.

레이철은 커피 주전자를 테이블에 내려놓았다.

"어디서 오셨다고 했었죠?"

사피는 다소 빠르게 대답했다.

"에섹스요. 하이킹하러 왔어요."

"그렇군요. 제대로 오셨어요."

레이철이 이 근방에서 가장 인기 있는 하이킹 코스를 설명하는 동안 사피는 고개를 끄덕이며 한쪽 귀를 바깥으로 기울였다. 블루와 안셀의 웃음소리가 유리창 너머로 흘러들어 왔다.

"조만간 또 올게요."

사피는 계산을 하면서 약속했다. 레이철은 고개를 끄덕였지만, 잠깐이라고 하기에는 지나치게 오래 사피를 쳐다보았다. 그러고는 달걀이 굳어 버린 접시를 치웠다.

터퍼레이크 호수는 작고 예뻤다. 플래시드 호수를 둘러싸고 있는 다른 여섯 개의 마을과 특별히 다른 점은 없었다. 사피는 고풍스럽고도 뻔한 거리를 살피며 천천히 차를 몰았다. 녹조가 뒤덮인 호수는 탁해 보였고 부서진 선착장은 물속으로 가라앉고 있었다. 마을에는 지붕이 경사진 도서관 하나와 중학교와 고등학교가 합쳐진 학교 건물 하나가 있었다. 박물관과 맥도날드, 스튜어트 주유소(미국 뉴욕주를 본거지로 하는 미국 편의점 겸 주유소 체인─옮긴이)도 하나씩 보였다. 스키 로프가 있었던 산 곳곳에 버려진 리프트가 흩어진 채였다. 블루하우스에서 몇 블록 떨어진 곳에 작은 모텔이 하나 있었다. 그곳 주차장에 주차된 트럭을 보자마자 사피는 속이 철렁했다.

진흙투성이의 흰색 픽업트럭.

안셀이 여기 묵고 있다.

무슨 일이 일어나고 있었다. 사피는 알아차렸다. 그녀는 에어컨을 켜고 땀에 절어 목에 붙은 머리카락을 떼어냈다. 터퍼 레이크 호수는 수년간, 그녀를 설명할 수 없는 방식으로 괴롭혀 왔던 이야기의 일부였다. 그건 안셀의 이야기였다. 그건 릴라의 이야기였다. 그것은 사피 자신의 얽히고설킨 마음속 이야기이기도 했다.

원하는 게 뭔가요, 사프란? 지난주 상담에서 로리가 물었다.

단순하고도 직설적인 질문이었다. 코에 걸친 안경 너머로 쏘아보면서 묻는 로리의 질문에 사피는 얼굴이 붉어졌다. 로리의 책상에는 드넓은 들판과 습지 연못이 펼쳐진 풍경 액자가 놓여 있었다. 그들은 작년에 사피가 만났던 필립이라는 파일럿에 대해 이야기하고 있었다. 저녁 식사를 먹은 후에도 사피의 업무용 전화가 울릴 때면 필립은 불만족스럽게 투덜거렸고, 그게 너무 심해지자 사피는 필립과의 관계를 정리했다.

당신은 성공을 간절히 원해요. 질문에 답이 없자 로리가 말을 이었다. *그건 정말로 확실한 듯해요. 하지만 저는 그 갈망의 밑바닥에 무엇이 있는지 더 관심이 가네요. 인정받고 싶은 욕구? 존경? 사랑?*

사랑은 충분해요. 사피가 받아쳤다. 사실이었다. 그녀에겐 크리스틴이 있고, 평일 밤늦게 도넛 상자를 들고 찾아가면 허리에 매달리는 크리스틴의 아이들이 있다. 필립이나 브라이언, 혹은 대테러 팀의 라몬 같이 종종 찾아와 그녀가 부탁한 일을 해 주는 남자들도 있다. 코린과 같은 수사관들이 모인 팀도 있다. 그녀는 퍼즐을 풀며 긴 밤을 보냈다. 그녀 자신과 진실 사이에 있는 사랑이라는 렌즈를 통해 힘든 경찰 업무를 견딜 수 있다고 생각했다. 하지만 그 생각은 점점 모호해져 갔다. 사피는 진실이 통할 것이라고 믿을 수 없다면 왜 진실을 추구해야 하는지 알 수 없었다. 시작은 아주 단순했다. 사피는 나쁜 사람들을 모두 잡아 멀리 쫓아내고 싶었다. 하지만 이것도 사랑은 아니었다. 어렵고, 화가 나는 일이었다. 그리고 그것은 사피가 가장 잘 아는 자기 자신의 모습이기도 했다.

로리는 오랫동안 그녀를 응시했다. 상처가 끓어올라 기포를 내뿜는 듯 숨이 막혀와 사피는 몸을 꼼지락거렸다. 몸이 따끔거렸다. 속이 들끓었다. 더 이상 아무 말도 할 수 없었다. 상담은 반 정도 진행되었지만 사피는 일어나서 걸어 나왔다.

농가는 에섹스에서 16킬로미터 정도 떨어진 곳에 있었다. 개발되지 않아 어지러운 시골 황무지였다. GPS는 움푹 패인 비포장도로로 사피를 안내했다. 타이어가 쓰러진 나뭇가지와 버려진 건설 장비 위를 덜컹거리며 지나가는 동안 저 멀리 위쪽에 초록빛 나무들이 어렴풋이 보였다. 마침내 어느 공터에 도달했을 때 목적지에 도착했다는 안내 음성이 들려왔다.

이 땅은 버려진 곳이었다. 오랫동안 비어 있었다. 집의 잔해만 공터 위에 남아 있었다. 건물이 스스로 무너져 내린 것 같았다. 노란 페인트 조각이 건물 외부 이곳저곳에 흩어져 있었다. 한때는 아름다웠을 곳이었다. 뒤쪽 발코니는 거의 온전하게 남아 있었고, 내려앉고 갈라진 건물 사이로 그 너머의 산이 보였다. 노숙자들이나 파티 장소를 찾는 10대들이 종종 이용했을 듯했다. 트래비스(영국의 록 밴드—옮긴이)의 오랜 멤버들이 좋아했을 것 같은, 무심하고 으스스해 보이면서도 어딘가 안전해 보이는 장소였다. 집 너머의 구불구불한 들판에는 쓰레기가 널려 있었고 판자로 된 창문에는 낙서가 가득했다.

건물 잔해 사이를 걸어 다니는 사피의 발소리는 바람에 실려 사라졌다. 다가가자 집이 한숨을 쉬는 듯했다. 병들고 유령 같은 기운이 느껴지는 것 같아 사피는 불편한 기분이 들었다.

집 안으로는 들어가지 않았다. 현관 계단을 밟자 삐걱이는 소리가 났다. 입구에서 사람이나 동물이 망가뜨렸을 낡은 가구들이 흩어진 안의 모습이 보였다. 벽난로는 쓰레기로 가득차 있었다. 깨진 창문의 부서진 유리 조각 사이로 오후의 햇살이 쏟아졌다.

이런 곳에서 그들의 모습을 상상하고 싶지 않았다. 아직 거친 목재 위에서 놀이를 하고 있는 어린 두 소년들을. 아이와 아기. 이곳에 좋은 어머니는 없었다. 너그러운 아버지도 없었다. 사피는 버려짐을 알았다. 사피는 비극을 알았다. 사피는 외로움을 알았다. 사피는 폭력을 알았다. 평생을 그 뒤를 쫓아오며 살지 않았던가. 사피는 폭력이 어떻게 인간의 몸에 남는지, 어떻게 얼룩이 지는지 잘 알았다. 폭력은 언제나 지문을 남겼다.

마침내 사피가 경찰서로 돌아온 오후에는 차분함과 긴장감이 맴돌고 있었다. 경찰관들은 모두 서류 작업에 몰두하고 있었는데, 걱정스러울 정도로 모범적인 모습이었다. 팀 맥그로와 플로리다가 함께 작업한 음악이 끔찍하다며 몇 주 동안이나 떠들어 댔던 그들이 지금은 조용했다. 사피가 도착하자마자 데스크에 있던 제이미가 그녀에게 눈짓했다.

"서장님이 오셨어요. 코린이 사무실로 모시고 갔습니다."

서장은 알바니 출신의 건장한 남자였는데, 사피는 그를 두 번 본 것이 전부였다. 사피가 모레티를 수년간 괴롭히던 연쇄 사건을 해결했을 때, 그는 찾아와 악수하고 사진을 찍고 축하

를 건넸다. 그리고 이전의 범죄수사국의 팀장이 켄싱턴 때문
에 로슨 사건에 휘말렸을 때, 경찰청은 그에게 자진 사퇴를 권
고하기 위해 이곳으로 서장을 보냈다.

지금은 달리 축하할 일이 없었다. 사무실에 들어간 사피는
묘한 암울함을 느꼈다. 서장은 코린의 맞은편에 있는 삐걱거
리는 의자에 앉아 작은 종이컵을 손에 들고 있었다. 루이스와
타민스키는 오늘 유난히 초췌해 보였고, 잘 맞지도 않는 셔츠
를 어설프게 풀어 헤치고 있었다.

"싱 경감."

서장이 악수를 청하며 일어섰다. 사피는 허리를 곧게 펴고
손을 잡았다.

"콜드웰 경사가 로슨 사건에 대해 설명해 줬소."

코린은 미안한 듯 눈짓을 보냈다.

"재심 때까지 계속 수사를 하겠다고? 검사가 연락을 했다네.
반기지는 않더군."

"그럴 겁니다."

그의 눈빛은 사피를 비난하는 듯했다.

"자네가 뭘 찾아낼지 궁금하군. 언론에 보도가 많이 된 사건
이지. 당국에도 이미지 타격이 있었고. 우린 자네에게 기회를
줬네, 싱 경감. 다양성 기조가 나쁜 사건 하나 때문에 망쳐지는
건 내가 바라는 일이 아니야."

다양성 기조라. 사피는 처음 듣는 이야기였다. 그녀가 서른
아홉 살이라는 나이에 지난 몇 년을 통틀어 최연소 범죄수사

국 팀장으로 임명되었으며 B팀에서 직책을 맡은 적이 있는 유일한 유색인종이자 여성인 것은 사실이었다. 하지만 능력으로 얻은 자리였다. 경사로 승진할 무렵, 사피는 주를 통틀어 범죄자 체포 기록이 가장 많은 사람이었다.

그럼에도 서장의 시선을 받으니 위축되었다. 서장은 사건을 검토하고 아리송한 지시를 내린 후 마침내 돌아갔다. 그가 없어진 사무실은 뭔가 작아진 느낌이었다. 윙윙거리는 소리가 편집증처럼 사피를 괴롭혔다. 잡기에는 너무 작은 파리가 날아다니는 듯했다.

여름을 맞은 크리스틴의 집은 아름다웠다. 챔플레인 호수로 바로 통하는 마당을 끼고 있는 거대한 크기의 전원주택 한 채가 별장들 사이에 자리잡은 꼴이었다. 사피는 벨도 누르지 않고 현관으로 들어서서 아이들의 웃음소리를 따라 복도로 들어갔다. 난 닌자 할래! 한 아이가 소리치자 다른 아이는 기쁨에 찬 비명을 질렀다.

"꼴이 말이 아니네."

크리스틴이 사피에게 샤르도네 포도주 한 잔을 건네며 말했다. 부엌을 리모델링한 지 얼마 되지 않은 터라 모든 것들이 빛나 보였다. 레고가 잔뜩 쌓인 싱크대 옆에 선 제이크는 붉은 소스가 담긴 냄비를 저으며 고개를 끄덕였다.

"일이 힘들었어?"

이야기는 수박 겉핥기식으로 진행되었다. 로슨 사건, 경찰서장, 그의 위협에 위축되었던 일. 사피는 다양성 기조에 대해서는 언급하지 않았다. 크리스틴은 이해하지 못할 것이다. 크리스틴은 아이들이 눈앞에 나타났다 사라졌다 하는 동안 식탁에 매니큐어를 바른 손톱을 두드리며 귀를 기울였다. 이제 다섯 살과 여덟 살이 된 아이들은 테이블 아래에 있는 순종 미니어처 푸들 개를 쫓느라 사피의 팔꿈치 밑으로 지나다니며 소란을 피웠다.

"모르겠어. 때론 이 일에 변화가 있기는 할지 궁금해. 남은 인생을 관료주의적인 헛소리에 빠져 허우적대면서 보내게 되는 건 아닌지 말이야."

"이건 형사 업무 그 이상이야. 네가 항상 말했잖아. 시스템은 내부에서부터 바뀌어야 한다고. 네가 지금 거기 있는 거야, 그 안에."

크리스틴이 위로를 건네자 곧 비를 쏟을 것 같은 구름처럼 비극의 예감이 엄습했다. 크리스틴의 삶을 지켜볼 때면 종종 그랬다. 자기 전에 아이들에게 동화를 읽어 주기 위해 위층으로 올라갈 때, 목욕을 마친 아이들이 경주용 자동차가 그려진 잠옷을 입고는 그녀에게 젖은 머리를 갖다 댈 때. 사피는 크리스틴이 가진 것들을 원하지 않았다. 아이를 가진다니 상상할 수 없는 일이었다. 크리스틴이 말했던, 아기에 대한 원초적인 욕구조차 느껴 본 적이 없었다. 하지만 이런 밝음이 말해 주는 어떠한 것들이 있었다. 이런 달콤함. 아이들의 머리를 쓰다듬는 제이크의 손짓, 공기 중에 떠다니는 요리된 바질의 향. 사피는 크리스틴의 말을 받아들이려고 해 보았지만, 오히려 끔찍하고 파괴적인 느낌이 마음을 파고들었다. 그것이 자신을 죽일지도 모르겠다는 생각까지 들었다. 로리의 말은 이 깨끗한 부엌에서는 지나치게 잔인하게 느껴졌다. *원하는 게 뭔가요?*

그리고 그때 릴라가 나타났다. 그녀는 크리스틴의 영광이 내뿜는 빛에 가려진 그림자였다. 릴라는 크리스틴의 부엌에서 결코 그들과 함께 할 수 없는 존재였다. 그녀는 몇 킬로미터 떨어진, 혹은 몇 개의 마을을 떨어진 곳에 있는, 자기만의 수정 같은 세계에 살고 있는 것 같았다. 절대 집에서 멀지 않은 곳일 것이다. 찬장에 가득한 간식과 넘쳐나는 쓰레기통, 기름기 가득한 지문이 묻은 창문. 사피는 낡은 소파에 누워 있는 그녀의 실루엣을 분명히 볼 수 있었다. 그녀가 셔츠 단추를 푸는 동안 텔레비전은 음소거되어 있을 것이다. 아기를 안고 젖을 빨리겠지. 젖은 뜨겁게 흐를 것이다. 거리에서 쓰레기 트럭이 조용히 공회전하듯 웅웅거리는 소리를 내는 동안 그녀의 집은 조용히, 평소처럼 웅얼거릴 것이다. 평범한 화요일. 릴라는 이제 여자가 되었을 것이고, 아기의 머리에서 나는 달콤한 우유 냄새를 맡으려고 몸을 숙였을 것이다. 더는 소녀가 아니라 어머니일 것이다. 성장했으며, 변화했고, 놀랍도록 새로운.

재판 나흘 전, 켄싱턴이 주차장에서 그녀를 불러 세웠다. 블루하우스를 찾아낸 지 2주가 지났으며 팀은 지칠 줄 모르고 일에 매달렸지만 로슨 사건에는 한 발짝의 진전도 없었다. 경찰관 두 명이 불스아이라는 선술집의 뒤에서 대마초를 거래하다가 적발되는 바람에 그 둘을 해고해야만 했다. 길고 긴 여름날 저녁, 강가에서 캠핑 의자에 앉아 낚싯대를 드리우고 늘어지게 맥주나 마시고 싶은 그런 날이었다.

켄싱턴이 부루퉁한 목소리로 뒤에 대고 말했다.

"경감님."

수사관으로서 켄싱턴이 지닌 강점 중 하나는 어디든 잘 녹아드는 능력이었다. 켄싱턴이 얼마나 끔찍한지, 그러나 그가 미소를 반짝이며 같이 자란 형제라도 되는 양 서장의 등을 토닥이는 한 그의 업무 성과는 중요하지 않다는 사실이 사피는 줄곧 놀라웠다.

"시간 좀 있으십니까?"

"물론이지."

사피는 차 지붕에 커피를 올려놓고 팔짱을 낀 채 기다렸다.

"음, 저는, 그러니까 제가……."

"말하게."

"죄송합니다."

사피는 석양이 지는 주차장에서 사각 턱에 공허한 표정을 짓고 있는 그의 모습을 자세히 바라보았다. 그녀를 늑대에게 던져 넣은 다음 용서를 구하다니 참으로 대담하고 그다운 짓이었다.

"경감님을 이런 상황에 처하게 할 의도는 아니었습니다. 수사 과정에서 제가 큰 실수를 했습니다. 바보 같았습니다. 죄송합니다."

"그렇게 말해 주다니 고맙군."

그가 멋쩍게 물었다.

"맥주 한잔 어떠세요? 오랜만에요. 라이온스헤드는 아직 그렇게 붐비지 않을 겁니다."

"그냥 집으로 가게, 켄싱턴."

사피는 말로 표현할 수 없는 좌절감에 휩싸였다. 켄싱턴, 이 일, 이 마을, 주차장 위에 드리운, 색이 또렷한 후크시아 꽃의 빛깔처럼 아름다운 분홍빛 하늘 따위의 것들이 너무나도 물려서 무언가를 즐길 수가 없었다.

황혼이 어스름하게 집에 스밀 때쯤에서야 사피는 그 장면을 알아차렸다. 뉘우치는 척을 하는 켄싱턴. 미스 젬마에 있던 그녀의 침실 앞에 액자처럼 걸려 있던 안셀 패커. *미안해, 사프. 제발 용서해 줄래?*

그날 밤, 사피는 블루하우스가 나오는 꿈을 꾸었다. 그녀는 맨발로 식당을 걷고 있었다. 발뒤꿈치를 들어 올리자 진홍빛 무언가가 묻어 미끄러운 게 느껴졌다. 피였다. 레이철은 커피 주전자를 들고 있었다. 여우처럼 축 늘어진 얼굴에 눈은 무언가가 쪼아 먹었으며, 피부는 반쯤 썩은 모습이었다. 블루는 낡은 데크 위에 다리를 꼬고 릴라와 함께 앉아 있었다. 릴라는 살아 있었고 둘은 킥킥거리며 쪼개진 나무 위에 데이지꽃으로 만든 화관을 씌우고 있었다. 릴라는 죽었고 블루는 고개를 들어 사피를 보면서 혼란스러운 표정으로 뼈를 부둥켜안고 있었다.

재판까지 이틀 남았다. 책상은 새장 같이 느껴졌고, 이메일 함은 꽉 찼으며 며칠이나 잠을 제대로 자지 못했다. 서장이 방문한 후 해고에 관한 소문이 돌았다. 경찰관들은 스트레스를 받았고, 틱틱 댔으며, 사기는 저하되었다. 전화기가 울리자 사피는 무심코 그걸 확인했다. 크리스틴이 가장 좋아하는 가구점에서 보낸 쓸데없는 메일일 것이라고 생각했다. 하지만 다른 이름이 나왔다. 그녀가 그토록 기다리던 주소였다.

대행사.

유감스럽게도…….

안개, 땅이 꺼지는 듯한 느낌.

우리는 당신의 아버지, 샤우리아 싱을 찾았습니다.

2004년에 사망하셨습니다.

사무실이 달려드는 듯하더니 초점이 나가는 느낌이 들었다. 사피는 비틀거리며 의자에서 일어나 사무실 밖으로 나갔다. 코린이 뒤를 쫓아왔다. *경감님? 괜찮으세요? 산소가 부족했다.* 주차장이 나타났다. 타는 듯한 여름 저녁의 지평선이 분홍빛으로 물들어 가는 동안 사피는 습한 공기를 들이마셨다. 그녀는 어디로 가야 할지를 알았다.

바로 그 거리로 돌아가야 했다.

블루하우스는 밤의 등대 같았다. 커튼이 없는 무대처럼 빛이 식당 내부에서 넘쳐났다. 헤드라이트를 끈 차를 주차한 도로변에서 사피는 블루와 레이철이 카운터에서 함께 일하는 모습을 지켜보았다. 안셀은 바에 앉아 맥주병의 목을 쥐고 있었다.

사피는 불편함을 느끼며 바라보았다. 여름 나방 한 마리가 앞유리창을 살며시 기어올랐다. 블루는 카운터를 닦으며 자기 엄마 주위를 맴돌았다. 레이철은 와인잔을 불빛에 대어 보고 있었다. 안셀은 팔짱을 낀 채 의자에서 허리를 숙였다. 늦은 토요일 밤, 식당 문을 닫는 보호자 둘과 딸 하나를 보고 있는 것일지도 모른다. 그들은 편안해 보였다. 가족답게 안락하고 우아하게 움직였다.

떠올려 보는 것조차 가슴이 아픈 생각이 들었다. 어쩌면 사악한 건 아무것도 없을지도 모른다고. 결국엔 이토록 단순하다고. 아마 안셀은 사피와 같은 것을 바랐을 뿐인지도 몰랐다. 자신이 어디에 속한 존재인지 결국엔 알아내는 것.

그녀의 아빠는 죽었다. *사망했다.* 그녀가 본 유일한 아빠의 사진은, 엄마가 죽은 이후 사라져 버렸다. 지금 그것이 너무나도 안타까웠다. 사피가 절대 알 수 없는 것들이 너무나도 많았다. 아빠가 살던 어린 시절의 집, 그가 믿었던 신, 그가 가장 좋아하는 낡은 바지. 정확한 눈동자의 색깔과 목소리. 자신의 일부를 잃은 것 같은 상실감.

블루가 손으로 무언가를 흉내 내자 안셀이 고개를 뒤로 젖히며 웃었다. 그들의 기쁨이 손에 닿을 듯했다.

그래서 사피는 그가 미웠다.

차 안에서 눈을 떴을 때는 호수 위로 새벽안개가 자욱했다. 물안개가 소용돌이치듯 피어올랐고 구름은 벌레가 기어가듯 움직이고 있었다. 7월의 공기는 벌써 따뜻했다. 잠들 생각은 아니었는데 지난 몇 주 동안 너무 피곤했는지 자기도 모르게 잠이 들어 버렸다. 진입로에서 빠져나오는 안셀의 트럭, 깜박거리는 식당 불, 블루의 실루엣이 위층 커튼 뒤로 움직이는 것을 보았던 기억이 났다. 입에서는 신맛이 났고 전날 출근 전에 화장을 했던 터라 속눈썹이 딱딱하게 굳어 있었다. 등이 너무 쑤시며 아팠다.

이른 시각이었다. 7시 남짓 됐다. 사피는 아무 목적 없이 산을 향해 차를 몰았다.

트레일 헤드(하이킹을 시작하는 지점—옮긴이)에는 사람이 하나도 없었다. 사피는 레이철이 말했던 하이킹 코스 중 하나인 캐시드럴 록으로 들어섰다. 사피는 하이킹의 매력을 전혀 알지 못했지만, 이곳은 애디론댁에서 가장 인기 있는 산 중 하나로 정상의 화재감시탑에서 바라보는 탁 트인 전망으로 유명했다. 사피는 경찰서에서 밤을 새울 때 쓰려고 챙겨 둔 플라스틱

물병과 단백질 바가 든 가방을 꺼냈다. 그러고는 먼지 쌓여 있던 청바지와 편한 신발로 갈아입고 나무들 사이로 터벅터벅 걸어갔다.

그녀는 걸었다. 태양이 오솔길을 같이 올라오며 부드럽게 그녀를 어루만졌다. 배터리를 아끼기 위해서 전화기를 꺼 두어서 몇 분, 몇 시간 동안 걸었는지는 계산하지 않고 허벅지가 타들어갈 때까지, 허리를 따라 흘러내린 땀이 바지를 적실 때까지 계속 걸었다. 산등성이를 따라 나무가 우거진 정상까지 걷자 아래쪽에 펼쳐진 산들이 내려다 보였다.

정상에는 삐걱거리는 소리를 내는 화재감시탑이 홰를 틀고 있었다. 그 아래 펼쳐진 애디론댁산맥은 무심해 보였다. 선명한 여름의 초록색이 굽이치듯 이어졌다. 사피는 감시탑 난간 밖으로 밖을 내다 보며 바람이 머리를 헝클며 등줄기를 따라 흐르는 땀을 식히도록 두었다.

그 소녀에게는 뭔가가 있었다. 블루. 어떤 느낌이 끈질기게 사피를 괴롭혔다. 저 멀리 장난감처럼 보이는 나무에 바람이 잔물결을 일으키는 것을 바라보다 그녀는 깨달았다. 그것이 부러움이었다는 것을. 안셀 같은 남자를 자신의 세계로 초대한다는 것은 분명한 특권이었다. 사피는 그런 식의 안정감을 느껴 본 적이 없었다. 발 밑에 펼쳐진, 터무니없이 아름다운 이 세상을 보며 사피는 경이로움을 느꼈다. 그녀는 10대 후반 남짓할 때부터 모든 사람의 내면에는 어둠이 있다는 것을 알았다. 어떤 사람들은 그걸 다른 사람보다 그냥 더 잘 통제할 수

있을 뿐이었다. 자신이 악하다고 생각하는 사람은 거의 없었
는데, 그게 가장 무서운 사실이었다. 인간의 본성이란 이토록
끔찍할 수 있었다. 그러나 그것은 자신이 선하다고 주장하면
서 그 추악함을 유지했다.

트레일 헤드로 돌아왔을 때는 높이 뜬 태양이 지글지글 타
오르고 있었다. 배에서는 꼬르륵 소리가 났고 어깨는 붉게 타
있었다. 전화기를 켜자 코린이 보낸 음성 메일이 열한 통이나
와 있었다.

경감님, 전화 주세요.

로슨이요.

죽었어요.

자살이라고 했다. 사피가 시내로 달려나가는 동안 코린이 설
명해 주었다. 교도소장이 감방 침대 시트에 목을 매단 그를 발
견했다.

터퍼레이크 호수를 지나는 동안 사피는 넘치는 분노를 내버
려 두었다. 격분했다. 그랬다. 아니, 그 이상이었다. 놀라지는
않았다. 로슨과 같은 남자들은 언제나 출구를 찾기 마련이었
다. 수없이 보아 왔다. 이미 자신들에게 유리하게 편성된 시스
템의 틈새를 찾아 비집고 나가는 그들을. 어떻게 감히 가장 잔
혹한 범죄를 저지른 후에도 자유를 누릴 자격이 있다고 느끼
는 걸까. 그게 어떻게 보이든지 말이다. 블루하우스에서 세 블

334

록 떨어진 곳에 있는 신호등의 빨간불에 멈춰 선 사피는, 피가 묻은 머리카락이 헝클어진 채로 타일 위에 쓰러져 있던 마조리의 모습과 연기가 가득 차 있던 부엌을 떠올렸다. 감방의 침대에서 빙글빙글 도는 로슨의 발도 떠올렸다.

이 순환은 무자비했다. 고칠 수가 없었다. 크리스틴에게 했던 말이 떠오르자 사피는 도로 한가운데에서 유턴을 했다. 그녀는 내부에서부터 시스템을 바꾸고 싶다고 했다. 그녀는 지금 내부에 있었고, 현미경을 들고 바이러스가 모든 것을 먹어 치우는 모습을 보고 있었다.

블루하우스에 들어선 사피는 카운터에 혼자 서 있는 소녀를 발견했다. 막 달리고 돌아온 듯이 얼굴이 붉고 뺨에 소금기가 묻어 있는 채로 블루는 얼음물을 마시며 휴대전화를 만지작거리고 있었다. 문쪽에서 소리가 나자 블루는 깜짝 놀라더니 메뉴판을 집어 들었다.

"몇 분이세요?"

"저 혼자요."

사피는 바에 자리를 잡고 앉아서 가만히 살펴보았다. 운동화를 신고 있었고, 붉은기가 도는 금발이었다. 하나로 묶어 올린 머리는 땀에 젖어 축축했고 종아리에는 진흙이 튀어 있었다. 블루의 옆모습에서는 안셀이 살짝 보였다. 오똑한 코의 높이, 고양이 같이 생긴 눈.

사피는 배지를 들어 올리며 고백하듯 말했다.

"뉴욕주 경찰이란다. 어머니 좀 모시고 오겠니?"

레이철이 부엌에 나올 때까지, 사피는 소름 끼치는 의심으로 가득 차 있었다. 레이철은 혼란스럽고 두려운 표정으로 딸의 어깨를 보호하듯이 감싸 안았다. 프로답지 못한 일이었다. 사피는 알았다. 불법은 아니지만 결코 현명하다고는 할 수 없었다. 그러나 불안해하며 입술을 깨무는 블루의 모습이 사피의 꿈속에서 현관에서 뼈 더미를 들고 있던 모습과 겹쳐 보였다.

"안셀 패커와 무슨 관계인지 말씀해 주시겠어요?"

레이철이 반문했다.

"무슨 일인데요?"

"중요한 일이에요. 부탁드립니다. 왜 그가 여기 있는 거죠?"

블루가 말했다.

"제 삼촌인데요. 아빠의 형이래요. 지난달에 할머니가 그 사실을 알려 주시기 전까지는 그런 사람이 있는지도 몰랐어요. 아빠는 친형이 있는지도 모르고 돌아가셨어요. 그래서 제가 연락을 했어요. 삼촌에 대해서 우리도 알아야 한다고 생각했거든요."

"안셀에게서 원하는 게 뭐죠?"

블루가 천천히 대답했다.

"아무것도요. 삼촌은 뒤뜰에 새로운 데크를 만들어 주고 있어요. 삼촌은…… 음, 삼촌은 가족이에요."

쌕쌕거리며 숨을 내쉬자, 편집증이 가라앉았다. 멍청할 정도로 간단했다. 전혀 복잡할 게 없었다. 하지만 그렇다고 위험이 사라진 건 아니었다. 그녀는 침대 시트를 떠올렸다. 시퍼렇게 멍이 들 때까지 로슨의 목에 휘감겨 있던.

그때 이야기를 쏟아 냈다. 과할 정도로 자세하게 말했다. 사피는 시체들에 대해서, 마치 도망치려고 했던 것처럼 흩어져 있었던 소녀들에 대해서 이야기했다. 제니의 손가락에서 반짝이던 반지에 대해서도 이야기했다. 심지어는 침대 시트에 말라붙어 있던 여우에 대해서도 이야기했다. 이야기를 들으며 레이철의 얼굴은 굳어졌고, 블루의 얼굴은 말할 수 없는 참담함으로 일그러졌다. 사피가 이야기를 끝내자 길고 가슴을 조이는 침묵이 자리했다. 후회가 이 참혹한 습기 속에 번지며 자신을 기다리고 있는 듯했다.

"이해가 안 되네요. 왜 감옥에 가 있지 않은 거죠? 왜 체포되지 않은 거예요?"

사피는 상처를 주는 데에는 많은 방법이 있다는 사실을 깨달았다. 꼭 물리적이지 않아도 됐다. 멀리서 제빙기가 작동하는 소리가 들렸다.

"간단히 말해서, 증거가 없습니다. 여러분의 안전을 위해서 이 정보를 제공해 드리는 거예요. 제발 그 사람을 멀리 하세요."

사피는 레이철의 손에 전화번호를 쥐여 주고는 바 뒤에서 굳어 있는 듯한 그들을 내버려 두고 떠났다. *필요하면 연락하세요.* 식당을 나오며 사피는 그 둘의 모습을 기억했다. 상처를 받았지만 그게 그다지 치명적이지는 않았을 두 명의 여자를.

그리고 이제 이게 끝났다는 걸 알았다. 그간 그녀는 안셀 패커를 바라보며, 그의 고통을 자신의 고통과 비교했다. 그러나 안셀은 자신의 과거를 묻어 두는 법을 배운 것 같았다. 사피가 이제 그 땅을 파헤쳐야 할 시간이었다.

그날 밤 사피는 경찰서로 돌아갔다. 새벽 2시의 경찰서는 텅비어 있었다. 컴퓨터는 희미한 불빛을 내뿜다가 잠이 든 듯 깜빡거렸고 사무실은 완전히 깜깜했다. 책상 의자를 더듬어 꺼내 가죽에 몸을 기대자마자 권위감이 즉각 들면서 마음이 가라앉았다. 그녀가 했던 행동은 프로답지 못했다. 그러나 인생의 모든 걸 진공처럼 빨아들이며 말살시킨 이 일, 악몽과 광시곡 사이를 오고가게 만든 이 일, 바로 이 일이 어떠한 변화도 만들 수 없다면, 적어도 다른 곳에서 변화를 일으킬 수는 있었다. 목에 걸린 덩어리에 금이 가더니 그게 터지는 것 같았다. 오래된 말이 끝도 없이 울려 퍼졌다. 원하는 게 뭔가요?

그녀는 좋은 사람이 되는 것을 원했다. 그게 무엇을 의미하든 말이다. 천장을 바라보는 사피의 두 눈에서 뜨거운 눈물이 흘러내리며 뺨을 적셨다. 그녀는 선과 악의 차이가 단순히 노력의 문제일 뿐이기를 기도했다.

재심은 없을 것이다. 그들이 오랜 기간 준비해 온 월요일, 사피는 수사관들에게 하루의 휴가를 주었다. 경찰서에 출근하거나 서장실과 로슨의 변호인, 굶주린 기자들에게서 걸려 오는 엄청난 전화를 받는 대신 사피는 묘지를 방문했다.

엄마의 무덤은 단정하지 않았다. 꽃을 가져왔지만 이끼 낀 회색 비석에는 지나치게 싱싱해서 싫었다. 풀밭에 웅크리고 앉아 화강암에 영구히 새겨진 엄마의 이름 위에 꽃을 놓자, 그녀의 목소리가 들렸다. 이렇게 선명한 순간은 드물었으므로 소중했다. *알게 될 거야. 올바른 사랑은 널 모두 집어삼킬 거야.*

레이철이 떨리지만 확신에 찬 목소리로 전화를 걸었다. 그녀는 안셀을 블루하우스에서 내보냈다고 했다. 그의 트럭이 터퍼레이크 호수 근처에서 사라졌다고 했다. *어디로 갔나요?* 사피가 물었다. *저도 모르겠어요.* 레이철이 대답했다. 그것으로 충분할 것이다. 이 집착은 지나치게 오랫동안 그녀를 괴롭혔다. 이 사건은 영원히 풀리지 않는 미제 사건으로 남을 것이다.

하지만 사피는 엄마의 말이 옳다는 걸 알았다. 이것은 어떤 형태의 사랑으로 간주되어야 했다. 누군가를 뒤쫓는 사랑, 사냥하는 사랑. 밤에 나는 소리처럼 누군가를 깜짝 놀라게 하는 사랑. 엄마의 무덤에 무릎을 꿇고 거친 돌에 이마를 갖다 대자 깨달음이 허물을 벗듯 찾아왔다. 자신이 자신에게로. 저쪽에서 이쪽으로. 그 경이로움, 그 무게, 이 끝없는 성장.

1시간

증인이 도착했어요. 목사가 말했다.

56분. 공포는 체와 같다. 나른함이 찾아오지만 그 말을 듣자 날아가는 듯하다. 몸이 가벼워지고 근육이 풀린다.

블루. 당신은 말한다. 그녀가 왔다.

그녀는 나이를 먹었다. 당신을 보고 싶어 하지 않는다. 말을 나누고 싶어 하지도 않는다. 그녀가 증인석에 나타날 때까지 당신은 그녀를 보지 못할 것이다. 블루하우스에서 여름을 보 낸 이후로 7년이 지났다. 달라졌을 것이다. 그러나 블루가 어 떻게 자랐는지는 중요하지 않다. 당신에게 그녀는 영원히 열 여섯 살이다. 당신에게 블루는 언제나 식당 카운터에 서서 운 동복 소매에 난 구멍으로 엄지를 찔러 넣곤 하던 10대 소녀다.

큰 사건은 없었다. 인생을 바꿀 만한 폭로도 없었다. 이제 와 블루하우스를 생각하면, 그 단순함에서는 일종의 황폐함이 느껴졌다. 거기에는 오로지 평온만이 있었다.

풀이 자란 잔디밭에서 블루와 함께 있던 사람은 당신뿐이었다. 그녀는 일과 학교, 어렸을 때 좋아하던 음식 같은 것을 물어보았다. 블루는 자기 아빠에 대해 가지고 있는 추억들을 말해 주었다. 당신이 그 짧고 밝은 몇 주 동안 알고 싶어 했던, 그래서 이곳에 오게 한 이유가 됐던 그 남자였다. 농가의 바닥에 있던 아기, 당신을 지금껏 괴롭혀 왔던 비극의 결과가 이 소녀라니 믿기지 않았다. 그녀의 얼굴에서 당신은 면죄부를 찾았다.

블루하우스에서는 뭐든지 쉬웠다. 바에 앉아 레이철과 블루가 식당 문을 닫는 동안 당신은 위탁 양육으로 자란 이야기, 제니에 관한 이야기, 쓰는 책에 관한 이야기를 했다. 당신의 이론에 대해서도. 블루는 직접 만든 파이를 내왔다. 사과가 혀끝에서 달콤하게 녹았다.

오늘 밤의 그림자 속에서 진실은 멍청하게만 느껴졌다. 가슴이 아플 정도로 간단했다. 당신은 블루하우스 전까지는 당신이 어떤 존재가 될 수 있는지 몰랐다. 덧없었다. 연약했다. 비극적일 정도로 간단했다.

블루하우스에서 당신은 자유로웠다.

이제 마지막 식사가 나온다.

당신은 침대에 등을 기대고 바닥에 앉아 무릎에 쟁반을 올

려놓는다. 미끄덩거리는 썰어 둔 돼지고기 덩어리, 으깬 감자
덩어리, 형광빛 초록색을 띤 큐브 젤리. 당신은 포크 옆면으로
고기를 자른다. 윌스 교도소에 있는, 보안 수준이 낮은 다른 수
감자들에게 제공하는 것과 같은 고기다. 특별할 것은 없다. 마
지막 식사에 대한 악명은 높았지만 몇 년 전 불만이 쇄도하고
새로운 교도소장이 오면서 그런 말은 사라졌다. 고기는 쉽게
쪼개진다. 한 덩이를 찍어서 입으로 가져간다. 고무를 씹는 듯
이 질기고, 짜고, 현실감이 없다. 고기를 삼키며 그게 어떻게
목구멍을 넘어가 내장으로 내려갈지, 거기서 사진과 함께 어
떻게 천천히 녹아내릴지 상상해 본다. 주 정부에서 제공해 준
싸구려 삼나무 관 안에서, 길 근처에 있는 묘지 아래, 비석도
없는 1미터 남짓의 지하에서 당신의 피부와 내장과 함께 분해
될 것이다.

당신은 끌어내어진다. 그뿐이다. 당신은 깨닫는다. 이미 끝
났다.

당신은 마지막 한 점을 먹지 못 한다.

목사가 돌아온다. 감방 밖에 앉아 있는데, 의자를 뒤로 젖히
고 멋진 척하려는 선생님처럼 보인다. 가죽으로 제본된 성경
책을 들고 반복적으로 표지를 엄지로 쓰다듬는다.

블루 양에게 이야기를 전해 드릴 수 있습니다. 하고 싶은 말
이 있나요? 목사가 말한다.

그녀에게 할 말은 없다. 블루는 이미 알고 있다. 당신이 지닌 인간성의 가장 불쾌한 부분을. 뒤섞인 당신의 이론을. 당신 안에는 가능성의 은하, 약속의 우주가 존재한다는 사실을.

어떻게 이럴 수 있죠? 당신이 묻는다.

목사는 당황스러운 듯 얼굴을 찡그린다.

목사님, 저 사람들은 어떻게 이런 일을 하는 걸까요?

글쎄요.

저기 있는 여자아이 말입니다. 블루요. 그녀는 살아 있는 증거예요. 나도 평범한 사람이 될 수 있어요. 나도 선해질 수 있어요.

물론 당신은 선해질 수 있어요. 모든 사람들은 선해질 수 있죠. 그건 문제가 안 됩니다.

목사의 배는 참을 수 없을 만큼 불뚝하다. 피둥피둥하고 약해 보인다. 당신은 쇠창살 사이로 손을 뻗어 그의 감자 같은 얼굴을 한 손에 쥐고 싶다. 당신이 자주 쓰곤 했던, 상황의 통제권을 얻는 방법은 아직 유효하다. 당신은 그를 민망하게 만들 수 있다. 그를 속일 수도 있다. 창살에 몸을 던져서 오로지 육체적인 힘만으로 그를 위협할 수도 있다. 그러나 그런 방법들은 너무나 타성적이다. 당신에게는 44분이 남아 있고, 그러한 일은 무의미하게 느껴진다.

목사가 말을 잇는다. 문제는 당신이 한 일을 우리가 어떻게 대하는가 하는 것입니다. 문제는 우리가 어떻게 용서를 구하는지에 관한 것이고요.

용서란 얄팍한 것이다. 용서란 카펫 위에 사각형 모양으로 비치는 따뜻한 햇살과 같은 것이다. 그 안에 몸을 웅크리고 잠시라도 위안을 느끼고 싶지만, 용서는 당신을 바꿀 수 없다. 용서는 당신을 되돌릴 수 없다.

그때 제니가 당신을 찾아온다. 유령처럼, 고발처럼. 가장 다정한 모습으로.

그녀는 이제 수증기로만 존재할 뿐이다. 이곳에 오기 전에 누렸던 삶에 남은 아주 사소한 세부사항들, 매일 하던 일들, 평범한 기억. 옛날의 집은 고통이다. 제니가 백화점에서 산 플란넬 침대 시트와 레이스로 수놓은 싱크대 위의 커튼. 한 번도 깨끗해 보인 적이 없는 베이지색 카펫, 스탠드에 먼지가 가득 쌓인 텔레비전. 당신은 여전히 거기 있는 그녀를 떠올릴 수 있다. 간호사복을 입고 겨울용 부츠에 묻은 소금을 탁탁 털며 현관으로 들어오는 제니를.

자기야? 나 왔어. 그녀가 부른다.

제니의 감촉. 과일향이 나는 샴푸, 그녀의 숨결. 제니가 당신의 뺨에 손을 얹고 놀리곤 했던 것도 기억한다. 뭔가를 느끼는 것도 좋잖아. 그녀는 깔깔 웃으면서 그렇게 이야기했고, 당신은 그 때문에 항상 짜증이 났다. 그러나 지금 다시 돌아갈 수 있다면, 당신은 제니의 손에 당신의 손을 얹고 그 마디진 손가락의 따뜻함을 만끽할 것이다. 그녀는 당신과 이 세상 사이에서 있어 주었던 유일한 사람이었다.

당신은 애원할 것이다 제발. 뭐라도 느낄 테니까.

어떻게 해야 할지 알려 줘.

과거를 회상하면 이제 그 선이 보인다. 블루하우스에서 제니로 이어지는 연결 고리가.

어느 일요일 아침, 해리슨 가족은 당신을 떠나보냈다. 블루와 레이철은 식당의 주차장에 서서 팔짱을 낀 채로 불안한 눈빛을 보내고 있었다. 돌아오지 말아요. 그들은 말했다. 더 이상 여기에서 당신을 보고 싶지 않아요. 살면서 그런 말은 수도 없이 들어 봤지만, 해리슨 가족이 하는 말은 다르게 느껴졌다. 블루하우스는 그간 당신을 밝고 부드럽게 만들어 주었으며, 많은 것을 증명했다. 마침내 당신은 무언가의 일부가 되었다. 가족.

하지만 레이철의 목소리는 단호했다. 당신은 그들이 무엇을 알게 되었는지, 어떻게 알게 되었는지는 알 수 없지만 너무 많은 것을 들었다는 것만은 알 수 있었다.

트럭에 올라 주차장을 빠져나오는 순간, 손끝이 미친 듯이 가려웠다. 눈앞이 흐려지고 기울어졌다. 블루와 레이철의 모습은 백미러에서 사라졌지만 그들의 눈빛은 영원히 잊을 수 없을 것이다. 그들은 당신을 두려워했다.

텍사스로 향했다. 나흘이 걸렸다. 버몬트로 돌아가는 건 상상도 할 수 없는 일이었다. 그 모텔로도 갈 수 없었다. 그 눅눅

한 방에 모든 걸 두고 왔다. 옷, 현금, 면도기, 칫솔, 그리고 블루가 주었던 어느 흐린 날 아침의 블루하우스 사진. 당신은 아무 생각 없이, 치솟는 화를 느끼며 운전했다. 당신이 지닌 인간의 몸이 얼마나 많은 상처를 견뎌 낼 수 있을지 궁금했다. 절망은 기생충과 같은 것이었다.

확실한 것이라곤 하나뿐이었다. 제니였다. 그녀의 모습. 그녀의 냄새. 아침이면 베개에서 시큼한 향기를 풍기던 그녀의 숨결. 산소가 필요하듯 당신은 제니가 필요했다. 블루하우스가 그녀를 대신할 수 있다고 생각하다니 얼마나 어리석었나.

당신은 트럭의 침대에서 잤다. 공기가 습해지고 초록빛이던 고속도로가 드넓은 사막으로 바뀔 때까지, 당신은 거센 바람이 부는 밤마다 뒤척이고 또 뒤척이며 잠들었다.

제니는 당신의 번호를 차단했다. 10개월 전 떠난 이래 딱 한 번 전화를 걸어 이혼 서류에 서명을 했는지 묻고는 끊어 버린 게 전부였다. 옆에 있을 변호사가 거칠게 숨을 쉬었다.

마침내 휴스턴에 도착한 당신은 허름한 모텔에 체크인을 하고는 공공 도서관을 찾았다. 퀴퀴한 책더미 사이에 컴퓨터가 하나 있었다. 제니의 이름을 입력하자 바로 페이스북이 떴다. 프로필 사진 속의 제니는 플라스틱 선글라스를 쓰고 그을린 어깨를 드러내고 있었는데, 놀랍도록 탄탄해 보였다. 며칠 전에는 주차장에 여자 셋이 서 있는 사진에 태그되었다. '베서니의 마지막 출근!'이라고 쓰여 있었다. 그 뒤에 있는 표지판에 병원 이름의 처음 네 글자가 적혀 있었다. 구글이 알려 줬다.

교외에 위치한 병원이었다. 여기서 멀지 않았다. 가슴이 두근
거렸다. 순간 당신의 몸은 당신이 이해할 수 있는 어떤 것으로
되돌아갔다.

희망, 칼날과 같은.

다음 날 아침, 당신은 차에 앉아 응급실 밖에서 인내심 있게
기다렸다. 페이스북으로 제니가 머리를 세련되게 단발로 잘랐
다는 사실은 알고 있었지만, 이렇게나 잘 어울릴 줄은 몰랐다.
얼굴이 더 작고 길어 보였다. 제니는 좋아 보였다. 한 손에는
커피를, 다른 한 손에는 전화기를 들고 있었다. 스피커 앞에서
웃는 소리가 차의 앞 유리를 넘어 들려왔다. 사람들이 회전문
을 통해 물밀듯 드나들었을 때, 그날 그냥 그녀에게 말을 걸었
더라면 상황이 달라졌을지도 모르겠다. 그러나 당신은 호기심
이 너무 많았다.

시간이 흐르며 열에 휩싸이며 당신의 이야기는 점점 팽창됐
다. 당신은 이걸 고쳐야 했다. 두 번째 기회였다. 체리가 그려
진 붉은 커튼이 있는 그 집으로, 소파에 화석처럼 누워 있을 수
있던 밤으로 돌아갈 것이다. 제니가 나올 무렵에는 아스팔트
위의 하늘이 분홍빛으로 물들어 있었다. 제니는 한 남자와 같
이 걷고 있었다. 그는 하늘색 수술복을 입고 있었고, 턱이 각졌
으며 수염이 제멋대로 나 있었다. 그가 몸을 숙여 천천히 제니
의 뺨에 입을 맞췄다.

뜨거운 분노가 번개처럼 솟구쳤다.

당신을 메스껍게 만든 긴 저녁 인사를 마친 뒤 남자는 자기

차를 몰고 떠났고, 당신은 제니를 따라갔다. 동화 속에서나 나올 것 같은 거대한 저택들이 있는 동네를 지나 작은 마을에 들어섰다. 제니는 현대적이지만 단조롭게 생긴 아파트 건물 앞에 멈춰 섰다. 주변의 다른 아파트들과 똑같이 파스텔색으로 칠해져 있었는데 크레파스가 줄지어 있는 듯했다. 그녀는 현관에 서서 지갑 속에서 열쇠를 찾았다. 그녀가 항상 가지고 다니던 지갑이었는데 인조 가죽이 여기저기 벗겨져 있었다. 안에는 구겨진 영수증 더미와 끝이 조금 부서져 있는 챕스틱 립밤 따위가 들어있을 것이다.

아파트의 불이 켜졌다. 어둠이 이불처럼 내려앉았다. 차에서 내리기 전까지 긴 몇 분 동안 심장이 두근거렸고 세상은 정지된 듯했다. 제니의 뺨을 움켜쥐고 있던 남자의 엄지손가락. 상처, 갈망, 부끄러움…… 이 모든 것이 함께 엉기어 썩은 내를 풍겼다.

문손잡이를 돌렸다. 잠겨 있었다.

그래서 당신은 문이 나가 떨어질 때까지 발로 찼다. 생각했던 것보다 더 크게, 더 폭력적으로. 이런 행동이 나중에는 문제가 될 것이다. 중범죄 기소, 절도 혐의를 주장하는 검찰, 당신이 사형에 처해지게 할 것이다.

하지만 그 순간에는 오직 제니뿐이었다. 그녀는 가스레인지를 등지고 개방형 대리석 주방에 서 있었다. 제니의 집은 반짝거렸고 깨끗하게 빛났다. 대리석 조리대에는 멋진 새 에스프레소 머신이 놓여 있었고, 창턱 옆 꽃병에는 생화가 예쁘게 꽂혀 있었다. 레인지 위의 찻주전자가 끓는 소리를 내는 동안 스피커에선 그녀가 가장 좋아하는 셰릴 크로우의 옛 노래가 흘러나오고 있었다. 그 노래는 가장 기본적이고, 가장 간절하고, 가장 감성적인, 가장 제니다운 노래였다. 대재앙. 그 순간 그녀는 제니 그 이상이었다. 그들 모두였다. 당신을 떠난 모든 여자들이었다.

안셀. 제니는 두려움에 떨면서 말했다. 당신이 문을 걷어찰 때 겁에 질린 제니는 달려가 반짝거리고 차가운, 손에 비해 너무 큰 부엌칼을 집어 들었다.

이건 당신이 상상했던 모습이 아니었다.

당신은 애원하고 싶었다. 제니. 제니, 나야. 당신은 인내심을 가지고 당신을 위로를 해 주던 모습의 제니를 원했다. 침대에서 몸을 돌려 당신의 어깨에 입술을 가져다 대던 제니를 원했다. 당신이 더 나은 사람이 될 수 있다고 믿었던 제니를 원했다. 살 만한 가치가 있는 삶을 주었던 제니를.

하지만 부엌에는 공포만이 존재했다.

갈림길의 순간이었다. 모든 게 달라질 수도 있었다. 아마 그런 순간들이 수백만 번 있었을지도 모른다. 만약 제니의 손에 부엌칼이 들려 있지 않았더라면, 만약에 만약, 정말 만약에 그랬더라면 일이 달라졌을 것이다. 당신이 달려들고 제니가 항복하는 듯이 손을 들어올려 그녀를 방어하는 순간에도, 당신은 그 다른 삶들을, 무한한 가능성을 품고 있었던 그 찰나의 순간들을 생각하며 아파했다.

제니는 그저 소녀였다. 당신은 당신일 뿐이었다.

31분.

당신은 감방 구석에 뻣뻣하게 서 있다. 목사는 떠났고, 당신은 코끝을 벽에 짓이긴다. 차갑고 까끌거린다. 온몸이 예민해지고 열이 나는 느낌이다.

아무도 신경 쓰지 않는 것 같다. 어떻게 의도가 상황을 바꿀수 있는지 아무도 이해하지 못하는 것 같다. 당신을 여기까지오게 한 모든 일 중에서 한 가지 일만이 가장 중요하게 여겨졌다. 당신의 본질에서 온 그 밤의 일이. 당신은 그것을 계획하거나 혹은 상상하지 않았다. 당신은 당신이 될 것임을 알았던 것의 힘에 따라 움직였을 뿐이었다. 욕망과 행동 사이의 거리가중요시되어야 했다. 당신이 제니를 사랑하고 싶었다는 것, 적어도 그런 방법을 배우고 싶었다는 사실이 중요시되어야 했다. 당신은 그녀를 죽이고 싶지 않았다.

헤이즐
2012

소환은 없었다.

척추를 따라 타고 내려가는 번개 같은 것은 없었다.

그 일이 일어났을 때, 헤이즐은 텔레비전의 소리를 낮추고 빨래를 개고 있었다. 앨마의 교복, 루이스의 사각팬티, 자신의 너덜너덜한 브래지어를 개면서 헤이즐은 아무것도 느끼지 못했다. 심장이 멎을 듯한 고통도, 갑작스러운 걱정도 없었다. 텔레비전에서 실내 자전거 광고가 나오는 동안 그녀는 매티의 양말을 색깔별로 분류했다. 저절로 씻겨지는 스펀지 광고. 자동차 보험 광고.

다음 날 아침, 헤이즐은 정원에 쭈그리고 앉아 있었다. 그녀의 손은 아스클레피아스의 줄기로 가득 차 있었다. 루이스가 뒷문 현관에 나타났다. 그는 토요일에 늘 입는 운동복 바지를 입고 그녀의 휴대전화를 공중에 흔들고 있었다.

"헤이즐. 장모님이 여섯 번이나 전화하셨어."

공포가 몰아닥쳤다. 몸이 본능적으로 준비됐다. 어머니는 두 번 이상 전화한 적이 없었고, 보통은 즐거워하며 음성 메시지를 남겼다. 부모님은 나이가 들어 가고 있었다. 어쩌면 누가 낙상했을지도 모른다. 어머니에게 전화를 다시 걸며, 헤이즐은 땀에 젖은 이마를 팔뚝으로 닦았다. 벨 소리가 흐느껴 우는 소리로 바뀌었다.

속이 날뛰는 것을 느끼며 헤이즐이 간절하게 말했다.

"엄마, 엄마. 왜요. 무슨 일이에요?"

"오, 얘야. 제니가, 죽었어."

눈앞이 반쯤 희미해졌다.

"안셀이 그랬대. 지금 경찰에 잡혀 있어. 아파트에 있었대. 부엌칼로……."

헤이즐은 자신의 목에서 터져 나오는 울부짖음을 전혀 듣지 못했다. 마음속 깊은 곳에서 오랫동안 기다리고 있던 주인 없는 고통이 순간 터져나오며 그녀를 관통했다. 루이스는 곁에서 서성였고 헤이즐은 현관의 검게 그슬린 나무 위로 쓰러졌다. 그녀가 멀리 던져 버린 전화기에서 어머니의 목소리가 작게 울려퍼졌다. 헤이즐은 현관 의자에 걸린 거미줄을 뚫어지라 바라보았다. 거미줄은 연약하고 반투명했다. 파리 한 마리가 그 가운데에 움직이지 않고 매달려 있었다.

시간이 뒤틀렸다. 늘어났다가 사라졌다. 오전이 오후로 뒤바뀌더니, 목구멍 안에 풍선이라도 들어 있는 듯 초현실적인 시간들이 스멀스멀 빠져나왔다. *시체가……*. 루이스가 아버지와 통화를 하고 있었다. *체포*. 충격에 휩싸인 채 정신없이 몇 시간이 흘렀다.

헤이즐이 자신의 소식을 전하고 싶었던 유일한 사람은 제니였다. 제니는 텍사스에서 지낸 몇 달간 명랑했듯, 활기차게 안녕, 하고 대답할 것이다. *요즘 만나는 사람이 있어*. 흥분해서 얘기하기도 했다. *수술실 간호사인데, 정말 다정해. 그이가 저녁을 만들어 주고 같이 텔레비전을 봤어. 여기 오면 소개해 줄게*. 추수감사절에 앨마와 함께 놀러 갈 생각이었다. 비행기도 이미 예약해 두었다. 헤이즐은 보송보송하고 매끈한 제니의 귓불을 떠올렸다. 다듬은 지 오래되어 큐티클이 거칠어진 그녀의 손톱도 떠올렸다.

슬픔은 구멍이었다. 아무것도 없는 곳으로 통하는 문이었다. 다리가 있다는 사실을 잊고 오래 걸은 것 같기도 했다. 갑자기 눈부신 태양을 맞닥뜨렸을 때의 충격이었다. 기억이 휘몰아쳤다. 길바닥에 떨어진 샌들, 차의 뒷좌석에 앉아서 졸았던 일, 화장실 바닥에 떨어져 있던 매니큐어를 칠한 손톱. 슬픔은 행성처럼 느껴지는 외로움이다.

나흘 후, 헤이즐은 어머니의 집 부엌에 서 있었다. 차갑게 식은 캐서롤 그릇과 멀리서 들리는 목소리가 그녀 주위를 감싸고 있었다. 그날 오후는 우울한 밤으로 변해 갔고 장례식이 끝나고 손님들과 만났을 때는 모든 것을 휩싼 연무나 연못 위를 하얗게 덮은 천 위에 던져진 듯한 기분이 들었다.

헤이즐은 검은색 옷을 입지 않겠다고 했다. 대신 옷장 안쪽을 샅샅이 뒤져, 오래전 크리스마스에 선물받은 면 원피스를 찾아냈다. 제니는 올리브 그린색을, 헤이즐은 밝은 회색을 받았다. 그 옷을 받았던 날에는 하나의 사람으로 취급되지 않는 느낌이 들었다. 불쾌해서 잊고 싶을 정도였다. 장례식에서 헤이즐은 부모님과 함께 교회의 앞줄에 앉았다. 그때까지 두 번 정도 간 적이 있는 교회였다. 목사는 제니가 훌륭한 성품에 대해 모호하게 칭찬했다. 헤이즐은 공동묘지까지 예의를 지키며 걸었다. 금방이라도 비가 쏟아질 것 같은 하늘 아래에서 관이 천천히 땅속으로 내려갔다. 몇 시간이 지난 후, 헤이즐은 땀에 젖은 손으로 장례식 행사 안내 프로그램 책자를 꼭 쥐고 있었다. 접혀진 종이의 전면에는 제니의 사진이 실려 있었는데, 저렴하게 흑백으로 인쇄되었다. 제니는 거실의 소파 끝에 앉아 두 손으로 턱을 받친 채로 환하게 웃고 있었다. 어리고 희망에 가득 차 보였다. 제니의 손에 있는 그 끔찍한 보라색 반지가 카메라를 향해 내숭을 떨며 윙크하는 것 같았다.

"먼저 가도 돼. 그러고 싶다면."

커피를 가져다주며, 루이스는 헤이즐의 등에 손을 얹어 주었다.

이웃들이 주변을 둘러싸고 있었다. 이모, 고모와 삼촌은 안타까워하는 말을 중얼거리며 거미 같은 팔로 헤이즐을 안아주었다. 그들 대부분은 그저 구경 삼아 왔다. 헤이즐은 이 골목에서, 아버지의 동료들의 인생에서, 어머니와 수영 에어로빅 강좌를 같이 듣는 여자의 인생에서 일어난 사건 중에 이 일만큼 흥미롭고 끔찍한 것은 없다는 사실을 알았다. 그들은 줄을 서서 헤이즐에게 조심히 다가왔다. 고인의 명복을 빌어요. 그 말은 공허하고 죽은 듯이 느껴졌다. 헤이즐이 겪는 상실이 택시 좌석에 휴대전화를 두고 온 것이나 다름없다는 듯했다.

"금방 올게. 잠시만."

이 조용한 혼돈 속에서 누구도 헤이즐이 정문 밖으로 빠져나가는 것을 알아차리지 못했다.

갑자기 조용한 곳으로 나가자 귀가 울렸다. 헤이즐은 진입로가 꽉 차는 바람에 길 건너편에 주차해 두었던 차에 올라탔다. 텅 빈 골목은 어두웠다. 남색 유모차. 여기서 보니 집은 슬픈 영화가 나오는 텔레비전 화면처럼 보였다. 혼자가 되니 힘이 풀렸다. 헤이즐은 엔진에 시동을 걸지도 않고 침묵을 누리다가 몸을 숙여 조수석 사물함을 열었다.

아직도 있었다. 기억 속에서처럼 무거웠다. 그 저주받은 끔찍한 반지.

10개월 전, 헤이즐은 제니를 공항에 데려다주었다. 그게 마지막으로 본 모습이었다. 손바닥에 반지를 올려 둔 지금 몇 년 동안 치워 두었던 기억과 함께 분노가 끓어올랐다. 안셀, 그날 제니에게 이 반지를 선물했던. 안셀, 달빛 아래에서 땅을 파고 있던.

헤이즐은 비틀거리며 부모님 집의 뒷문으로 들어섰다. 보라색 반지가 반짝거리며 그녀를 이끌었다. 단풍나무는 헤이즐이 항상 알던 그대로였다. 그것은 자식을 위로하는 아버지의 팔처럼 가지를 뻗치고 있었다. 헤이즐은 주위를 돌아보았다. 그해 겨울, 그녀는 침실에서 안셀이 아버지의 삽을 들고 있는 모습을 보았다. 10대 시절의 어린 스스로에게는 그냥 꿈이었다고 말하곤 했지만, 나무 밑둥을 쫓는 지금은 그 장소를 찾아내는 것이 무엇보다 중요했다.

그녀는 웅크리고 앉아 눈을 가늘게 떴다. 며칠 만에 처음으로 정신을 차리고 풀이 자라지 않아 흙이 드러난 맨땅에 멈춰 섰다. 아버지의 삽을 차고에서 꺼내 차가운 플라스틱 손잡이를 손에 쥐는 순간에는 그것이 꿈이 아니었다는 걸 알고 있었다. 그녀는 겨울 달빛을 받으며 여기 있는 안셀을 봤다. 그는 땅을 파고 있었다.

헤이즐의 손톱에 흙이 묻어 새까매졌을 즈음 삽이 작은 상자에 부딪혔다. 그녀는 휴대전화 불빛으로 구덩이를 비추었다. 제니의 오래된 보석 상자가 드러났다. 플라스틱으로 만들었고 깔끔한 디자인이었다. 제니가 놓치지 않을 만한 물건이었다. 헤이즐은 흙을 털어 내고 상자를 원피스 아래에 어색하게 숨긴 다음 조심스럽게 집 안으로 돌아갔다. 고개를 숙이고 그녀는 계단 밑으로 들어갔다.

부모님은 최근에 집을 개조했다. 헤이즐과 제니의 오래된 침실은 운동 공간이 됐다. 삐거덕거리는 문을 열며, 헤이즐은 벽에 걸린 자신의 발레화와 제니의 화장대 위에 흩어진 화장품을 보게 될 것이라고 생각했다. 하지만 아버지가 한 번도 사용하지 않은 아령과 기구들에서 나는 금속 냄새가 대신 그녀를 덮쳤다. 방 가운데에는 러닝머신이 놓여 있었고 벽에 매달린 텔레비전 아래에는 운동 관련 DVD가 줄지어 놓여 있었다. 방 구석에 둔 카펫에는 제니의 침대가 놓여 있던 자국이 여전히 보였다.

헤이즐은 러닝머신 가장자리에 앉아 멈춰 있는 트랙을 따라 손을 움직였다. 슬픔의 물결이 그녀를 휩쓸고 지나가도록 두었다. 어렸을 때 낸터킷의 해안에서 파도타기를 했을 때처럼. *파도가 보이면 선택을 해야 해.* 늘 그렇듯 제니는 으스대는 태도로 가르쳤다. *파도에 맞서 수영을 하든지 아니면 파도에 올라타든지.*

헤이즐의 무릎에 놓인 상자는 흙투성이였다. 그걸 털어 내고 뚜껑을 열자 카펫에 흙이 떨어졌다. 헤이즐이 알아볼 수 있는 것은 없었다. 향수가 밀려오지도 않았다. 상자 안의 보석은 제니의 것이 아니었다. 한 번도 본 적이 없는 것들이었다. 구슬 머리핀과 작은 진주 팔찌.

실망감에 마음이 무너져 내렸다. 거품이 꺼지는 듯했다. 루이스는 보석을 어떻게 해야 할지, 땅에 판 구덩이는 어떻게 해야 할지, 이 답할 수 없는 질문들에 대해 알고 있을 것이다. 헤이즐은 억울해할 뿐이었다. 선택이 없었다.

　이것이 지금 그녀의 이야기였다. 제니에게, 그리고 헤이즐에게 늘 일어났던 일이었다. 그녀는 남은 생애 동안 이 이야기를 다시 쓸 것이다. 정리하고, 다듬고, 벽에 던져 버리기도 할 것이다. 그런 일이 가능할지는 모르겠지만 제니가 없는 세상에서 살아가는 법을 배우기까지 몇 년은 걸릴 것이다. 헤이즐이 느끼는 상실감은 거칠었으며 끝이 없었다. 아직 안셀에 대해 제대로 생각해 보지도 못했다. 너무 큰 충격에 잠겨 헤엄치느라 갈비뼈를 후벼파던 분노도 잊었다. 이건 안셀에 관한 것이 아니었다. 그런 적은 한 번도 없었다. 한 사람이, 안셀, 그 남자 하나가, 지극히 평범한 인간이 이토록 거대한 구멍을 만들어냈다는 사실이 미친 일처럼 여겨졌다. 웃음이 나올 것도 같았다.

　헤이즐은 눈을 감고 운동 기구가 모두 사라지길 바랐다. 소환이 느껴지길 간절히 빌어 보았지만 대신 다른 것들만 얻었다. 아래층에서 떠드는 사람들의 소리와 자기 자신의 거칠어진 숨 사이로 투둑투둑 떨어지는 억울함. 이제부터는 소환이란 것이 없을 듯했지만 모든 것이 소환일 것도 같았다. 그녀가 어떻게 보는지에 따라 달린 문제였다. 헤이즐은 이제 뭔가의 절반이 아니라 오롯한 하나가 되었다. 소환은 마법도 아니었고, 텔레파시도 아니었고, 쌍둥이 사이의 이상한 현상도 아니었다. 제니는 떠났고 이제 두 사람 간의 연결 고리는 그 둘을 만들어 주었던 양수만큼이나 원시적이고 규정하기 난해한 것이 되었다. 그것은 세포 단위의 것이었다. 그것은 무한했다. 간단히 말해, 그것은 기억이었다.

소식을 들은 사피는 제니의 쇄골을 떠올렸다. 담배를 물고 숨을 들이마실 때, 움푹 패이던 그 부분을. 몇 년 전 응급실 밖에서 만났던 제니가 어떤 모습으로 보였는지를. 그녀는 이런 일이 일어날 줄 어떻게든 알고 있는 것 같았다.

화요일 밤 코린이 전화를 했다. 사피는 사건 파일을 커피 테이블 위에 늘어놓은 채 소파에 누워 있었다. 로슨이 자살한 이후로도 경찰의 고된 업무는 계속되며 가차 없이 사피를 밀어붙였다. 주 경계에서는 약물 과다 복용자가 늘어났고, C팀에서 발견한 시신도 있었다. 이 직업이라는 것은 그녀의 담당 업무가 어찌 되든 상관하지 않는 것 같았다. 로슨의 재판이 있던 다음 날 아침, 사피는 엑스트라 라지 사이즈의 커피를 들고 업무에 복귀했다.

사피는 티셔츠 주름에 묻은 팝콘 부스러기를 털어 내며 전화를 받았다.

코린의 목소리는 침착했다.

"경감님, 앉아서 들으셔야 합니다."

"그냥 말해."

"1990년 사건과 관련 있는 제니 피스크 말입니다. 휴스턴의 강력반이 며칠 전에 그녀를 발견했어요. 여러 군데 찔렸대요. 전 남편을 체포하긴 했는데 붙잡아 둘 증거가 부족하답니다. 바로 그놈이에요, 경감님. 안셀 패커요."

팝콘의 탄내가 갑자기 메스껍고 인공적이고 혐오스럽게 느껴졌다.

"죄송합니다, 지금 시기가 좋지 않은 건 알고 있지만……."

"고맙네, 경사."

사피는 전화를 끊었다.

불과 일주일 전만 해도 그녀는 블루하우스 근처에서 잠을 잤다. 일주일 전, 그녀는 블루와 레이철 앞에 서서 누구에게도 털어놓지 않았던 이야기를 했다. 그녀는 그 사실에 안도감과 함께 편안한 자부심을 느꼈다. 이곳에서 블루는, 다른 소녀들와 같은 나이였던 블루는, 햇볕에 그을리고 슬리퍼를 신고 다니며, 살아 있었다. 죄책감이 찾아왔고 그다음 공포가 왔다. 물방울처럼, 그러다 홍수처럼.

사피는 누구도 구하지 못했다.

다음 날 저녁, 여자가 현관에 나타났다.

사피의 손가락은 크리스틴이 우겨서 배달시킨 치킨 커틀릿의 양념이 묻어 끈적거렸다. 어스름한 숲 안개가 창문으로 들어왔다. 매미들이 불안한 듯 윙윙거렸다. 사피는 종이 타월로 손을 닦고 양말을 신은 채로 문을 열었다.

현관의 여자는 머리가 짧았다. 뺨에는 커다란 점이 있었다. 그녀의 얼굴은 쓰린 상처가 벌어져 있는 듯했다. 사피는 그녀를 바로 알아보았다. 뉴스 보도 사진에서 제니 피스크는 소파에 기대어 편하게 미소 짓고 있었다. 벌링턴 신문의 부고에는 이렇게 쓰여 있었다. 유족으로는 부모님과 쌍둥이 자매가 있습니다.

"집으로 찾아와서 죄송합니다. 저는 헤이즐 피스크라고 합니다. 저는, 음, 제가 뭔가를 찾은 것 같아서요. 콜드웰 경사님이 절 보냈어요. 보고 싶어 하실 거라고요."

사피는 헤이즐을 거실로 안내했다. 저녁 황혼의 햇살이 카펫을 가로지르며 부드럽게 거실로 스며들었다. 사피는 자신이 무의식중에 제니의 얼굴을 주의 깊게 관찰했었다는 사실을 깨닫지 못하고 있었다. 헤이즐은 슬픔에 뒤틀린 언니의 그림자 같은 모습이었다.

헤이즐은 가방에서 비닐봉지를 꺼내며 건네며 설명했다. 사피는 지문이 묻지 않도록 조심하면서 흙투성이 상자를 열었다. 안을 들여다보는 순간, 슬픔에 뒤섞인 후회가 차올랐다. 안도감을 느꼈어야 했다. 만족감을 느꼈어야 했다. 그녀가 옳았다. 하지만 장신구를 살펴보며 사피는 오로지 길게 뻗어 나가는 슬픔만을 느꼈다. 그것은 차츰 안으로 스며들다 기어이 흠뻑 적시는, 속을 들쑤시는 듯한 종류의 슬픔이었다. 비닐봉지에 있는 것은 너무나도 작고 쓸모없어 보였다. 릴라의 보라색 반지.

"그 반지요. 그가 제니에게 준 거예요. 그날 밤 마당에서 안셀이 땅을 파는 걸 봤어요. 이 보석들과 관련이 있는 거죠, 그렇죠?"

사피는 진실을 말할 뻔했다. 그 장신구들이 무엇을 의미하는지. 그건 조금 이상한 이야기였다. 안셀은 제니에게 그 반지를 줬다. 그리고 자신의 죄를 깨달았다. 그는 자신과 소녀들을 연결시켰고, 그래서 나머지들을 없애야 했다. 아니면 사피가 짐작할 수 없는 다른 복잡한 심리가 있었을 수도 있다. 그건 중요하지 않았다. 부끄러움이 목을 타고 올라와 사피는 아무 말도 할 수 없었다.

그녀는 알고 있었다. 오랫동안 제니가 백미러를 보며 립스틱을 바르고 트렁크에서 쇼핑백을 내리는 모습을 지켜보았기 때문이다. 안셀이 무엇을 할 수 있는지 알고 있었지만 그저 관찰하기만 했을 뿐 다른 아무것도 하지 않았다. 사피는 헤이즐에게 자신이 얼마나 큰 잘못을 했는지 말할 수 없었다. 이미 헤이즐은 아주 적나라한 비통함으로도 잘못 해석될 수 있을 것 같은 비난을 담아 그녀를 보고 있었다. 사피는 그 표정을 알고 있었다. 그녀가 저지른 실수가 두 사람 사이에 있었다. 받아들이기에는 너무나 오래 이어질 실수.

사피는 고맙다는 말과 함께 제니를 위해 최선을 다하겠다는
약속을 하며 헤이즐을 차까지 데려다주었다. 헤드라이트 불빛
이 깜빡이는 동안 사피는 도로에 서 있었다. 저녁이면 나오는
벌레떼가 아스팔트 위를 맴돌고 있었다. 떨칠 수 없는 그림자
가 있는 듯이 어떤 암시가 무겁게 느껴졌다. 몸을 마비시키는
만약의 이야기들. 만약 그녀가 안셀을 뒤쫓지 않았더라면? 만
약 그녀가 끼어들지 않았더라면, 만약 그가 블루하우스에 머
무르도록 두었더라면? 만약 안셀이 단순히 해리슨 가족과 함
께하고 싶어 했던 거라면, 만약 그의 의도가 정말로 순수했더
라면? 사피로서는 차마 생각도 할 수 없는 세계가 있었다. 그
세계는 진짜 사피의 세계를 빠르게 집어삼켰다. 그 세계 속에
서, 사피는 안셀을 그녀가 원하는 모습 바로 그대로의 괴물로
만들어 버렸다.

소녀들은 여전히 찾아왔다. 소녀들은 이제 나이가 들었고 제
법 어른이 되었다. 그들은 엄마들이었고, 여행가이며 아마추어
제빵사들이었다. 쓰레기 같은 텔레비전 쇼의 팬이기도, 뉴욕
야구팀 메츠의 팬이기도, 지역 여자 핀볼 대회의 우승자이기
도 했다. 등산을 좋아하고 일요일 브런치를 즐기며, 친구들과
노래방을 가고, 아이스크림을 사랑하며 아침 자위를 즐기거나
전설적인 핼러윈 파티의 호스트가 되기도 했다.
　미처 살아 보지 못한 무한한 삶, 그 가능성들이 유령처럼 따

라다녔다. 사피는 종종 세 번째 임신으로 부푼 배를 쓰다듬으며 그 안의 여자아이를 위해 기도하는 릴라의 모습을 상상했다. 여자아이라면 더 약할 것이지만 또한 잠재력이 더 풍부할 것이다. 무의식 깊은 곳에서 릴라가 말하는 것 같았다. 상상해 봐, 여자아이가 얼마나 많은 것들이 될 수 있는지.

헤이즐이 운전하는 차의 헤드라이트가 창 너머로 사라지자 사피는 닭고기를 냉장고에 다시 넣은 후 시리얼로 간단히 배를 채웠다. 장신구들이 담긴 상자가 싱크대에서 어렴풋이 보였다. 그녀는 어두운 부엌에서 등불처럼 번쩍이는 노트북을 열었다. 아침 일찍 있는 휴스턴행 비행기를 서둘러 예약한 후 롤린스 형사에게 전화를 걸었다.

안드레아 롤린스 형사는 한 잡지 인터뷰가 나온 뒤 만들어진 비공식적 모임에 참여하고 있는 열두 명 중 하나였다. 푸른 옷을 입은 여자들: 법 집행 기관에서 활약하는 여성들. 롤린스를 비롯하여 다른 여성들과 함께 찍힌 사피의 사진은 민망할 정도로 세련되게 실렸다. 기사가 나간 후 몇 달간 인터뷰 참여자들은 악성 이메일을 계속 받았다. 그들은 취한 채로 불평하며, 아무도 귀담아듣지 않을 추리들을 서로에게 그냥 말해 보곤 했다. 안드레아 롤린스는 휴스턴 강력반의 선임 형사였다.

롤린스가 수화기에 대고 한숨을 내쉬었다.

"싱 경감님, 상황이 좋지 않아요."

"그녀를 발견한 사람은 누구죠?"

"죽은 지 몇 시간 후에 참견쟁이 이웃이 발견했어요. 아파트 현관문이 열려 있었거든요. 동네 사람이 흰색 픽업트럭이 길을 돌아다니는 걸 봤다고 해서 CCTV로 번호판을 찾아냈습니다. 그렇게 안셀 패커를 추적했죠. 자동차 시트를 깨끗이 닦고 주를 반쯤 통과하고 있었어요."

"근데 체포를 못 했어요?"

"살인 흉기가 이미 사라졌더라고요. 어딘가에 버렸겠죠. 지문을 채취하려고 했는데 그놈이 문손잡이까지 모든 걸 다 닦았어요. 꽤 겁은 줬어요. 주를 벗어날 것 같지는 않습니다. 만일을 대비해 모텔 방을 계속 감시하고 있습니다."

"롤린스, 내일 제가 갈게요. 패커는 제가 오래전에 담당한 사건의 용의자고, 방금 새로운 증거를 찾았어요."

롤린스가 휘파람을 불며 긴 숨을 내쉬었다.

"저희 경무관님께 말씀드리겠습니다. 저희가 뭘 할 수 있을지 알아보죠."

"파일 좀 보내 주세요. 자백을 받아 내겠어요."

롤린스 형사는 수화물 찾는 곳에서 기다리고 있었다. 곱슬머리에 화장기는 없었지만 우아해 보였고 둥그렇게 말린 어깨에는 오래된 피로가 잔뜩 묻어 있었다. 사이렌을 울리며 태양이 작열하는 텍사스의 고속도로를 질주하는 동안 롤린스가 상황을 설명했다. 안셀 패커는 말하지 않을 것이다. 완전히 입을 닫았다. 그녀의 상사는 회의적이긴 했지만 필사적이었다. 사피에게는 1시간이 주어졌다.

사피는 시들어 메말라 가는 평원을 지나갔다. 그날 아침 기억 한 가지가 떠올랐다. 순수하기에 안도감을 주는 것이었다. 미스 젬마의 집에서 먹었던 오트밀 레이즌 쿠키. 사피는 크리스틴의 손바닥 위에서 하얗게 부서진 설탕이 녹아 가던 모습이 고통스러울 정도로 생생하게 기억났다. 안셀은 그 쿠키가 어떻게든 자신을 다른 사람과 같아지게 만들고, 자신이 저지른 짓을 보상해 줄 수 있다고 믿었던 것 같다. 사피는 롤린스에게 휴스턴 경찰서의 안내를 받고 경무관과 악수하는 동안에도 그 쿠키에 대해 생각했다. 텍사스 경찰이 그를 확보해 둘 수 있도록 뉴욕주 경찰은 수사를 방해하지 않겠으며 소녀들과 그 가족들을 위해 자백을 받는 것만이 자신의 목적이라고 다시 한번 약속하면서도 쿠키에 대해 생각했다. 우울하고 텅 빈 그 방에 들어서면서도 쿠키에 대해 생각했다.

쿠키는 증거였다. 사피의 기억 속 허무에서 살아 숨쉬는. 안셀 패커가 미안함을 느낄 수 있다는 증거였다. 뇌가 어떻게 스스로를 왜곡할 수 있는지 보여주는 증거였다. 사람들이 잘못되는 데에는 너무나도 많고도 복잡한 방법들이 있었다.

취조실은 회색빛으로 된 익명의 공간이었다. 안셀은 팔을 늘어뜨린 채 탁자 앞에 앉아 있었다. 입구에 들어서면서부터 찌르는 듯 시큼한 그의 숨결이 느껴졌다. 안셀은 3시간 넘게 이 방에 앉아 있었고 형사들은 의도적으로 그를 지치게 하고 있었다. 다리가 한쪽으로 기울어진 차가운 금속 의자와 자극적인 주파수로 설정된, 낮게 윙윙거리는 소리. 끝없이 이어지는 모욕적인 질문들. 좋은 경찰, 나쁜 경찰, 그리고 다시 좋은 경찰. 안셀은 물 외에 다른 것을 요구하지는 않았다고 롤린스가 말했다. 화장실도 한 번 썼다. 그는 이야기를 나누는 데에는 관심이 없었다. 사피는 안셀이 자신의 무죄를 증명하고 지금의 부당함에 분노할 것이라고 예상했다. 분명 처음에는 안셀도 그렇게 나오며 변호사도 필요 없다고 주장했다. 하지만 지금 그는 지쳐 있었다. 사피는 그를 만나면 상처받거나 분노하거나 증오를 느낄 것이라 생각했다. 하지만 뒤늦은 안타까움만이 느껴질 뿐이었다.

사피는 재킷을 고치고 의자에 앉았다. 그녀는 금속 테이블 위에 깍지 낀 손을 올렸다. 그것은 인내심의 신호이자 미묘한 편안함을 드러내는 것이었다. 안셀은 공허해 보였다. 사피는 안셀이 자신을 알아보지 못한다는 사실에 놀라지 않았다.

"자, 제니 얘기 좀 해 볼까."

사피는 그가 싸우려 들거나 조롱하거나 비웃었으면 좋겠다고 생각했다. 안셀이 판세를 뒤집어 자신의 예사로움을 증명해 주길 바랐다. *어서 증명해 봐. 네가 이 모든 것의 가치가 있는 사람이라는 걸 보여 주라고.* 사피는 부추겼다. 도전이었다.

안셀의 침묵은 멍청했고 실망스러웠다. 사피는 중독성이 있고 오해를 유발하는 텔레비전 프로그램들을 떠올렸다. 이런 장면에서 대단한 변호사들은 잘생긴 남자에게 끌리곤 했다. 사악한 천재들, 이유 없이 공포를 조장하며 계획을 지휘하는 사람들, 악마처럼 보이는 겉모습 아래 누구도 비견할 수 없는 지성을 숨긴 각진 얼굴들. 현실과 그것이 얼마나 거리가 있는지 생각하면 안쓰러울 정도였다. 안셀은 악마적인 천재가 아니었다. 특별히 똑똑한 것 같지도 않았다. 테이블 건너편에 있는, 그녀가 그간 쫓아 왔던 이 잘난 사이코패스는 별 볼 일 없는 평범한 남자 같았다. 나이가 들고, 힘이 없고, 배가 튀어나오고, 멍청한. 사피가 알기로 어떤 남자들은 분노 때문에 사람을 죽인다. 굴욕감을 느껴서, 증오를 느껴서, 혹은 잘못된 성적인 욕구를 느껴서 사람을 죽이는 경우도 있다. 안셀은 희귀하지도 신비롭지도 않았다. 그는 위에 언급된 사람들을 대강 섞어 둔 것이며, 그들 중에서는 가장 적나라했다. 그냥 그러고 싶어서 사람을 죽인, 작고 따분한 남자.

"그런데 누구시죠?"

"뉴욕주 경찰."

사피가 배지를 보이자 그가 눈을 깜박였다.

"왜 오신 거죠?"

"왜라고 생각해?"

"난 원하면 언제든 여기서 나갈 수 있습니다."

"그래, 그런데 네가 보고 싶어 할 것들을 내가 가지고 왔거든."

사피는 서류 가방을 무릎에 올려놓고 조심스럽게 가방의 걸쇠를 만졌다.

"게임을 하자는 거군요."

"게임을 하자고 여기 온 게 아니야. 왜 제니 이야기를 하지 않지? 좋은 아내였던 것 같은데."

안셀은 미안해하는 듯한 표정을 지으며 손을 내려다보았다. 그는 여전히 깊게 파묻힌 분노를 통제하고 있는 중이었다. 사피가 파헤쳐야 할 것이었다.

"훌륭한 아내였죠."

"널 떠나기 전까지는."

"서로 합의한 별거였습니다. 텍사스에서 새 직업을 찾았다고 했어요. 가라고 했죠."

"아내의 여동생은 그렇게 말하지 않던데."

안셀은 코웃음을 쳤다.

"헤이즐은 항상 질투했거든요."

"뭘 질투했지?"

"나와 제니를, 우리가 가진 모든 것들을. 난 절대 제니를 해치지 않습니다. 그 점을 이해해야 합니다."

"이해해. 제니는 너에게 유일한 여자였어. 네가 사랑한 유일한 사람."

"맞습니다."

"하지만 다른 여자들도 있었지."

사피는 그가 잠시 생각하도록 두었다.

"블루 해리슨."

사피가 말을 꺼냈다.

안셀이 팔짱을 끼자 갑자기 분위기가 날카로워졌다.

"어떻게 안 거죠?"

"블루하우스에 들러 점심을 먹은 적이 있어. 레이철이랑 아는 사이고, 블루랑도 아는 사이지. 네가 터퍼레이크 호수에 있었다는 걸 알아. 넌 길 아래에 있는 모텔에서 묵었지."

"그 사람들에게는 도움이 필요했습니다. 식당이 망해 가고 있었거든요. 제가 데크를 고쳐 주었죠."

사피는 천천히 말했다.

"내가 이해할 수 없는 건, 네가 해리슨 가족으로부터 정말 바라던 것이 무엇이었냐는 거야."

그는 간단하게 답했다.

"그들은 가족이었습니다."

"그게 끝이야?"

"그게 끝입니다."

그 순간, 지친 그의 얼굴에 깨달음의 빛이 번쩍였다.

"당신이었어."

안셀이 숨을 내쉬었다.

"당신 때문에 그들이 날 떠나 보낸 거야. 대체 뭐라고 말한 거지?"

사피는 그의 말을 무시한 채 말했다.

"넌 그 애를 해치지는 않았어. 블루를 해치지 않았다고."

"내가 왜 그 애를 해치겠어?"

"그 애도 바로 그 나이니까."

안셀의 코에 있는 모공까지 볼 수 있는 가까운 거리였다. 그가 찡그리자 눈 주위의 주름이 좁아들었다.

"난 그 소녀들을 오랫동안 수사했어. 이지, 안젤라, 릴라. 모두 학교에 다니는 우리 또래였지. 릴라 기억하지, 그렇지? 그애가 「제퍼슨 가족」 주제곡을 어떻게 따라 불렀는지 알지?"

그는 의아하고 혼란스러운 표정이었다.

"아. 날 못 알아보는구나. 그렇지?"

사피의 전화기는 이 순간을 기다리며 두 사람 사이의 테이블에 놓여 있었다. 재생 버튼을 누르자, 노래의 첫 소절이 콘크리트로 된 방 안에 거센 생기를 불어 넣었다. 끼익거리더니 치솟는다. 니나 시몬의 거친 목소리가 방 구석구석을 가득 채우는 동안, 사피는 변화를 기다렸다. 색소폰이 흐느끼더니 이어진다. *네게 주문을 걸어.* 주의가 사로잡힌 안셀이 눈을 빠르게 깜빡인다.

사피가 말했다.

"우린 어렸지. 열한 살인가, 열두 살인가."

내려앉는다, 눈에 보이는 불안함이. 안셀은 서거나 뛰고 싶은지 몸을 움직였다. 사피는 자기가 뭔가를 잡아챘다는 것을 알았다. 안셀이 뭘로 만들어진 인간인지는 모르겠지만 마침내 그것을 만질 수 있었다.

"처음엔 여우였지. 동물 말이야, 미스 젬마의 집 옆에 있는 개울가에 있던 것들. 설명해 줄 수 있을까, 안셀? 그것들을 해칠 때 어떤 느낌이 들었는지 알고 싶은데."

"아무 느낌 없어."

"불공평한 거 같은데. 그러니까 나는 뭔가를 죽일 때 기분이 좋을 것 같다고 생각했거든. 해방감. 안도감. 기분이 좋아야 하잖아? 그렇지? 그게 아니라면 무슨 의미가 있겠어?"

"아무 느낌도 없어. 전혀 아무런 느낌도."

노래는 절정으로 치닫고 있었다. 덧없이 가볍고 기묘했다. 사피는 서류 가방에 손을 뻗었다.

"이것들이 뭔지 알지?"

가장 먼저, 머리핀. 그다음 팔찌. 머리핀의 클립과 팔찌의 우윳빛 진주 사이에는 작은 먼지 조각이 끼어 있었다. 안셀의 이마에 땀방울이 맺혔다. 그는 잃어버린 유물을 발견한 고고학자처럼 장신구들을 감정하는 듯했다.

"궁금한 게 있어, 안셀. 왜 이걸 가져간 거야? 어떤 용도로 사용했어?"

"무슨 말을 하는지 이해가……."

"잠깐. 설명할 필요 없어. 내가 얘기 하나 해 줄게. 그해 크리스마스에 너는 제니의 집에 있었지. 그때 넌 열일곱 살이나 열여덟 살쯤 되었을 거야, 그렇지? 헤이즐이 전부 이야기해 줬어. 그녀의 부모님이 너에게 좋은 것들을 선물해 줬잖아. 제니가 그럴 일 없을 거라고 약속했는데도 말이야. 그리고 너는 자기가 작고, 가난하고, 불안한 사람이라고 생각했지. 너는 이 장신구들을 몇 달이나 들고 다녔었어. 그 기억이 좋았거든. 네가 뭔가 크고 대단한 사람이 된 것 같던 순간을 떠올릴 수 있는 기념품이었지. 너는 제니에게 반지를 줬어. 그 힘을 약간이라도 다시 느끼고 싶어서 말이야. 하지만 만약 누가 그 반지를 알아본다면, 넌 아주 큰 곤경에 처했겠지. 그래서 한밤중에 일어나서 나머지를 마당에 묻어 버렸어."

"그런 게 아니야."

"그럼 어땠는데?"

"반지가 아름다워서 준 거야. 제니가 그걸 가졌으면 했어."

"하지만 넌 그 여자애들한테서 이 보석들을 빼앗았지. 그 애들의 시체를 숲에 버렸을 때. 그걸 기억하려고 이 장신구들을 가져간 거야. 네가 저지른 미친 짓을 되새기려고."

안셀이 이제 큰 목소리를 냈다.

"아니야, 아니라고. 그만해."

"당신은 그 기억에 심취했지. 즐겼어. 사랑했……."

"그만!"

고함이 터져나왔다. 안셀은 거친 숨을 몰아 쉬었다.

"난 어떤 것도 즐기지 않았어."

번개가 치는 것 같았다. 그 파괴력은 물리적인 것이었다. 대단한 떨림. 사피는 수년간 이러한 취조실에서 일해 오며 이런 신호를 알아보았다. 그의 벽이 무너지고 있었다. 한 번만 더 찌르면 산산조각 날 것이다.

사피는 부드럽게 물었다.

"그럼 왜지? 왜 이 장신구들을 챙겨간 거야?"

팔찌에 뻗는 안셀의 손이 거칠게 떨렸다. 그는 스스로를 멈출 수 없었다. 안셀은 섬세한 진주 팔찌를 털이 수북한 팔에 끼우며, 우아하고 여성스러운 그 상아색 구슬들에 감탄을 표했다.

"이것들이 날 안전하게 지켜 줄 것 같았거든."

"제니를 죽인 이유랑 같은 이유로 그들을 죽였지. 네가 작다고 느껴져서."

"아니야."

안셀은 놀라울 정도로 침착하게 말했다.

"틀렸어. 나도 내가 왜 그들을 죽였는지 몰라. 내가 왜 그들을 죽였는지, 하나도 모르겠어."

안셀은 무아지경에 빠진 것처럼 진주를 다정하게 쓰다듬었다. 자신이 한 짓을 되새기는 그의 목소리는 어딘지 어린아이와 같았다. 이야기가 완성되었고 세세한 내용들이 맞춰졌다. 녹음 장치는 계속 돌아가고 있었다.

그가 자백했다.

안셀의 입에서 이야기가 흘러나오는 동안 사피는 제니를 완벽하게 눈에 그릴 수 있었다. 그날 밤 그녀가 응당 그랬어야 했던 모습으로.

피곤했을 것이다. 싱크대에 지갑을 올려 두고, 불을 켜고, 셰릴 크로우의 노래를 크게 틀어 두었겠지. 문을 두드리는 사람은 없었을 것이다. 부엌칼은 나무로 된 칼꽂이에 누구도 손대지 않은 채 가만히 있었겠지. 제니는 먹다 남긴 음식을 전자레인지에 데운 다음 싱크대에 서서 먹었을 것이다.

그러고 나서는 유칼립투스 오일을 욕조에 넣고 목욕을 했을 것이다. 가운을 벗고, 김이 모락모락 나는 따뜻한 물에 몸을 담그고 근육을 풀며 평범한 하루를 보냈겠지. 머리가 완전히 잠길 때까지 더 낮게, 낮게 몸을 숙이며 자기도 모르는 새 빠져드는 꿈속 같은, 메아리 같은, 투명한 물을 느꼈을 것이다. 놀라울 정도로 커져서 도자기 타일 벽을 따라 퍼져 나가는 그녀의 심장 소리. 이 고요함, 아름다움. 이 존재, 기적. 시간이 멈춘다, 숭고함.

형사들이 들이닥쳤다. 그들은 안셀을 의자에서 끌어 내리고 거칠게 수갑을 채웠다. 팔이 뒤로 비틀린 채 서 있는 안셀은 지치고 연약해 보였고 언뜻 미안해하는 듯했다.

사피는 미스 젬마의 지하실 계단을 걸어 올라가던 중 안셀이 발뒤꿈치 뒤에 바짝 따라붙었을 때의 느낌을 떠올렸다. 그의 묵직한 걸음, 그녀가 느꼈던 배를 치는 듯한 메스꺼움. 그녀는 그 찰나의 위기감을 갈망해 왔다. 그녀는 사랑이란 스릴이 넘치고도 사악한 것이며, 모든 논리를 거스르는 중독성 있는 위협이라고 들었다. 사랑은 맨 아래의 계단을 밟는 발걸음과 같았고, 목 아래를 누르는 두 손과도 같았다. 하지만 사랑이

상처로 더럽혀질 필요는 없었다. 사피는 크리스틴과 그녀의 아이들이 뒷마당 수영장에서 물장난을 치며 사피가 처음 듣는 노래를 함께 부르던 모습을 생각했다. 경찰서 크리스마스 파티에서 자랑스럽게 손을 맞잡은 코린과 그녀의 아내를 생각했다. 사피는 고통이 무엇을 의미하는지, 왜 고통이 계속되는지에 대한 조사에 몰두하며 인생을 보냈다. 무의미한 폭력이 자신을 건드릴 수 없다는 것을 증명하겠다고 몇 년을 보내기도 했다. 그게 다 얼마나 시간 낭비였는지. 얼마나 실망스러운 일인지. 그녀는 마침내 이 엄청난 수수께끼를 풀었다. 안셀의 상처가 굳은 곳을 만진 것이다. 그러고는 그의 고통도 다른 사람과 똑같다는 사실만 알게 되었다. 그 아픔을 어떻게 처리하느냐가 다른 점일 뿐이었다.

"사피, 잠깐만."

안셀의 입에서 흘러나오는 그녀의 이름은 아프게 느껴졌다.

"다른 우주에 대해서 생각해 본 적이 있어?"

형사들이 그를 앞으로 끌었다. 갈라진 안셀의 목소리는 절박하게 들렸다.

"저기 어딘가 다른 우주가 있다면. 우리 둘 다 다른 삶을 사는 곳이 있다면. 우리가 다른 선택을 했을지도 모르는 곳 말이야."

"난 항상 그런 걸 생각해."

속삭이듯 사피가 말했다.

"하지만 세상은 여기 있는 하나밖에 없어, 안셀. 오직 하나만."

경찰들이 그를 데려갔다.

혼자 남겨지자 취조실은 죽은 듯이 고요해졌다. 벽은 차갑고 비인간적으로 느껴졌다. 피부 아래에서 불쾌한 실망감이 자리 잡았다. 승리감이 치솟지는 않았다. 환희의 폭발도 없었다. 살릴 수도 있었던 사람들에 대해 생각하지 않고 그녀가 누릴 수도 있었던 만약의 삶을 생각하는 것은 불가능했다. 그래서 사피는 그런 삶들을 생각하지 않기로 결심했다. 지금부터 다른 세상은 잊을 것이다. 오직 이 세상밖에 없다. 짧고, 불완전하며, 단 하나뿐인 현실만이 있다. 그녀는 이 세상을 살아가는 방법을 찾아야만 할 것이다.

목걸이는 낡았다. 녹슬고 오래되어 불에 탄 것 같은 오렌지 빛이 되었다. 스웨터 주머니에 손을 넣자 엄지손가락에 부드러운 산등성이처럼 와닿는 참의 모양이 편안하게 느껴졌다. 오늘, 그 목걸이는 비난이라기보다는 가능성처럼 느껴졌다. 지난 이야기를 떠올리게 하는 존재 같기도 했다.

소녀가 물었다.

"우유랑 설탕은요?"

라벤더에게 그 소녀는 가장 아름다운 시처럼 보였다. 테이블 옆에 서서 커피를 들고 있는 소녀의 모든 몸짓은 하나의 우아한 문장에 녹아든 글자들 같았다. 그녀의 존재 자체는 여전히 불안해 보였다. 우주의 광활함이 그녀를 도로 삼킬 것만 같았다.

블루, 뺨에 주근깨가 가득한 소녀. 블루, 선명한 색채의 이름을 가진 소녀. 블루, 슬퍼 보이지 않는 소녀. 말렸던 꽃잎이 활짝 열리듯 애처로이 피어나는 소녀.

식당은 특별했다. 라벤더는 식당에 들어서는 순간 바로 그 사실을 알아차렸다. 아늑했으며, 사람을 북돋우는 힘이 있었다. 하모니는 몇 년이나 아우라에 대해 이야기를 했는데, 라벤더는 항상 그것을 히피들의 헛소리쯤으로 치부해 왔다. 하지만 커피에 각설탕을 넣고 긴장해서 힘을 준 손가락으로 그걸 젓고 있는 지금 하모니의 말은 합리적으로 느껴졌다. 블루하우스는 따뜻한 빛으로 희미하게 둘러싸여 있는 듯했다.

라벤더는 완벽한 쓴맛이 나는 커피를 한 모금 마셨다. 블루는 앞치마를 풀어 흔들의자 뒤에 걸쳤다. 심장이 날뛰는 맹수처럼 으르렁거렸다. 워낙 수도 없이 상상한 장면이라 이미 한 번 겪은 것 같기도 했다. 하지만 그녀의 생각 속에서 블루의 얼굴은 항상 흐릿했다. 그녀가 보았던 엘리스의 사진과, 이제 스물세 살이 된 블루의 사진, 그리고 라벤더가 기억하는 그 당시 자신의 모습을 모두 합친 모습이었다. 블루는 여자라고도, 소녀라고도 할 수 없었다. 오늘 아침 알바니의 공항에서 블루를 만났을 때 라벤더는 그녀를 빤히 바라보았다. 블루하우스까지 오는 동안 이야기를 나누면서 얼굴을 조심스럽게 살피기도 했다. 블루는 상상했던 것과 정확히 똑같으면서도 또 완전히 달랐다. 라벤더는 수척하고 품위가 없었지만, 블루는 부드럽고 친근한 외모였다. 입술은 도톰하고 광대뼈가 높았다. 엉덩이에 꼭 맞고 무릎이 찢어진 청바지를 입고 길게 딴 머리를 한쪽 어깨로 넘겼다. 손가락에는 노점상이나 중고품 가게에서 산 것 같은 은반지를 여러 개 끼웠고 손목 안쪽에는 벌새를 작게 문신해 두었다. 사진을 주고받았으니 블루의 머리 색이 자신과 똑같다는 사실은 알고 있었다. 햇빛을 받으면 거의 반투명하게 보이는 붉은빛이 도는 금발이었다. 직접 보자 배를 한 대 얻어 맞는 느낌이 들었다. 굽은 산길을 따라가 터퍼레이크 호수로 향할 즈음에는 목에 놀라움의 덩어리가 단단히 걸려 있기라도 한 느낌이 들었다.

이제 블루는 카페 테이블 맞은편에 앉아 있었다. 정말 가깝고 정말 실감나게, 라벤더가 손녀의 버드나무 가지 같은 속눈썹 하나하나까지 모두 볼 수 있을 정도로. 어찌할 바를 몰랐다. 라벤더는 울음을 터뜨렸다. 여름 오후 하늘의 구름이 갈라지며 갑자기 천둥이 치는 것 같은 느낌이었다.

시작은 편지였다.

처음으로 편지가 온 것은 약 1년 전이었다. 라벤더와 선샤인은 매그놀리아 하우스로 막 이사했다. 그곳에는 젠틀 밸리에서 가장 좋은 주방이 있었는데, 여자들이 만장일치로 선샤인이 멋지고 기능이 좋은 스토브를 가져야 한다는 사실에 동의한 덕분이었다. 불긋불긋 물집이 잡혀 있는 선샤인의 손. 라벤더는 자다가도 그 손을 만지곤 했다. 시나몬을 살짝 뿌려 아마씨로 머핀을 만들면서 이야기를 나누던 선샤인. 편지가 왔을 때 라벤더의 엉덩이를 부드러운 손바닥으로 감싸 주던 선샤인. 그녀의 존재는 라벤더에게 본능적인 위안을 가져다주었다.

라벤더 할머니,

저를 모르시겠지만, 안녕하세요. 저는 블루 해리슨이에요.

블루는 할머니인 셰릴로부터 주소를 받았다고 했다. 셰릴은 처음 몇 년 동안은 주소를 알려 주지 않았다. 그러다 어느 날 엘리스의 출신에 대해 한참 대화하고 난 뒤 망설이며 알려 주었다고 했다. 블루는 라벤더가 그럴 마음이 있다면 연락을 하고 지내고 싶다고 했다. 그녀는 편지 맨 아래에 전화번호와 이메일 주소를 남겼다.

라벤더는 편지를 베개 밑에 넣어 둔 채 한 달 정도 그대로 두었다. 세쿼이아 건물에는 유선 전화가 있었지만 라벤더는 통화를 해 본 경험이 거의 없어 전화를 거는 것이 어색했다. 선샤인은 가끔 자기 전에 노트북을 꺼냈다. 그들은 인터넷으로 미니가 어떻게 지내는지 사진을 보곤 했다. 선샤인의 딸은 멘도치노에서 아기를 키우며 빵집을 운영하고 있었다. 하지만 인터넷은 낯설고 복잡한 곳처럼 보였다.

라벤더는 종이 한 장과 그녀가 가장 좋아하는 펠트 펜을 들고 자리를 잡았다. 그 오랜 세월, 머릿속에 써 둔 편지가 있었다.

이 순간을 위한 연습이었다.

그녀는 젠틀 밸리에 대해서 썼다. 새벽녘 언덕 위로 주황빛으로 빛나는 태양에 대해, 선샤인의 허브 정원에서 돋아나는 로즈마리에 대해. 선샤인과 함께 그랜드 캐니언으로 떠났던 여행, 그때 처음으로 탔던 비행기에 대해. 강물이 굽이치는 것처럼 절벽이 굽은 붉은 협곡에 대해. 블루는 그 편지에 대한 답장으로 따뜻한 이야기들을 써서 보냈다. 몇 달이 지났을 때는 편지를 수십 통 주고받았고, 라벤더는 엘리스가 수염을 기르고 어깨를 굽힌 채로 블루하우스의 주방에서 라디오를 들으며 몸을 들썩이는 모습을 상상할 수 있었다.

라벤더가 직접 이야기를 꺼냈다. 그녀는 이야기 중간에 질문을 끼워 넣었다. 너무나 신중을 기울여 모르고 지나갈 수도 있을 정도였다. 그 단어를 쓰는 것만으로도 오래된 죄책감이 되살아나 멈추지 않고 흘러나왔다.

내 다른 아들, 안셀에 대해 혹시 알고 있니?

블루의 답장이 도착하기까지는 몇 주가 걸렸다. 답장이 왔을 때 그녀는 손녀가 유난히 신경을 쓰며 부드럽게 굴고 있다고 생각했다. *안셀 삼촌은 7년 전에 블루하우스에서 잠깐 지냈어요. 원하신다면 더 자세히 말씀드릴 수도 있어요. 하지만 미리 경고해 드리자면, 고통스러우실 거예요.*

호기심보다는 더 큰 감정이 느껴졌다. 진실을 긁어낸다면 평화를 얻을 수 있을 것이다. 얼마나 아플지는 차치하더라도. 이처럼 궁금했던 적이 없었다. 그것은 계시와도 같았다. 이미 그녀의 상처는 흉터가 되었다. 그녀의 일상은 뿌리를 내렸다. 그녀는 준비되었다.

편지로 얘기할 수 있는 일이 아니에요. 라벤더가 전부 말해 달라고 하자 블루가 답했다. *하지만 좋은 생각이 있어요. 블루하우스로 오시는 게 어때요? 젠틀 밸리의 여자들은 그 이야기*

에 모두 흥분했으며 전혀 묻지 않고 비용을 마련해 주었다.

라벤더는 블루가 자신을 뽐내지 않으며 경쾌한 목소리로 말하는 것을 지켜보았다. 밝은 아이였다. 블루는 땋은 머리를 풀고 손가락으로 머리카락을 훑었다. 브루클린에 있는 아파트, 도시에서 일했던 식당, 동물 보호소에서의 자원봉사 활동을 열심히 말하는 그녀에게서는 어린 소녀들이 쓸 법한 데오드란트 향기가 풍겼다. 라벤더는 경이에 사로잡혀서 고개를 끄덕였다. *내가 이 아이를 만든 거야.* 블루의 손가락은 어디에도 걸리지 않고 가볍게 움직였다. 우주의 은총이자 기적 같았다. 긴 잿빛 겨울이 지나고 처음으로 본 초록빛 같았다.

저녁 식사 후 그들은 데크에 앉았다. 광택이 나는 나무 칸막이 사이로 조명이 줄에 엮여 있었다. 식기세척기가 돌아가는 동안 꽃향기가 묻은 바람이 불어오는 습한 밤이었다. 레이철은 따뜻한 밤 인사를 건네며 자리를 떴다. 블루의 엄마는 너그럽고도 내성적인 성격으로 딸의 호기심을 인내심을 갖고 지켜보고 있었다.

"여기 계신 게 어색하지 않으세요?"

플라스틱 의자에 앉은 라벤더가 앞으로 몸을 기울였다. 그녀는 그림자가 드리운 마당을 바라보았다. 땅이 밤에 고요하게 가라앉아 있었다.

"생각했던 것보단 괜찮구나."

"가끔은 아직도 여기서 느껴져요. 아빠가요."

"나도 그런 것 같구나."

사실이었다. 라벤더는 희미하게나마 엘리스를 느낄 수 있었다. 그는 애디론댁산맥의 봉우리가 그려진 지도와 블루하우스에 칠해진 눈부신 파란빛 페인트에 있었다. 블루의 하얀 뺨의 모양에서도 그가 느껴졌다.

"안셀도 여기 왔었다고? 그 애가 널 찾은 거니?"

블루는 페리윙클 꽃잎 같이 끝이 갈라진 손톱을 뜯으며 말했다.

"사실 제가 먼저 찾았어요. 제가 여기로 초대했어요."

"준비됐단다, 아가야. 무슨 얘기든 해도 돼."

"우선, 제가 삼촌을 만나서 기뻤다는 것만은 알아주세요. 삼촌은 여기 와서 행복해하셨어요. 대가도 받지 않으시고 집안일도 도와주셨고요. 엄마랑 같이 식당 문을 닫고 밤새도록 웃으며 얘기했어요. 삼촌이랑 있으면 모든 것이 편안했어요. 아빠가 다시 돌아온 것 같았어요. 가끔 삼촌이 무슨 일을 했는지, 어떤 사람인지 생각할 때면 그걸 아직도 믿고 싶지 않아요."

"계속 말하렴."

블루의 얼굴이 고통스러움이 서렸다. 다정하고 고통스러웠다. 사과를 구하는 것 같았다.

"죄송해요. 이런 얘기를 하게 되어서요."

그날 밤은 상처투성이였다. 심장은 쉬지 않고 뛰는 기관이었다. 나무들은 한결같이 슬픔으로 울었다.

　라벤더는 잠을 설쳤다. 낯선 여자들이 저 멀리서 벌거벗고 비명을 지르는 꿈을 간간이 꾸었다. 아래층에서는 식당 냉장고가 굶주린 배가 꾸르륵거리듯 소리를 냈다. 블루의 이야기들은 작은 악령처럼 낯선 침대 위를 맴돌았다. 그녀는 라벤더에게 이야기의 윤곽만 말했을 뿐 구체적인 내용은 말하지 않았지만 그 이야기는 괴물처럼 커져만 갔다.

　라벤더는 상상할 수 없었다. 자신이 알던 그 소년이 블루가 말한 짓을 하는 모습을 상상할 수 없었다. 감옥에서 줄어드는 하루하루를 세며 기다리는 모습을 상상할 수 없었다. 그녀는 그 단어를 이해할 수 없었다. 사형. 그녀의 아이였던 그 남자가 지난여름에 심었다가 열매를 맺지 못한 오이만큼이나 아득하게 느껴졌다.

　침대가 새장처럼 답답하게 느껴져 라벤더는 복도로 나갔다. 밖이 아직 어두운 이른 아침이었다. 블루의 침실 문이 빼꼼히 열려 있었다. 달빛이 그녀의 음영 위로 비쳐 희미하게 빛을 냈다. 잠든 얼굴은 평화로워 보였고, 너무나도 어려 보였다.

　언젠가 하모니가 그룹 치료 시간에 말한 적이 있었다. *자신을 위한 시간을 매일 가지세요. 단 한순간만이라도, 모든 책임으로부터 자유로워지세요.*

라벤더는 한 사람이 얼마나 많은 양의 책임을 질 수 있는지 궁금했다. 넘치지 않을 정도의 양은 얼마일까?

라벤더는 블루의 침실 앞의 바닥에 미끄러지듯 무릎 꿇었다. 무릎에서는 총을 쏘는 듯한 소리가 났다. 잔혹함을 직시하고도 앞으로 나아가는 사람이 있다. 그런 일을 선택하는 사람이 있다. 그러나 라벤더는 잔혹함에 대해 생각할 여유가 없었다. 규칙적이고 고른 블루의 숨소리가 밀려드는 파도처럼 문 밖으로 새어 나왔다. 엄마가 되는 것이란 그렇게 엄격한 것은 아닌 듯했다. 모성애에는 끝과 시작을 가르는 곡선이나 틀이랄 게 없었다. 엄마가 되는 것은 이토록 간단했다. 여자와 그녀의 혈육 둘이서 밤의 가장 어두운 곳에서 함께 숨을 쉬는 것이다.

블루하우스에서의 나머지 시간은 새로움으로 가득 차 빠르게 지나갔다. 블루는 라벤더와 계속 팔짱을 낀 채 나무에 이름을 지어 주고 호수 주변을 산책했다. 블루는 자신의 작은 보물들을 보여 주었다. 완벽하게 둥근 모양의 도토리, 유리로 만든 작은 양 조각상, 센트럴 파크에서 발견한 조금 깨진 다이아몬드 귀걸이 같은 것들이었다. 이 물건들에서 라벤더는 손녀의 부드러움과 자연 그대로의 순수함을 엿볼 수 있었다. 블루는 조만간 젠틀 밸리에 오겠다고 약속했고, 라벤더는 선샤인의 유명한 시나몬 롤을 한 판 주겠다고 약속했다. 두 사람은 산을 배경으로 미소를 지으며 관자놀이를 맞대고 블루의 전화기를 꺼내 사진을 찍었다.

블루하우스에서의 마지막 밤, 레이철은 함께 바에서 위스키를 마셨다. 술과 웃음에 취해 멍해지고 졸린 라벤더가 말을 꺼냈다. 블루와 레이철은 호기심 어린 표정으로 귀를 기울였다. 기억하고 있는 모든 것, 반짝였던 것과 끔찍했던 것, 사랑스러웠던 것과 혹독했던 것을 이야기하고 있자니 삶의 무게가 그 이야기들과 함께 가벼워지는 것 같았다. 라벤더는 이것이 젊은이들의 선물이라고 생각했다. 그들은 그것들을 짊어질 힘이 있었다.

"안셀 삼촌이 그랬어요."

레이철이 잠자리에 든 후 블루가 말했다. 라벤더는 술잔을 비운 채 구멍이 난 마호가니로 만든 바에 기대어 있었다.

"그런 이야기를 많이 했어요. 다른 우주들이 있을지도 모른대요. 만약 아주 작은 선택이라도 다르게 했다면 말이에요. 무한한 우주라든가 뭐 그런 거요. 삼촌을 찾지 않았다면 모든 것들이 어떻게 달라졌을까 지금도 가끔 생각해요. 제가 안셀 삼촌을 제가 여기로 초대하지 않았다면요."

"나도 그런 생각을 하곤 해."

사실이었다. 라벤더는 더 이상 농가에 대해, 캘리포니아에 대해, 스스로를 구하기 위해 했던 그 선택들에 대해서는 궁금해하지 않았다. 모두 어쩔 수 없었던 것이었으니까. 하지만 머릿속으로 써 내려간 수백, 수천 통의 편지는 항상 궁금했다. 안셀에게. 단 한 통만이라도 보냈다면 어떻게 되었을까? 라벤더는 자신이 변화를 만들어 낼 수 있었을지 궁금했다. 만약 자신의 아이에게 엄마가 필요했었을 뿐이라면.

라벤더는 약간 목이 메어 물었다.

"언제야? 사형 집행일."

"다음 달이요. 계속 연락을 주고받았어요. 삼촌이 제게 증인을 서 달라고 부탁하기도 했고요."

"갈 거니?"

"그럴 것 같아요."

블루는 표백제로 얼룩진 테이블과 어렴풋이 놓인 의자가 있는 식당을 돌아보았다. 깊이 생각하는 듯했다.

"지난주에 답장을 보냈어요. 알겠다고요."

"왜?"

"저는 착한 삼촌만 알아요. 삼촌이 될 수 있었던 사람이요. 다른 우주들…… 그것들을 기리고 싶은 것 같아요."

"마음이 넓구나."

블루는 어깨를 으쓱했다.

"가족이잖아요. 누군가는 거기 있어 주어야 할 것 같아요."

"잠깐, 미안하지만."

라벤더가 말했다. 갑자기 숨이 막혔다.

"더 이상 얘기하지 말아 줘. 날짜는 알고 싶지 않구나. 기다리게 될 것 같아."

라벤더는 스웨터 주머니에 손을 뻗었다. 언제나 그렇듯 거기 있었다. 그 가벼운 무게. 불안한 어둠 속에서 어머니의 목걸이는 초라해 보였다. 낡아 보였다. 몇 시간 후면 라벤더는 집에 돌아갈 것이다. 이 감정이 가라앉고 사라지게 둘 것이다. 선샤인과의 일상으로 돌아갈 것이다. 블루에게 더 이상 아무 말도 묻지 않을 것이다. 자신의 삶을 살아가기 위해 가능한 일들만 할 것이다. 그녀는 양육을 거부할 것이다.

"이거 가질래?"

블루는 목걸이에 손을 뻗었다. 목에 걸자 쇄골을 따라 체인이 반짝였다. 마치 시간을 거슬러 올라가는 것 같았다. 거울을 통해 반짝이는 황금빛의 자신을 보는 것 같았다. 운좋게도 망가진 적 없는.

"그 애가 혼자는 아니겠지?"

"혼자가 아닐 거예요. 약속해요."

그때 라벤더는 알았다. 세상은 너그러운 곳이라는 걸. 그녀가 겪었던, 혹은 만들었던 모든 공포는 이토록 분명한 친절로 균형을 맞출 수 있다는 사실을. 우리가 남기고 온 것들로만 우리를 정의하게 된다면 그것은 잔혹한 비극일 것이라고 생각했다.

18분

1초는 1년이다. 매초가 당신의 실패이고 매초가 당신의 생명줄이다. 매초가 낭비된다.

이제 와 자백에 대해서 생각하자니, 믿을 수 없고 속이 타는 듯하다. 그 일들을 스스로 입 밖으로 내뱉었다는 사실이 믿기지 않는다.

변호사는 수사 과정에 강압이 있었다는 듯이 주장해 보려고 했지만, 당신의 자백은 그렇다기보다는 심리적인 것에 가까웠다. 말할 수밖에 없었던 힘이 있었다. 사프란 싱은 다리였다. 그려진 선, 자신을 겨눈 화살. 그녀가 진주 팔찌를 증거물 가방에서 꺼냈을 때, 구슬 머리핀을 탁자 위에 두었을 때, 그녀는 당신을 숲에서 보낸 그날의 밤들로 데려간 셈이었다. 소녀들에게로. 10대의 마지막 몇 개월 동안 당신은 그 장신구들을 항상 가지고 다녔다. 주머니에 넣거나 차의 대시보드에 올려 두었다. 그것은 당신을 가라앉혀 주었다. 변덕을 부려 제니에게 반지를 줬던 날, 당신은 갑자기 혼란에 빠져 나머지를 모두 묻어 버렸다. 탁자 위에 시체처럼 널려 있는 장신구들을 다시 보니 충격이었다.

그러고 나서 노래가 생각났다. 당신이 오래도록 좋아했던 노래였다. 반쯤 썩어 있던 여우도 생각났다. 아이러니였다. 당신의 어린 시절이 이곳으로 당신을 이끌었다는 사실은.

그 이야기를 한 건 당신이 아니었다. 그때의 어린 소년이었다. 모욕적인 취조실에서 열한 살 난, 안쓰럽고 슬픈 눈을 한 소년이 당신을 사로잡았다. 당신은 그 소년을 행복하게 해 주기 위해서 자백했다. 그 아이를 자유롭게 해 주려고. 스스로의 운명을 가두어 버렸다는 것을 알아차렸을 땐, 끔찍한 고통이 느껴졌다. 해방은 없었다.

당신은 목사에게 다시 오지 말라고 말했다. 어차피 처형실에서 보게 될 것이다. 마지막 16분을 보내는 동안 그의 축 처진 자비로운 얼굴을 견딜 수 없을 것 같았다. 혼자 남은 당신은 바닥에서 당신의 이론을 주워 들었다. 먼지투성이의, 직접 쓴 종이 원고들을 한 장 한 장 다시 정리했다. 그 글들은 미완성으로 보였다. 서로 다른 이야기를 두서없이 늘어놓는 것 같았다.

당신은 선과 악에 대해서 이야기하고 싶었다. 도덕의 스펙트럼에 관해 이야기하고 싶었다. 당신은 뭔가를 말하고 싶었고, 누군가 들어 주기를 바랐다. 폴룬스키에서의 남자들을 떠올린 다. 희망에 가득 차서 체스 말을 움직이던 사람들, 쌓아 둔 사진들, 한밤중에 들려오던 흐느낌과 신음. 당혹감이 밀려들었 다. 당신의 이론은 당신을 달라지게 했어야 했다. 특별하고, 더 낫고, 더 대단한 무엇인가로.

이제 아이러니는 견딜 수 없을 만큼 날카롭게 느껴진다. 다 중 우주를 믿는다면, 당신은 이것을 보아야 한다.

당신은 열일곱 살이고, 집 앞의 긴 진입로 끝에 있었다. 첫 번째 소녀가 나타난다. 헤드라이트 불빛 속의 암사슴 같다. 당 신은 브레이크를 밟고 문을 연다. 태워 줄까? 당신은 그녀가 안전하게 집에 들어갈 때까지 도로에서 기다린다. 당신은 열 일곱 살이고, 식당에 앉아 마지막 커피 한 잔을 조심스레 어루 만지며 웨이트리스에게 번호를 물어보기 위해 용기를 낸다. 당신은 열일곱 살이고, 콘서트의 군중 속에 섞여 있다. 마지막 소녀가 담배를 주자 당신은 받아든다. 당신은 그것을 끝까지 피운다. 그리고 고맙다고 말한다. 당신은 집에 간다.

12분. 벽이 줄어들고 좁아든다. 무릎을 가슴으로 끌어당기고 조용히 기도한다. 신을 믿은 적은 없지만 지금은 그에게 말을 건다. 최후의 저항, 불신하며. 신이시여, 만약 거기 계신다면. 신이시여, 만약 제 이야기를 들을 수 있다면. 신이시여…….

언젠가 보았던 유성우를 떠올린다. 어렸을 때다, 아마도 세 살쯤. 두꺼운 양모 담요 사이로 풀이 뚫고 들어왔다. 당신은 아이다운 경외감을 느끼며 위를 올려다보았다. 어머니의 숨결은 꿈을 꾸다 말고 깬 것처럼 시큼하고도 달콤했다. 혜성이 하늘을 가로지르자 어머니는 당신을 꼭 안아 준다. 한때는 누군가에게 안길 수 있을 만큼 어렸다는 걸 알게 되자 위안이 된다. 한때는 당신에게는 밀싹과 경이로움만이 있었다. 당신의 척추 아래에서 지구는 평범하게 돌아가고 있었다.

당신은 울기 시작한다.

해야 할 생각도 없고, 해야 할 말도 없다. 당신은 이게 당신이 해야 할 마지막 일이라는 듯이 운다. 아마 그게 맞을지도 모른다. 당신은 더 이상 당신이 아닐 때까지, 그 울음이 자비롭게도 당신의 몸을 전부 사로잡아 당신을 누군가 다른 사람으로 바꾸어 줄 때까지 운다. 당신은 당신의 이론을 위해서 운다. 아침에 눈을 떴을 때 당신이었던 사람을 위해서 운다. 당신이 더 이상 쉬지 못할 숨을 헤아리며 울고, 태양을 보고 얼굴을 찡그리지 못할 아침을 위해서 울고, 앞으로는 굽이치는 산길을 따라 오래도록 운전하지 못하게 되었다는 사실에 울고, 목을 따갑게 찌를 위스키가 없다는 사실에 운다. 당신은 46년 동안 살았고, 이게 다였다. 이것을 위해서 살았다.

울음을 그치고 당신은 몸을 편다. 눈물을 닦고 물이 고인 바닥에 대고 코를 푼다. 벽에 걸린 시계를 쳐다보지 않으려고 하지만 시곗바늘이 움직이며 똑딱거리는 것이 또렷이 느껴진다. 그 순간들. 그 한순간 한순간을 붙잡고 싶다. 아쉽게 흘러가는 삶의 감촉을 느끼고 싶다.

홀 입구에서 발자국 소리가 들려 온다. 당신은 놀랐지만 피할 수는 없다.

때가 되었다.

당신은 막연하게 무언가와 싸우고 싶어진다. 잃게 될 것들을 위해서 발로 차고 비명을 지르고 싶다. 하지만 지독하고 고통스럽고 쓸모없는 짓인 것 같다. 복도를 따라 다가오는 발소리들이 더 커진다. 당신을 결박하러 오는 것이다. 훈련된 교도관 여섯 명이 당신을 데리러 지금 오고 있다. 이 순간이 닥칠 것이라는 사실은 알았지만 이렇게 하찮게 느껴질 줄은 몰랐다. 당신의 평범하고도 별 볼 일 없는 삶을 이루었던 다른 수백만의 순간과 섞이는, 그냥 또 다른 순간에 불과했다.

다가오는 소리가 들린다. 당신을 휩쓸어 버리기 위해 다가오는 운명의 발소리.

당신은 그 소리에 맞춰 턱을 들어 올린다.

라벤더
지금

라벤더는 빨래통 위로 몸을 숙인다. 맨 무릎에는 흙이 잔뜩 묻어 있었고, 쭈그리고 앉느라 아팠다. 세쿼이아 건물 위로 오후가 밝아진다. 안에서는 여자들이 점심 설거지를 하는 중이라 냄비와 프라이팬이 부딪히는 소리가 난다. 빨래통 너머로 산등성이의 윤곽과 낮의 햇살을 머금은 야생 감귤 나무들이 어렴풋하게 보였다. 언덕 아래에서 선샤인은 넓은 밀짚모자를 쓰고 채소밭으로 허리를 굽히고 있다. 라벤더는 올해 예순세 살이고, 행복이 순수하다거나 뭘로 분류될 수 있는 것이라고는 믿지 않는다. 하지만 그녀는 미래를 믿는다. 그녀는 지금 파도처럼 물결치는 풀밭을 넘어 산 아래로 편안하게 뻗어가는 미래를 바라볼 수 있다. 선샤인은 덩굴에서 애호박을 따고 있는데, 그녀의 몸은 지도처럼 보인다. 산등성이와 산봉우리가 주의 깊게 표시된.

그 소리는 처음에는 알아듣기 힘을 정도로 조용했다. 라벤더는 자신이 그 소리를 상상한 것인지 궁금해하며 몸을 고쳐 앉는다. 그녀는 기지개를 켠다. 거기에 있다. 우는 소리, 숨을 헐떡이는 소리. 숲속에서 죽어 가는 동물. 라벤더는 비눗물이 묻은 팔을 하고 빨래통 주변을 맴돌면서 가만히 있었다. 우는 소리가 깊어졌다.

무언가 고통스러워하고 있다.

그녀는 고개를 기울인다.

그녀는 귀를 기울인다.

사피
지금

사피는 샤워를 마치고 나왔다. 거울은 뿌옇게 흐려져 있다. 수증기 너머로도 이 밤의 무게가 어깨 위에 무겁게 내려앉은 것이 보인다. 장례식에 입고 갈 옷은 침대에 펼쳐 두었다. 꼭 지친 사람이 쓰러져 있는 듯한 모습이었다. 사피는 수백 번의 장례식에서 검은 원피스를 입었고, 권위적으로 보이게끔 머리를 묶어 올렸다. 오늘 밤 그런 옷은 너무나도 딱딱한 것 같다. 너무 격식을 차렸다고.

안셀이 지금 무엇을 하고 있을지 막연히 궁금했다. 마지막 식사를 하고 있을까, 아니면 텅 빈 회색 천장을 올려다보고 있을까. 감방이 춥기를 바란다. 그가 계속 생각하기를 바란다. 물론, 그가 죄스러워하기를 바란다. 또한 두려워하기를 바란다. 블라인드 사이로 해가 지고 있다. 사피는 텍사스가 멀리 있다는 사실에 감사한다. 그가 아주 먼 곳에 있다는 사실에, 혹은 어느 곳에도 없을지도 모른다는 사실에.

머리를 말리고 있는데 휴대폰이 울린다.

블루 해리슨이다.

저 여기 와 있어요. 곧 집행될 거예요.

사피는 여전히 가끔 블루 하우스에 들른다. 참치 샌드위치를 주문하고 바에서 레이철과 수다를 떨기도 한다. 안셀이 사형이 집행되는 날 와 달라는 편지를 보냈을 때 블루는 경찰서에 전화를 걸었다. *가고 싶어요. 제가 가야 할 것 같아요.* 그녀는 거의 속삭이듯 말했다. 사피는 블루가 왜 자신에게 전화를 걸었는지는 정확히 알 수 없었지만 그 목소리가 떨리는 것만큼은 확실히 들을 수 있었다. 블루는 허락을 구하고자 했다. 어떤 종류의 인정을 받고 싶었는지도 모른다. 사피는 안셀이 어렸을 때 어땠는지를 떠올렸다. 연약하고 불안정했으며 망가졌지만 아직 완전히 잘못되지는 않았다. 그는 스스로 선택을 내릴 수 있었다. 안셀은 나빴다. 그래서 그는 죽을 것이다. 그러나 사피 역시 블루처럼 그가 또 다른 면을 가지고 있다는 사실을 알고 있었다.

넌 가야지. 사피가 말했다. 수화기 너머로 블루 하우스의 에스프레소 머신이 돌아가는 소리가 들렸다.

같이 가실래요?

대답은 쉬웠다. 아니.

집회 장소는 고등학교 옆 공원이다.

사피가 도착한 것은 밤이 벨벳 담요처럼 세상을 덮을 무렵이었다. 잔디밭 가장자리에서 촛불이 깜박이는 것만이 보였다. 사피는 모여 있는 그림자들을 향해 잔디밭을 가로질러 간다. 스무 명 남짓한 사람들이 희미한 촛불 속에서 고개를 숙이고 있었다. 사피는 장례식용 드레스 대신 데이지 꽃이 알알이 박힌 긴 파란색 치마를 입었다. 가장자리에서 4월의 추위에 팔짱을 끼고 있는 크리스틴의 모습이 보인다. 샌들이 잔디에 맺힌 이슬로 축축이 젖어 있다.

"왔구나."

"경감님 거예요."

크리스틴이 큰아들이 백합 꽃다발을 건넨다. 그 애는 이제 열다섯 살이 되었고, 말라서 흐느적거리듯 움직이며 어색해한다. 사피는 고맙다고 말하며 비닐 포장이 구겨진 꽃다발을 받아든다.

커다랗게 인쇄한 사진이었다. 이지와 안젤라, 릴라가 꽃의 바다에 누워 있었다. 사피는 분수를 둘러싸고 있는 사람들의 얼굴 상당수를 알고 있었다. 이지의 부모님과 여동생. 이지의 남동생은 그녀가 실종되었을 때는 다섯 살이었는데 지금은 아기를 품에 안고 달래고 있다. 안젤라의 어머니는 구부정하고 힘이 없는 모습으로 저쪽 무리에 서 있다가 사피에게 작게 손을 흔든다. 시신을 발견한 지 20년이 되었다. 실종된 지는 29년이 흘렀다. 그러나 여전히, 방송국 카메라가 주변을 서성거리고 있다. 이야기를 만들어 낼 심산이었다. 못마땅했다. 진실이 따갑게 찌르는 듯했다. 이 여자애들만으로는 이야기랄 게 없다. 어떤 집회도, 관심도 없을 것이다. 그들이 의미가 있는 이유는, 안셀과 이 세상이 안셀과 같은 남자에게 보이는 열광 때문이다.

크리스틴은 사피에게 초를 건넨다. 밀랍이 녹아 흘러내려 손가락에 닿는다.

시간이 다 되었다. 1600킬로미터 떨어진 곳에서 정의가 실현되고 있었지만 사피는 정의란 그 이상이 되어야 한다고 생각했다. 정의는 닻이자 답이어야 한다. 어떻게 정의와 같은 개념이 인간의 정신에 자리 잡았는지, 어떻게 그녀가 그토록 추상적인 것에 이름을 붙이고 옳고 그름을 따질 수 있다고 믿었는지 궁금하다. 정의는 보상 같지가 않다. 심지어 만족스럽지도 않다. 사피는 고지대의 공기를 길게 들이마시며 안셀의 팔에 꽂힌 주삿바늘을 생각한다. 푸른 핏줄이 튀어나오겠지. 얼마나 불필요한 일인가. 얼마나 의미가 없는 일인가. 시스템 자체가 전부 실패했는데.

"오늘 밤에 놀러 와. 너 혼자 있으면 안 되겠다."

사람들이 모두 떠나자 크리스틴이 말한다.

그녀의 아들은 이미 차에 앉아 백미러를 만지고 있다. 면허를 치르기 전 30시간의 감독 운전(미국 일부 주에서는 보호자가 10대 자녀에게 운전을 가르치도록 한다—옮긴이)을 받아야 한다.

작년에 라자스탄으로 여행 갔을 때 사피가 기념으로 사다 준 귀걸이가 크리스틴의 귀에서 반짝거린다. 따뜻한 청록색 눈동자와 잘 어울리는 보석과 금색 술이 달린 귀걸이다.

"오늘 밤은 안 돼. 일이 있어."

크리스틴은 따뜻하면서도 냉소적으로 입꼬리 한쪽을 들어 올린다. 얼마나 오랫동안 그녀와 함께 성장해 왔는지, 멀리 걸어 왔는지, 얼떤 것들을 버텨 왔는지 문득 생각하게 된다.

"주차 브레이크, 애야."

크리스틴이 조수석에 앉으며 아들에게 말한다. 그녀의 목소리는 밤을 데려오는 자장가 같다.

사피가 경찰서에 도착했을 때는 밤이 깊었다. 금요일 밤이라 사람들은 모두 떠나고 없다. 책상 스탠드 불빛 아래에서 고개를 숙이고 있는 코린만이 남아 있다.

"경감님, 어쩐 일이세요?"

코린이 시계를 흘깃 본다. 그녀는 오늘 밤 무슨 일이 있는지 알고 있다. 늘 그렇듯 관찰력이 좋고 꼼꼼하다. 한 달에 한 번, 사피는 코린과 멜리사를 저녁 식사에 초대한다. 그들은 부엌에 앉아 구운 연어와 집에서 만든 피자가 오븐에서 냄새를 솔솔 풍길 동안 대화를 나눈다. 코린의 아내는 와인을 거절한다. 아이를 가지기 위해서 시험관 수정을 시도해 보는 중이다. 사피는 자신의 눈가와 입가에 생긴 잔주름에 감사하는 마음이

들었다. *봤지?* 그녀는 코린에게 말해 주고 싶었다. *다 가질 필
요는 없어. 얼마만큼이어야 충분한지만 알고 있으면 돼.*

사피는 겨우 앉았다. 거의 쓰러질 뻔하며 코린의 차가운 책
상 위에 머리를 얹었다. 그녀는 진실을 고백할 뻔한다. 집으로
갈 수 없다고, 고맙게도 텅 비어 있는 집에 갈 수 없다고. 평소
의 사피는 자신의 고독함에 감사하는 편이지만, 오늘은 그것
이 공허하게 느껴진다. *좋은 남자 좀 만나 보는 게 어때요? 예
쁘시고 아직 젊으시잖아요.* 켄싱턴의 아내는 큐빅 귀걸이를
반짝거리며 진지한 표정으로 말했다. 사피는 정중한 미소를
지어 보였다. 이 여자는 사피가 그런 것으로 무엇을 얻을 수 있
을 거라 생각하는 것일지 궁금했다.

사피에게 필요한 것은 바로 여기 있었다. 좋은 싸움. 단 하나
뿐이다.

"잭슨 사건 말이야."

사피가 코린에게 말한다. 희망이 목구멍 안쪽에서 올라온다.

사피는 책상에 파일을 쌓아 두는 편이다. 그들은 파일들 사
이를 오간다. 어지럽게 사건을 일깨우는 것들. 바퀴 달린 의자
에 기대어 컴퓨터 마우스를 움직이자 하얀 불빛이 위로가 된
다. 그녀가 너무나도 잘 알고 있는 사건들이다.

잭슨 사건이 그녀의 키보드 위에서 초조하게 기다리고 있다.

보고서 상단에 붙어 있는 사진 속에서는 타니샤 잭슨이 웃
고 있다. 그녀는 열네 살이었고, 머리를 땋고 있었으며 보라색
구슬이 달랑거렸다. 풀이 무성한 뒷마당에 서 있었는데 팔꿈

치가 배경에 있는 종이 접시를 향해 있었다. 실종된 지 엿새째다. 유력한 용의자 몇 명이 있다. 알리바이가 의심스러운 중학교 교사 하나, 마을을 지나쳐 간 뺨에 흉터가 있는 낯선 남자 하나, 이제 진실이 표면으로 드러날 때까지 체에 사금을 거르듯 샅샅이 사실들을 뒤지는 것만 남아 있다. 사피는 타니샤의 뺨에 있는 주근깨를 들여다본다. 그녀는 타니샤가 아직 살아 있을 것이라 믿는다. 또한 믿는다. 트라우마를 겪은 후에도 그녀가 활기를 찾을 수 있다는 것을. 그 길이 언제나 파괴로만 이어지는 것은 아니라는 것을. 모든 소녀가 그 '소녀'가 될 필요는 없다는 것을.

눈 깜빡할 사이에 몇 분이 몇 시간이 되어 버린다. 사피는 메모를 하고 정보를 모은다. 그녀는 새벽까지 여기 앉아 있을 것이다. 답이 나올 때까지 여기 앉아 있을 것이다. 그녀는 여기 앉아 있을 것이다.

헤이즐은 모텔 수영장 가장자리에 서 있다. 물이 빠진 수영장은 낙엽으로 가득 차 있고 수영장 주변에는 플라스틱 의자가 아무렇게나 널브러져 있다.

어머니가 방 열쇠를 만지작거리며 나타난다. 그 일을 위해 차려입은 모습이었다. 80년대에 입던 것을 그대로 가져온 듯한 바지 정장은 작아진 체격에 비해 어깨가 너무 넓었다. 그녀는 굽이 높은 검은색 펌프스를 신고 폐허가 된 수영장 주변을 서성인다. 어머니가 가까이 다가오자 헤이즐은 약간 숨이 막혔다. 습기 때문일 수도 있고, 옷이 맞지 않아서일 수도 있고, 헤이즐을 처음 보았을 때의 어머니가 보인 눈빛 때문이었을 수도 있다. 어머니의 눈동자가 커졌다. 잠깐의 희망은 이내 실망으로 차게 가라앉는다. 그 찰나의 순간에 어머니는 두 딸을 본다. 헤이즐은 그녀가 생각했던 그 딸인 적이 없었다.

모텔 주차장에 베이지색 세단이 들어온다. 푸들처럼 머리를 자른 여자가 다가온다. 린다라는 이름의 이 여자는 야해 보이는 프렌치 네일을 하고 악수를 청한다. 린다는 텍사스 형사사법부의 피해자 보호·지원 담당자다. 교도소로 데려다주겠지만, 그 전에 먼저 서류를 검토해야 한다고 했다.

지난 몇 달 동안 헤이즐의 어머니는 흥분을 꾸며 내는 것 같았다. *잠을 잘 수가 없어, 헤이즐, 그놈이 불에 타 죽는 걸 보기 전까지는.* 제니가 죽은 지 7년이 지났다. 아버지는 불과 6개월 후 심장마비로 돌아가셨다. 어머니는 마치 아버지와 제니가 다른 곳에서 함께 사는 것처럼 한데 묶어서 말하곤 했다. *들으면 기뻐할 거야.* 법정에서 안셀의 형이 선고되자 어머니는 중얼거렸다. 하지만 물기가 남은 테이블에 둘러앉아 린다가 서류 더미를 꺼내 보이자 어머니의 허세는 증발된 것처럼 보였다. 마치 바람에 날려갈 것만 같았다.

린다는 천천히 검토한다. 범죄 내용에 대해 묘사하고(*우리가 그걸 잊기라도 한 것처럼 말이에요.* 헤이즐은 그렇게 말할 뻔했다.) 사형 과정의 개요를 설명했다. 저녁 일정은 극장에 영화를 보러 가는 듯한 느낌이었다. 안셀은 증인 두 명을 요청했다. 변호사와, 헤이즐이 한 번도 들어 본 적이 없는 이름의 소유자였다. 비어트리스 해리슨.

그래서 요점이 뭐예요? 헤이즐은 묻고 싶다. 표면적으로 오늘은 그녀를 위한 날이다. 제니를 위한 날, 가족을 위한 날, 뭔가 뒤틀린 형태로 보상을 해 주는 날. 하지만 뭔가 거꾸로 된 느낌이다. 안셀에게 선물을 주는 날 같다.

그는 주목을 받는다. 언론의 관심을 받고, 이야깃거리가 되며, 관련한 절차는 신중하게 규제되어 있다. 실제 처벌은 달라야 한다고 헤이즐은 생각한다. 외로워야 하며 대단한 건 아무것도 없어야 한다. 종신형을 받아 흐르는 시간을 썩혀야 한다. 이름이 오래도록 잊혀야 한다. 심장 마비나 샤워하다 미끄러져 비명횡사하는 것처럼 얼굴이 알려지지 않는 죽음이야말로 마땅하다. 하지만 안셀에게는 고귀한 희생이 주어졌다. 순교자의 위치. 헤이즐은 그 과정에 연루된 듯한 죄책감을 느낀다. 저녁 뉴스에 끊임없이 나오는 흑인 남성들을 본다. 자동차 미등이 고장 났다는 이유로 멈췄다가 경찰이 쏜 총에 맞고, 대마초를 조금 소지한 죄로 감옥에 끌려간다. 그녀는 아이들에게 불평등과 제도적 편견, 이 나라 사법 제도의 지독한 역사에 대해 가르치려고 애쓴다. 그녀는 골판지로 팻말을 만들어 벌링턴 시내를 행진하며 평등을 외친다. 헤이즐은 자신이 알고 있는 사실을 앨마에게 늘 말한다. 카메라 앞에 서는 것은 특권이다. 마지막 말을 마이크에 대고 말하는 것은 특권이다. 안셀은 *연쇄* 살인범이라는 미화된 이름을 얻었다. 그 말은 기괴하면서도 원초적인 욕망을 불러일으킨다. 책과 다큐멘터리, 어두운 인터넷 사이트들. 수많은 여성들이 열광한다.

　헤이즐은 짭짤한 크래커와 방향제 냄새가 나는 린다의 차에 어머니를 태우면서 거대한 무력감과 두려움을 느낀다. 공포가 뱃속에 몸을 웅크리고 있다. 꾸벅꾸벅 조는 짐승처럼.

붉은 벽돌로 지어진 건물이 위풍당당하게 서 있다. 웅장한 식민지 시대의 건물 같기도 하다. 헤이즐에게는 법원이나 교외에 자리한 고등학교처럼 보인다. 어머니를 부축하며 인상적으로 생긴 정문을 통과한다.

침울해 보이는 사람들이 그들을 맞이한다. 트라우마 지원팀, 응급조치 요원과 같은 이름들이 헤이즐의 의식 속에 흐르는 물처럼 스쳐 지나간다. 각이 지고 땅딸막한 체격의 교도소장이 내민 손이 축축하다.

"오시는 길은 어떠셨습니까?"

대답할 말이 없다. 소장이 신발을 놓아야 할 곳을 손짓한다. 맨발에 닿는 콘크리트는 너무도 차갑다. 감옥에서는 먼지와 금속, 리놀륨이 뒤섞인 냄새가 난다. 보안 스캐너를 통과한다. 앞서가는 어머니의 묶음머리는 헝클어져 뻣뻣한 곱슬머리가 삐져나와 있다. 우울한 행렬이 복도를 따라 지원실로 향한다. 밝은색 사무실 의자가 살균 처리된 나무 테이블을 둘러싸고 놓여 있다.

"물 좀 드릴까요? 아니면 커피?"

소장이 묻는다. 헤이즐은 고개를 흔들었다. 교도소장이 사라지자 어머니의 떨리는 숨소리가 방 안에 메아리치며 크게 들린다. *괜찮을 거예요. 다 끝나면 나아질 거예요.* 헤이즐은 어머니를 안심시키고 싶었다. 하지만 그런 약속들은 거짓된 것으로 느껴질 것 같았다. 헤이즐은 머리 위 조명이 윙윙거리는 소리와 무거운 철문 너머로 감옥이 덜걱대는 소리에 귀를 기울일 뿐이었다. 무거운 철문 너머로 들리는 감옥의 삐걱거리는 소리에 귀를 기울일 뿐이었다. 희미하게 남자들의 소리가 들린다. 멀리서 울리는 환성, 거친 웃음소리. 헤이즐은 기다린다.

앨마는 비행기 타러 떠나기 전에 작별 인사를 한다며 아침 일찍 일어났다. 잠옷 차림으로 아래층으로 내려온 앨마는 헤이즐이 차에 들고 갈 커피를 준비하는 동안 주방에 앉아 있었다. 뺨에는 베개 자국이 남아 있었고 엉성하게 묶은 검은 머리카락은 어깨 아래로 흘러내렸다. 앨마는 이제 열네 살이다. 반짝거리는 교정기를 차고 있고 필요도 없는 주니어용 브래지어 끈을 계속 조정한다. 학교 가기 전에는 20분 정도를 화장실 거울 앞에서 이상한 포즈를 취하면서 자기 자신과 힘겨운 싸움을 치러 낸다. 웃을 때는 남들 시선을 신경 쓰느라 손으로 입을 가린다.

앨마가 설탕통을 건네며 묻는다.

괜찮겠어요, 엄마?

괜찮아, 딸.

제니 이모가 자랑스러워하겠다.

스스로 감정이 벅차오르는 게 부끄러운지 앨마는 얼굴이 붉어졌다.

네가 얼마나 용감한지 알면 이모가 자랑스러워할 거야.

헤이즐은 딸아이의 뺨을 쓰다듬었다.

제니가 정말 자랑스러워할지 아닐지, 헤이즐은 모른다. 어떤 우주에서 제니의 미소는 냉소적이다. *예전 그대로네, 헤이즐. 그게 너지.* 제니는 특유의 방식으로 눈을 치켜뜨며 말한다. *이 모든 일이 네 문제라는 거잖아.* 어떤 우주에서는 제니는 헤이즐이, 자신의 대역이, 분신이 거기 있다는 사실에 안도할 것이다. 하지만 또 다른 우주에서는 제니는 여전히 살아 있고, 헤이즐과 함께 커피를 주문하기 위해서 줄을 서 있다. 헤이즐에게 뭘 주문할 거냐고 묻기 위해 돌아보는 제니는 전혀 다른, 새로운 사람처럼 보인다.

교도소장이 방으로 돌아오고 단추가 달린 셔츠를 입은 두 남자가 뒤따랐다. 그들은 알겠다는 뜻으로 살짝 고개를 끄덕이며 맨 구석에 자리를 잡는다. 플라스틱이 달린 끈을 목에 걸고 있다.

기자들이다.

헤이즐은 언론을 좋아하지 않는다. 안셀이 자백을 하고 나서 몇 주 동안, 기자들은 그녀의 집 근처에 밴을 주차하고 잔디밭에서 시간을 보냈다. 루이스의 사무실과 발레 스튜디오에도 나타났고 심지어 매티의 어린이집에도 카메라를 어깨에 짊어지고 찾아갔다. 놀이터에서도 헤이즐을 곤란하게 했다. *가세요, 제발 우리를 좀 내버려 두라고요.* 다른 엄마들이 아이들을 데리고 가 버리자 헤이즐은 소리쳤다.

그건 제니에 관한 게 아니었다. 제니는 흥미롭지 않았다. 남자들은 항상 전처를 죽이는 법이었다.

다른 소녀들에 관한 것이었다.

물론 질문은 왜 그랬냐는 것이다. 기자들이 여전히 마이크를 헤이즐의 얼굴에 들이대는 이유였고 안셀에게 신문의 지면을 할애하는 이유였다. 그는 흥미로운 존재였다. 매력적이었다. 전국이 들썩였다. 그렇게나 예측할 수 없는 존재란 충격적이었다. 호기심을 유발한다고 누군가가 말한 적도 있었다. 왜 10대 때 그 여자애들을 죽인 걸까. 그리고 아무도 죽이지 않다가 20년 뒤에야 제니를 죽인 걸까. 왜 그들이었을까. 왜 그때였을까.

헤이즐은 이보다 더 흥미로운 질문이 있을까 싶었다. 물론 그녀는 소녀들과 그 가족들에게는 안타까운 마음이 들었다. 그러나 그 관심, 그 질문. 그런 것들이 당혹스러웠다. 안셀이 어떻게 느꼈는지는 중요하지 않았다. 그녀가 고민하고 싶은 게 아니었다. 그가 왜 그 소녀들, 혹은 제니를 죽였는지도 중요하지 않았다. 헤이즐은 사람이 나빠질 수도 있다고 생각한다. 그리고 그뿐이라고 생각한다. 여자를 해치고 싶어 하는 남자들은 이미 수백만 명이 있다. 사람들은 안셀 패커가 실제로 그 일을 행했기 때문에 특별하다고 생각하는 듯하다.

욕실에는 녹색의 형광등이 켜져 있다.

헤이즐은 쌕쌕거리며 세면대 위에서 몸을 숙이고 있다. 공황이 사라지기를 기다리며 숨을 내쉬었다. 화장실이 위협적으로 느껴진다. 실수다. 여기 오지 말았어야 했다. 오늘 거울은 그녀에게 친절하지 않을 것이다.

섬광이 깜박이고 빛이 번쩍이는 동안 일은 일어난다. 헤이즐은 어쩔 수 없이 세면대에서 고개를 들어 거울에 비친 자신의 모습을 본다. 짧은 머리, 눈물방울 같은 주근깨. 그러나 헤이즐은 절대로 다시 자기 자신이 될 수 없을 것이다. 세상에 휘청이더니 섬광과 함께 제니의 모습이 보인다. 헤이즐의 턱선을 따라 나타난 제니가 입꼬리를 밀어 올린다. 제니는 헤이즐의 눈꺼풀 주름에 숨어 있고 헤이즐의 입술 위에 남아 있다.

누가 변기 물을 내린다. 헤이즐은 정신을 차린다. 깜짝 놀라 종이 타월 디스펜서의 날카로운 모서리 너머로 뒤를 본다. 화장실 문이 삐걱 열리며 액자의 그림처럼 한 소녀가 나타난다. 정적 속에서 그녀는 혼란스러운 표정으로 헤이즐을 바라본다.

"죄송해요, 저는……."

소녀가 마침내 말을 더듬으며 말한다.

"그게, 당신이랑 너무 닮아서요."

"뭐라고요?"

그녀는 헤이즐과 악수라도 하려는 듯 소극적으로 손을 내밀었다. 그들 사이에 팔 하나가 걸려 있는 듯하다. 손목 안쪽에 작은 새가 새겨진 문신이 보였다. 그녀는 20대 중반이었고, 짙은 금발 머리를 가졌으며 무척 불안해 보였지만 눈은 호기심으로 가득 차 보였다.

"음, 저는 블루라고 하는데요."

그녀의 말은 질문 같았다.

"정말 죄송해요. 미리 알아봤어야 했는데. 제니에게 쌍둥이가 있다고 삼촌이 얘기했었어요. 제가……."

"제니를 알아요?"

블루는 고개를 젓는다.

"만난 적은 없어요."

소녀의 눈이 안셀의 눈과 같다. 초여름 이끼처럼 희미한 연두색이다.

"안셀 때문에 온 거죠, 그렇죠? 증인으로요. 당신은…… 딸은 아닐 텐데."

블루가 재빨리 말한다.

"아, 아뇨. 전 조카예요."

"안셀은 가족이 없어요."

"동생이 있어요. 저희 아빠요."

헤이즐은 아주 오래전, 그때의 크리스마스를 떠올린다. 동생에 대해 이야기할 때 안셀의 얼굴이 얼마나 부드러워졌던지를. 그 후로 그녀는 그 표정이 가면이라고 생각해 왔다. 동정을 사기 위해 일부러 비극을 전시하는 것이라고. 블루가 머뭇거리며 그녀를 지나쳐서 수도꼭지를 틀고 디스펜서를 눌러 손에 비누를 묻힌다. 헤이즐은 그녀의 처진 어깨에서 안셀을 얼핏 보았다. 그녀의 코에서도. 한때는 진실이라고 믿었던 것들이 모두 거짓인 것 같다.

"여긴 왜 왔어요? 어떻게 그런 사람을 위해서 올 수가 있죠?"

"솔직히 말하면, 저도 잘 모르겠어요."

소녀의 목소리가 작아진다.

"제 생각엔…… 글쎄요, 나쁜 사람도 고통은 느끼잖아요."

블루의 손이 세면대 속으로 들어간다. 휑뎅그렁한 화장실에서 메아리가 친다. 긴 기다림 끝에 헤이즐은 상처를 본다. 헤이즐의 상처와는 다르지만, 그럼에도 불구하고 아플 것이다. 블루가 비눗물이 묻은 손가락을 뻗는다. 그녀는 헤이즐이 나가는 것을 보며 더 이상 아무 말도 하지 않는다. 손가락으로 목에 걸린 붉게 녹슨 목걸이를 만진다.

죽음을 상상할 때 헤이즐은 긴 하품을 하며 잠드는 모습을 떠올린다. 몇 번이고 그녀는 죽음을 갈망했었다. 그녀는 천국도 지옥도 믿지 않는다. 그런 게 있다고 믿는 쪽이 더 편하겠지만 말이다. 블루를 거울 앞에 남겨 두고 복도를 비틀거리며 걸으면서 헤이즐은 이것이 얼마나 어리석은 일인지 생각한다. 터무니없다. 아무 소득도 없고 통제되었으며 상자 속에서 목격되는 종류의 죽음도, 그저 죽음일 뿐이다. 이게 어느 정도의 형벌인지도 모르겠다. 집이 무너져 내리는 것처럼 무의미함이 밀려온다. 잔해 속에서 헤이즐은 가려움을 느낀다. 다 쓸데없다. 낭비일 뿐이다.

방으로 돌아오자, 어머니가 종이컵에 담긴 물을 한 모금 마

시고 있다. 소장은 문 옆을 서성이다가 헤이즐을 보자 출구 쪽
으로 고개를 끄덕인다. 기자들이 짐을 챙긴다. 헤이즐은 어머
니의 깃털 같은 손을 잡는다.

소장이 묻는다.

"준비되셨습니까?"

마지못해 첫걸음을 내디딜 때 기억이 찾아온다. 헤이즐은 텅
빈 복도에서 사람들을 따라간다. 가슴이 크게 쿵쾅거리는 소
리에 정신을 붙잡는다.

어서, 헤이즐. 경치가 볼만해.

헤이즐은 여덟 살이다. 뒷마당 울타리 근처에 서서 단풍나무
의 가장 높은 가지에 매달려 있는 제니를 올려다본다. 이 나무
에는 올라가서는 안 된다. 엄마가 너무 위험하다고 경고했다.
아래에 있는 헤이즐의 눈에 아스팔트에서 노느라 까맣게 변한
제니의 맨발바닥이 보인다. 제니는 몸을 숙여 미끄러운 손을
내민다. 자신감 넘치는 표정, 그냥 믿고 싶어진다. 제니가 손목
을 잡고 삐걱거리는 나뭇가지 위로 끌어당기자 헤이즐은 무서
워서 속이 뒤틀리는 듯해 당황하며 나무를 발로 찬다. 겨우 균
형을 잡은 뒤 헤이즐은 아래의 잔디밭 쪽으로 다리를 늘어뜨
리고 밀려드는 대담함을 만끽한다.

저기 봐. 제니가 환하게 웃으며 말한다.

울긋불긋한 나뭇잎 사이로 동네가 펼쳐진다. 이웃집의 마당

이 보인다. 울타리와 지붕 너머로, 빛나는 창문들을 통해서. 지평선은 넓다. 처음으로 끝없게 느껴진다. 제니는 대단히 현명한 사람이라도 된다는 듯이 헤이즐의 어깨를 토닥인다. 자신의 재능을 알고 있는 것 같다.

모든 것을 볼 수 있어. 처음부터 끝까지, 모든 것을.

제니가 말한다. 세상이 열린다.

증인실은 작은 극장처럼 생겼다. 창문은 창살로 막혀 있고 베이지색 커튼이 쳐져 있다. 앉을 곳은 없다. 헤이즐은 어머니를 안으로 이끈다. 그들은 콘크리트로 된 상자 중앙에 어색하게 섰고 기자들은 정중하게 뒤에 남는다. 커튼 너머에서 희미하고 뒤섞인 소리가 들린다. 정맥 주사액이 꿀럭거리는 소리. 심전도 모니터에서 계속 나오는 신호음.

그때 제니가 왔다. 맴돈다. 커튼이 열리고 무대 쪽으로 눈을 가늘게 뜨자 제니가 보인다.

그녀는 잠깐의 향기였다. 악취. 깜빡임. 제니는 헤이즐의 폐를 채우는 산소 안에 있기도 하고, 헤이즐의 꼭 쥔 주먹 안에 있기도 하다. 헤이즐이 처형실을 들여다보자 제니는 유리에 비친 모습 속에서 윙크를 한다. 헤이즐은 이것이 자매의 기적이라는 것을 안다. 사랑 그 자체의 기적이다. 죽음은 잔인하고 무한하며 불가피하지만 끝은 아니다. 제니는 헤이즐이 지나가는 모든 방에 존재한다. 그녀는 꽉 차 있다. 그녀는 몸을 떤다.

그녀는 퍼져 나간다. 그녀는 흩어진다. 어디에도 없을 때까지. 어디에나 있을 때까지. 헤이즐이 그녀를 데리고 가는 곳이면 어디든지 존재할 때까지.

0

때가 되었다.

발소리가 다가오자 당신은 뺨에 손을 댄다. 까칠하게 자란 수염, 뭉툭한 턱뼈. 당신은 평생 함께 살아온 자신의 모습을, 턱선의 곡선을 외워 두려고 노력한다. 세상을 떠난 뒤 이 몸이 싫어질지 그리워질지 당신은 알 수 없다.

사람들이 감방 앞에서 기다린다. 얼굴이 보이지 않는 교도관 여섯 명과 목사, 사형장의 소장, 그리고 감찰실에서 온 머리가 벗어진 남자가 있다. 그의 목소리는 마치 물속에서 듣는 것처럼 멀리서, 벙벙하게 들린다. 그들은 수갑을 창살 안으로 내민다.

당신의 심장은 다이너마이트 막대기 같다. 의미도 없이 폭발을 기다리고 있다. 교도관들이 문을 열고 앞으로 나오라고 손짓한다.

한 걸음, 또 한 걸음, 걸어 나간다.

감방에서 사형집행실까지의 거리는 잔인할 정도로 짧다. 5미터 남짓. 당신이 그곳까지의 걸음을 하나하나 헤아리는 동안 교도관들은 당신이 미국 대통령이라도 되는 것처럼 복도 옆에 정렬해 있다. 매초는 계산할 수 없을 정도로 길게 느껴진다.

눈 깜짝할 사이 당신은 방 안에 있다.

사형집행실은 상상했던 그대로다. 벽이 초록색이다. 스피어민트 껌을 붙여 둔 듯 역겨운 민트색으로 벽돌을 칠해 놓았다. 새로운 냄새가 난다. 의료 장비, 화학물질이 톡 쏘는 냄새다. 중앙에는 들것이 있다. 들것에는 무슨 중세 시대의 물건처럼 당신의 팔다리를 묶을 수 있는 끈이 양 끝에 달려 있고, 천장에 달린 줄에는 마이크가 매달려 있다.

당신은 생각한다. 미친 짓이라고, 비정상이라고. 정부는 이 대단한 테이블을 마련한다고 돈을 지불했고 그걸 이 방에 두었다. 단지 이 미친 짓을 하기 위해 이 열두 명이 아침에 일어나 제복을 입고 운전을 해서 여기에 왔단 말인가. 이 나라의 국민들이 이 일을 계속하라고, 정맥 주사를 통해 들어갈 약물 세 개를 사라고 세금을 낸단 말인가. 우체부, 식료품점 점원, 길 건너편에 사는 미혼모, 이 모든 이웃들이 정부가 바로 이렇게 당신을 죽일 수 있도록 하려고 돈을 낸단 말인가.

그들은 당신에게 시간을 주지 않는다. 너무 빨리 움직인다. 당신은 앞으로 내몰리고, 당신을 배반한 다리는 생각도 없이 들것에 당신을 밀어 넣는다. 경찰관들은 연습한 춤을 추듯 분주하게 움직이며 당신을 묶는다.

모든 과정이 끝나자, 당신은 천장을 올려다보고 있다. 눈 위에 누워서 팔다리를 움직여 보려는 아이처럼 양팔을 쭉 뻗고 있다. 천장에는 금이 없다. 얼룩도 없다. 코끼리가 그리워진다.

기억이 난다. 당신은 아홉 살이다. 미스 젬마의 거실 바닥에 앉아 갈색 털 카펫을 손가락으로 만지고 있다. 다른 아이들과 둥글게 둘러앉아 무릎에 성경을 펼쳐 놓고 있다. 꽤 나이가 많은 여자아이가 고린도서를 읽고 있는데 당신은 그 여자아이의 입술만 바라볼 뿐 글귀는 듣지 않는다.

예수님의 십자가에 대해 알고 있는 게 뭐니? 미스 젬마가 묻는다. 미스 젬마의 눈꺼풀은 두껍게 내려앉았고 머리카락은 밝게 염색되어 있다. 그녀는 점이 많은 가슴 위에서 반짝이고 있는 십자가를 만지작거린다.

십자기는 우리가 예수님의 고난을 이해할 수 있도록 도와준단다. 또 그분의 사랑을 이해하게 하지.

교도소장의 향수는 숨이 막힐 정도로 독해 공간을 가득 채우는 듯하다. 그는 들것의 끈을 확인한다. 의료진은 당신의 불편함에는 관심을 두지 않은 채 정신없이 분주하게 움직인다. 목사만이 당신을 신경 쓰고 있다. 그는 다리에 머리를 기댄 개처럼 말없이 서 있을 뿐이다. 당신이 아무 말도 하고 싶어 하지 않는다는 것을 알기 때문인 것 같다.

정맥 주사가 들어가는 동안 당신은 시선을 돌린다. 양팔 모두. 찌르는 듯한 작은 통증이 느껴지고 수액 백의 액체가 꿀럭이며 움직이는 소리가 들린다. 의료진이 설정을 조정한다. 그녀만의 냄새가 느껴진다. 향수나 데오드란트가 아니다. 처음 그녀의 집 안에 들어섰을 때 응당 느껴지는 냄새다. 오이 비누 같은, 무언가 케케묵은 냄새가 난다. 그녀의 머리카락 한 가닥이 셔츠 위로 흘러내려 겨드랑이 바로 밑으로 떨어졌다가 당신이 숨을 쉬자 공중으로 떠오른다. 그것은 섬세하고, 여성스러우며, 정처 없이 떠다닌다.

그제야 그 이름들이 떠오른다. 놀랍다. 그 소녀들을 각각의 존재로 생각한 적이 거의 없었는데, 이 순간만큼은 다르게 느껴진다. 뚜렷하고 정확하다. 이지, 안젤라, 릴라. 제니.

편안하세요? 의료진이 묻는다.

아뇨. 당신이 말한다.

정맥 주사 때문인가요? 그녀가 묻는다.

아뇨. 당신이 말한다.

그녀는 방을 나간다.

커튼 뒤에서 소리가 난다. 움직이는 발소리와 조용히 속삭이는 소리.

증인들.

준비되기 전에 커튼이 흔들리며 열린다. 당신은 더 이상 혼자가 아니다.

오른쪽 창문으로 제니의 어머니가 보인다.

이제는 등이 굽은 노인이다. 얼굴이 망가졌다. 재판이 진행되는 동안에도, 선고가 내려지는 동안에도 이렇지는 않았다. 재킷을 입은 제니의 어머니는 완전히 무너진 것처럼 보인다. 종이같이 얇은 뺨 위로 눈물이 조용하게, 빠르게 흘러내리고 있다. 그녀의 눈썹을 보자 당신은 알 수 있었다. 그녀는 제니를 위해 울고 있는 것이기도 하지만, 그 이상의 의미가 있다는 것을. 이 여자는 당신을 거의 30년 가까이 알고 지냈다. 당신은 산산이 부서진 그녀의 연민을 알아차린다. 제니의 어머니는 당신을 위해서도 울고 있다.

그 옆에는 헤이즐이 굳은 표정으로 서 있다. 그녀는 두려움이나 망설임 없이 의연하게 당신을 지켜보고 있다. 당신은 헤이즐이 거실 건너편에서 당신을 훔쳐보던 것을 기억한다. 그녀가 당신을 얼마나 원했었는지 안다. 이제 그녀는 웃지 않는다. 울지도 않는다. 그녀는 당신의 무력함을 똑바로 보는 스스로의 시선을 탓할 뿐이다. 불안해하던 당신은 헤이즐의 모습이 제니가 당신을 바라보던 모습과 정확히 일치한다는 걸 깨닫는다. 들것 위에서 보는 헤이즐은 제니만큼이나 완고하다.

당혹스러울 정도다. 당신의 팔이 들것의 끈에 매달려 움찔한다. 몸의 본능은 그 자체로 잔인한다. 당신은 마지막으로 그녀를 만지고 싶다.

그리고 그녀가 있다. 왼쪽 창문 너머로.

블루는 붉은 금발을 목 뒤로 넘긴 채 티나 옆에 서 있다. 비어 있던 부분 부분이 채워진 듯하다. 다 자랐다. 블루는 여름날의 저녁 같다. 블루그래스 들판을 가로지르는 황혼 같고, 바람에 날리는 머리카락을 앞에서 빗겨 주는 부드러운 손길 같다. 블루의 주근깨 가득한 코를 보니, 그 어느 때보다 선명하게 어머니의 목소리가 들린다.

시간이 줄어든다. 당신은 유리에 비친 당신의 모습을 발견한다. 사람들의 얼굴 속에서 당신은 투명하게 보인다. 이미 반쯤은 사라진 유령 같다. 광대뼈가 텅 비어 보이고 안경은 얼굴에 비해 너무 크다. 이 마지막 기다림의 순간에 그 모습을 보니 소름 끼친다. 당신은 그저 당신 자신처럼 보인다.

그때 당신은 확신한다. 당신이 저지른 모든 끔찍한 짓들의 증거가 여기 있다. 바로 여기에, 당신의 마지막 2분 동안. 당신은 다른 사람들과 같은 사랑을 느끼지 못한다. 당신의 감정은 억눌려 있으며 불쾌하며 터져 나오거나 부서지지 않는다. 하지만 인간으로서의 당신의 자리는 있다. 있어야 한다. 인류는 당신을 버릴 수는 있지만 그걸 부정할 수는 없다. 당신의 심장이 뛴다. 손바닥에는 땀이 흐른다. 당신의 몸은 원하고 또 원한다. 당신이 어떤 기회들을 낭비했는지 이제 너무나도 명백히 보인다. 선과 악은 존재하고, 모두에게 모순이 존재한다. 선은 단순히 기억할 가치가 있는 것이다. 선은 모든 것의 핵심이다. 당신이 항상 쫓았던, 미끄러운 그것이다.

처음에는 조금씩 따끔거린다. 목 안으로 작은 덩어리가 잠깐 느껴진다. 연약하고 새 같은 것이 몸속에 갇혀 어찌할 바를 모르고 날개를 펄럭인다.

두렵다.

당신은 그 두려움을 삼킨다.

유언은. 소장이 말한다. 의료진과 목사는 모두 떠났다. 당신은 그들이 얼룩진 거울 뒤 어딘가에서 기다리고 있을 거라 생각한다. 소장과 단둘이 남게 되자 방은 더욱 좁게 느껴진다.

천장에서 낚싯대 같은 마이크가 내려온다. 당신은 준비되지 않았다. 견딜 수 없을 만큼 길게 느껴지는 10초가 지난다. 지금만큼은 게임을 할 수 없다. 숨길 힘도, 속이거나 감동을 주고 싶은 사람도 없다. 당신은 평생 다른 사람이 어떻게 말하고, 생각하고, 느끼는지를 조심스럽게 따라하면서 살아왔는데, 이제는 지쳤다. 마이크가 들것에서 너무 멀리 떨어져 있다. 당신은 손을 뻗으려고 끈에 묶여 애써 본다.

더 나은 사람이 되겠다고 약속합니다. 당신의 목소리는 후회로 가득 차 있다. 한 번만 더 기회를 주세요.

대답이 없다. 유리 너머 증인들의 흔들리는 눈동자가 불편하게 느껴진다. 누군가를 만지고 싶다. 지금 이 순간 자신의 손에 있는 다른 사람의 손을 느끼고 싶다. 눈물보다 더 의미 있는 무언가를 간절히 바라며 온몸이 떨린다.

소장이 안경을 벗긴다.

끔찍한 신호.

지금이다.

당신은 기도한다. 다음 생에는, 좀 더 다정한 존재로 태어나기를. 존재를 온전하게 만드는, 선천적인 갈망을 이해할 수 있는 존재가 되길. 우아한 존재가 되길. 벌새가 되길. 비둘기가 되길.

그들은 당신이 아무것도 느끼지 못할 것이라고 약속했다. 아프지 않을 것이라고 했다. 하지만 이런 종류의 두려움에는 고통이 있다. 맹렬하며 원초적이다. 화학 물질이 혈관을 뚫고 들어오자 고통스럽다. 끈에 묶인 팔다리가 이리저리 비틀린다.

안 돼, 당신은 애원한다.

독이 퍼지자 극심한 공포가 찾아온다.

안 돼. 제발.

방 밖에서 세상은 계속된다. 낮게 뜬 해가 하늘을 분홍빛으로 물들인다. 끝없는 들판에는 긴 풀들이 자라나 있다. 밖의 공기에선 가문비나무와 강물, 소금과 수국 냄새가 난다. 당신은 모든 것을 본다. 당신은 이 모든 것을 볼 수 있다. 완벽한 전지전능함을 아주 잠시 가진 듯하다. 때론 무심하게, 때론 생생하게, 때론 놀랍게, 때론 잔인하게 돌고 있는 이 행성 전체를 볼 수 있다. 계속 움직이기 전, 그것은 잠시 당신을 향해 눈을 깜빡인다.

손이 감각을 잃고 시야의 가장자리가 물에 젖어 녹아내리면서 무언가 떠오르는 것 같다. 덩어리가 있다. 그것은 당신 가슴에서 나와 공중으로 떠올라서는 흐릿하게 보이는 방 위를 맴돌고 있다. 손을 뻗어 만지고 싶지만 움직일 수 없다. 덩어리는 당신을 끌어당기는, 당신의 어둠이다. 마지막 0.5초 동안, 당신의 마지막 순간에야 당신은 비극과 자비를 모두 이해한다. 당신은 눈 하나 깜빡하지 않고 그것을 본다. 이 맹렬한 폭풍의 중심을. 당신에게서 떨어져 나가자 그것은 너무나도 작아 보인다. 무기력하다.

당신이 그것 없이도 존재할 수 있는 영광의 찰나가 있다. 그 찰나에 당신은 밝게 빛난다. 사랑으로 가득 차 있다. 바로 이것이다. 당신은 알아차린다. 이건 당신이 놓치고 있던 감각이다. 사라져 가는 이 순간, 인생의 위대함과 오롯한 관대함이 당신을 가득 채운다.

마지막으로 떨리며 내뱉는 숨, 마지막으로 흔들리며 후 내쉬는 소리.

과감하고 끔찍한 돌진. 휩쓸고 부서지는. 타오르며 영광스러운.

마침내.

다른 세상에서

다른 세상에서 그들은 자고 있다. 식사를 준비하고, 공원에서 조깅을 하고, 뉴스를 보고, 아이의 수학 숙제를 도와주고, 야근을 하고, 개를 산책시키고, 욕실 배수구에 걸린 머리카락을 치운다. 다른 세상에서 오늘은 이지, 안젤라, 릴라, 제니에게 일상적인 저녁이다. 하지만 그들은 그 세상에서 살지 않고 이 세상에서도 살지 않는다.

이지 산체스는 이렇게 기억되기를 원한다.

그녀는 할아버지의 범선에 길게 놓아둔 보라색 수건 위에 누워 있다. 플로리다 탬파의 날씨는 만화처럼 화창하다. 여동생 셀레나는 태닝 스프레이를 듬뿍 뿌렸는데, 배꼽 주위에 코코넛 향이 나는 오일이 웅덩이처럼 고여 있다. 이지의 손가락은 끈적이고 손톱은 방금 껍질을 깐 귤 때문에 노랗게 변했다.

그녀는 귤껍질을 배 밖으로 던지고 저 멀리 떠 가는 것을 지켜
보았다. 매너티다! 남동생이 소리친다. 어머니는 동생이 밖으
로 떨어지지 않도록 가슴팍을 붙잡고 말한다. 텐 쿠이다도, 페
쿠에뇨(조심하렴, 아가야). 이지의 골반뼈가 비키니 밖으로 튀어
나와 보인다. 손가락에서는 귤과 선크림 냄새가 난다.

아무도 이지의 이런 모습을 기억하지 못한다. 그녀의 여동생
셀레나만은 기억하지만 무서움을 잠시 극복할 때만 이 기억을
떠올릴 뿐이다. 보통의 이지, 진짜 이지는 그녀에게 일어난 일
의 그림자 아래에 가려져 보이지 않는다. 그녀가 죽었다는 것
은 비극이다. 하지만 그녀가 그에게 속해 있다는 것은 더한 비
극이다. 나쁜 짓을 저지른 나쁜 남자에게 속해 있다는 것이. 이
지는 수백만 개의 다른 순간들을 살아 왔지만, 그 남자는 그것
을 하나하나 먹어 치웠다. 그녀가 다른 이들의 기억 속에서 그
끔찍했던 순간으로만 존재하게 될 때까지, 공포와 고통에 끊
임없이 증류될 때까지. 잔혹하다.

지금 어디에 있든 이지는 이렇게 말하고 싶어 할 것이다. 이
모든 일이 일어나기 전에, 내 어깨는 주홍빛으로 탔었어. 과일
껍질을 벗겨 바다에 던졌지. 두려움 이전에 내가 느꼈던 것들
이 있어.

햇볕 아래에서 오렌지를 먹었거든. 맛이 어땠는지 알려 줄게.

안젤라 마이어는 스물일곱 개의 나라를 여행했을 것이다. 이

탈리아를 가장 좋아했을 것이다. 말레이시아나 보츠와나, 우루 과이만큼 이국적이지는 않았지만 전통을 자랑스럽게 간직한 고대의 심장들을 사랑했을 것이다. 피렌체, 시에나, 소렌토의 자갈길을 걸으며 젤라토가 묻은 플라스틱 스푼을 핥고 어지럽 도록 와인을 마실 것이다. 어머니와 아말피 해안으로 휴가를 갔을 것이다. 그들은 레몬 나무와 소금 향기가 공기에 가득한 해변의 호텔 발코니에서 봉골레 파스타를 주문했을 것이다.

여행이 끝날 때쯤, 안젤라는 가정부에게 20퍼센트의 팁을 주었을 것이다. 그 여자들은 거기 사는 10대일 테고 길 건너편 나이트클럽에서 그 돈으로 데킬라를 마실 것이다. 안젤라는 더위, 땀에 젖은 그들의 젊은 몸, 두근거리는 불빛과 음악을 생 각하며 모든 것을 금세 잊어버리고 말 것이다.

릴라의 세 번째 아이는 결국 여자아이였을 것이다.

그들은 그녀의 이름을 그레이스라고 지었을 것이다.

그녀는 존재하지 않지만, 만약 존재했다면, 그레이스는 콜럼 버스 동물원의 이사가 되었을 것이다. 그녀는 800명의 직원과 1만 마리의 동물, 2제곱킬로미터에 달하는 부지를 관리했을 것이다.

그레이스가 가장 좋아하는 동물은 눈표범이었을 것이다. 멋 진 흰색의 점박이 털을 가진 날씬하고 위엄 있는 짐승. 무더운 6월의 어느 날 밤, 청소 담당 직원들도 이미 퇴근하고 없는 시간에, 그레이스는 고양잇과 구역에 혼자 남아 있었을 것이다. 잘 자라고 인사를 하기 전에 표범 구역을 감상할 생각으로 그곳에 걸어갔을 것이다. 높은 우리 입구에 서서 표범의 우아한 자태에 넋을 잃고 바라보다가 거대한 노란 눈동자를 마주쳤을 것이다. 초대장이다. 그녀는 먹이를 주는 문을 열었을 것이다. 두 걸음 앞으로 나아가자 심장이 두근거렸을 것이다. 두 걸음 더. 표범은 그레이스가 미소를 지으며 내부의 벽에 몸을 붙인 채 바닥으로 미끄러져 앉는 것을 지켜봤을 것이다. 표범은 천천히 다가와서 쿵쿵거리며 그레이스가 뻗은 손의 냄새를 맡았을 것이다. 숨에서는 고기 냄새가 났겠지. 표범은 팔다리를 펴고 그레이스의 겨드랑이와 갈비뼈가 맞닿은 곳으로 긴 몸을 말아 넣었을 것이다. 그리고 그들은 함께 잠을 잤을 것이다.

새벽녘, 그레이스는 입 안 가득한 털 때문에 눈을 떴을 것이다. 표범의 거대한 머리는 그녀의 무릎 위에 놓여 있었을 것이다. 그녀는 생각했을 것이다. 이 세상이 얼마나 온화한가. 이 자비는 얼마나 다정한가.

6552명의 아기가 태어났을 것이다. 18년 동안 6552개의 심장이 무의식적으로 뛰었을 것이다. 엄마의 텅 빈 자궁 속에서 누에고치처럼 웅크리고 있었을 것이다. 그중 204명의 아기는 퍼렇게 질린 채로 숨을 쉬라고 찰싹 맞았을 것이다. 81명은 죽었을 것이다. 하지만 6471명의 아기는 메아리가 울리는 동굴에서 미끄러지듯 빠져나와 처음으로 산소를 들이마셨을 것이다. 기다리고 있던 제니의 손에 안겨 허우적거리는 팔다리를 뻗었을 것이다.

제니는 흐릿하게 보일 것이다. 아직 갓 태어난 신생아들의 눈은 제니의 얼굴을 제대로 볼 수 없을 것이다. 하지만 6471명의 신생아들은 장갑 낀 제니의 손바닥에서 안정감을 주는 힘을 느꼈을 것이고, 바이탈 사인을 체크하고 그들을 깨끗하게 닦아 주는 손끝에서 겸손함을 느꼈을 것이다. 그리고 엄마의 끈적거리는 팔에 아기들을 건네줄 때마다 같은 말을 반복하는 제니의 목소리를 들었을 것이다.

어서 오렴, 아가야. 제니는 조개껍데기처럼 생긴 소중한 귀마다 속삭였을 것이다.

곧 알게 될 거야. 이곳은 멋지단다.

〈끝〉

감사의 말

이 책을 제 문학 대리인인 데이나 머피에게 바칩니다. 그녀의 깊고 관대한 마음 덕분에 이 책이 탄생할 수 있었습니다. 데이나는 내가 내 존재를 의심하고 두려워할 때에도 작품을 믿어 주었습니다. 현명하게 조언해 주고, 같은 목소리를 내어 주었으며, 필요한 만큼 정직했고, 그리고 소설이 목표로 하고 있는 바를 부드럽게 이해해 주었습니다. 그녀를 예술의 소울 메이트이자 소중한 친구라고 부를 수 있는 것은 행운입니다.

편집자인 제시카 윌리엄스 덕분에 저는 따뜻한 창작의 보금자리를 찾았습니다. 제시카는 이 책의 핵심을 꿰뚫어 보고, 가장 좋은 부분을 뽑아 빛을 비춰 주었습니다. 출판까지의 경험을 유쾌하다고 느끼게 해주었으며 엄청난 보람까지 가져다 준 제시카, 그리고 줄리아 엘리엇에게 감사드립니다,

지원을 아끼지 않은 리아테 스텔릭, 브리타니 힐레스, 케이틀린 해리, 그리고 윌리엄 모로우 홍보 및 마케팅팀의 헌신적

433

인 노력과 놀라운 열정을 보여준 하퍼콜린스 영업팀에 감사드립니다. 제작 편집자 제시카 로즐러, 카피 편집자 안드레아 모나글, 감수자 네하 파텔에게도 감사드립니다. 상세한 조사에서 예리한 도움을 준 딜런 심버거에게도 감사드립니다. 북 그룹의 사랑스러운 여성들과 이 소설의 해외 생활에 대한 믿음을 보여준 제니 마이어에게 감사드리며, 대리언 란제타, 오스틴 데네석, 다나 스펙터, 그리고 CAA의 나머지 팀원들에게도 감사드립니다. 이 소설이 영국에서 사랑스러운 보금자리를 마련할 수 있게 해준 프란체스카 메인과 피닉스 북스에도 감사드립니다.

제게 필요한 줄도 몰랐던 문학 에이전트라는 직업을 갖게 해 주어 제 세계를 더욱 풍요롭게 해 준 미셸 브라우어에게 영원히 빚을 지고 있습니다. 트렐리스 리터러리 매니지먼트와 에비타스 크리에이티브 매니지먼트의 동료들과 저를 믿어 준 분들에게도 감사드립니다.

시애틀의 그 누구도 흉내 낼 수 없는 글쓰기 모임에 감사드립니다. 킴 푸, 다니엘 몰먼 그리고 루시 탄, 수년 동안 커피를 마시며 제 이야기를 들어주셔서 감사합니다. 범죄에 대한 변함없는 열정을 보여 준 케이틀린 플린에게 감사합니다. 에이콘 스트리트 샵(그리고 많은 실)을 통해 마음의 안식처를 제공해준 메리 루크와 자넷 샤르보니에게 감사합니다. 뒤에서 많은 도움을 준 도미닉 스카벨리와 자넬 챈들에게 감사합니다.

이 특별하고도 구불구불한 길을 따라가는 저를 일으켜 준

많은 친구들에게 감사한 마음을 전합니다 제네사 에이브람스, 칼라 브루스 에딩스, 알 길렌, 매기 호닉, 아비 인만, 잭 놀, 이다 녹스, 엘렌 코보리, 다니엘 라자린, 에밀리 맥더못, 로렌 밀번, 케이틀린 룬드비 밀러, 카르티카 라자 들입니다. 여러분이 어떤 사람들인지 여러분이 더 잘 아실 것입니다.

사랑하는 가족이 없었다면 저는 이 자리에 없었을 것입니다. 아리엘 쿠카프카, 데이비드 쿠카프카, 로렐 쿠카프카, 그리고 조슈아 쿠카프카에게 감사합니다. 아비 록린, 탈리아 잘레스네, 잭 잘레스네에게 감사합니다, 섀넌 더피, 피트 웨일랜드, 매디 웨일랜드에게 감사합니다. 리사 카예, 에이든 카예, 그리고 모든 제작진에게 감사드립니다. 모두 정말 사랑합니다.

토리 카멘에게도 물론 고마워요. 언제나 내 맏언니인 한나 네프에게도. 기쁨의 원천, 가장 작은 강아지이자 가장 사랑스러운 아들인 레미 베어에게도. 내 사랑 리암 웨일랜드에게도 이 놀라운 삶을 선물해 줘서 고맙다는 말을 전합니다.

옮긴이 | 최지운

책과 소설을 사랑하다 못해 번역가로 활동 중이다. 『타인의 집』과 『내가 당신이었을 때』를 번역했다.

어느 사형에 관한 기록

1판 1쇄 찍음 2023년 11월 24일
1판 1쇄 펴냄 2023년 12월 1일

지은이 | 단야 쿠카프카
옮긴이 | 최지운
발행인 | 박근섭
편집인 | 김준혁
책임편집 | 정미리
펴낸곳 | 황금가지

출판등록 | 2009. 10. 8 (제2009-000273호)
주소 | 06027 서울 강남구 도산대로 1길 62 강남출판문화센터 5층
전화 | 영업부 515-2000 편집부 3446-8774 팩시밀리 515-2007
홈페이지 | www.goldenbough.co.kr

도서 파본 등의 이유로 반송이 필요할 경우에는 구매처에서 교환하시고
출판사 교환이 필요할 경우에는 아래 주소로 반송 사유를 적어 도서와 함께 보내주세요.
06027 서울 강남구 도산대로 1길 62 강남출판문화센터 6층 민음인 마케팅부

한국어판 © ㈜민음인, 2023. Printed in Seoul, Korea
ISBN 979-11-7052-344-4 03840

㈜민음인은 민음사 출판 그룹의 자회사입니다.
황금가지는 ㈜민음인의 픽션 전문 출간 브랜드입니다.